KB116005

병사 이반 촌킨의 삶과 이상한 모험

The Life and Extraordinary Adventures of
Private Ivan Chonkin
Vladimir Voinovich

Copyright ⓒ 2014 by Войнович В., текст
Korean Translation Copyright ⓒ 2018 by Moonji Publishing Co., Ltd.
All rights reserved.

This Korean edition was published by Moonji Publishing Co., Ltd. in 2018 by arrangement with
Vladimir Voinovich c/o Georges Borchardt, Inc., New York, NY through KCC(Korea Copyright
Center Inc.), Seoul.

이 책의 한국어판 저작권은 (주)한국저작권센터(KCC)를 통해 저작권자와 독점 계약한 ㈜문학과지성사
에 있습니다. 저작권법에 의해 한국 내에서 보호받는 저작물이므로 무단 전재와 복제를 금합니다.

대산세계문학총서 149

병사 이반 촌킨의 삶과 이상한 모험

Жизнь и необычайные приключения солдата Ивана Чонкина

블라디미르 보이노비치 지음 ― 양장선 옮김

문학과지성사

대산세계문학총서 149_소설

병사 이반 촌킨의 삶과 이상한 모험

지은이 블라디미르 보이노비치
옮긴이 양장선
펴낸이 이광호
편집 김은주
펴낸곳 ㈜**문학과지성사**
등록번호 제1993-000098호
주소 04034 서울 마포구 잔다리로7길 18(서교동 377-20)
전화 02) 338-7224
팩스 02) 323-4180(편집) 02) 338-7221(영업)
전자우편 moonji@moonji.com
홈페이지 www.moonji.com

제1판 제1쇄 2018년 9월 21일

ISBN 978-89-320-3468-3 (04890)
ISBN 978-89-320-1246-9 (세트)

이 도서의 국립중앙도서관 출판예정도서목록(CIP)은 서지정보유통지원시스템 홈페이지(http://seoji.nl.go.kr)와
국가자료공동목록시스템(http://www.nl.go.kr/kolisnet)에서 이용하실 수 있습니다.
(CIP제어번호: CIP2018028997)

이 책은 대산문화재단의 외국문학 번역지원사업을 통해 발간되었습니다.
대산문화재단은 大山 愼鏞虎 선생의 뜻에 따라 교보생명의 출연으로 창립되어
우리 문학의 창달과 세계화를 위해 다양한 공익문화사업을 펼치고 있습니다.

차례

일러두기

1. 이 책은 Владимир Николаевич Войнович의 *Жизнь и необычайные приключения солдата Ивана Чонкина*(Paris: YMCA-Press, 1975)을 우리말로 옮긴 것이다.
2. 본문의 주는 모두 옮긴이의 것이다.

1부
불시착

1

그런 일이 정말 있었는지 지금에 와서는 뭐라 확실히 말할 수 없는 노릇이다. 모든 이야기의 시발점이 된(그리고 지금도 진행형이라 할 수 있는) 사건이 크라스노예* 마을에서 터진 때로부터 상당한 시간이 흐른 탓에 당시 일을 제 두 눈으로 직접 본 사람 중 살아 있는 자가 몇 되지 않기 때문인데, 그들 간에도 제각기 다른 소리를 하는가 하면 그런 일이 있었다는 사실조차 기억하지 못하는 자도 있으니 말이다. 내친 김에 털어놓자면, 그건 그리 오랜 세월 동안 기억해둘 만큼 대수로운 일도 아니었다. 내가 한 일이라면 사건과 연관된 얘기들을 모조리 한데 모은 후 거기다가 내 멋대로 살을 붙였을 뿐이다. 어쩌면 들은 얘기보다 내가 붙인 살이 더 많을지도 모르겠다. 거두절미하고, 필자는 이 이야기가 참말로 재미나게 생각되어 글로 남겨야겠다고 결심했던 것이다. 그러니 행여 이야기가 재미없고 지루할 뿐 아니라 터무니없다고 생각하는 분들께서는 침 탁 뱉고 아무 얘기도 안 들은 셈 치면 되는 것이다.

사건이 일어난 것은 어림잡아 전쟁이 나기 직전, 그러니까 1941년 5월 말 아니면 6월 초 대충 그 무렵이었다.** 매년 그맘때면 으레 그렇듯이 무더운 날이었다. 집단농장 사람들이 모두 밭일에 여념이 없는 가운데, 집단농장 일과는 직접적인 연관도 없고 마침 비번이었던 우편배달부 뉴

---

* 어원상 '붉은 마을'과 '아름다운 마을'이라는 뜻을 동시에 갖고 있다.
** 1941년 6월 22일 독일이 소련을 침략함으로써 독소전쟁(러시아에서는 '대조국전쟁'이라 부른다)이 시작되었다.

라 벨랴쇼바가 제집 텃밭 감자밭에서 흙을 돋우고 있었다. 얼마나 날이 뜨거웠던지 이랑 끝에서 끝까지 세 번을 왕복하자 완전히 파김치가 되고 말았다. 땀으로 푹 젖은 옷이 말라가면서 소금기 때문에 등과 겨드랑이 쪽이 뻣뻣해지며 허옇게 변해갔고 두 눈으로는 땀방울이 흘러들었다. 뉴라는 일손을 멈추고 머릿수건 사이로 삐져나온 머리카락을 추스르며 점심때가 얼마나 남았는지 보기 위해 해를 향해 고개를 돌렸다. 해는 보이지 않았다. 대신에 부리가 구부러진 거대한 쇳덩어리 새 한 마리가 해, 아니 하늘을 온통 가린 채 뉴라 쪽으로 곤두박질하는 중이었다.

"애고머니!" 겁에 질려 소리를 내지른 뉴라는 양손으로 얼굴을 감싼 채 밭고랑 사이로 고꾸라지며 정신을 잃었다.

집 현관 계단 옆에서 땅을 파다가 옆으로 펄쩍 튀어 올랐던 수퇘지 보리카는 자신을 해코지할 것이 없음을 깨닫고 이내 제자리로 돌아왔다. 시간이 얼마나 흘렀을까. 뉴라가 정신을 차렸을 때는 태양이 등을 지글지글 태우고 마른 흙과 거름 냄새가 풍겨왔으며 어디선가 참새들이 지저귀고 암탉들이 꼬꼬댁거렸다. 삶은 계속되고 있었다. 눈을 뜨자 뉴라는 울퉁불퉁한 땅 위에 배를 깔고 누워 있는 자신을 발견했다.

'내가 왜 이러고 누워 있담?' 어리둥절하던 뉴라의 뇌리에 불현듯 쇳덩어리 새가 떠올랐다.

뉴라는 글을 배운 처자로 당지도원 킬린이 정기 구독하는 『선동가의 수첩』이란 잡지를 이따금 얻어 읽곤 했는데, 거기에는 온갖 미신이란 것은 어두운 과거의 잔재이므로 단호하게 뿌리 뽑아야 한다고 분명하게 쓰여 있었다. 그녀는 이 말이 꽤나 온당하다고 생각해오던 차였다. 오른쪽으로 고개를 돌리니 집 현관문과 그 옆에서 여전히 땅에 코를 박고 있는 수퇘지 보리카가 눈에 들어왔다. 그것은 아주 정상적인 광경이었다. 어디

든 적당한 곳만 찾으면 땅을 파는 것이 보리카의 버릇이었고 적당하지
않은 곳이라도 파대기는 매한가지였다. 고개를 더 돌리자 새파란 하늘에
눈부시게 노란 해가 작열하고 있었다. 용기를 내어 이번에는 왼쪽으로
고개를 돌린 뉴라는 바로 얼굴을 다시 땅에 처박고 말았다. 무서운 새가
정말 거기 있었다. 뉴라의 텃밭에서 얼마 떨어지지 않은 곳에 거대한 녹
색 날개를 활짝 편 채 새가 서 있었다.

'훠어이, 물렀거라!' 마음속으로 마귀를 물리치는 주문을 왼 뉴라는
성호도 긋고 싶었지만, 배를 깔고 납죽 엎드린 자세로는 그리하기가 불
편했다. 두려움에 일어날 엄두도 나지 않았다.

그러다 돌연 번개라도 맞은 것처럼 퍼뜩 제정신이 들었다. '흥, 이제
보니 비행기잖아!' 사실이 그러했다. 뉴라가 쇳덩어리 새로 착각한 것은
평범한 U-2*기였고 구부러진 부리처럼 보인 것은 고장 나서 멈춰버린 프
로펠러였다.

뉴라네 집 지붕을 아슬아슬하게 스쳐간 비행기는 착륙한 후 풀밭을
미끄러지다가 마침내 페티카 레셰토프의 옆에서 멈춰 섰는데 그러면서
하마터면 오른쪽 날개로 그를 칠 뻔했다. 본명보다 '떡대'라는 별명으로
사람들에게 더 잘 알려진, 빨간 머리에 얼굴이 넙데데한 꺽다리 페티카
는 마침 거기서 풀베기를 하던 차였다.

떡대를 본 조종사는 안전벨트를 풀더니 조종석 밖으로 몸을 내밀며
외쳤다.

"어이, 형씨, 여기 마을 이름이 뭐요?"

떡대는 놀라거나 겁을 먹기는커녕 비행기 쪽으로 다가가더니, 마을

---

* 1920년대 후반 N. 폴리카르포프의 설계로 제작된 다목적 복엽기.

이름은 크라스노예지만 애당초는 그랴즈노예*라 불렸다고 말했다. 덧붙여 클류크비노 마을과 노보클류크비노 마을이 여기 집단농장에 속하지만 강 건너편에 있고, 강 이편에 있는 스타로클류크비노 마을은 정작 다른 집단농장에 속해 있다느니 하는 동네 사정을 시시콜콜하게 늘어놓았다. 그의 말인즉슨, 여기 집단농장의 이름은 '붉은 이삭'이고 이웃한 집단농장은 '보로실로프 기념 집단농장'인데 보로실로프 집단농장은 지난 2년 사이 회장이 세 번이나 갈렸다는 것이다. 한 명은 도둑질을 하다가, 다른 한 명은 미성년자들을 농락한 죄로 감옥에 갔으며, 기강을 잡으라고 파견된 세번째 회장은 초반에는 기강 확립에 나서는가 싶더니 얼마 후 술독에 빠져서는 제 재산뿐 아니라 집단농장의 공금을 홀라당 주사에 탕진해버리는 지경에 이르러 결국 사무실에서 술을 잔뜩 퍼마신 상태로 목을 매고 말았다는 것이다. 그가 남긴 쪽지에는 '젠장'이란 한 마디와 느낌표 세 개가 찍혀 있었는데, 어느 누구도 이 '젠장!!!'으로 그가 무슨 말을 하려고 한 것인지 가늠하지 못했다. 이곳 회장으로 말하자면, 그 또한 술에 관한 한 절도를 안다고는 할 수 없지만 적어도 그는 아직 모종의 희망을 갖고 있었다.

떡대로서는 조종사에게 동네 돌아가는 사정에 대해 들려줄 말이 아직 많았지만 금세 사람들이 몰려들었다.

으레 그렇듯이 제일 먼저 달려온 것은 사내아이들이었다. 그 뒤를 이어 여자들이 달려왔는데, 애를 데리고 달려오는 아낙이 있는가 하면 배가 부른 임산부도 있었고 더 많이 보이는 것은 배가 부른 채로 애들 손을 끌고 오는 아낙네들이었다. 그런가 하면 치마 끝에 한 녀석을 달고,

---

* '더러운 마을'이라는 뜻.

한 손으로는 다른 녀석을 잡고 다른 팔에는 갓난쟁이를 안은 채 뱃속에 들어앉은 애까지 움켜잡고 달려오는 아낙도 있었다. 각설하자면, 크라스노예 마을의 여자들은 (어디 크라스노예 마을만 그렇겠냐만) 아이들을 순풍순풍 잘도 낳아댔다. 마을에는 배가 불렀거나 해산한 지 얼마 안 되는, 그리고 때로는 해산한 지 얼마 안 되어서 또다시 배가 부른 아낙네들이 항시 지천에 널려 있었다.

아낙네들 뒤로는 노인네들이 쩔뚝대는 걸음으로 달려오고 있었고 멀리 밭에서 일손을 멈춘 나머지 집단농장 사람들이 낫과 갈퀴, 호미를 손에 쥔 채로 뛰어오는 광경은 마치 군(郡) 공회당에 걸려 있는 「농민의 반란」이란 그림을 보는 듯했다.

그때까지 텃밭에 누워 있던 뉴라는 다시 눈을 뜨고 한쪽 팔꿈치로 땅을 짚고서 살짝 몸을 일으켰다.

'하느님 맙소사.' 뉴라의 머릿속에서 걱정스러운 생각이 퍼뜩였다. '이렇게 널브러져 있는 꼴을 사람들이 얼마나 보고 있었담?'

놀란 가슴에 아직 후들거리는 다리로 가까스로 일어난 뉴라는 날쌔게 울타리대 사이를 비집고 나와 점점 더 불어나는 사람들 사이를 밀치고 들어가 뒷줄에 서 있는 아낙네들을 팔꿈치로 밀쳐내면서 애원조로 말했다.

"아이고, 아주머니들, 저 좀 지나갈게요!"

이에 아낙들은 순순히 길을 터주었는데, 그것은 앞으로 나가려는 뉴라의 목소리가 그들이 듣기에도 퍽이나 간절히 들렸기 때문이다.

그러자 사내들이 빽빽이 서 있는 곳이 나왔다. 뉴라는 이번에도 그들을 밀치면서 말했다.

"아이고, 아저씨들, 좀 지나갈게요!"

그리하여 마침내 맨 앞줄에 다다르자 동체 전체에 넓은 기름띠를 뒤집어쓴 비행기와 갈색 가죽점퍼를 입은 조종사가 보였다. 비행기 날개에 기대선 조종사는 잿빛 선글라스가 부착된 낡은 비행 헬멧을 손가락으로 돌리면서 밀려드는 군중을 넋이 빠진 얼굴로 바라보고 있었다.

뉴라 옆에는 떡대가 서 있었다. 위에서 아래로 그녀를 내려다본 떡대는 한바탕 크게 웃더니 다정한 목소리로 말했다.

"이것 좀 보라지. 뉴라, 살아 있었네? 난 또 다시는 널 못 보게 되는구나 생각했지 뭐야. 알다시피 비행기를 처음 본 게 나였잖아! 저쪽 언덕배기에서 풀을 베고 있었는데 비행기가 날아오더라고. 그런데 그게, 뉴라, 곧장 너희 지붕 쪽으로 날아가더라니까. 굴뚝으로 말이야. 속으로 생각했지. 이제 뉴라는 큰일 났군, 하고 말이야."

"에라, 헛소리하지 말아." 떡대 오른편에 서 있던 니콜라이 쿠르조프가 말했다.

신이 나서 수다를 떨다가 뻘쭘해진 떡대는 자신보다 머리 하나는 작은 니콜라이를 내려다본 후 잠시 생각에 잠겼다가 대꾸했다.

"헛소리라니. 내가 헛소리할 사람으로 보여? 그건 그렇고 넌 말이야, 내가 됐다고 할 때까지 주둥아리 닥치고 있어. 알아들었어? 아예 입도 뻥긋 못하게 만들어버리기 전에."

이러고는 사람들을 힐끗 쳐다본 후 조종사에게 한쪽 눈을 찡긋하더니 제 말에 스스로 의기양양해져서는 말을 이었다.

"뉴라, 그거 알아? 비행기가 너희 집 굴뚝을 기껏해야 한 뼘 차이로 스쳐 지나갔다니까. 한 뼘도 안 됐을 수도 있어. 만약에 굴뚝을 치고 지나갔으면 내일쯤 우리는 네 염을 할 뻔했지 뭐야, 안 그래? 나야 염하는 데는 갈 생각이 없지만 쿠르조프 녀석이라면 얼씨구나 좋다고 달려갔을

걸. 여자 몸뚱이에 관심이 많은 녀석이니까. 이 자식, 작년에 여자 목욕탕에 몰래 들어가 걸상 밑에 숨어 있다가 잡혀서 돌고프시(市) 경찰서에서 사흘을 콩밥 먹은 일이 있잖아."

물론 이 이야기는 사실무근으로 떡대가 즉석에서 지어낸 것인데 사람들은 사실을 다 알면서도 박장대소했다. 웃음소리가 잦아들자 스테판 루코프가 나섰다.

"어이, 떡대, 비행기가 굴뚝을 스치고 지나갈 때 오금이 저리지 않았어, 응?"

가소롭다는 듯이 한껏 인상을 쓴 떡대는 침이라도 퉤 뱉어주고 싶었지만 사람들이 빼곡히 둘러싸고 있어 여의치가 않자 침을 도로 꿀꺽 삼키고는 대답했다.

"오금이 저리긴? 비행기가 내 거야 굴뚝이 내 거야? 혹시 그렇다면야 뭐 좀 놀랐을지도 모르지만, 흥."

바로 그때 어른들 다리 사이를 분주하게 돌아다니며 호시탐탐 기회를 엿보던 사내 녀석 하나가 막대기로 비행기 날개를 대뜸 신나게 두드렸다. 날개에서 둥둥 하는 북소리가 났다.

"무슨 짓이야!" 조종사가 아이에게 소리를 질렀다.

놀란 아이는 잽싸게 사람들 사이로 숨어버렸다. 아이가 금세 다시 모습을 드러냈을 때는 어디다 버렸는지 막대기는 보이지 않았다.

떡대는 날개에서 난 소리에 고개를 절레절레 흔들더니 적의를 애써 감추며 조종사에게 물었다.

"돈피를 씌운 거요?"

그러자 조종사가 대답했다.

"퍼케일이오."

"그건 뭐요?"

"그런 게 있어요." 조종사가 설명했다. "섬유의 한 종류지."

"대단한걸." 떡대가 말했다. "난 비행기라면 순전히 쇳덩어리로 된 줄 알았거든."

"쇳덩어리로 된 걸," 쿠르조프가 또 끼어들었다. "엔진이 어떻게 하늘로 들어 올리겠어?"

그러자 학식으로 이름 높은 창고지기 글라디셰프가 거들었다.

"비행기가 뜨는 건 엔진 때문이 아니라 양력(揚力) 덕분이지."

사람들은 교양 있는 글라디셰프의 말을 언제나 존중하는 편이었지만, 이번에는 왠지 못 미더워하는 표정들이었다.

그 와중에 아낙네들은 이런 대화는 안중에 없이 그들만의 수다거리로 분주했다. 여자들은 코앞에 있는 조종사가 무슨 물건이라도 되는 양 거리낌 없이 구석구석 훑어보면서 그가 입고 있는 복장의 품평회를 열고 있었다.

"어쩜, 이것 좀 봐. 가죽점퍼 전체가 크롬가죽이야." 타이카 고르시코바가 주장했다. "게다가 주름까지 잡아놓았네. 비행기 조종사들이라 비싼 크롬가죽을 펑펑 쓰는 거겠지."

이어 닌카 쿠르조바가 딴지를 걸었다.

"크롬가죽 좋아하네. 이건 새끼염소 가죽이야."

그러자 타이카가 벌컥 화를 냈다.

"내가 못 살아. 새끼염소 가죽은 무슨? 새끼염소 가죽은 올록볼록하잖아."

"이것도 그런걸."

"어디가 올록볼록해?"

"한번 만져보면 알 거 아냐."

닌카의 말에 타이카는 망설이듯 조종사를 쳐다보고는 대꾸했다.

"만져볼 수야 있지만 저 사람이 간지럼이라도 타면 어쩌겠어?"

당황한 조종사는 그만 얼굴이 홍당무가 되고 말았다. 눈앞에서 벌어지는 상황이 너무 어처구니없었기 때문이다.

그를 곤경에서 구해준 것은 때마침 이륜마차를 타고 사건 현장에 납신 집단농장 회장 골루베프였다.

상기 사건이 일어난 시각에 골루베프는 외팔이 회계원 볼코프를 대동하고 두냐 할멈의 집을 찾아가 밀주 제조 여부를 조사하고 있었다. 조사 결과가 어땠는지는 지금 골루베프의 상태를 보면 알 수 있었다. 마차에는 발판 대신 쇠고리가 철사에 매달려 있었는데 장화 끝으로 쇠고리를 찾아 한참을 헤매다가 조심조심 마차에서 내리는 꼴이 정말 가관이었다.

요 근래 골루베프는 술을 마시는 횟수도 잦아지고 주량도 많아졌다. 앞서 이야기했던, 목을 매고 자살한 스타로클류크비노의 회장보다 더하면 더했지 덜하지 않았다. 그가 술을 마시는 이유를 놓고 알코올중독 때문이라는 둥 집안 문제 때문이라는 둥 항간에는 말이 많았다. 골루베프의 집은 대가족이었다. 만성 신장병으로 항상 골골한 아내, 그리고 허구한 날 꾀죄죄한 꼴로 뛰어다니면서 서로 싸움박질이나 하는 먹성 좋은 여섯 아이들이 그의 가족이었다.

이것만 가지고는 그다지 끔찍하다 할 수 없겠지만, 재수가 없으려다 보니 집단농장의 사정도 나빠지고 있었다. 물론 최악의 상황도 아니고 어찌 보면 썩 괜찮다고도 할 수 있었지만, 문제는 해가 바뀔수록 상황이 더 나빠지고 있다는 데 있었다.

맨 처음 집집마다 살림들을 모조리 꺼내다가 하나로 쌓아놓았을 때 그 느낌은 강렬했다! 그렇게 모아진 공유재산을 관리하는 일은 즐거웠다. 하지만 시간이 흐르자 정신을 차린 누군가가 허락도 받지 않고 다시 집으로 물건들을 갖고 가기 시작했다. 이러니 골루베프는 자신이 산처럼 쌓인 고물 더미를 지키는 늙은 할망구처럼 느껴지기 시작했다. 사방에서 사람들이 그를 둘러싸고 물건을 빼내 갔다. 한 놈의 팔을 잡을라치면 그 와중에 다른 놈이 밑에서 뭔가를 빼내 갔고, 그놈을 잡을라치면 먼저 놈이 도망을 쳤다. 당신이라면 이런 상황에서 어떻게 하겠는가?

이런 상황이 그 개인의 잘못이 아니라는 사실을 깨닫지 못한 채 골루베프는 현재의 상황 때문에 매우 괴로워했다. 조만간 언제라도 감독관이나 검찰관이 등장하여 이 모든 것에 대한 책임을 톡톡히 치르게 될 것이라고 그는 전전긍긍하고 있었다. 물론 지금까지는 어떻게 대충 넘어갈 수 있었다. 군에서 이따금 이런저런 검찰관이니 감독관, 교관들이 불시에 들이닥치기도 했지만, 그런 경우 훈제돼지비계와 달걀을 안주로 보드카를 대접한 후 출장 서류에 확인 도장을 찍어주면 좋게 좋게 그냥 돌아가는 것이었다. 골루베프는 이런 방문들이 더 이상 두렵지는 않았지만, 바보가 아닌 이상 이런 상황이 언제까지 계속되리라고도 믿지 않았다. 반대로 최고 권한을 위임받은 무시무시한 대(大)검찰관이 언젠가는 들이닥쳐 자신에게 최후의 선고를 내리리라는 것을 알고 있었다.

그렇기 때문에 동구 밖 뉴라 벨랴쇼바의 집 부근에 비행기가 착륙했다는 보고를 받았을 때 골루베프는 눈곱만치도 놀라지 않았다. 올 것이 결국 왔음을 인정한 그는 용감하고 당당하게 최후의 순간을 맞을 마음의 준비를 했다.

회계원 볼코프에게는 집단농장 집행부 소집을 지시하고 자신은 술 냄새를 조금이라도 없애볼 양으로 홍차로 입안을 가셨다. 그런 다음 이

룬마차에 올라타 비행기가 착륙한 곳으로, 운명의 여신을 향해 그렇게 곧장 달려오던 차였다.

회장이 나타나자 군중은 가운데를 터서 조종사 쪽으로 갈 수 있도록 길을 만들어주었다. 그 길을 따라 골루베프는 상당히 경직된 걸음걸이로 뚜벅뚜벅 조종사 쪽으로 걸어가서는 멀찌감치 사이를 두고 악수를 청했다.

"집단농장 회장 이반 티모페예비치 골루베프올시다." 그는 또박또박 자신을 소개하는 와중에도 혹시나 하여 고개를 옆으로 돌리고 숨을 쉬었다.

"멜레시코 중위입니다." 조종사도 자기소개를 했다.

골루베프는 대검찰관의 대리인이 새파란 젊은이인 데다가 직위도 보잘것없는 것에 적잖이 놀랐지만, 겉으로 내색하지 않고 말했다.

"정말 반갑습니다. 제가 도와드릴 일이라도 있겠습니까?"

"솔직히 뭘 어찌해야 할지 모르겠습니다." 조종사가 말했다. "연료관이 터져서 엔진이 서버리는 바람에 이렇게 불시착을 하게 됐거든요."

"그러니까 공무수행으로 오신 건가요?" 골루베프가 추궁하듯 물었다.

"공무수행이라뇨? 불시착이라고 말씀드렸잖습니까? 엔진이 고장났어요."

'좋아, 좋아, 어디 계속해보시지.' 골루베프는 속으로는 이리 생각하면서 겉으로는 다음과 같이 말했다.

"엔진이 망가진 거라면 저희가 도울 수 있습니다. 스테판!" 그가 루코프를 불렀다. "뭐가 잘못됐는지 자네가 좀 살펴보게. 루코프는 여기서 트랙터를 몰고 있습니다. 기계라면 뭐든 분해해서 다시 조립할 수 있지요."

"분해하는 거야 식은 죽 먹기죠." 회장의 말을 확인이라도 하듯이 루코프는 기름때에 전 점퍼 옆주머니에서 조절 가능 스패너를 꺼내더니 비행기 쪽으로 성큼성큼 발을 옮겼다.

"어— 어, 그만 멈춰요." 조종사가 황급히 그를 가로막았다. "이게 트랙터인 줄 알아요? 이건 비행기라고요."

"그게 그거죠." 손이 근질근질해진 루코프가 대답했다. "그거나 이거나 나사가 달렸고 나사라면 어디 달렸든 한쪽으로 돌리면 잠기고 다른 쪽으로 돌리면 풀리는 법이지 않습니까."

"그런데 스타로클류크비노 쪽으로 가시지, 왜 이쪽으로 오셨습니까?" 골루베프가 말했다. "거긴 농기계 기지도 있고 농기계 제작소도 있어서 바로 말끔히 수리를 할 수 있었을 텐데 말입니다."

"원하는 곳에 착륙할 수 있었다면야." 조종사는 참을성 있게 설명했다. "그걸 불시착이라고 했겠습니까? 파종이 안 된 벌판을 발견하자마자 착륙시킬 수밖에 없었습니다."

"돌려짓기를 하는 중이라서요. 그래서 파종을 안 했지요." 회장은 변명하듯 말했다. "혹시라도 농장을 둘러보거나 서류를 검사하고 싶으시다면, 관리사무소로 가시지요."

"제가 관리사무소에 가서 뭘 합니까?" 골루베프의 꿍꿍이를 알 수 없는 조종사는 그만 짜증이 나고 말았다. "그런데, 잠시만 기다리십시오. 사무소에 전화는 있겠지요? 전화를 해야 하는데."

"곧장 전화부터 하실 필요가 있을까요?" 이번에는 골루베프가 빈정이 상했다. "먼저 뭐가 어떻게 돌아가는지 쭉 둘러보시고, 인민들과 대화도 나누시고 하면 좋지 않겠습니까?"

"제발 제 말 좀 들어보세요." 조종사의 목소리는 이제 애원조였다.

"도대체 왜 이러시는 겁니까? 제가 인민들과 할 얘기가 뭐가 있겠습니까? 저는 지금 상부와 연락을 취해야 합니다."

'음, 이거 심상치 않은걸.' 골루베프는 생각했다. '깍듯한 존댓말에 욕지거리도 입에 담는 법이 없고. 게다가 인민들과 대화도 거부하고 곧장 상부와 연락하겠다니.'

"꼭 그러셔야 한다면 할 수 없죠." 골루베프는 체념한 듯 말했다.

"어쨌거나 인민들과 대화를 나누는 것은 매우 유익하다는 게 제 생각입니다. 무슨 일이 일어나는지 인민들은 다 보고 있어요. 모르는 게 없습니다. 누가 여길 왔다 갔는지, 누가 무슨 말을 했는지, 누가 주먹으로 책상을 내리쳤는지 말입니다. 뭐 더 할 말이 있겠습니까!" 그는 크게 팔을 휘둘러 조종사에게 이륜마차를 가리켰다. "타십시오. 모셔다 드립죠. 얼마든지 전화를 쓰세요."

집단농장원들이 다시 길을 터주었다. 골루베프는 조종사가 마차에 오르는 것을 거든 후 끙 하며 자신도 올라탔다. 그러자 골루베프가 앉은 쪽의 바퀴 스프링이 터져 나갈 듯 휘어졌다.

2

중대 본부 건물의 현관 계단에, 군복 상의 단추를 풀어 헤치고 오랫동안 닦지 않아 먼지가 뿌옇게 쌓인 군화를 신은 부대당직 자브고로드니 대위가 앉아 있었다. 그는 더위에 신음하면서 위수부대가 주둔 중인 병영 입구 앞에서 벌어지는 광경을 지켜보고 있었다.

그의 눈에 들어온 것은 다음과 같았다. 작은 키에 앙가발이로, 허리

따로 졸라맨 군복 상의는 꼬깃꼬깃하고, 군모는 커다란 붉은 귀 뒤로 젖혀 쓴 데다가 각반은 줄줄 흘러내리게 신은 붉은 군대 말년 사병 이반 춘킨이 중대 특무상사 페스코프 앞에서 차렷 자세로 겁을 잔뜩 먹은 채 햇빛 때문에 시린 눈으로 그를 바라보고 서 있었다.

영양 상태가 좋은지 혈색이 좋은 금발 머리의 특무상사는 페인트를 칠하지 않은 판자로 만든 벤치에 다리를 꼬고 뒤로 기대어 앉아 담배를 피우고 있었다.

"엎드려뻗쳐!" 나지막한 목소리로 마치 내키지 않는 듯 특무상사가 명령을 내리자 춘킨은 고분고분히 땅으로 털썩 엎어졌다.

"일어서!" 춘킨은 벌떡 일어났다. "엎드려뻗쳐! 일어서! 엎드려뻗쳐! 대위님!" 특무상사는 자브고로드니를 향해 외쳤다. "대위님의 금시계가 몇 시를 가리키고 있는지 말씀해주지 않으시렵니까?"

대위는 키로프 공장에서 제작된 자신의 커다란 손목시계를 쳐다보고(금시계 어쩌고저쩌고하는 소리는 물론 특무상사의 농담이었다) 느릿느릿 대답했다.

"10시 반일세."

"아직 그것밖에 안 됐습니까?" 특무상사가 투덜댔다. "그런데 왜 이렇게 사람이라도 잡을 듯 덥답니까?" 그는 춘킨 쪽으로 몸을 돌렸다. "일어서! 엎드려뻗쳐! 일어서!"

현관 계단에 당번병 알리모프가 나타났다.

"특무상사님." 그가 소리를 질렀다. "전화 받으십시오!"

"누군가?" 특무상사는 불만스럽게 돌아보면서 물었다.

"잘 모르겠습니다, 특무상사님. 감기라도 걸렸는지 목소리가 팍 쉬어서 말입니다."

"누군지 물어보도록."

당번병이 문 안쪽으로 사라지자 특무상사가 촌킨 쪽으로 몸을 돌렸다.

"엎드려뻗쳐! 일어서! 엎드려뻗쳐!"

돌아온 당번병은 벤치로 다가와 흙먼지를 뒤집어쓴 채 뒹굴고 있는 촌킨을 동정 어린 눈으로 바라본 후 보고했다.

"특무상사님, 목욕탕에서 온 전화인데 비누를 직접 받아 가실 건지 누구를 보내실 건지 물어보는데요?"

"바쁜 거 안 보이나?" 애써 화를 억누르며 특무상사는 말했다. "트로피모비치한테 말해서 받아오도록 해." 그러고는 다시 촌킨을 향해 말했다. "엎드려뻗쳐! 일어서! 엎드려뻗쳐! 일어서! 엎드려뻗쳐! 일어서!"

"어이, 특무상사." 자브고로드니가 흥미를 보였다. "뭣 때문에 그리 혼을 내는가?"

"정말이지 이 녀석은 아무짝에도 쓸모가 없지 뭡니까, 대위님." 흔쾌히 대답을 한 특무상사가 다시 촌킨에게 말했다. "엎드려뻗쳐! 제대가 코앞인데 아직 경례 하나 제대로 못 붙인다니까요. 일어서! 경례도 규정대로 못하고 헬렐레 매가리 없는 손가락을 귀에 엉성하게 갖다 붙이지를 않나, 제식훈련 할 때 걸음걸이는 꼭 소풍이라도 나온 놈 같답니다! 엎드려뻗쳐!" 특무상사는 주머니에서 손수건을 꺼내 땀에 젖은 목을 닦았다. "이 녀석들하고 있다 보면 진이 다 빠져버리지 말입니다, 대위님. 이리저리 쫓아다니고 훈련시키고 하다 보면 스트레스는 엄청 받는데, 결과가 어떤가 하면 한숨만 나옵니다. 일어서!"

"그러지 말고 저기 기둥 옆에서 훈련을 시키게." 대위가 제안을 했다. "행진 걸음으로 열 번 왕복하면서 경례를 붙이라고 해."

"그것도 괜찮겠습니다." 특무상사는 대답한 뒤 담뱃잎을 뱉어냈다. "옳은 말씀이십니다, 대위님. 촌킨, 대위님이 하신 말씀 들었겠지?"

촌킨은 그의 앞에 서서 가쁜 숨을 내쉬며 꿀 먹은 벙어리처럼 서 있었다.

"이 꼴 좀 보게! 먼지를 푹 뒤집어쓰고 얼굴은 꼬질꼬질한 것이 이게 정말 군인인지 어디서 굴러먹다 온 놈인지 모르겠군. 기둥 열에 맞춰서 열 번 왕복한다. 실시. 앞으로오." 특무상사는 발음을 길게 끌었다. "갓!"

"바로 그거야." 흥겨워진 대위가 말을 이었다. "특무상사, 저 녀석한테 발끝을 땅에서 40센티미터 위로 올리라고 해. 정말 대단한 밥통이군!"

대위의 격려에 기운이 난 특무상사는 다음과 같은 명령을 내렸다.

"다리를 더 높이, 팔꿈치는 구부리고, 손끝은 관자놀이에. 상관에게 어떻게 경례를 붙이는지 가르쳐주마. 뒤로돌아…… 앞으로!"

그 와중에 본부 건물 복도에서 전화벨이 울리기 시작했다. 자브고로드니는 그쪽을 힐끔 쳐다보았지만, 귀찮아서인지 일어서지 않았다.

그는 소리를 질렀다.

"특무상사, 좀 보게. 저 녀석 각반이 풀어졌는걸. 발이 꼬여서 곧 넘어지겠어. 아이고, 배꼽이야. 정말이지 뭐 하러 저런 밥통들을 군대에 끌고 오는지 모르겠어. 그렇지 않나, 특무상사."

한편 건물 안에서 들려오는 전화벨 소리는 점점 집요해지며 커져갔다. 자브고로드니는 게으르게 몸을 일으켜 본부로 들어갔다.

"자브고로드니 대위입니다. 말씀하십시오." 그는 맥없는 목소리로 수화기에 대고 말했다.

크라스노예 마을과 부대 주둔지 사이의 거리는 대략 120킬로미터,

어쩌면 그보다 더 멀었고 그 때문에 통화 음질은 형편없었다. 멜레시코 중위의 목소리가 잡음과 음악 소리로 뒤덮이자 자브고로드니 대위는 수화기 저쪽에서 뭐라고 하는 건지 도통 이해할 수가 없었다. 그래서 처음에는 중위의 보고 내용에 별 관심을 두지 않았다. 그러고는 재밌는 구경거리를 놓칠세라 수화기를 내려놓은 뒤 문 쪽으로 향하려는 찰나 갑자기 방금 들은 내용의 의미가 무엇인지 깨달았다. 사건의 중대성을 깨달은 그는 군복 상의 단추를 채우고 군화 양쪽을 서로 문질러 먼지를 털어낸 후 부대장에게 보고를 하기 위해 문을 나섰다.

자브고로드니는 주먹으로 쾅쾅 문을 두드린 후(부대장은 가는귀가 살짝 먹은 상태였다) 허락이 떨어지기도 전에 문을 살짝 열어 문지방을 넘어서서는 소리쳤다.

"들어가도 되겠습니까, 소령님?"

"안 되네." 읽고 있던 문서에서 눈을 떼지 않은 채 소령은 나지막한 목소리로 말했다.

하지만 자브고로드니는 그의 말을 무시했다. 그의 기억에 부대장 입에서 한 번이라도 '그러게'라는 대답이 나온 적이 없었기 때문이다.

"보고드리겠습니다, 소령님."

"안 되네." 소령이 서류에서 고개를 들었다. "자네 그 꼴이 뭔가, 대위! 수염은 덥수룩하고 단추와 군화에는 광도 내놓지 않았군."

"웃기고 있네……" 대위는 들릴 듯 말 듯 이렇게 내뱉고는 정색을 하고 즐거운 얼굴로 소령의 눈을 바라보았다.

대위의 입술 모양에서 부대장은 대위가 한 말이 무엇이었는지 대충 감을 잡았지만, 부하가 감히 상관에게 그런 말을 한다는 건 상상할 수 없었기에 확신을 하지는 못했다. 그래서 그는 대위의 말을 못 들은 척하고 말을 이었다.

"군인상점에서 구두약을 살 돈이 없다면 내가 한 통 선물하겠네."

"감사합니다, 소령님." 자브고로드니는 깍듯이 대답했다. "보고드리겠습니다. 멜레시코 중위가 엔진 고장으로 불시착을 했습니다."

"어디에 착륙했다는 건가?" 부대장이 되물었다.

"땅에 착륙했지 않겠습니까."

"말장난 삼가게. 내 말은 멜레시코의 착륙 위치가 정확히 어디냐는 말일세."

"크라스노예 마을 부근입니다."

부대장은 벽에 걸린 지도로 다가가서는 크라스노예 마을의 위치를 찾았다.

"이를 어찌해야 하나?" 그는 곤란한 얼굴로 자브고로드니를 쳐다보았다.

대위는 어깨를 으쓱했다.

"부대장님께서 상관이시니 더 잘 아시지 않겠습니까. 제 생각에는 연대장님께 보고드려야 할 것 같습니다만."

부대장으로 말하자면 과거에도 상관들과 대면할 때 용감한 편은 아니었지만 지금은 귀가 먹은 관계로 그들을 더 두려워했다. 언제든 그를 퇴역시킬 수도 있기 때문이다.

"연대장님은 지금 바쁘시다네. 비행 지휘를 하고 계시잖은가."

"불시착은 비행 사고입니다." 대위는 상기시켰다. "연대장님께 보고해야 할 사항입니다."

"자네 생각에는 이런 일로 연대장님을 귀찮게 해도 된다는 말이지?"

자브고로드니는 입을 꾹 다물고 있었다.

"혹시 멜레시코가 알아서 잘 처리하지 않겠는가?"

이 말에 자브고로드니는 측은한 눈빛으로 부대장을 바라보았다. 보병부대에서 전출돼 온 부대장은 비행 작전에 대해서는 아는 것이 별로 없었다.

"부대 이탈을 허락해주십시오, 소령님. 제가 직접 연대장님께 보고하겠습니다."

"바로 그걸세." 소령은 기쁨을 감추지 않고 대답했다. "대위가 직접 가서 자네 이름으로 보고하게나. 부대당직이니 그렇게 할 권리가 있네. 잠깐만 기다리게, 자브고로드니. 가긴 어디를 가나. 자네가 없는 사이에 부대에 무슨 일이 생기면 어떡하지?"

하지만 자브고로드니는 이미 그의 말을 듣고 있지 않았다. 그는 밖으로 나와 소령의 집무실 문을 꼭 닫았다.

대략 한 시간 후 그는 연대장인 오팔리코프 중령과 연대 항공기사 쿠들라이를 대동하고 부대로 귀환했다. 그즈음 본부에는 항공정비대대 지휘관 파호모프 중령도 있었다. 부대장과 뭔가 다른 일을 논의 중이었던 그는 오팔리코프의 모습을 보자 슬쩍 자리를 뜨려고 했지만 붙들리고 말았다. 모인 사람들은 대책을 논의하기 시작했다. 쿠들라이는 부대 창고에 예비 엔진이 동났고 사단에서 공급받으려면 일주일 이상이 걸린다고 지적했다. 자브고로드니는 날개를 분리한 후 차량에 싣고 부대로 이송하는 방안을 제안했다. 부대장이 견인차로 끌어오는 게 어떻겠냐고 제안하자 자브고로드니 대위는 경멸이 담긴 미소를 지어 보였다. 파호모프 중령은 입을 꼭 다문 채 임무에 대한 열의를 보이려는 듯 수첩에 뭔가를 끼적이고 있었다.

오팔리코프는 모인 사람들의 제안을 가소롭다는 듯이 듣고 있다가 벌떡 일어서더니 방의 끝에서 끝으로 왔다 갔다 했다.

"여기 모인 자네들이 각자 재량껏 내놓은 헛소리들을 심사숙고한 결과, 나는 새 엔진이 도착할 때까지 우리가 비행기를 제자리에 그대로 두어야 한다는 결론에 도달했네. 만약에 120킬로미터 거리를 차량에 싣고 온다면 도착했을 때 우리 손에 남는 건 고철 덩어리밖에 없을 걸세. 그러니 당분간은 사병 애들 중에서라도 보초를 하나 세워서 계기판을 훔쳐가지 못하도록 해야 하네. 이건 자네가 맡아서 하게." 그는 손을 들어 파호모프 쪽을 가리켰다.

파호모프 중령은 수첩을 창턱에 내려놓고 일어섰다.

"죄송합니다만, 그렇게는 안 됩니다." 그가 소심하게 말했다.

계급으로 치자면 파호모프는 오팔리코프와 같은 급수인 데다가 나이도 더 많았고 오팔리코프가 그의 직속상관도 아니었지만 그는 오팔리코프 앞에서는 열등감을 느꼈다. 오팔리코프가 직속상관들뿐 아니라 중앙 권력에도 줄을 대고 있다는 사실 때문이었다. 오팔리코프의 친삼촌이 저명한 학자이자 아카데미 회원인 그리고리 예피모비치 그롬—그리메일로이며 소문에 따르면 스탈린 동지가 친히 그의 저작에 관심을 보였다는 것은 모두가 아는 사실이었다. 여기서 누구의 삼촌 되는 자, 게다가 군인도 아닌 자가 무슨 상관인가 하는 생각이 들 수도 있다. 하지만 우리 체제에서 삼촌이란 존재는 언제나 주요 인물이었다. 특히 그가 요직에 있는 삼촌이라면 말이다. 오팔리코프의 상관들, 심지어 장군들조차 그 삼촌의 존재를 고려하여 이 조카 되는 자에게 상당한 예우를 갖추고 있었다. 그러니 파호모프 중령쯤이야 이 조카 앞에 서면 다리가 후들거리는 것이었고 형식적으로는 같은 계급이었음에도 불구하고 감히 반말을 할 엄두를 내지 못했다.

"죄송합니다만," 그가 했던 말을 반복했다. "그렇게는 안 됩니다."

"뭣 때문에 또 안 된다는 건가?" 화를 참으며 오팔리코프가 물었다. 그는 자신의 말에 어떤 식으로든 딴죽 거는 것을 좋아하지 않았다.

"위수중대 전체가 2주째 경계근무를 서고 있는지라 보낼 사람이 아무도 없습니다." 파호모프는 수첩을 집어 들고 들여다보았다. "일곱 명은 군병원에 누워 있고, 열두 명은 벌채장에, 한 명은 휴가 중, 이상입니다."

"정말 한 명도 없다는 건가? 어디 널브러져 있는 녀석이라도 말이야. 가서 비행기 옆에서 잠이나 쿨쿨 자도 좋으니, 나중에 책임을 물을 사람만 있으면 되지 말이야."

"단 한 명도 없습니다, 중령님." 이 말을 하는 파호모프의 표정이 너무 애처로워서 그의 말을 믿지 않을 수가 없었다.

"이거 큰일이로군." 오팔리코프는 잠시 생각에 잠겼다가 금방 환호성을 내질렀다. "만세! 찾았네! 이것 좀 보게, 가서 그…… 이름이 뭐더라…… 자네 휘하 사병 중에 꼴불견으로 생긴 녀석, 말 타고 다니는 녀석 말일세."

"촌킨 말씀이신가요?" 파호모프는 믿을 수 없다는 듯이 되물었다.

"맞네, 촌킨. 내가 생각해도 내 머리는 정말 기발해." 오팔리코프는 놀라서 자기 이마를 손바닥으로 탁 치기까지 했다.

"그렇지만 그 녀석은……" 파호모프는 다시 딴죽을 걸고 나왔다. "그 녀석이 없으면 취사반에 장작을 나를 사람이 없습니다만."

"우리나라에 대체 불가능한 사람은 없네." 연대장이 말했다.

이 논리는 현실에서 검증된 것이었다.* 이 말에 파호모프 중령은 감

---

* 1934년 14차 전 소연방 볼셰비키 공산당 전당대회에서 스탈린은 일부 고위 당 관료들을 염두에 두고 "이 잘난 체하는 고관대작들은 자신들이 대체 불가능하기 때문에 지도부의

히 딴지를 걸 수 없었다.

3

친애하는 독자 여러분! 여러분은 이미 우리의 말년 사병 이반 촌킨이 작은 키에 앙가발이인 데다가 붉은 귀를 가지고 있다는 사실에 주목했을 것이다. "그렇게 해괴망측한 사람이 어디 있어?" 하고 화를 낼 분도 계실지 모르겠다. "자라나는 세대를 위한 본보기는 도대체 어디 있는 거야? 작가는 어디서 그따위 '주인공'(혹은 '영웅')을 찾아낸 거야?" 하고 말이다. 현장범으로 검거되어 총살대에 오른 저자, 그러니까 필자는 촌킨이란 자를 본 적도 없고 순전히 머릿속에서 그를 상상해냈으며 그것도 모범을 보이기 위한 것이 아니라 단순히 아무런 할 일이 없었기 때문이라는 점을 밝혀두어야겠다. 그럼 당신은 또 믿지 못하겠다는 투로 "그렇다고 치더라도 그런 인물을 뭐 하러 만들어낸 거요? 우리 주변에서 진정한 전사, 기골이 장대하고 군사적·정치적으로 완벽하게 규율이 잡힌 모범생을 주인공으로 그릴 수는 없었던 거요?" 하고 물으실 것이다. 물론 그렇게 할 수도 있었겠지만 한발 늦고 말았다. 모범생들은 모두 다른 사람들이 이미 낚아채 간 후라서 내게 남은 건 촌킨뿐이었다. 나도 처음엔 크게 실망했지만 결국엔 받아들일 수밖에 없었다. 작품의 주인공은 아

결정을 제멋대로 위반해도 좋다고 생각하고 있다. 과거 그들이 이룩한 업적을 불문하고 지도적 위치에서 그들을 단호하게 내리쳐야 한다"고 말했다. 이후 피의 숙청이 시작되자 14차 전당대회에 참가했던 대표 1,961명 중 1,108명이 총살형에 처해지거나 강제수용소에서 생을 마감했다.

기와 같다. 어떤 아기가 태어나든 있는 그대로 받아들여야지, 맘에 들지 않는다고 창밖으로 던져버릴 수는 없는 노릇 아닌가. 다른 작가들이 탄생시킨 아기들은 훨씬 잘나고 똑똑할지 모르지만 어찌 됐건 나는 남의 떡보다 내 손에 쥔 떡이 더 맛있어 보인다.

이미 말씀드린 촌킨의 삶에서는 독자 여러분의 관심을 끌 만한 화끈한 사건이 없었지만 짧게라도 그가 어디 출신이고 과거에 어디서 무엇을 하며 살았는지에 대해서 얘기를 하고 넘어가야 예의일 듯싶다.

그러니까 어느 옛날 볼가강 유역의 한 마을에 마리야나 촌키나라는 평범하기 짝이 없는 시골 과부가 살고 있었다. 그녀의 남편 바실리 촌킨은 나중에 내전으로 비화되어 수년간 계속된 제국주의 전쟁에서 1914년에 전사했다. 차리친 너머에서 전투가 있었던 당시, 마리야나가 살던 마을은 두 개의 군용도로가 교차하는 곳에 위치한 관계로 하루는 적위군이, 다음 날은 백위군이 지나가는 형편이었다. 게다가 널찍하고 남자가 없는 마리야나의 집은 적위군, 백위군 모두에게 안성맞춤이었다. 한번은 저명한 러시아 공후 가문과 모종의 관계가 있다는 골리친 준위라는 자가 마리야나의 집에서 꼬박 일주일을 묵었다. 그가 마을을 떠난 후 그는 이 마을에 대해서 까맣게 잊었을지 모르지만 마을 사람들은 그를 잊지 않았다. 그리고 1년 후, 아니면 더 있다가(날짜를 정확히 센 사람은 없었다) 마리야나가 아들을 낳자 마을에서는 이 일에 분명히 공후의 도움이 있었을 것이라며 쑥덕거리기 시작했다. 범인이 동네의 소치기 세료가가 아닐까 의심하는 사람들도 물론 있었지만 세료가는 단호하게 발뺌을 했다.

마리야나는 아들의 이름을 이반이라고 짓고 부칭*은 죽은 남편의

---

* 부칭(父稱)은 러시아인의 가운데 이름으로 아버지의 이름에 어미를 붙여서 만든다. 바실리예비치는 '바실리의 아들'이란 뜻이다.

이름을 따라 바실리예비치라고 했다.

전혀 기억하지 못하는 생애 첫 여섯 해를 이반은 가난 속에서 보냈다. 몸이 약했던 그의 어머니는 살림을 등한시했고 빵과 물로만 간신히 연명을 하다가 어느 날 강에 빠져 죽고 말았다. 초겨울 볼가강에 빨래를 헹구러 갔다가 발을 헛디딘 것이었다. 바로 그 시점부터 자신과 자신을 둘러싼 세계에 대한 촌킨의 최초의 기억이 형성되기 시작했다.

그렇다고 이반이 천애의 고아가 된 것은 아니었다. 아이가 없는 이웃 부부가 그를 집으로 데려가 키워주었다. 부부는 촌킨과 성이 같았고 어쩌면 그의 먼 친척뻘인지도 몰랐다. 오랫동안 아이가 생기지 않자 고아원에서라도 아이를 데려오는 게 어떨지 생각하고 있던 차에 이런 일이 터져버린 것이었다. 부부는 촌킨에게 좋은 옷과 신발을 입혔고 아이가 좀더 자라자 조금씩 집안일을 가르치기 시작했다. 건조 중인 건초를 뒤섞어놓으라거나, 움 안의 썩은 감자를 솎아내라거나, 아니면 다른 소소한 집안일을 시키면서 일한 만큼 보수도 꼬박꼬박 챙겨주었다.

다들 아시는 어느 한 시기에 마을에서 쿨라크* 색출이 시작됐지만 단 한 명도 찾아낼 수가 없었다. 하지만 단지 본보기를 위해서라도 누군가는 찾아내야 한다는 엄한 명령이 하달된 상황이었다. 그러자 찾아낸 것이 남의, 그것도 모자라 어린아이의 노동을 착취하는 촌킨 부부였다. 촌킨 부부는 유형에 처해졌다. 고아원으로 보내진 이반은 장차 그의 장래에 아무 데도 쓸모없을 수학을 배우느라 2년을 고생해야 했다. 처음에

---

* 러시아어로 '주먹'이라는 뜻으로 혁명 전 러시아 농촌에서 큰 농장과 가축을 소유하고
  소작농을 부렸던 부농들을 말한다. 내전 기간이었던 1918~21년 전시공산주의 시기에
  재산 몰수 등 탄압을 당했으나 1921년 신경제정책이 실시되면서 농업 생산성을 높이기
  위해 다시 지위가 높아졌다. 하지만 1929년 대대적인 농업집산화운동이 전개되고 집단
  농장이 들어서면서 계급으로서의 쿨라크 청산 작업이 전개되었다.

그는 이 모든 것을 고분고분히 참아냈지만 똑 떨어지지 않는 정수의 나눗셈에 이르자 참지 못하고 고향 마을로 달아나고 말았다.

그 무렵 그는 벌써 덩치가 꽤 커져서 말고삐를 잡아당길 수 있을 정도로 힘이 세졌다. 사람들은 그에게 말 한 필을 주고는 낙농장에서 일을 하도록 보냈다. 그러면서 촌킨의 지체 높은 혈통에 대해 잊지 않고 이렇게 말하는 것이었다.

"촌킨 공후님, 얼룩말에 수레를 매서 거름을 좀 운반해줍쇼."

군대에서 그를 이 별명으로 부르지 않은 이유는 단지 그런 별명이 있는지 몰랐고, 그의 외모에서 공후다운 점이라고는 발견할 수 없었기 때문이다. 처음 촌킨을 본 대대장 파호모프는 길게 생각할 것도 없이 대뜸 이렇게 말했다.

"마구간으로."

그리고 그 말이 낙인이 돼버렸다. 마구간은 촌킨에게 안성맞춤이었다. 그 후로 그는 언제나 말 잔등에 올라타 부엌으로 장작과 감자를 날랐다. 자신의 직무를 금세 습득했을 뿐 아니라 '사병이 자는 시간에도 국방부 시계는 돌아간다'라든지, '섣불리 명령을 이행하지 마라. 언제 취소될지 모를 일이다' 등등의 기본적인 사병 수칙도 금세 습득했다.

복무 기간 내내 그는 자신의 동기병들처럼 항공정비병이나 차량수리병이 되지는 못했지만, 특무상사만 아니라면 자신의 삶에 만족해하고 있었다. 군사 임무나 병영의 마룻바닥 닦기, 제식훈련 등에 그를 보내는 법이 없었다. 그는 병영 안에도 거의 들어가본 적이 없었다. 겨울이면 보통 부엌에서 잠을 잤고 여름에는 마구간 건초 위에서 잠을 잤다. 부엌과 긴밀한 관계를 갖고 있었기 때문에 급식은 조종사급인 제5호 급식을 받았다. 그가 제외되지 않은 훈련이 있다면 그것은 정신교육이었다.

4

여름에 날씨가 좋을 때면 정신교육은 보통 실내가 아니라 주둔 기지 부근 자그마한 숲 가장자리 공터에서 실시되었다. 촌킨은 언제나처럼 수업에 늦었지만 이번에는 본인의 잘못이 아니었다. 처음에는 특무상사가 기합을 주더니 그 후에는 취사병 슈르카가 마지막 순간에 창고에 가서 곡물 가루를 가져오라고 시켰다. 하필 창고지기가 자리에 없었고 촌킨은 그를 찾아 주둔 기지를 사방으로 돌아다녀야 했다. 촌킨이 마침내 말을 타고 숲에 도착했을 때는 이미 모든 사병이 모여 있었다. 그가 나타나자 수업을 담당하고 있는 선임 정치교관 야르체프는 촌킨님께서 납신 이상 아무 문제 없으니 이제 수업을 시작해도 좋겠다며 비꼬기도 했다.

병사들은 선임 정치교관 야르체프가 앉아 있는 커다란 그루터기 주변의 넓지 않은 풀밭 위에 자리를 잡고 있었다.

촌킨은 말의 재갈을 풀고 말이 풀을 밟을 수 있도록 그곳에서 멀지 않은 나무에 말을 매놓고는, 교관으로부터 멀찌감치 떨어진 곳의 병사들 앞에 자리를 잡았다. 그는 양팔로 다리를 껴안고서 쪼그리고 앉은 후에야 주위를 둘러보았다. 그제야 그는 자신이 가장 나쁜 자리를 골랐다는 사실을 깨달았다. 악연 중의 악연인 사무시킨이 비웃는 듯한 푸른 눈동자로 그를 쳐다보며 바로 옆에 앉아 있는 것이었다. 이 사무시킨이라는 녀석은 틈만 나면 촌킨을 골려먹는 것이 취미였다. 식당에서는 설탕과 소금을 섞어놓고 병영에서는 밤에(아주 어쩌다가 촌킨이 병영에서 잠을 자게 되는 경우에) 촌킨의 바지와 상의를 꽁꽁 묶어버리는 바람에 열병식에 몇 번이나 지각한 적이 있었다. 한번은 사무시킨이 촌킨에게 '자전거'

장난*을 쳤다. 자고 있는 그의 발가락 사이에 종이 한 무더기를 끼워놓고 불을 지른 것이었다. 그에 대한 벌로 사무시킨은 과외로 두 개의 임무를 더 받았고 촌킨은 사흘을 절룩거리며 다녔다.

사무시킨을 발견한 촌킨은 차라리 개미집 위에 앉는 편이 나았을 거라는 사실을 깨달았다. 사무시킨의 장난기 가득한 얼굴로 보아 오늘도 별일 없이 지나갈 리가 만무했던 것이다.

오늘 수업의 주제는 '붉은 군대 병사의 도덕적 형상'이었다. 야르체프 교관은 무릎 위에 올려놓은 거대한 노란색 서류 가방에서 요약지를 꺼내 몇 장 넘겨보더니 병사들에게 지난 수업 시간에 공부한 것을 짤막하게 상기시키고는 물었다.

"누가 대답해보겠나? 촌킨?" 그는 촌킨이 손을 번쩍 든 것을 보고는 놀라서 말했다.

촌킨은 우물쭈물하면서 일어나 상의를 허리띠 안으로 집어넣고는 제자리걸음을 하면서 야르체프의 두 눈을 물끄러미 쳐다보았다. 그렇게 두 사람은 꽤 오랫동안 서로를 쳐다보았다.

"왜 대답을 하지 않나?" 야르체프가 더는 참지 못하고 물었다.

"대답할 준비가 안 됐어요, 선임 정치교관 동지." 눈을 내리깔면서 촌킨이 자신 없게 중얼거렸다.

"그럼 손은 왜 들었나?"

"제가 올린 게 아니라요, 선임 정치교관 동지. 딱정벌레를 꺼내느라고요. 사무시킨이 제 등에 딱정벌레를 집어넣었어요."

"딱정벌레라고?" 화난 목소리로 야르체프가 되물었다. "촌킨 동지,

---

* '자전거'는 러시아 범죄자들의 은어로 감옥에서 자는 사람의 발가락 사이에 불을 지르는 장난을 말한다.

자네는 여기 공부하러 왔나, 아니면 딱정벌레를 잡으러 왔나?"

촌킨은 말이 없었다. 선임 정치교관은 자리에서 벌떡 일어나 흥분 상태로 풀밭을 왔다 갔다 했다.

"우리는 지금," 그는 단어를 골라가며 느릿느릿 말을 시작했다. "'붉은 군대 병사의 도덕적 형상'이라는 매우 중요한 주제를 공부하고 있네. 촌킨 동지, 자네는 정신교육 과목에서 지도자의 말을 주의 깊게 듣는 다른 대다수 병사들에 비해 뒤처지고 있어. 게다가 곧 있으면 내무감사가 있지 않나. 그 꼴로 어떻게 감사관의 눈을 통과하려고 그러나? 말이 나온 김에 하는 얘긴데 그 때문에 자네는 기강도 엉망이야. 지난번에 내가 부대당직이었을 때 자네는 전투체육 수업도 나오지 않았지. 정신교육이 제대로 되지 않으면 군 기강도 무너지게 돼 있다는 사실을 보여주는 극명한 예가 아닌가. 앉게, 촌킨 동지. 발표하고 싶은 사람 누구 있나?"

분대장 발라쇼프가 손을 들었다.

"보게." 야르체프가 말했다. "무슨 이유에선지 발라쇼프 동지는 항상 남보다 먼저 손을 들지 않나. 그의 발표는 언제나 듣기 좋지. 요약을 해 왔나, 발라쇼프 동지?"

"해 왔습니다." 발라쇼프는 겸손하게 대답했지만 목소리에는 자긍심이 묻어났다.

"당연히 그럴 거라고 생각했네." 야르체프는 애정이 담뿍 담긴 눈으로 발라쇼프를 쳐다보며 말했다. "대답해보게."

선임 정치교관은 다시 그루터기 위에 앉았고 발라쇼프의 정확하고 올바른 대답을 그가 얼마나 진심으로 즐기고 있는지를 미리 보여주기 위해서 눈을 감았다.

발라쇼프는 골판지 표지로 된 연습장을 펼치고는 자신의 말은 한 마디도 추가하지 않고 적어온 것을 감정을 담아 큰 소리로 읽기 시작했다.

그가 연습장을 읽어 내려가는 동안 병사들은 각자 제 할 일을 했다. 다른 병사의 등 뒤에 숨어서 『마담 보바리』를 탐독하는 사람이 있는가 하면 두 명은 '해상전투' 놀이*를 하고 있었고 촌킨은 자기만의 생각에 골몰해 있었다. 다양한 생각이 그의 머릿속을 맴돌았다. 인생을 주의 깊게 관찰하면서 그 법칙을 터득한 결과 그는 여름이면 보통 따뜻하고 겨울이면 춥다는 사실을 깨달았다. '그런데 만약 반대로,' 그는 생각했다. '여름에 춥고 겨울에 따뜻하다면 여름은 겨울이라고 불리고 겨울은 여름이라고 불렸겠지.' 그러고 나서 그의 머리에는 뭔가 훨씬 더 중요하고 흥미로운 생각이 떠올랐는데, 바로 까먹는 바람에 아무리 애를 써도 기억이 나지 않았다. 놓쳐버린 생각에 대한 생각으로 촌킨은 괴로워졌다. 바로 그때 누군가 그의 옆구리를 찔렀다. 뒤를 돌아보니 그 존재에 대해 잠시 까맣게 잊고 있었던 사무시킨이 보였다. 사무시킨은 촌킨에게 할 얘기가 있으니 자기 쪽으로 다가오라고 손짓을 했다. 촌킨은 잠시 망설였다. 사무시킨이 또 무슨 꿍꿍이를 꾸미고 있는 것이 틀림없었다. 선임 정치교관이 있는 자리에서 귀에다 고함을 지를 용기는 없겠지만 침을 뱉을지도 몰랐다.

"왜 그러는데?" 촌킨이 소곤대는 소리로 물었다.

"무서워하지 마." 사무시킨도 속삭이더니 촌킨의 귀 쪽으로 몸을 기울였다. "너 스탈린한테 마누라가 둘 있다는 거 알아?"

"에이, 설마." 촌킨이 손사래를 쳤다.

"진짜라니까. 마누라가 두 명이야."

---

* 학생들의 놀이로 종이에 격자무늬를 그리고 칸에 임의로 함선을 위치시킨 다음, 좌표를 불러 먼저 상대편의 함선을 모두 파괴하는 쪽이 이기는 놀이.

"말도 안 되는 소리 그만해." 촌킨이 말했다.

"못 믿겠으면 교관한테 물어봐."

"내가 왜?" 촌킨은 고집을 피웠다.

"제발 물어봐줘, 친구야. 내가 직접 물어보고 싶지만 지난 시간에 질문을 너무 많이 해서 좀 그렇거든."

사무시킨의 얼굴에는 사실 생각해보면 별거 아니지만 그래도 이 부탁을 촌킨이 꼭 들어주었으면 하는 듯한 표정이 서려 있었다. 본성이 착해서 남의 부탁이라면 거절이라곤 할 줄 모르는 촌킨이 결국 지고 말았다.

발라쇼프는 여전히 요약해 온 노트를 읽고 있었다. 선임 정치교관은 절도 있는 군인인 발라쇼프가 아마 교과서에 있는 내용을 한 글자도 틀리지 않게 요약해 왔을 것이며, 그의 대답에서 돌발 상황은 절대로 기대하기 어렵다는 사실을 알았기 때문에 멍하니 그의 발표를 듣고 있었다. 하지만 시간이 별로 남지 않았고 다른 병사들에게도 질문을 해야 했기 때문에 야르체프는 발라쇼프를 멈춰 세웠다.

"고맙네, 발라쇼프 동지." 그가 말했다. "자네에게 질문이 하나 더 있네. 우리 군대를 왜 인민군이라고 하는지 그 이유를 아는가?"

"인민에 봉사하는 군대이기 때문입니다." 발라쇼프는 머뭇거리지 않고 대답했다.

"맞네. 그럼 자본주의 국가들의 군대는 누구에게 봉사하는가?"

"한 줌의 자본가들입니다."

"맞네." 야르체프는 매우 흡족했다. "자네 대답을 흡족하게 들었네. 사고의 방향도 바르고 학습한 자료에서 올바른 결론을 도출할 줄도 아는군. 점수로 '수'를 주고 대대장님께 자네를 치하하고 신상기록부에 올리도록 요청해놓겠네."

"노동 인민을 위해서 봉사할 따름입니다." 발라쇼프가 조용하게 말했다.

"앉게, 발라쇼프 동지." 선임 정치교관은 작고 매서운 눈으로 앞에 앉아 있는 병사들을 둘러보았다. "방금 발표한 연사의 생각을 계속해서 발전시키고 싶은 사람 있나?"

이때 촌킨이 팔을 들었고 야르체프는 이를 놓치지 않았다.

"촌킨 동지, 자네의 그 우아한 동작을 어떻게 해석해야 하나? 이번에도 딱정벌레와 싸우고 있는 건가?"

촌킨이 일어섰다.

"질문이 있는데요, 선임 정치교관 동지."

"해보게." 정치교관은 얼굴 전면에 활짝 미소를 띠며 말했다. 그 표정은 마치 촌킨이 질문을 해보았자 정말 단순하거나 멍청한 질문이겠지만, 야르체프 자신은 모든 일개 사병의 수준까지 내려가 이해가 가지 않는 것을 설명해줄 의무가 있다고 말하는 것 같았다. 하지만 그것은 그의 실수였다. 질문은 멍청한 것이었을지 몰라도 그렇게 단순한 것이 아니었다.

"저기 스탈린 동지한테," 촌킨이 물었다. "마누라가 둘이라는 게 사실인가요?"

야르체프는 마치 몸의 어느 한 곳을 송곳에라도 찔린 것처럼 자리에서 벌떡 일어났다.

"뭐?!" 그는 분노와 경악으로 몸을 부들부들 떨면서 소리를 질렀다. "자, 자네 도대체 무슨 말을 하는 건가? 그런 일에 나를 끌어들일 생각일랑은 하지 말게." 그는 이내 자신이 뭔가 해서는 안 될 말을 했다는 것을 깨닫고는 입을 꼭 다물었다.

촌킨은 당황한 나머지 눈을 껌벅거렸다. 그로서는 도대체 뭣 때문에 선임 정치교관이 저렇게 펄쩍 뛰며 화를 내는지 알 수가 없었다. 그는 자신의 행동을 설명하려고 했다.

"선임 정치교관 동지, 저는 별생각 없이," 그가 말했다. "그냥 궁금했던 것뿐이에요. 누가 그러는데 스탈린 동지한테……"

"누가 자네한테 그런 소리를 했나?" 야르체프는 괴성을 질렀다. "누구냐고 묻지 않나? 언제까지 남의 장난에 놀아날 건가, 촌킨?"

촌킨은 간절한 눈으로 사무시킨을 돌아봤지만 그는 마치 지금 벌어지고 있는 일이 자기와는 아무 상관도 없다는 듯이 얌전히 앉아서 『전소연방 볼셰비키 공산당사(史) 요강』*을 뒤적이고 있었다. 촌킨은 사무시킨의 짓이라고 해봤자 그가 입에 침도 바르지 않고 그런 일이 없었다고 할 거란 사실을 깨달았다. 도대체 무엇 때문에 선임 정치교관이 저렇게 불같이 화를 내는지 이해할 수 없었지만, 촌킨은 이번에도 사무시킨이 그를 골탕 먹였으며 심지어는 예전에 그에게 '자전거' 장난을 쳤을 때보다 더 심한 장난을 쳤음을 깨달았다.

한편 선임 정치교관은 한번 소리를 지르기 시작하더니 멈출 수가 없는지 촌킨에게 성호를 그어가며(그런 짓은 안 하는 게 좋았다) 정치적 미숙함과 경각심 결여가 어떤 결과를 낳는지, 자신들의 흉계를 달성하기 위해 수단과 방법을 가리지 않고 어떤 틈이라도 보이면 달려들 준비가 된 우리의 적들에게 촌킨 같은 자들은 값진 선물과 같으며, 또한 자대뿐 아니라 부대와 붉은 군대의 얼굴 전체에 먹칠을 하고 있다고 말했다.

---

* 1938년 초판이 발행된 소련 볼셰비키 공산당사 교과서. 스탈린이 직접 집필에 참여한 것으로 알려졌다. 스탈린을 진정한 마르크스-레닌주의자로 칭송하고, 1930년대 숙청된 당 지도자들을 인민의 적으로 규정했다. 소련 공산당 검정 교과서로 각급 교육기관에서 필수 과정으로 두었다. 초판 발행 부수 100만 부. 1956년까지 전 세계 67개 언어로 약 4,300만 부가 발행됐다.

당번병 알리모프가 그의 말을 중간에 끊지 않았더라면 야르체프의 독백이 언제까지 계속됐을지는 아무도 몰랐다. 알리모프는 기지에서부터 뛰어왔는지 한참 숨을 헐떡였고 한 손을 군모에 대고는 힘겹게 숨을 쉬면서 말없이 야르체프를 쳐다보았다. 당번병의 등장으로 생각의 끈을 놓쳐버린 야르체프가 신경질적으로 물었다.

"무슨 일인가?"

"선임 정치교관 동지, 보고드리겠습니다." 숨을 돌린 알리모프가 말했다.

"보고하게." 야르체프는 지친 듯 그루터기에 털썩 주저앉으면서 말했다.

"사병 촌킨을 병영에 대기시키라는 대대장님의 지시가 있었습니다."

촌킨과 야르체프 두 사람 모두에게 이 소식은 구세주와 같았다. 매놓은 말을 풀면서 촌킨은 쓸데없는 말을 한 자신에게 욕을 해댔다. 복무기간 중 처음으로 한 질문이었는데 경을 친 것이었다. 그래서 그는 이제 앞으로 살면서 다시는 어떤 질문도 하지 않겠다고 굳게 결심했다. 괜한 질문으로 헤어날 수 없는 곤경에 빠질지 모르니 말이다.

5

특무상사 페스코프는 병참부 내무실에 앉아서 조만간 다가올 자대 중대의 목욕날을 준비하며 굵은 실로 비누를 자르고 있었다. 그때 그를 호출하는 전화가 왔고 파호모프 대대장으로부터 즉시 촌킨을 찾아내 군장과 일주일치 전투식량을 지급하고 장기 경계근무를 위한 교육을 시키라는 명령을 받았다.

무슨 임무인지, 어떤 장기 임무인지 특무상사는 당최 이해할 수 없었지만 교본에 따라서 명령이라면 무조건 복종하는 것이 몸에 밴지라 "알겠습니다!" 하고 대답했다. 그러고는 비누 자르는 것을 돕고 있던 병참하사 트로피모비치를 식료품 창고에 보내고, 촌킨을 찾도록 당번병 알리모프를 보냈다. 그 후 남은 비누를 잔뜩 썰고 수건에 손을 닦은 뒤 코틀라스시(市)에 살고 있는 약혼녀에게 편지를 쓰기 시작했다.

특무상사는 제대 후 2년을 연장 복무했고 이번에 또다시 복무 기간을 연장하려는 참이었는데, 약혼녀는 이런 그의 선택을 탐탁지 않아 했다. 그녀는 결혼한 남자라면 군대보다는 공장 같은 곳에서 일하는 편이 훨씬 낫다고 생각했다. 특무상사 페스코프는 약혼녀의 의견에 동의하지 않았고 그 때문에 이렇게 썼다.

아, 그리고, 류바, 당신은 민간인으로 사는 게 군인 생활보다 훨씬 낫다고 썼는데요. 류바, 그건 당신이 잘못 생각하고 있는 겁니다. 붉은 군대의 모든 전사들에게 제일 중요한 것은 군 복무의 모든 고통과 내핍 생활을 이겨내는 것이거든요. 거기에는 부하들을 교육하는 것도 포함되지요. 당신도 알다시피 지금 우리나라는 사방이 자본주의 국가들에 의해 포위되어 있고 적들은 소비에트 국가를 압살시키고 우리 아내와 아이들을 노예로 만들려고 혈안이 돼 있지 않습니까. 그렇기 때문에 매년 젊은 전사들, 노동자와 노동농민계급의 자식들을 붉은 군대로 징집하고 있는 거고요. 그리고 우리들은 단련된 전사로서 신병들에게 우리의 전투 경험과 젊은 세대의 훈육을 위한 군사기술을 전수해야 하는 겁니다. 이게 만만하게 볼 문제가 아니랍니다. 사람들이란 모름지기 평상시에도 엄격하게 대해야 해요. 오냐오냐해주면 어느 순간에 돼지 같은 행동을 할지 모르니까요. 평범한 가정을 예로 들어볼까요? 만약에 아이를 엄하게, 혁대를 가지고 훈육하지 않으면 아이는 커서 사기꾼이나 불량배가 될 수도 있거든요. 류바, 아이들은 우리 삶의 목표 아니겠어요? 만약 삶에 목표가 사라진다면 목을 매거나 권총 자살을 하게 될지도 모르니까요. (마야콥스키나 예세닌*을 기억해보세요.)

특무상사는 마침표를 찍고 잉크에 펜을 푹 담근 후 다음 구절을 생각하기 시작했다. 그는 가정과 결혼 그리고 국가의 국방 능력이라는 문제를 어떻게든 하나로 엮어보고 싶었지만 구체적으로 어떻게 엮어야 할지 머리가 돌아가지 않았다. 게다가 그 순간 누군가 문을 두드리는 바람에 집중력이 흐트러지고 말았다.

"들어오십시오." 특무상사가 말했다.

문을 열고 들어온 것은 촌킨이었다. 그는 정신교육 시간에 저지른 실수 때문에 너무 낙담하고 있던 차라 교본에 따라 보고하는 법도 잊어버린 채 이렇게 말했다.

"특무상사 동지, 부르셨어요?"

"부른 게 아니라 출두하도록 명령했지." 특무상사가 그의 표현을 고쳐주었다. "들어와서 교본에 따라 보고한다. 실시."

촌킨은 문 쪽으로 돌아섰다.

"취소!" 특무상사가 말했다. "'뒤로돌아'는 어떻게 해야 하나?"

---

* 농촌 시인이자 이사도라 덩컨의 남편이었던 세르게이 예세닌(1895~1925)은 목을 매 자살했고, 「대중의 취향에 따귀를 때려라」 등의 미래주의 선언문으로 유명한 미래파 시인이자 '혁명의 목청' 블라디미르 마야콥스키(1893~1930)는 권총으로 자살했다.

촌킨은 교본대로 하려고 노력했지만 또 헛갈려서 오른쪽으로 돌아버렸다. 세번째 시도에서 그나마 봐줄 만한 뒤로돌아에 성공했고, 그제야 특무상사는 마침내 관대함을 보여 촌킨에게 밖으로 나갔다가 다시 들어와 도착을 보고하라고 말했다. 그러고 나서 촌킨의 손에 『경계 및 주둔 근무 교본』을 쥐여주고는 병영에 가서 보초의 임무를 암기하라며 내보냈다. 그리고 자신은 다시 편지지를 붙잡고 촌킨과의 대화 중에 얻은 새로운 생각들을 적어가기 시작했다.

류바, 예를 들어 당신이 다니는 공장에 대학을 나오고 부하 직원을 10~12명 거느린 기사가 있다고 해봅시다. 그가 부하 직원들에게 지시할 수 있는 것은 업무와 관련된 것뿐이잖아요? 퇴근 후나 공휴일이라면 부하 직원들이 그의 말에 복종할 필요가 없지요. 시쳇말로 너는 너대로, 나는 나대로 원하는 것을 할 수 있는 거니까요. 하나 우리 군에서는 그런 경우란 있을 수 없어요. 우리 중대에는 97명의 붉은 군대 사병과 하사관들이 있습니다. 내가 학교라고는 5학년 중퇴가 전부지만 그들에게 언제든, 어떤 명령이든 내릴 수가 있어요. 그럼 그들은 내 명령을 무조건적으로, 정확히 기한 내에, 군사 교본과 군대 규율에 따라서 이행해야 한답니다.

이 대목에서 그는 또 방해를 받았다. 문이 열리더니 내무실로 누군가가 들어왔다. 촌킨일 거라고 생각한 특무상사는 고개도 들지 않고 말했다.
"돌아 나가게. 노크하고 다시 들어오게."
하지만 돌아온 대답은 이랬다.

"어디, 자네한테 노크하는 법을 내가 알려주지."

파호모프 중령의 등장에 특무상사는 몸을 곧게 펴면서 둥근 의자에 앉은 채 팽이처럼 몸을 돌렸다.

"중령 동지, 부재하시는 동안 중대 내에서 어떠한 사고도 없……" 경례를 붙이며 보고를 시작하려는데 중령이 그의 말을 끊었다.

"촌킨은 어디 있나?"

"『경계 및 주둔 근무 교본』을 외우도록 보냈습니다." 특무상사가 또박또박 보고했다.

"어디로 보냈다는 건가?" 파호모프가 궁금해했다.

"병영으로 보냈습니다, 중령 동지." 페스코프가 대답했다.

"자네 제정신인가?" 중령이 그를 향해 꽥 소리 질렀다. "보초를 설 비행기가 기다리고 있는데 지금 그 녀석과 교본 공부를 하고 있나? 내가 전화로 뭐라고 했나? 즉시 촌킨을 호출해서 파견할 준비를 하라고 하지 않았나."

"맞습니다, 중령 동지!" 특무상사는 문 쪽으로 달려갔다.

"기다리게. 전투식량은 지급했나?"

"트로피모비치가 갔는데 아직 돌아오지 않았습니다. 창고지기와 수다를 떨고 있지 않겠습니까?"

"내가 그 녀석에게 수다를 어떻게 떠는 건지 보여주지! 그 녀석을 식량과 함께 이리 데리고 오게!"

"당장 당번병을 보내겠습니다." 특무상사가 말했다.

"당번병을 보낸다고 했나!" 파호모프가 말했다. "당번병이 아니라 자네가 직접 뛰어서 다녀오게! 자, 5분 주겠네. 1분 지날 때마다 독방 하루 추가일세. 알겠나? 뛰어가!"

특무상사를 대하는 중령의 말투는 한 시간 전 연대장과 대화할 때와는 딴판이었다. 하긴 촌킨을 대하는 특무상사의 태도도 중령과 이야기할 때와는 천양지차였다. 촌킨으로 말하자면 그런 식으로 말을 할 수 있는 상대가 말밖에 없었다. 지위로 볼 때 말이 촌킨보다 아래였으니 말이다. 하지만 말보다 낮은 지위에 있는 자는 아무도 없었다.

밖으로 튀어나온 특무상사는 회중시계를 보고 시간을 재면서 걷다가 뒤를 돌아보더니, 창문으로 파호모프 중령이 지켜보고 서 있는 것을 깨닫고는 뛰기 시작했다.

기지의 반대편 끝까지 대략 4백 미터를 뛰어야 했다. 대대장의 눈을 피해 잠시 숨을 돌릴 수 있는 엄폐물이라고는 도중에 하나도 없었기 때문에 특무상사 페스코프는 자신이 꼭 사격연습장 안에 들어와 있는 것 같은 느낌이 들었다. 그는 스물다섯 살이었고 연장 복무 2년 동안 뜀박질이라고는 단 한 번, 그러니까 경보가 울렸을 때 해봤는데, 그런 상황에서 땡땡이를 치기란 불가능했기 때문이다. 나태해진 몸은 오랜만의 뜀박질로 고통스러웠고 날씨 또한 찌는 듯이 더웠다.

식료품 창고 안은 언제나 그렇듯이 어둡고 서늘했다. 벽과 지붕의 틈으로 들어오는 햇빛 몇 줄기가 어둠 속에서 상자들과 통, 자루들 그리고 창고를 가로질러서 대들보에 걸쳐 있는 쇠고기를 부각시키며 실내를 비추고 있었다. 반쯤 열린 문 옆에 창고지기 두드니크가 한 손에 턱을 괴고 앉아서 더위에 녹초가 되어 졸고 있었다. 잠이 들자마자 그의 턱은 땀에 젖은 손바닥에서 미끄러졌다. 두드니크는 턱으로 책상을 찧고는 눈을 뜨고서 적의에 찬 눈으로 경계하듯이 책상을 쳐다보았지만, 잠의 유혹을 견딜 수 없어 금세 다시 손으로 턱을 괴었다.

혀를 쑥 내민 채 특무상사 페스코프가 창고로 뛰어들어왔다. 그는 두드니크 옆의 곡물 상자에 철퍼덕 앉더니 물었다.

"트로피모비치 못 봤어?"

두드니크는 다시 책상에 턱을 찧고는 멍한 눈으로 페스코프를 쳐다보았다.

"뭐?"

특무상사는 그런 충격에도 끄떡없는 두드니크의 턱을 존경스럽게 쳐다보았다.

"이빨은 괜찮아?" 그가 물었다.

"이빨이야 괜찮지." 머리를 세차게 흔들고 하품을 하면서 두드니크가 말했다. "책상을 수리하러 보내야 할 게 걱정이지. 그런데 누굴 찾았지?"

"트로피모비치 혹시 여기 왔었어?"

"아, 트로피모비치. 여기 왔었지." 눈을 감으려 다시 손으로 턱을 괴면서 두드니크가 말했다.

"어이, 아직 잠들지 마." 특무상사가 그의 어깨를 흔들었다. "왔다가 어디로 갔지?"

눈을 감은 채 두드니크는 빈손으로 문 쪽을 가리켰다.

"저리로 갔어."

두드니크에게서 제대로 된 대답을 듣기는 어렵겠다는 생각이 들자 특무상사는 밖으로 나와 멈춰 서서 곰곰이 생각에 잠겼다. 어디를 가봐야 하나? 머릿속으로 트로피모비치가 갈 만한 장소를 전부 헤아려보았지만 그는 어디든 갈 수 있었고, 그래도 가능성이 있는 곳을 지금 당장 생각해낸다는 것이 그로서는 쉬운 일이 아니었다. 그는 회중시계를 꺼내 시간을 보았다. 명령이 하달된 지 6분째 흐르고 있었다. 특무상사는 한숨을 쉬었다. 파호모프 중령이 빈말을 한 적이 없다는 사실을 그는 잘 알고 있었다. 그리고 그제야 페스코프는 촌킨을 어디론가 비행기에 태워 보낼 예정이라면 지금 뭔가 매우 중요한 일이 벌어지고 있다는 사실을 퍼뜩 깨달았다. 어쩌면 촌킨 그가 갑자기 매우 중요한 사람이 된 건 아닐까? 그, 특무상사 페스코프조차 비행기를 탄 적이 한 번도 없었다. 뭔가 중요한 일이 벌어지고 있다는 생각에 그의 두뇌는 좀더 생산적으로 돌아가기 시작했고, 다시 한번 트로피모비치가 어디 숨어 있을지 머리를 굴려본 특무상사는 망설이지 않고 군인상점으로 내달렸다.

페스코프의 짐작은 맞았다. 트로피모비치는 텅 빈 상점 안에서 판매원 토샤 옆에 선 채 영화 「네 사람의 심장」의 줄거리를 늘어놓고 있었다. 그의 발 아래쪽 마룻바닥에는 촌킨을 위한 전투식량이 든 배낭이 놓여 있었다.

그로부터 1분 후 창밖으로 파호모프 중령이 목격한 광경은 이러했다. 병영 쪽으로 난 오솔길을 따라 어깨에 배낭을 멘 트로피모비치가 경중경중 뛰고 있었고 그런 그의 등을 주먹으로 밀면서 그 뒤를 특무상사 페스코프가 달리고 있었다.

같은 날 저녁 무렵 연대 영창 독방에 앉아서 특무상사 페스코프는 코틀라스시에 사는 장래의 신부에게 쓰던 편지를 계속 이어갔다.

류바, 군 생활이 물론 편한 것은 아니에요. 자신의 지위를 군 기강 확립을 위해서가 아니라 정반대로 부하들을 괴롭히는 데 사용하는 사람들이 있기 때문이지요. 누구든 하루 정해진 여덟 시간의 생산노동을 마치고 나면 자유 시간을 만끽할 수 있는 민간인들의 생활에서 그런 일은 물론 상상도 할 수 없겠지요. 만약 기사나 작업반장 같은 자가 과

외로 뭔가를 지시한다고 해도 그냥 무시해버리면 그만이겠지요.

6

사실 사람이 살다 보면 예기치 않은 일들이 자주 일어난다. 이날 계획대로라면 촌킨은 정신교육 수업을 마친 후 부엌에 장작을 운반해놓고 점심을 먹고 나서 낮잠을 한잠 잔 다음에 목욕을 할 예정이었다. 목욕이 끝나면 새 군복을 지급받기로 약속까지 받아둔 상태였다. (얼마 안 남은 제대 후를 위해서 촌킨은 새 군복 한 벌과 각반 두 켤레를 쟁여놓을 참이었다.) 목욕을 하고 나서는 다시 마구간에 갔다가 저녁 준비를 위해 창고에 들른 다음, 저녁에는 실외에서 열리는 부대 가무단의 음악회를 보러 갈 예정이었다.

그런데 갑자기 모든 계획이 펑 하고 날아가버렸다. 대신 병영으로 호출당해 소총과 침낭, 배낭을 지급받자마자 비행기에 태워졌고 그로부터 한두 시간 만에 어딘지도 모를, 그때까지만 해도 세상에 존재한다는 걸 상상조차 못 해본 이름 모를 마을에 도착해 있는 것이었다.

생전 처음 타본 비행기에서 내려 그가 아직 멀미를 하고 있는 사이, 조종사들(그를 태우고 온 한 명과 이곳에서 그들을 기다리던 다른 한 명)은 고장 난 비행기에 덮개를 씌우고 지면에 고정시킨 후 쌩쌩한 비행기에 올라타더니 언제 이곳에 있었냐는 듯 사라져버렸다. 그러자 촌킨은 비행기와 비행기를 둘러싼 동네 사람들 사이에 혼자 덩그러니 남게 되었고, 차츰 동네 사람들이 흩어지자 그는 결국 완전히 혼자가 되었다.

혼자 남게 되자 그는 비행기 둘레를 한 바퀴 돌고는 보조날개와 조종간을 당겨보고 바퀴를 발로 찬 후 침을 뱉었다. 왜, 누구로부터, 얼마나 오랫동안 비행기를 경호해야 하는지 그는 몰랐다. 파호모프 중령은 일주일, 아니면 더 오래가 될지도 모른다고 말했다. 일주일 사이에 지루해서 죽을지도 모를 일이었다. 예전에는 말하고라도 대화를 나눌 수 있었으니 심심치 않았다. 게다가 그는 말과 얘기하는 것이 사람들과 있는 것보다 좋았다. 사람에게는 무슨 말이라도 잘못하게 되면 필시 안 좋은 일이 생기기 마련인데, 말이란 동물은 무슨 말이든 다 묵묵히 들어주니 말이다. 촌킨은 말과 대화를 하고 조언도 구하고 자신의 삶에 대해, 특무상사에 대해 이야기를 해주었고, 사무시킨과 취사병 슈르카 욕을 하기도 했다. 그러면 말은 이해를 하는지 못 하는지는 모르겠지만 꼬리를 흔들거나 고개를 끄덕이며 반응을 보였다. 그런데 이 고철 덩어리하고는 과연 대화가 가능하냔 말이다! 생명이라고는 없는 고철 덩어리. 촌킨은 다시 한번 침을 뱉고는 비행기 머리에서 꼬리로 갔다가, 다시 꼬리에서 머리로 돌아와 주위를 둘러보았다.

이곳의 풍광은 촌킨의 마음에 전혀 들지 않았다. 그가 서 있는 곳에서 3백 보쯤 떨어진 곳에는 버드나무 숲 너머로 툐파라는 이상한 이름을 가진 작은 강이 희뿌옇게 반짝이며 흐르고 있었다. 낯선 곳의 강이 어떻게 불리는지 알 리 없는 촌킨이었지만 그 강을 보는 순간부터 단박에 마음에 들지 않았다. 툐파 강변을 따라 아래쪽에 뻗어 있는 나무가 듬성듬성한 작은 숲은 더욱이 마음에 들지 않았고, 주변에 보이는 나머지 것들은 두말할 나위도 없었다. 이곳의 땅은 민둥 벌판에 작은 언덕들이 울퉁불퉁했고 돌이 많았다. 마을은 가난했다. 집 두 채는 외벽을 널빤지로 마감했고, 거뭇거뭇해진 통나무로 지어져 반쯤 땅속에 파묻힌 나머지 집들은 판자나 짚으로 덮여 있었다.

마을은 텅 비어 있었다. 꽤 오랫동안 둘러보았는데도 살아 있는 사람이라곤 그림자조차 보이지 않았다. 사실 그것은 당연한 일이었다. 모두들 일터에 가 있을 시간이었으니 말이다. 일터에 가지 않은 사람들은 무더위를 피해 집 안에서 나오지 않았다. 얼룩송아지 한 마리만이 무리에서 떨어져 나와 길 한가운데 누워 더위 때문에 혀를 쭉 내밀고 있을 뿐이었다.

등에 노를 묶은 한 사람이 강기슭을 따라 자전거를 타고 지나갔다.

"어이, 거기, 어이!" 촌킨이 그에게 소리를 질렀지만 그 사람은 멈추지 않았다. 돌아보지도 않은 것을 보면 부르는 소리를 못 들은 모양이었다.

이반은 비행기 날개 위에 배낭을 얹고 매듭을 끌러 뭐가 들었는지 살펴보기 시작했다. 배낭 안에는 큰 빵이 두 개, 고기 통조림, 생선 통조림, 농축식품 통조림이 각각 한 통씩, 나무토막처럼 딱딱한 소시지 한 덩이, 그리고 신문지에 싼 각설탕 몇 개가 들어 있었다. 일주일 분량으로는 그리 넉넉한 양이 아니었다. 미리 알았더라면 조종사 식당에서 뭐든 훔쳐 왔겠지만, 이제 와서 어찌하겠는가……

촌킨은 다시 비행기 옆을 한 차례 돌아왔다. 앞으로 몇 걸음 갔다가 뒤로 돈 후 다시 몇 걸음을 돌아오는 식이었다. 하기야 지금 그가 처한 상황에도 장점은 있었다. 그는 이제 마음대로 다가와서 어깨를 툭 치며 "어이, 촌킨" 하거나 아니면 장난으로 귀에 침을 뱉을 수 있는 예전의 촌킨이 아니었다. 지금 그는 보초, 다시 말하면 아무도 건드릴 수 없는 자였다. 그러니 그의 귀에 침을 뱉을 요량이면 그 전에 한 번이라도 더 생각을 해봐야 할 것이다. 여차하면 "서라! 누구냐!" 아니면 "서라! 쏜다!"라고 할 수 있으니 허투루 볼 상대가 아니었다.

하지만 지금 그가 처한 상황을 또 다르게 생각해보면……

촌킨은 멈춰 서서 비행기 날개에 몸을 기댄 채 생각에 잠겼다. 일주일 동안 교대할 사람도 없이 이곳에 홀로 내던져졌으니 이제 어쩌란 말인가? 교본에 따르면 보초 근무 중에는 먹고 마시고 담배를 피우고 웃고 노래하거나 잡담을 하고 화장실에 가는 것이 모두 금지되어 있었다. 하지만 일주일 동안 혼자 보초를 서야 하는데! 일주일 동안 어떤 식으로든 교본을 어기지 않을 도리는 없잖은가! 그런 결론에 도달하자 그는 비행기 꼬리 쪽으로 다가가서는 바로 교본을 어겨버렸다. 주변을 돌아보니 아무 이상이 없었다.

촌킨은 노래를 흥얼거리기 시작했다.

카자크 병사가 골짜기를,
캅카스 땅을 말을 타고 달린다……*

이 노래는 그가 끝까지 아는 유일한 노래였다. 노래는 쉬웠다. 두 줄마다 반복이 되는 형식이었다.

푸른 초원을 달리는 그의
손에 반지가 반짝인다……
푸른 초원을 달리는 그의
손에 반지가 반짝인다……

촌킨은 잠시 입을 다물고 주위 소리에 귀를 기울였다. 여전히 아무

---

* 유명한 카자크 민요 「카자크 병사가 말을 타고 골짜기를 달린다」.

변화가 없었다! 노래를 하건, 춤을 추건 아무도 뭐라 하는 사람이 없었다. 갑자기 전보다 훨씬 더 울적해진 촌킨은 누구하고든, 무슨 얘기든 이야기를 나누고 싶다는 생각이 간절해졌다.

주위를 돌아보니 한길을 따라 먼지를 일으키며 마을 쪽으로 달려오는 수레가 보였다. 손바닥으로 해를 가리고 자세히 보니 열 명 정도 되는 여자들이 다리를 수레 밖으로 걸친 채 앉아 있었고, 빨간 옷을 입은 여자가 선 자세로 말을 부리고 있었다. 이를 본 촌킨은 설명하기 힘든 흥분 상태에 돌입했고 마차가 가까워질수록 흥분은 더해졌다. 수레가 아주 가까워지자 촌킨은 이제 완전히 안절부절못하다가 옷매무새를 고친 후 길 쪽으로 달려 나갔다.

"어이, 아가씨들!" 그가 소리쳤다. "여기, 이쪽이야!"

여자들이 왁자지껄 웃는 소리가 들렸고 말고삐를 쥔 여자가 큰 소리로 대답했다.

"한꺼번에 다 갈까, 아니면 한 명씩 차례로 갈까?"

"그건 나중에 생각하고 우선 이리로 다들 와!" 촌킨이 손을 흔들며 말했다.

여자들은 더 큰 소리로 깔깔대며 마치 촌킨을 자기들 쪽으로 부르듯이 손을 흔들었다. 마부석에 서 있던 여자가 내뱉은 소리에는 촌킨조차 입이 떡 벌어졌다.

"이크, 대단한 여자들이야!" 흥분을 가라앉히지 못해 이렇게 소리를 질렀지만 이미 그의 말을 들어줄 사람은 근처에 아무도 없었다. 마을로 들어간 수레는 모퉁이로 꺾어지더니 모습을 감췄고, 달궈진 공기 중에 희뿌연 먼지만이 한참을 사라지지 않고 머물러 있었다.

이 작은 사건으로 촌킨은 삼삼한 기분이 되었다. 소총에 몸을 기댄 그의 머릿속에 교본상으로는 결코 용납되지 않는 여자에 대한 생각이 뭉게뭉게 피어오르기 시작했다. 그는 여전히 주위를 둘러보고 있었는데 그의 눈은 이미 아까처럼 무의미하게 껌뻑거리는 것이 아니라 아주 구체적인 목표물을 찾고 있었다.

그리고 원하는 것을 찾아냈다.

촌킨은 가까운 텃밭에서 더위를 피해 쉬다가 다시 감자밭을 돋우러 나온 뉴라 벨랴쇼바를 발견했다. 규칙적인 동작으로 호미질을 하는 뉴라의 신체 여러 부위가 촌킨의 눈에 들어왔다. 그녀의 풍만한 몸매를 눈여겨본 촌킨은 마음속으로 후한 점수를 주었다.

그녀가 첫눈에 마음에 들었지만 촌킨은 비행기를 쳐다보자 한숨만 나왔다. 그리고 다시 비행기 경계를 시작했다. 앞으로 몇 걸음, 뒤로 돌아 다시 몇 걸음. 하지만 앞으로 가는 걸음은 점점 더 늘어나고 뒤로 돌아오는 걸음은 점점 줄어드는 바람에 결국 그는 길고 휘어진 나뭇가지들로 만들어진 울타리와 가슴을 맞대게 되었다. 부지불식간에 뉴라의 코앞까지 다가온 촌킨은 무슨 용무냐고 묻는 듯한 뉴라의 눈과 마주치자 자신의 행동을 어떻게든 설명해야 한다는 사실을 퍼뜩 깨달았고, 그가 생각해낸 변명은 이랬다.

"목이 좀 마른데요." 그는 이렇게 말하고는 자신의 말이 사실임을 확인시켜주려는 듯 손가락으로 자기 배를 찔렀다.

"물은 드릴 수 있지만," 뉴라가 대답했다. "미지근한 거밖에 없어요."

"아무거면 어때요." 촌킨이 대답했다.

뉴라는 호미를 밭고랑에 내려놓고 집으로 향하더니 금세 무쇠 바가지를 들고 돌아왔다. 물은 진짜 미지근한 것이 맛이 없고 나무통 냄새가 났다. 촌킨은 입을 좀 축이고 나머지는 몸을 수그려 머리에 끼얹었다.

"이크, 조오—타!" 그는 과장스럽게 씩씩한 목소리로 외쳤다. "내 말이 맞죠?"

"바가지는 나뭇가지에 걸어놓으세요." 뉴라는 다시 호미를 집어 들며 대답했다.

촌킨의 등장에 가슴이 설레기는 뉴라도 마찬가지였지만 내색하지 않은 채 그가 가기를 기다리며 다시 일손을 잡았다. 하지만 촌킨은 자리를 뜨기가 싫었다. 그는 말없이 좀더 서 있다가 바로 본론으로 들어갔다.

"혼자 살아요, 아님 남편이 있어요?"

"그런 건 알아서 뭐 하려고요?" 뉴라가 대답했다.

"그냥 궁금해서요." 촌킨이 대답했다.

"내가 혼자 살든 아니든 그쪽하고는 상관없는 일이에요."

촌킨은 이 대답에 만족했다. 그 말은 뉴라가 혼자 산다는 것을 의미했으니 말이다. 노처녀의 자존심 때문에 그런 질문에 솔직하게 대답하기가 어려울 것이 뻔했다.

"좀 도와드려요?" 이반이 물었다.

"괜찮아요." 뉴라가 대답했다. "저 혼자서도 충분하네요."

하지만 이미 소총을 울타리에 걸쳐놓은 촌킨은 울타리 나뭇가지 사이로 빠져나왔다. 뉴라는 처음에는 예의상 여러 번 됐다고 마다하다가 결국은 제 호미를 내주고 외양간에 가서 다른 것을 하나 더 들고 나왔다. 둘이 함께하니 일은 한결 수월했다. 힘들이지 않고 슬슬 일을 해치우는 촌킨을 보니 이런 일이 처음이 아니라는 것을 알 수 있었다. 뉴라는 처음에는 그와 보조를 맞춰보려고 했지만 곧 힘에 부쳤고, 이제 촌킨은 저 앞에 가고 있었다. 잠시 일손을 놓고 숨을 돌리면서 뉴라는 호기심에 질문을 던졌다.

"시골 출신인가 봐요?"

"그렇게 티가 나나요?" 촌킨은 놀랐다.

"한눈에 보이는걸요." 당황해서 눈을 내리뜨면서 뉴라가 말했다. "도시 사람들이 일손을 돕겠다고 찾아오곤 했어요. 그런데 어떨 때는 민망해서 보고 있을 수가 없더라고요. 호미를 어떻게 손에 쥐는지도 모르고. 도시에서는 도대체 뭘 가르치는 거죠?"

"그야 뻔하죠." 촌킨이 재치 있게 대답했다. "시골 훈제돼지비계 먹는 법을 가르치겠죠."

"맞는 말이에요." 뉴라가 수긍했다.

촌킨은 손바닥에 침을 탁 뱉고는 다시 일을 시작했다. 뉴라는 뒤에서 쫓아가면서 간간이 곁눈질로 새로 생긴 이웃을 훔쳐보았다. 첫눈에 보아도 작은 키에 얼굴도 미남 축에 끼지 못했지만 오랫동안 외로웠던 노처녀의 눈에는 그 정도도 감지덕지했다. 게다가 이 청년은 부지런하고 손재주도 있는 것이 집안 살림에도 보탬이 될 만한 남자임을 뉴라는 한눈에 알 수 있었다. 보고 있으면 있을수록 그가 점점 더 마음에 들었고, 뉴라의 가슴속 한 귀퉁이에서 뭔가 희망 같은 것이 꿈틀거리기 시작했다.

7

뉴라는 완전히 외톨이였다. 두냐 할멈을 제외하면 마을 전체에서 뉴라보다 더 외로운 사람은 찾아볼 수 없었다. 할멈이야 살 만큼 살았지만 뉴라는 이제 겨우 스물두 살이었다. 인생이 꽃피는 때이긴 하지만 결혼을 하기에는 벌써 좀 늦은 나이였다. 발 빠른 다른 처자들은 스무 살도 되기 전에 시집가서 애들을 주렁주렁 달고 있었다. (뉴라의 동갑내기 타이카 고르시코바는 지난겨울 셋째 아들을 낳았다.) 남들보다 못나기라도 했으면 속이 덜 상했을 텐데 그것도 아니었다. 얼굴이든 몸매든 미인 축에는 못 끼더라도 못생겼다고는 절대로 할 수 없는 인물이었다. 날 때부터 얼굴의 절반에 커다란 점을 달고 태어난 닌카 쿠르조바조차 자신의 행복을 찾았다. 그녀는 콜카와 결혼해서 지금 임신 4개월인지 5개월인지 그랬다.

마을에 노처녀로 썩고 있는 처자가 뉴라뿐인 것은 아니었지만 다른 처자들의 경우 부모님이 살아 계시거나 형제자매, 아니면 다른 누구라도 있었다. 하지만 그녀에게는 아무도 없었다. 오빠가 둘 있었다는데 그녀는 기억조차 하지 못했다. 한 오빠는 만 세 살 때 불이 나서 타 죽었고 나이를 좀더 먹었던 다른 오빠는 발진성 티푸스로 죽었다고 했다.

뉴라의 어머니는 4년 전에 죽었다. 죽기 전 두 해 동안 허리가 아프다고 호소했고 끊임없이 여기저기가 쑤시고 결린다고 했다. 감기 몸살 때문이었는지 고된 일 때문이었는지 아무도 알지 못했다. 자리에 누워 잘 쉬었으면 나았을지도 모른다. 하지만 아침마다 나와서 일을 하라고 작업반장이 억지로 집 밖으로 끌어내는데 어떻게 맘 편히 누워 있을 수 있었겠는가. 크든 작든 집안 살림도 언제나 할 일이 생기기 마련이었다. 7킬로미터 떨어진 돌고프시의 의사한테 다녀오려면 왕복 14킬로미터를 걸어야 했다. 게다가 그 의사가 처방하는 치료법은 항상 똑같았다. 잠자리에 들기 전에 뜨거운 물에 발을 담갔다가 솜이불로 덮어두라고, 그럼 아침이면 낫는다는 것이었다. 열이 없으면 병가증을 얻을 수가 없었다. 개나 소나 병가증을 내주다 보면 일은 누가 하느냐는 것이 그 이유였다.

병세가 악화되자 어머니는 무서운 비명을 지르기 시작했고 아버지는 집단농장 회장을 찾아가(당시에는 골루베프가 아니라 다른 사람이 회장이었다) 말을 빌려달라고 했지만 돌아온 대답은 이랬다. "일부러 자네를 위해서 배정할 수는 없고 가는 편이 있다면 이용해도 좋네." 하지만 막상 가는 마차 편이 났을 때는 이미 늦은 후였다. 크라스노예 마을 공동묘지는 바로 옆, 마을의 텃밭터 너머에 있었고 아버지는 어머니의 시신을 팔에 안고 묘지까지 걸어갔다.

아버지는 그 후 1년을 더 크라스노예 마을에서 살다가 운 좋게 여권*을 발급받아 돈을 벌기 위해 도시로 떠났다. 그곳 발전소 건설 현장에서 막일꾼으로 일하다가 경찰이 되었는데, 집단농장에서 재배한 채소를 팔러 도시에 갔던 마을 사람들이 그가 시장에서 제복에 연발권총을 차고 투기꾼**들을 쫓아내며 다니는 것을 여러 차례 보았다. 가끔이긴 했지만 처음에는 뉴라에게 편지를 쓰곤 하더니 새장가를 들고 아이가 태어나면서 점점 뜸해지다가 결국에 가서는 완전히 소식이 끊겨버렸다. 그저 가끔 아는 사람을 통해 안부 인사를 전해 들을 수 있었다.

그녀가 결혼을 여태 못한 것은 어쩌면 날 때부터 소심한 성격이어서 남자 꼬시는 법을 몰랐기 때문일 수도 있다. 한 놈팡이는 그녀가 너무 말이 없다는 이유로, 다른 놈팡이는 너무 수다스럽다는 이유로 그녀를 버렸다. 세번째 놈팡이는 혼인도 하기 전에 자신의 욕망을 채우려다가 뜻대로 되지 않자 그녀가 자신을 믿어주지 않는다는 이유로 화를 내며 그녀를 차버렸다. 네번째 놈팡이는 그녀가 너무 쉽게 그의 말을 믿어

---

* 소련에서 여권은 우리나라의 주민등록증과 유사한 개념으로 이주, 취업, 비행기 탑승 등에 필요했으며 연도별로 시행 법률의 차이가 있으나 집단농장 등 농촌 거주민들의 경우 도시 유출을 막기 위해 여권 발급 절차가 쉽지 않았다고 알려져 있다.

** 소련에서는 부를 축적할 목적으로 상품을 사들여 재판매하는 행위를 '투기'로 규정하고 형법으로 처벌했다.

주었기 때문에 떠났다.

 신랑감이 많았던 적도 없지만 해가 갈수록 그 수가 점점 줄더니 마치 손바닥 위의 눈송이처럼 희망은 사그라져버렸다. 다른 여자와 결혼을 하거나 군대에 가서 돌아오지 않았고 연하의 남자들에게는 자기 나이에 걸맞은 어린 아가씨들이 널려 있었다. 사정이 그렇다 보니 뉴라는 여태 혼자였던 것이다.

 외로움은 그녀의 삶에 독특한 흔적을 남겨놓았다. 집에서 키우는 동물들과의 관계만 하더라도 그랬다. 다른 사람들에게 소는 그저 소일 뿐이었다. 여물을 먹이고, 젖을 짜고, 풀을 먹이러 보내면 그걸로 끝이었다. 그런데 뉴라는 암소를 씻기고 털에 붙은 가시를 일일이 떼어주며 보살폈다. 사람에게 하듯이 암소에게 상냥한 목소리로 말을 걸었고 맛있는 것이라도 생기면 (그것이 각설탕 한 조각이나 작은 파이 하나일지라도) 꼭 나눠 먹었다. 그 때문인지 그녀를 대하는 암소의 태도도 마치 사람이 사람에게 하는 것 같았다. 소 떼가 마을로 돌아올 때마다 암소는 무리에서 떨어져 나와 집을 향해 전속력으로 달려왔는데 그건 그만큼 뉴라가 그리웠다는 말이었다. 그러고는 여주인과 장난을 쳤다. 뿔로 주인을 받는 것이 옆에서 볼 때는 무섭지만 사실은 부드럽게 장난을 치는 것이었다. 하지만 누군가 뉴라에게 해코지를 할라치면 순식간에 장난기가 사라지면서 두 눈망울에는 핏줄이 서고 고개를 아래로 숙인 채로 악한을 향해 달려들었다!

 거기다가 언제나 뉴라의 꽁무니를 졸졸 쫓아다니는 수퇘지 보리카는 돼지라기보다 집에서 키우는 개 같았다. 2년 전쯤 뉴라는 태어난 지 사흘 된 새끼돼지를 집단농장에서 데려왔는데 처음에는 키워서 잡을 생각이었다. 그런데 어쩌다 병약한 녀석이 걸리는 바람에 병치레를 심하게 했고 뉴라는 마치 자기 아기처럼 새끼돼지를 돌봐주었다. 젖병에 우유를 담아 먹이고 배에는 보온물주머니를 얹어주는가 하면 대야에 넣어 비누 목욕을 시켰고 머릿수건을 씌워주고 자기 침대에서 같이 재웠다. 그러다 보니 다 자라고 나서도 잡을 엄두가 나지 않았다. 결국 녀석은 뉴라네 집에서 개 역할을 대신하며 살게 되었다. 비쩍 마르고 꾀죄죄한 이 녀석은 암탉을 쫓아 마당을 뛰어다녔고 뉴라가 우체국에 갈 때면 배웅을, 집으로 돌아올 때면 마중을 나갔다. 그녀가 집으로 돌아올 때 녀석이 내지르는 환호성은 온 마을에서 다 들을 수 있었다.

뉴라네 암탉들조차 다른 집 여느 닭들과는 달랐다. 뉴라가 현관 계단에 앉을라치면 금세 암탉들이 앞으로 다가와 어떤 녀석은 어깨에 올라타고 어떤 녀석은 머리 위로 올라가 횃대 위처럼 자리를 잡고 앉아서는 꼼짝도 하지 않았다. 그러면 뉴라도 닭들을 놀래킬까 봐 꼼짝도 하지 않았다. 마을에서는 이런 일로 뉴라를 놀리는 사람들이 많았지만 뉴라는 기분이 나쁘지 않았다. 하지만 내심 누구든 생긴 건 좀 못나고 그다지 똑똑지는 않더라도 착하고 상냥한 사람이 나타난다면 그녀도 그에 대한 보답으로 자신의 모든 걸 다 줄 수 있을 텐데 하고 생각하던 차였다. 그러던 차에 바로 지금 그녀 앞에 군모 양쪽으로 붉은 귀가 비죽 나온, 군복을 입은 키 작은 남자가 호미를 휘두르며 밭고랑 사이를 걷고 있었다. 이 사람은 도대체 어디서 나타난 누구이며 원하는 게 뭘까? 심심해서 그냥 시간을 보내려는 것일 수도 있고 아닐 수도 있지만 그걸 누가 알겠는가. 열 길 물속은 알아도 한 길 사람 속은 모르는 법이지 않은가.

여름 해가 길기는 하지만 그것도 지기 시작했다. 공기의 흐름이 느껴지기 시작했고 툐파강으로부터 시원한 바람이 불어왔다. 새털구름이 반으로 갈라놓은 커다란 붉은 해의 끄트머리가 안개 자욱한 지평선에 닿아 있었다. 마을 반대편 끝에서 소 울음소리가 들려왔고 뉴라는 촌킨을 텃밭에 남겨둔 채 암소 이쁜이를 맞으러 달려갔다. 가는 길에 닌카 쿠르조바를 만났는데 그녀도 긴 채찍을 들고 마찬가지로 암소를 맞으러 가는 길이었다. 둘은 나란히 걷기 시작했다.

"감자밭은 다 돋워놓았어?" 뉴라의 텃밭에 누군가가 나타났다는 사실을 이미 온 마을 사람들이 다 알고 있는 마당인데도 닌카는 이렇게 슬쩍 떠보았다.

"아직 좀 남았어." 뉴라가 대답했다.

"도와줄 사람이 있으니 이제 좀 수월하겠네." 닌카가 한쪽 눈을 찡긋했다.

"하긴, 일손이 네 개가 됐으니." 대답을 한 뉴라의 볼이 새빨개졌다.

"성격은 어때?" 닌카는 사무적인 투로 질문을 해댔다.

"그걸 어떻게 알겠어." 뉴라는 어깨를 으쓱했다. "한 번 보고 사람을 알 수는 없지. 키도 작고. 하지만 일은 잘하는 것 같아. 호미를 들고 고랑을 따라 움직이는데 뒤쫓아 가기가 벅차더라니까."

"어쩜." 닌카는 추임새를 넣으며 물었다. "이름은 뭐래?"

"이반." 뉴라는 대단한 이름이라도 되는 듯 자랑스럽게 대답했다.

"총각이래?"

"그건 안 물어봤어."

"바보 같긴. 그런 건 바로 물어봐야지."

"그런 걸 어떻게 바로 물어봐."

"그런 게 어디 있니?" 확신에 차서 닌카가 대답했다. "슬쩍 다른 말을 하다가 물어보면 되지. 하긴 어차피 거짓말을 할 테지만."

"왜 거짓말을 하겠어?"

"왜긴?" 닌카가 말했다. "남자는 거짓말을 늘어놓고 여자는 그 거짓말을 믿는 게 우리네 인생 아니겠어. 게다가 그 사람은 군인이니 잠시 즐거운 시간을 갖고 나면 끝이겠지. 이것저것 자세히 물어봐. 가능하면 몰래 사병증도 확인해봐. 하긴 사병증에는 아무것도 안 적혀 있을 수도 있을 거야. 여권이 아니니까."

"결국 뾰족한 수는 없는 거네?" 뉴라가 물었다.

"결국 그렇지, 뭐."

"그런데 난 왠지 그 사람이 믿을 수 있는 사람 같아." 뉴라가 말했다. "거짓말을 한 것 같지는 않거든."

"네가 믿는다면 할 수 없지." 닌카가 태평하게 말했다. "하지만 내가 너라면 너무 일찍 그 사람한테 몸을 허락하지는 않을 거야."

"누가 뭘 허락한다는 거야?" 뉴라가 당황해서 말했다.

"네가 그렇다고는 하지 않았어. 그럴 수도 있다는 거지. 남자들이란, 게다가 군인이라면 자기 목적을 달성한 후에는 으레 여자를 무시하는 법이거든."

그 순간 길 위를 겅중겅중 뛰며 온 마을을 가로질러 달려오는 이쁜이의 모습이 나타났고 그 뒤를 작은 개가 신나게 컹컹대며 쫓아오고 있었기 때문에 닌카는 얼른 울타리 쪽으로 몸을 피했다. 이쁜이는 뉴라를 향해 어떠한 힘으로도 멈출 수 없을 만치 엄청난 속도로 돌진해 와서는 뉴라 앞에 오자 마치 땅에 박힌 것처럼 멈춰 섰다.

"아이고, 이런 육시랄 것." 겁에 질린 닌카가 말했다. "뿔에 받히지 않게 조심해, 뉴라."

"괜찮아. 거칠게 받는 법은 절대 없으니까." 뉴라는 확신에 차서 이렇게 말하고는 이쁜이의 두 뿔 사이 이마를 긁어주었다. 암소는 급히 뛰어오느라 헐떡대며 콧구멍을 벌렁거리면서 깊은 숨을 몰아쉬고 있었다.

"우리 집 망나니는 근데 왜 안 보이는 거지?" 닌카가 말했다. "남의 텃밭에 들어간 건 아닌지 가봐야겠어. 수다 떨러 들러." 언제나처럼 닌카는 집으로 초대를 했다. "노래나 부르며 웃어보자고."

그러고는 채찍을 휘두르며 가버렸다.

돌아오는 길에 뉴라는 두냐 할멈네에 들러 밀주 반 리터를 샀다. 할멈이 술은 뭣 때문에 사 가냐고 꼬치꼬치 물을 것이 걱정인 뉴라는 아버지가 다니러 올 예정이라고 둘러댈 심산이었다. 하지만 두냐 할멈은 벌써 자기가 만든 술에 얼마나 취해 있던지 남의 일에 전혀 신경 쓸 여유가 없는 듯했다.

뉴라가 소젖을 짠 후 현관 계단으로 나왔을 때 촌킨은 벌써 마지막 이랑을 마치고 풀 위에 앉아서 담배를 피우고 있었다.

"힘들죠?" 뉴라가 물었다.

"이쯤이야." 촌킨이 말했다. "이 정도는 몸풀기용이죠."

"저기, 식사를 좀 준비했어요." 소심함을 억지로 극복하면서 뉴라가 말했다.

"식사요?" 촌킨의 눈이 반짝였지만 금세 자신의 처지를 상기한 후 한숨을 내쉬었다. "난 갈 수가 없어요. 마음이야 굴뚝같지만 안 돼요. 저기 서 있는 거 보이죠?" 그는 손을 비행기 쪽으로 휘저으며 안타깝다는 듯이 말했다.

"하느님 맙소사, 누가 그걸 건드리겠어요?" 뉴라가 열심히 말했다. "우리 마을은 대문도 안 잠그고 사는걸요."

"대문을 정말 안 잠가요?" 내심 기뻐하며 그가 물었다. "정말 단 한 번도 누가 뭘 슬쩍한 일이 없었다는 거예요……?"

"절대로요." 뉴라가 대답했다. "여기서 평생을 살았지만 그런 기억은 나지 않아요. 내가 아주 어렸을 때, 그러니까 집단농장이 생기기 전인데, 여기 관리사무소 너머에 사는 스테판 루코프네 말이 없어졌거든요. 처음에는 집시들 짓일 거라고 생각했는데 나중에 알고 보니 말이 저 혼자 저쪽 강변으로 헤엄쳐 갔던 거더라고요."

"사내아이들이 뭘 빼내 가러 오면 어떡해요?" 촌킨은 차츰 그녀의 설득에 넘어가고 있었다.

"사내아이들은 다들 벌써 쿨쿨 잘 시간이에요." 뉴라가 대답했다.

"흠, 좋아요." 이반이 결심했다. "10분 정도만 앉았다 나올게요."

그는 소총을 집어 들었다. 뉴라는 호미를 챙겼다. 집 안 절반은 깨끗하게 청소가 돼 있었다. 커다란 식탁 위에는 헝겊으로 입구를 막아놓은 술병 하나와 술잔 두 개, 접시 두 개, 그중 하나에는 삶은 감자가, 다른 하나에는 오이 절임이 담겨 있었다. 상 위에 고기가 없다는 것을 바로 눈치챈 촌킨은 소총을 집 안에 놔둔 채 배낭을 가지러 비행기에 뛰어갔다 왔다. 뉴라는 바로 소시지를 큼직큼직하게 썰어놓았지만 통조림은 번거로워서 따지 않았다.

촌킨을 벽에 붙은 걸상에 앉힌 뉴라는 자신은 반대편의 등받이 없는 의자에 앉았다. 촌킨은 자기 잔에 밀주를 가득 따르고 나서 뉴라의 잔도 채우려 했지만 그녀가 마다하는 바람에 반 잔만 따랐다. 촌킨은 잔을 들고 건배를 제안했다.

"만남을 위하여!"

두 잔을 마시자 촌킨은 긴장이 확 풀렸다. 상의 단추를 풀고 혁대를 끄르고 벽에 등을 축 기대고 앉자 비행기 걱정은 사라져버렸다. 날이 저물면서 그의 눈앞에는 마치 안개 속처럼 뉴라의 얼굴이 울렁거리면서 두 개가 됐다가 다시 하나가 됐다가 하는 것이었다. 즐겁고 홀가분하며 자유로운 기분이 든 촌킨은 말을 듣지 않는 손가락을 움직여 뉴라를 자기 쪽으로 부르면서 이렇게 말했다.

"이리 와봐."

"왜요?" 뉴라가 물었다.

"그냥."

"그냥 하는 얘기면 식탁을 사이에 두고 해도 되잖아요." 뉴라는 쉽게 넘어가지 않았다.

"제발 좀 와봐." 그는 애처롭게 말했다. "잡아먹지 않을 테니까."

"뭐 하러 이러는지 모르겠군요." 짐짓 이렇게 말한 뉴라는 식탁을 돌아서 촌킨의 왼쪽 옆에 거리를 좀 두고 앉았다.

둘은 말이 없었다. 반대쪽 벽 위에 걸린 오래된 괘종시계의 재깍재깍하는 소리가 크게 들렸지만, 어스름한 어둠 속에서 시계는 보이지 않았다. 시간은 밤으로 달리고 있었다. 촌킨은 크게 한숨을 내쉬고는 뉴라 쪽으로 몸을 옮겼다. 뉴라는 더 큰 한숨을 내쉬고 옆으로 비켜 앉았다. 촌킨은 다시 한숨을 내쉬고 가까이 옮겨 앉았다. 뉴라도 다시 한숨을 내쉬고 옆으로 비켜 앉았다. 얼마 지나지 않아 그녀는 걸상의 맨 가장자리에 걸쳐 앉는 상태가 되었다. 더 비키는 것은 위험했다.

"왠지 으슬으슬한걸." 촌킨이 왼팔을 그녀의 어깨에 걸쳤다.

"그렇게 으슬으슬하지는 않아요." 뉴라가 아니라면서 그의 팔을 어깨에서 밀쳐내려 했다.

"왜 이렇게 손이 시리지." 그러더니 촌킨은 오른손을 그녀의 품속으로 집어넣었다.

"그런데 그쪽은 항상 비행기를 타요?" 있는 힘껏 그의 손아귀에서 벗어나려고 애를 쓰면서 그녀가 물었다.

"항상 타지." 촌킨은 이렇게 대답하면서 손을 그녀의 겨드랑이 아래로 넣어서 등 쪽으로 돌려 브래지어를 끌렀다.

8

낮도 아닌 것이 저녁도 아니고, 밝은 것도 아니고 황혼 녘도 아니었다. 촌킨은 누군가 비행기를 훔쳐 가는 기척을 느끼고는 잠에서 깼다. 침대에서 펄쩍 뛰어내렸는데 옆에는 아무도 없었다. 현관 계단으로 뛰어나왔다. 그러자 부대에서 타고 다니던 얼룩말 찰리를 닮은 흰 말을 황급히 비행기에 매고 있는 사무시킨이 보였다. "무슨 짓이야?" 촌킨이 소리를 질렀지만 사무시킨은 아무 대답도 하지 않은 채 조종석으로 재빨리 뛰어오르더니 고삐 끝으로 말을 갈겼다. 말은 앞발을 들어 올려 경중대다가 어렵지 않게 땅 위를 떠서 날기 시작했고 그 뒤를 따라 비행기도 공중으로 붕 날아올랐다. 아랫날개에는 낮에 마차를 타고 지나가던 바로 그 아가씨들이 다리를 밖으로 걸친 채 앉아 있었는데 그중에 뉴라도 있었다. 뉴라는 그를 향해 쫓아오라며 호미를 흔들고 있었다. 촌킨은 비행기 뒤를 쫓아서 뛰기 시작했다. 거의 다 따라잡았다고 생각했을 때 비행기는 그의 손아귀에서 벗어났으며 어깨에 멘 침낭과 손에 든 소총이 거치적거려서 점점 더 뛰기가 힘들어졌다. 특무상사가 탄약 지급을 깜빡한 이상 소총은 아무짝에도 쓸모없다는 생각이 들자 촌킨은 소총을 내던지고 속력을 더 내기 시작했다. 이제 거의 비행기를 따라잡아 뉴라가 내민 호미를 손으로 잡으려는 순간 갑자기 촌킨 앞에 특무상사가 나타나

엄한 목소리로 물었다. "자네 왜 경례를 하지 않나?" 특무상사 앞에 잠시 멈춘 그가 대답을 해야 할지 아니면 비행기를 계속 쫓아야 할지 고민하자 특무상사가 다시 소리를 질렀다. "자, 어서 저 기둥 옆을 왔다 갔다 하면서 기둥에 열 번 경례를 붙이도록!" 촌킨은 비행기가 더 멀리 날아가버리기 전에 특무상사의 명령을 빨리 완수하려고 주위를 열심히 둘러보았지만 기둥은 어디에도 보이지 않았다.

"아니, 이 기둥이 안 보이나?" 특무상사가 소리를 질렀다. "내가 지금 자네 눈알을 파주지. 그럼 안 보이는 게 없을 테니!" 그러더니 특무상사가 다가와 촌킨의 오른쪽 눈알을 파내서는 앞쪽 허공으로 내밀었는데 촌킨은 진짜로 이 빼낸 눈알을 통해 자기 앞의 불 밝힌 전구가 달린 쩍쩍 갈라진 기둥을 볼 수 있었다. 그는 불을 안 켜도 충분히 환한데 전구에 왜 불이 켜져 있나 하는 생각마저 했다. 그는 특무상사에게서 자기 눈알을 받아 기둥 쪽으로 발걸음을 떼었다가 비행기 생각이 나서 뒤를 돌아보았다.

비행기는 바로 그의 등 뒤에 있었다. 비행기는 땅 위 허공에 고정된 채 유영하고 있었고 말은 어찌할 바를 몰라 다리를 허우적거리고 있었지만 한자리에서 움직이질 못했다. '편자를 박아줘야겠는걸.' 이렇게 생각하던 차에 선임 정치교관 야르체프가 산 뒤에서 나타나 한 손가락을 까딱하며 그를 부르고 있는 것이 보였다. 촌킨은 허가를 받으려고 특무상사를 돌아보았지만 그는 다른 일로 바빴다. 그는 병참하사 트로피모비치의 등에 올라타 어떤 원을 따라서 뛰고 있었다. 원 가운데에는 파호모프 중령이 서서 긴 채찍으로 두 사람을 번갈아 때리고 있었다.

촌킨이 야르체프에게 다가가자 야르체프가 그의 한쪽 귀를 향해 몸을 수그렸기 때문에 촌킨은 깜짝 놀라 손바닥으로 귀를 가렸다. "무서워하지 마. 침 안 뱉는다니까." 뒤에서 사무시킨의 목소리가 들렸다. 이반은 손을 치웠다. 그러자 야르체프는 딱정벌레로 바뀌더니 그의 귓속으로 기어들어갔다. 귀가 너무 간지러워서 촌킨이 야르체프를 털어내려고 하자 귓속에서 소곤거리는 목소리가 들렸다. "걱정하지 마십시오, 촌킨 동지. 당신은 아무도 건드릴 수 없는 분이십니다. 그래서 저는 당신에게 아무 짓도 할 수 없어요. 저는 당신에게 다음 사실을 전달하도록 지시를 받았습니다. 스탈린 동지에게는 부인이 한 명도 없었습니다. 동지 자신이 여자거든요."

이 말을 한 후 야르체프는 다시 사람으로 변해서 땅으로 뛰어내리더니 산 너머로 사라졌다.

이때 하늘에서 스탈린 동지가 천천히 내려왔다. 그는 여자 원피스를 입고 예의 콧수염에 이빨 사이에는 파이프를 물고 있었고 양손으로 소총을 잡고 있었다.

"이 소총이 자네 건가?" 살짝 그루지야 억양이 섞인 엄한 목소리로 그가 물었다.

"제 건데요." 촌킨은 꼬이는 혀로 중얼거리고는 손을 소총으로 뻗었지만 스탈린 동지는 뒤로 물러서며 말했다.

"특무상사는 어디 있나?"

트로피모비치의 등에 올라탄 특무상사가 쏜살같이 달려왔다. 트로피모비치는 특무상사를 등에서 떨어뜨리려고 발굽으로 땅을 파헤치며 몸부림을 쳤지만 특무상사는 그의 양쪽 귀를 단단히 잡고 있었다.

"특무상사 동지." 스탈린이 말했다. "사병 촌킨이 근무지를 이탈하면서 전투 무기를 분실했네. 우리 붉은 군대에 이런 군인은 필요 없네. 사병 촌킨을 총살시킬 것을 권유하네."

특무상사는 즉시 트로피모비치의 등에서 내려와 스탈린 동지로부터 소총을 건네받아서는 촌킨에게 명령했다.

"엎드려뻗쳐!"

촌킨은 엎드렸다. 가슴 아래의 질퍽한 흙이 그를 잡아당기면서 그의 입으로, 귀로, 눈으로 스며들어왔다. 그는 양손으로 흙을 퍼내려고 안간힘을 쓰면서 '일어나'라는 명령이 떨어지기를 기다렸지만 아무 소리도 들리지 않았고, 그는 점점 더 흙 속으로 깊이 빨려 들어갔다. 그때 그의 뒤통수에 뭔가 차가운 것이 와서 닿았고 그는 그것이 소총의 총대이며 이제 곧 총성이 울리리라는 것을 깨달았다……

……그는 식은땀을 흘리며 잠에서 깼다. 옆에는 어떤 여자가 그의 어깨에 머리를 기댄 채 자고 있었는데 그는 이 여자가 누군지, 어쩌다가 둘이 한 침대에서 자고 있는 것인지 기억이 나지 않았다. 옷걸이에 얌전히 걸려 있는 소총을 보고 나서야 기억이 전부 되살아났다. 촌킨은 차가운 마룻바닥 위로 뛰어내려 내복바지 고무줄을 밟으면서 창문 쪽으로 달려갔다. 창밖이 밝아오고 있었다. 비행기는 여전히 제자리에 서 있었고 거대한 볼품없는 날개가 밝아오는 하늘을 배경으로 시커멓게 보였다. 안도의 한숨을 내쉬고 뒤를 돌아보자 뉴라와 시선이 마주쳤다. 뉴라는 눈을 감으려다 때를 놓치는 바람에 이제 눈을 거두기도 이상하고 쳐다보고 있기도 민망해지고 말았다. 어깨까지 아무것도 걸치지 않은 통통하고 하얀 팔이 담요 위로 나와 있는 것도 부끄러워졌다. 뉴라는 팔을 감추려고 천천히 옆으로 당기면서 동시에 어색한 미소를 지었다. 촌킨도 당황하긴 마찬가지였지만 내색을 하고 싶지 않은 데다가 어찌해야 할지 몰라 뉴라 쪽으로 걸어가 그녀의 손을 덥석 잡아서는 가볍게 흔들면서 말했다.

"안녕하세요?"

그날 아침 가축들을 들판으로 몰고 나가던 여자들은 뉴라의 집에서 군복 상의를 입지 않은 채 맨발로 걸어 나오는 촌킨을 목격했다. 비행기로 다가간 촌킨은 한참 동안 땅에 고정시켜놓은 줄을 풀더니 울타리 한편을 해체한 후 비행기를 뉴라의 텃밭 안으로 끌고 들어와 울타리에 다시 나뭇가지를 세워놓는 것이었다.

9

골루베프 회장이 남과 다른 점은 끊임없이 회의하는 버릇이 있다는 것이었다. 아침에 아내가 "계란부침이랑 감자 중에 뭘 먹을 거야?" 하고 물으면, 그는 이렇게 대답했다.

"감자가 좋겠어."

아내가 아궁이에서 감자를 담은 프라이팬을 꺼내는 순간 그는 자신이 원하는 것이 다름 아닌 계란부침이라는 사실을 깨달았다. 아내가 프라이팬을 다시 집어넣고 달걀을 가지러 광으로 갔다 돌아오면 남편은 죄인 같은 표정을 하고 앉아 있었다. 다시 감자가 먹고 싶어진 것이었다.

가끔 그는 화를 내기도 했다.

"제발 한 가지만 준비하도록 해. 쓸데없는 걸로 고민하게 하지 말고."

무언가를 선택해야 한다는 것이 그에게는 언제나 고역이었다. 오늘 녹색 남방을 입을지, 파란 남방을 입을지, 헌 장화를 신을지, 새 장화를 신을지를 두고 남들은 상상하기 힘들 정도로 그는 깊은 고민에 빠지곤 했다. 하긴 지난 20여 년 동안 골루베프가 고민하지 않도록 나라 안에는 많은 발전이 있었지만 그럼에도 불구하고 그의 마음속에는 여전히 모종의 회의가 남아 있었고, 때로는 그 당시에 의구심을 표하는 것이 위험하기 짝이 없었던 일들에 대해서조차 그의 회의는 사그라지지 않았다. 군(郡)위원회 제2서기 보리소프가 언젠가 골루베프에게 이렇게 말한 것도 다 일리가 있었다.

"자네, 그런 회의적인 태도는 이제 버리도록 해. 지금은 일을 할 때지 회의주의자 행세를 할 때가 아니야." 그러고는 덧붙였다. "자네를 예의 주시하고 있는 눈이 있다는 사실을 잊지 말게."

하긴 그는 골루베프 외에도 여러 사람에게 이 소리를 하곤 했다. 보리소프가 어떤 눈이, 어떻게 예의 주시하고 있는지를 이야기한 적은 없었는데, 어쩌면 그 자신도 모르기 때문일 것이다.

한번은 보리소프가 군위원회에서 여러 집단농장 회장들을 모아놓고 해당 분기의 착유량 증대 문제에 대한 회의를 주관하고 있을 때였다. 골루베프의 집단농장은 성적이 중간이라서 칭찬을 받지는 못했지만 욕도 얻어먹지 않았다. 그는 앉은 자세로 창가의 갈색 화분 받침 위에 세워져 있는 스탈린의 새 석고 흉상을 지켜보고 있었다. 회의가 끝나고 사람들이 모두 흩어지기 시작하자 보리소프가 골루베프를 붙잡았다. 지도자의 흉상 옆에 멈춰 선 그는 자동적으로 흉상의 머리를 쓰다듬으며 말했다.

"이반 티모페예비치, 자네 농장의 당지도원 킬린 말이 자네가 시각적 선전에 별 관심을 보이지 않는다더군. 특히 산업생산량 성장 그래프를 만드는데 돈을 안 줬다지?"

"안 줬고 앞으로도 줄 생각이 없네." 골루베프가 단호하게 대답했다. "농장에 소 축사 지을 돈도 없는데, 그자는 허구한 날 그래프 어쩌고저쩌고하면서 농장 돈을 탕진하려 하니까."

"탕진하다니?" 서기가 말했다. "탕진이라니? 자네 지금 무슨 말을 하고 있는 건지 알고는 있나?"

"잘 알고 있네." 이반 티모페예비치가 말했다. "다 이해해. 하지만 돈이 너무 아깝다네. 농장에 들어갈 돈도 지금 태부족이라 어떻게 구멍을 메워야 할지 모를 지경이야. 그러다가 나중에 회장인 나를 못 죽여서 난리를 칠 사람들이 바로 자네들 아닌가."

"자넨 무엇보다 우선 공산당원일세. 집단농장 회장은 그다음이지. 그리고 그래프는 정치적으로 매우 중요한 일일세. 이런 일을 과소평가하는 공산당원이 있다니 정말 이해할 수 없네. 자네 말이 실수였는지 아니면 자네의 확고한 견해인지 아직 잘 모르겠네만, 만약에 앞으로도 계속 그런 의견을 고수한다면 우리는 자네를 더 검증할 걸세. 젠장, 자네 마음속에 무슨 꿍꿍이가 있는지 모두 알아내고 말겠네!" 화가 난 보리소프는 스탈린의 머리를 세게 갈기더니 이내 아픔으로 손을 흔들었다. 하지만 아픔으로 찡그러졌던 그의 얼굴은 금세 공포로 새파래졌다.

보리소프는 입안이 바짝 타들어가는 느낌이었다. 그는 입을 쩍 벌리고 마치 최면술에라도 걸린 사람마냥 골루베프를 쳐다보았다. 골루베프는 골루베프대로 숨이 막힐 정도로 놀라기는 마찬가지였다. 방금 전의 못 볼 것을 안 보았더라면 좋겠지만 이미 본 것을 어쩌랴! 이제 어찌해야 하는 것일까? 못 본 체할까? 만약에 보리소프가 제 발로 달려가 자신의 죄를 이실직고해버리면 살아남을지 모르지만, 골루베프는 불고지죄로 경을 치게 될지도 모를 일이었다. 신고를 한다 쳐도 그가 본 사실만으로 충분히 감옥에 갈지도 모르는 일이었다.

두 사람의 뇌리에는 한 중학생이 여교사를 향해 쏜 새총의 돌멩이가 실수로 스탈린의 초상화에 맞아서 유리를 깨뜨린 사건이 스쳐 지나갔다.

만일 돌이 여교사의 눈에 맞았더라면 아이는 미성년자라는 이유로 용서를 받았을 것이다. 하지만 돌은 여교사의 눈이 아니라 초상화에 명중했고 그건 이미 암살 기도와 동일하게 간주되는 것이었다. 지금 그 학생이 어디에 있는지 아는 사람은 아무도 없었다.

먼저 곤란한 상황을 타개한 것은 보리소프였다. 그는 허둥지둥 주머니에서 금속제 담뱃갑을 꺼내 뚜껑을 열더니 골루베프 앞으로 내밀었다. 골루베프는 담배를 집을지 말지 망설이다가 결국에는 한 대를 집어 들었다.

"그래, 우리가 무슨 얘기 중이었지?" 보리소프는 마치 아무 일도 없었던 것처럼 물었지만 만일을 대비해 흉상에서 멀찌감치 물러섰다.

"시각적 선전 얘기 중이었지." 다소 정신이 돌아온 골루베프가 친절하게 알려주었다.

"그러니까 내 말은," 보리소프의 어조는 사뭇 달라져 있었다. "이반 티모페예비치, 시각적 선전의 정치적 의미를 과소평가해서는 안 된다는 거야. 친구로서 부탁하는데 제발 신경 좀 써달라고."

"알겠네. 신경을 써보지." 서둘러 떠날 채비를 하면서 이반 티모페예비치가 우울하게 말했다.

"약속한 걸세." 보리소프는 기뻐하며 골루베프의 손을 덥석 잡았고 문까지 배웅하러 나와서는 낮은 목소리로 말했다.

"그리고, 이반, 동무로서 자네에게 경고하는데, 자네를 예의 주시하는 눈이 있다는 사실을 잊지 말게."

골루베프는 밖으로 나왔다. 아까와 마찬가지로 건조하고 화창한 날이었다. 회장은 날씨가 못마땅했다. 이제 비가 올 만도 하지 않은가. 쇠울타리에 매어놓은 그의 말은 쐐기풀 한 포기가 나 있는 쪽으로 고개를 뻗었지만 닿지를 않았다. 골루베프는 이륜마차에 올라타 고삐를 늦췄다.

한 구역을 지나자 말은 아무 명령도 받지 않았음에도 습관적으로 '찻집' 간판이 달린 목조 가옥 맞은편에 멈춰 섰다. 찻집 근처에는 우유 통을 실은 짐수레가 서 있었다. 회장은 첫눈에 짐수레가 그의 집단농장 것임을 알아보았다. 말은 기둥에 묶여 있었다. 골루베프는 같은 기둥에 마찬가지로 말을 매고는 삐거덕거리는 현관 계단을 올라가 문을 열었다. 찻집 안에서는 맥주와 시큼한 양배추수프 냄새가 났다.

계산대 뒤에서 하릴없이 앉아 있던 여자가 문을 열고 들어온 손님을 금방 알아보았다.

"안녕하세요, 이반 티모페예비치."

"아뉴타, 잘 있었는가." 회장은 구석에 시선을 던지며 대답했다.

그곳에는 떡대가 앉아서 남은 맥주를 홀짝거리고 있었다. 회장의 등장에 그는 벌떡 일어섰다.

"괜찮네. 앉아 있게나." 골루베프는 그에게 손을 흔들고 아뉴타가 평소처럼 보드카 150그램과 맥주 한 잔을 가져다주길 기다렸다.

그는 평소처럼 보드카를 맥주에 쏟아붓고는 떡대가 있는 구석으로 갔다. 떡대는 다시 일어서려고 했지만 골루베프가 그의 어깨를 잡았다.

"우유는 납품했는가?" 잔을 홀짝거리면서 회장이 물었다.

"납품했어요." 떡대가 말했다. "지방이 적다고 그러던데요."

"죽을 일은 아니야." 골루베프가 손사래를 쳤다. "그런데 여기서 뭐 하고 있나?"

"여기서 뉴라를 만났는데, 우편배달부요, 집에 데려다주기로 약속을 했거든요." 떡대가 설명했다. "그래서 기다리고 있는 거예요."

"그래, 뉴라는 그 사병하고 살림을 차린 건가?" 이반 티모페예비치가 물었다.

"그러지 말라는 법도 없으니까요." 떡대가 대답했다. "그자가 뉴라네 살림을 대신해주고 있어요, 네. 뉴라가 우체국에 가 있는 동안 물을 긷고 장작을 패고 양배추수프를 끓여요. 여자마냥 뉴라 앞치마를 입고 다니면서 집안일을 한다니까요, 네. 제 눈으로 본 건 아니지만 사람들 말로는 그 작자가 냅킨에 십자수를 놓고 있는 것도 보았다는걸요." 떡대는 큰 소리로 웃었다. "정말이지, 지금까지 살아오면서 사내가 여자 앞치마를 두르고 거기다가 수까지 놓는 건 본 적이 없어요. 게다가 더 웃긴 건 그자가 일주일 기한으로 파견됐는데, 벌써 일주일하고도 반이 넘었거든요. 그런데도 그자는 떠날 기미도 안 보이고 있다는 거죠, 네. 저로서는, 이반 티모페예비치, 잘 모르겠어요. 어쩌면 사람들이 무지렁이라서 그런 생각을 하는 건지도 모르지만, 사람들 생각엔 이 군인이 괜히 여기 와 앉아 있는 게 아닐 거라는 거죠. 어떤 사건의 수사를 진행 중일 거라고 생각하는 사람도 있으니까요."

"무슨 사건의 수사 말인가?" 회장은 긴장된 목소리로 물었다.

떡대는 골루베프가 병적으로 의심이 많다는 사실을 알고 있었기 때문에 지금도 일부러 그를 슬금슬금 부추겨가며 자신의 말이 기대했던 효과를 발휘하는 것을 만족스럽게 지켜보고 있었다.

"무슨 수사인지 누가 알겠어요." 그가 말했다. "분명한 건 저자를 괜히 여기 머물게 하지는 않았을 거란 거죠, 네. 비행기가 고장 났다면 수리를 해야 하잖아요. 만약에 수리를 할 수 없는 지경이라면 폐기 처분해야 하는 거죠. 뭐 하러 공연히 사람을 잡아두겠어요. 그렇다 보니 사람들도, 이반 티모페예비치, 의심하는 거라고요. 소문에 따르면," 떡대는 목소리를 낮추고 회장 가까이 다가와 말했다. "집단농장들을 다시 없애버릴 거라는데요?"

"그런 소릴랑은 집어치우게." 회장은 노한 목소리로 말했다. "그런 일은 결코 없을 테니 꿈도 꾸지 말아. 소문 같은 거나 귀담아듣지 말고 일이나 하게."

그는 앞에 놓인 폭탄주를 끝까지 들이켜고 일어섰다.

"떡대, 자네. 듣게나." 떠나기 전에 회장이 말했다. "만약에 벨랴쇼바가 많이 늦으면 기다리지 말게. 별일 없을 테니. 제 발로도 찾아갈 수 있을 게야. 무슨 마나님도 아니고."

아뉴타에게 작별 인사를 하고 그는 밖으로 나와 이륜마차에 올라타 집으로 출발했다. 하지만 떡대가 한 말이 돌처럼 가슴에 와 박혀서 아까 그, 골루베프를 예의 주시하고 있다는 보리소프의 말과 함께 그의 속을 야금야금 갉기 시작했다. 누가 어떻게 그를 예의 주시하고 있단 말인가? 이 사병이 아닐까? 바로 그 목적으로 그를 파견한 게 아닐까? 물론 겉으로 보기에 그자는 그런 일로 파견된 사람처럼 보이지는 않았다. 하지만 사람을 파견하는 자들도 바보가 아닌 이상 첫눈에 그런 일로 파견된 사람처럼 보이는 사람을 파견할 리 만무하지 않은가? 확인을 할 수 있다면 얼마나 좋을까! 하지만 어떻게 알아낸단 말인가? 이때 골루베프의 머릿속에 대담한 생각이 떠올랐다. '이 붉은 군대 병사를 찾아가서 주먹으로 책상을 내리치고는 도대체 무슨 임무를 띠고 여기 온 것이며 누가 보냈는지를 물어보면 어떨까?' 만약 그것만 가지고도 벌을 받게 된다면, 지금처럼 어떤 위험이 닥쳐올지도 모르고 마냥 기다리느니 바로 벌을 받는 편이 나을 것이다.

10

어느덧 촌킨이 크라스노예 마을에 도착해 뉴라의 집에 얹혀살게 된 지 일주일 반이 지났다. 그사이 그는 벌써 이곳 사람이 다 되어 동네에 모르는 사람이 없었다. 그가 임무가 끝나면 언제고 이곳을 떠날 사람이라는 느낌은 전혀 들지 않았다. 물론 촌킨에게도 그런 생활이 마음에 들지 않았다고는 말할 수 없었다. 기상나팔도, 취침구호도, 전투체육이나 정신교육 수업도 없으니 오히려 살맛이 났다. 물론 군대에서도 먹는 것은 문제가 없는 곳에서 일했지만 이곳은 빵, 우유, 달걀 등 모든 것이 신선했다. 밭에서 금방 뽑은 양파를 먹고 옆구리에 여자까지 끼고 있으니 이 어찌 달콤한 삶이 아니랴? 누구라도 촌킨의 입장이라면 제대할 때까지 보초를 서겠다고 자청할 뿐 아니라 1, 2년은 더 연장 복무를 신청했을 것이다. 하지만 촌킨이 처한 상황에는 어쨌거나 마냥 태평하게 시간을 보낼 수 없게 하는 뭔가가 있었다. 그가 이곳에 일주일 기한으로 파견되었고 그 일주일이 지났는데도 부대에서는 아무 연락도, 향후에 어찌하라는 지시 사항도 내려오지 않았다는 사실 때문이었다. 만약에 근무를 연장하기로 결정했다면 어떻게든 이에 대해서 추가 지시가 내려왔어야 한다. 동시에 전투식량도 보충을 해줬더라면 좋았을 텐데. 이곳에서 자리를 잘 잡아서 다행이지 만약에 그러지 않았다면 오래전에 부대를 향해서 이를 갈고 있었을 것이다.

최근 며칠 집 밖으로 나올 때마다 촌킨은 고개를 들어 하늘을 바라보며 서서히 커지는 까만 점이 보이지는 않는지, 점점 가까워지는 엔진 소리가 들리지는 않는지 귀에 손바닥을 대고 주의를 집중했다. 하지만 사방은 쥐 죽은 듯 아무것도 보이지도 들리지도 않았다.

뭘 어찌해야 할지 모르는 채 낙담한 촌킨은 똑똑한 사람에게 조언을 구하기로 했다. 뉴라의 이웃인 쿠지마 마트베예비치 글라디셰프가 바로 그였다.

쿠지마 글라디셰프는 크라스노예 마을뿐 아니라 전 관구에서 학자로서 명성을 날리고 있었다. 그의 텃밭 안에 서 있는 목조 화장실 벽에 커다란 검은 글씨로 'Water closet'이라고 쓰여 있다는 사실만으로도 그의 학식이 얼마나 대단한지를 알 수 있었다.

집단농장의 창고지기라는 보잘것없는 저임금의 직업을 가진 글라디셰프였지만 대신에 지식을 쌓기 위한 자유 시간이 많았고 그 작은 머릿속에 다방면의 온갖 잡다한 지식이 담겨 있어 그를 아는 사람들은 시기와 존경 어린 눈으로 그를 쳐다보며 '정말 걸물이야!' 하면서 깊은 한숨을 내쉬는 것이었다. 많은 이들의 증언에 따르면 오밤중에 글라디셰프를 깨워서 무슨 질문을 던지든 그는 곰곰이 생각할 필요도 없이 즉시 그에 대한 가장 상세하고 장황한 설명을 해줄 것이며, 어떠한 자연현상에 대해서도 신비한 신의 이름을 빌리지 않고 현대 과학의 시각에서 설명을 해줄 것이었다.

이 모든 지식을 글라디셰프는 오로지 독학으로 얻었다고 할 수 있다. 2년밖에 다니지 않은 신학교에 크든 작든 그 공을 돌린다는 것은 우스운 일이니 말이다. 민중을 온갖 종류의 노예 상태에서 해방시키고 소비에트 시민이라면 누구든 영롱하며 철옹성 같았던 과학의 정상까지 올라갈 수 있는 기회를 준 10월 혁명이 아니었더라면 글라디셰프가 축적한 지식들은 어쩌면 아무 소용 없이 그의 머릿속에만 저장돼 있을 수도 있었다. 물론 해방된 글라디셰프의 머릿속에서는 그 이전에도 많은 독창적인 과학적 아이디어들이 튀어나오곤 했다는 사실을 지적하고 넘어가야 할 것이다. 살면서 부딪히는 모든 사실들을 그는 그냥 넘겨버리는 적이 없었고 언제나 그것과 관련된 다양한 아이디어로 연결시켰다. 예를 들어 난로 위를 기어가는 바퀴벌레를 보면 그는 이런 생각을 했다. '바퀴벌레의 몸을 서로 묶어서 한 방향으로 움직이게 할 수는 없을까? 그렇게 해서 얻어진 엄청난 힘을 농업에 유용하게 사용할 수 있을 텐데.' 또 구름을 보면 이런 생각을 했다. '구름에 껍데기를 씌워서 기구(氣球)로 이용할 수는 없을까?' 화성의 위성이 인공적으로 만들어진 것일 수 있다는 가설도 시클롭스키* 교수보다 훨씬 전에 글라디셰프가 먼저 내놓았다고 말하는 사람도 있었다. (지금 그 진위를 확인하기란 매우 어렵다.)

하지만 다른 모든 곁다리 아이디어 외에 글라디셰프에게는 자신의 전 생애를 바치고 그것을 통해서 학계에 자신의 이름을 영원히 남기려고 결심한 아이디어가 있었다. 그것은 다름 아닌 미추린과 리센코**의 진보적인 학설에서 영감을 얻어 감자와 토마토의 잡종을 만들어보자는 생각이었다. 다시 말해 뿌리에는 감자 덩굴이 자라고 줄기에는 토마토 열매가 열리는 잡종식물을 만들려는 것이었다. 글라디셰프는 자신의 미래의 잡종식물에 당시 위대한 시대의 정신을 따라서 '사회주의로의 길' 혹은 줄여서 '푹스'***라는 이름을 붙였고, 자신의 실험을 고향 집단농장 밭 전체

---

 * 이오시프 시클롭스키(1916~1985). 소련 천체물리학자. 칼 세이건과 『우주의 지적 생명Intelligent Life in the Universe』(1966)을 공동 집필하기도 했으며 1959년 화성의 달 포보스의 화성 공전 궤도를 연구한 결과 포보스가 속이 텅 빈 인공 달일 가능성을 제기한 바 있다. 차후에 자신의 가설을 포기했다.
 ** 이반 미추린(1855~1935)과 트로핌 리센코(1898~1976). 미추린-리센코 유전학이란 저명한 농생물학자인 미추린의 사후 신생국가 소련의 정치 노선에 발맞추어 새로운 소비에트 유전학을 만들기 위해 리센코가 주창한 유사과학적인 소비에트 농학의 조류를 말한다.
*** '푹스ПУКС'는 '사회주의로의 길ПУть К Социализму'의 약자이다.

에 확산시킬 계획이었다. 하지만 허가를 받지 못해 실험은 자기 집 텃밭으로 제한해야 했다. 바로 이런 이유로 그는 이웃들에게서 감자와 토마토를 구입해야만 했다.

글라디셰프의 실험은 아직 실질적인 성과를 내지는 못했다. 물론 푹스는 이미 몇 가지 특징적인 징후들을 보이기 시작했는데, 잎과 줄기가 감자의 것을 닮아갔고 반면에 뿌리는 완전히 토마토 뿌리와 똑같아진 것이다. 하지만 거듭되는 실패에도 불구하고 진정한 과학적 발명이란 노동과 적지 않은 희생을 요한다는 것을 알고 있었기에 글라디셰프는 낙심하지 않았다. 이 실험에 대해서 알고 있는 사람들은 불신의 눈초리를 보냈지만 누군가는 글라디셰프를 알아보고 지지를 표명하기도 했는데, 그런 일은 저주받을 차르 시절이라면 상상도 못할 일이었다.

한번은 군(郡)신문『볼셰비키 속도전』의 고정칼럼 '새마을의 사람들'에 「독학 육종학자」란 제목으로 2단짜리로 크게 기사가 실리기도 했다. 기사에는 자신의 잡종식물을 통해서 우리 행성의 영롱한 미래에 대한 가시적인 특징들을 발견이라도 하려는 듯이 줄기 위로 몸을 수그린 독학 육종학자의 사진도 실려 있었다. 군신문에 이어서 주(州)신문도 반응을 보여 작은 분량의 기사를 게재했고 그 후 연방신문의 「대중의 과학적 창의력」이란 집중탐구 기사 속 긴 명단에서 글라디셰프의 이름이 언급되기도 했다. 연구를 하고 관습과의 투쟁을 벌이면서 글라디셰프는 부정적인 평가이긴 하지만 한 농학아카데미 회원의 평가에 많이 의존했다. 글라디셰프에게 직접 보낸 편지에서 아카데미 회원은 글라디셰프가 하고 있는 실험이 반(反)과학적이며 전망이 없다고 지적했다. 그는 그럼에도 불구하고 낙심하지 말라고 글라디셰프에게 충고하면서, 고대 연금술사들의 예를 들어 과학사를 보면 어떠한 노력도 무의미한 것은 아니며 하나를 찾다가 다른 것을 발견하는 경우도 있다고 주장했다. 이 편지는 그 내용이야 어쨌든 간에 수신자에게 깊은 감명을 주었는데, 편지가 대단한 기관의 공식 편지지에 타이핑되어 있었고 글라디셰프를 '존경하는 글라디셰프 동지'라고 부르며 아카데미 회원이 손수 서명을 한 것도 한몫했다. 그리고 이 편지를 읽은 다른 모든 사람들도 모종의 감동을 받았다. 하지만 푹스가 상용화될 경우 세계가 얻게 될 가능성에 대해서 글라디셰프가 장황설을 늘어놓을라치면 그 누구든 금세 지루해하면서 그를 피하기 시작했다. 그렇기 때문에 글라디셰프는 우연찮게 촌킨이 그의 눈앞에 나타나기 전까지는 많은 과학 천재들과 마찬가지로 철저한 고독감을 느껴야 했다.

글라디셰프는 자신의 일에 대해 이야기하는 것을 좋아했고, 촌킨은 심심했기 때문에 그의 이야기를 들어주지 않을 이유가 없었다. 그것이 그들을 가까워지게 했고 둘은 친구가 되었다. 촌킨이 볼일을 보러, 아니면 그냥 밖으로 나오면 대개의 경우 글라디셰프는 이미 자기 텃밭에서 땅을 돋우고, 김을 매고, 물을 주고 있었다. 그리고 언제나 똑같은 복장을 하고 있었다. 닳아빠진 송아지 가죽장화 안으로 기수들이 입는 승마바지를 집어넣고 구멍이 숭숭 뚫린 낡은 티셔츠에 도대체 어디서 구했을지 상상하기조차 힘든, 솜브레로를 연상시키는 챙이 넓은 밀짚모자를 쓰고 있었다.

촌킨이 육종학자에게 손을 흔들며

"어이, 이웃사촌, 안녕한가!" 하면,

"안녕하신가?" 하는 정중한 대답이 돌아왔다.

"사는 게 어때?" 촌킨이 궁금해하면,

"노력 중이지" 하는 겸손한 대답이 돌아왔다.

그런 식으로 한마디씩 주거니 받거니 하면서 격의 없는 대화가 술술 이어졌다.

"그런데 언제쯤 자네 감자-토마토가 열리는 거야?"

"기다리게. 아직 일러. 모든 것에는 때가 있다고 하지 않는가. 먼저 꽃이 피어야 하는 거라네."

"그럼 만약에 올해도 안 되면 어떻게 할 거지?" 촌킨이 호기심을 보였다.

"금년에는 틀림없이 될 거야." 기대와 함께 글라디셰프가 한숨을 내쉬었다. "자네가 직접 좀 보라고. 줄기는 대충 감자 같은데, 잎을 잘라보면 토마토 잎 같아. 보이나?"

"난 잘 모르겠는걸." 촌킨이 의구심을 표시했다. "아직은 뭐가 뭔지 모르겠어."

"뭘 모르겠다는 건가?" 글라디셰프는 기분이 상했다. "잘 보게. 줄기가 꽤 풍성하잖아."

"풍성하긴 하군." 이렇게 동의한 촌킨의 얼굴에 문득 활기가 돌았다. 그에게도 어떤 아이디어가 떠오른 것이다. "내 말 좀 들어봐. 혹시 토마토가 밑에 나고 감자가 위에 나게 할 수는 없는 거야?"

"아니, 그렇게는 안 되지." 글라디셰프가 참을성 있게 설명했다. "그건 자연의 법칙에 위배되는 거거든. 감자는 뿌리 계통의 일부이고 토마토는 줄기에서 자라는 열매니까 말일세."

"그래도 재미는 있을 텐데." 촌킨도 물러서지 않았다.

촌킨의 질문이란 것들이 글라디셰프에게는 어리석어 보일 수도 있었겠지만, 우문일수록 현답을 할 수 있는 가능성이 생겼기 때문에 두 사람은 서로와의 대화에서 큰 만족을 느끼고 있었다. 하루하루 둘의 우정은 깊어갔다. 둘은 벌써 가족 모임을 갖기로 약속을 하기도 했다. 촌킨과 뉴라, 글라디셰프와 그의 아내 아프로디테 이렇게 말이다. (아내를 이렇게 부르기 시작한 것은 글라디셰프였고 그를 따라 다른 사람들도 그렇게 부르기 시작했지만, 그녀의 본디 이름은 예프로시니야였다.)

11

그날 촌킨은 엄청나게 많은 일을 모두 해치운 상태였다. 물을 길어다 놓고 장작을 패놓고 수퇘지 보리카에게 밀기울을 잔뜩 먹였으며, 뉴라와 함께 먹을 점심을 준비해놓았다. 그러고 나서는 평소와 마찬가지로 뉴라의 앞치마를 걸친 채 창가에 앉아 손에 턱을 고이고 뉴라를 기다렸다. 그러다가 시간이 빨리 지나가라고 창가에 앉아 수를 놓기도 했다. 여자 앞치마를 두르고 창가에 앉아 그것도 모자라 자수를 하는 군인이라니 우습기 짝이 없지만, 어쩌겠는가? 촌킨은 자수가 좋았다. 온갖 색깔의 십자수를 떠가다 보면 수탉이나 장미, 아니면 또 다른 모양이 생겨나는 것이 그렇게 재미있을 수 없었다.

지금도 자수를 손에 잡았지만 잘 진척되지 않는 것은 그의 불확실한 미래에 대한 생각 때문에 집중을 할 수가 없어서였다. 글라디셰프와 이야기라도 할 요량으로 몇 번이나 현관 계단에 나가보았지만 그는 보이지 않았다. 그렇다고 집 안까지 들어가는 폐를 끼칠 용기가 없었다. 게다가 아직까지 이웃의 집 안에는 한 번도 들어가본 적이 없었다.

그는 시간을 때우기 위해서 자수보다 더 단순하기 짝이 없는 일, 그러니까 마룻바닥을 닦기 시작했다. 그러고 나서 구정물을 쪽문 밖으로 가지고 가 한길에 뿌렸다.

울타리 근처에는 알록달록한 무명 원피스를 입은 다섯 살 정도 먹은 여자아이가 수퇘지 보리카와 장난을 치고 있었다. 아이는 머리에서 실크 리본을 풀어 보리카의 목에 묶어놓았다. 보리카는 고개를 좌우로 흔들면서 목에 감긴 것이 무엇인지 보려고 했지만 성공하지 못했다. 촌킨을 본 아이는 보리카에게서 재빨리 리본을 끌러 손안에 꼭 쥐었다.

"아가야, 어느 집 아이니?" 이반이 물었다.

"우리 아빠 킬린이야. 아저씨네 아빠 누구야?"

"난 나 혼자란다." 이반이 쓴웃음을 지었다.

"난 아빠랑 엄마가 있어." 아이가 자랑했다.

"엄마랑 아빠 중에 누가 더 좋아?"

"스탈린." 아이는 이렇게 말하고는 황급히 도망가버렸다.

"어이쿠, 스탈린이라니." 아이의 뒷모습을 바라보면서 촌킨이 고개를 저었다.

하긴 그도 그 나름의 방식으로 스탈린을 좋아했다. 빈 양동이를 흔들며 다시 집으로 향하는 그 순간, 헝클어진 머리에 뺨에는 빨간 자국이 난 글라디셰프가 마침 현관 계단으로 나오고 있었다.

"어이, 이웃사촌!" 반가운 마음에 촌킨이 소리쳤다. "벌써 한 시간 넘게 자네를 여기서 기다리고 있었어. 어디로 사라진 건가 궁금해하던 차였다니깐."

"잠시 눈 좀 붙였지." 하품을 하고 기지개를 펴면서 글라디셰프가 쑥스럽게 말했다. "점심을 먹고 나서 식물 육종에 대한 책이나 보려고 잠시 누웠는데 너무 더워서 말이지. 하늘도 무심하시지. 조만간 비가 내리지 않으면 모조리 다 햇볕에 타버릴 거야."

"어때, 자네." 촌킨이 말했다. "담배 한 대 하겠어? 내가 직접 만 건데 어찌나 독한지 목구멍이 아리다니까. 뉴라가 어제 돌고프 시장에서 사 왔어."

그는 앞치마를 옆으로 들고 주머니에서 잎담배가 잔뜩 든 총기 기름통과 조각으로 잘라서 책처럼 철해놓은 신문지를 꺼냈다.

"담배는 건강에 제일 해로운 물건일세." 두 집의 텃밭을 가르는 나뭇가지 울타리 쪽으로 다가가면서 글라디셰프가 설교를 늘어놓았다. "과학자들이 실험한 바에 따르면 니코틴 한 방울이면 말도 거뜬히 죽일 수 있다고 해."

하지만 공짜를 마다하지는 않았다. 그는 한 모금 들이마시고 기침을 했다.

"독하다는 말이 맞군." 그가 수긍했다.

"삼손의 담배지. 젊은이들한테는 밤일에 좋고, 늙은이들에겐 수면용으로 최고라는 거 아니야." 촌킨이 맞장구를 쳤다. "그런데 말이야, 자네한테 볼일이 하나 있어."

"무슨 일인가?" 글라디셰프가 곁눈으로 그를 슬쩍 보았다.

"별일은 아니야. 정말 별거 아니지."

"도대체 무슨 일인데 그러나?"

"그냥, 사실 말해서는 안 되는 거긴 해."

"말하면 안 되는 거면 말하지 말게나." 글라디셰프가 현명하게 판단을 내렸다.

"그러는 게 물론 옳을 거야." 촌킨이 동의했다. "하지만 또 어떻게 보면 말을 안 할 수도 없다고! 여기로 배치받은 것이 일주일간이고 전투식량도 일주일분을 받았거든. 그런데 일주일 반이 지났는데도 본부에선 지시가 없어. 전투식량에 대해서도 마찬가지로 감감무소식이고. 그 말은 뭐야? 나더러 여자 등쳐 먹고 살란 말이야 뭐야?"

"흠, 어렵게 됐군." 글라디셰프가 말했다. "자네를 이제 기둥서방이라고 불러야 하는 건가."

"그런 말일랑은 하지 말게." 촌킨이 반박했다. "자네가 자네 마누라를 항아리라 부르든 뭐라 부르든 알 바 아니지만, 나를 부를 땐 그냥 이반이라고 해줘. 내가 이 얘기를 한 이유는 따로 있어. 내 지휘관한테 내가 이곳에 있으니 앞으로 어떻게 해야 할지 편지를 써야겠어. 자네야 배운 사람이지만, 나는 글자는 읽을 수 있어도 글을 쓰는 건 젬병이란 말이야. 학교 다닐 때야 어떻게 쓸 수 있었지만 졸업하고 집단농장에서, 그리고 군에 입대해서는 맨날 말이나 타고 다니면서 고삐를 오른쪽으로 당겼다가 왼쪽으로 당겼다가 하는 일이 고작이었으니 문자 쓰는 건 전혀 필요가 없었거든."

"서명은 할 줄 아는 겐가?" 글라디셰프가 물었다.

"그럼, 그거야 할 수 있지. 읽는 거랑 서명은 할 수 있어. 내 서명이 어떻게 생겼는지 알아? 먼저 이반의 '이', 그다음에 촌킨의 '체', 그리고 작은 동그라미를 그리고 나서는 나머지 글자를 차례로 쓰고 마지막으로 꼬불꼬불한 줄을 끝에서 끝까지 종이 전체에 긋는 거야. 어떤지 알겠어?"

"알겠네." 글라디셰프가 말했다. "종이랑 잉크는 있나?"

"당연하지." 이반이 말했다. "뉴라가 우편배달부 아닌가. 아무나 할 수 있는 일이 아니라고. 머리가 상당히 좋아야 할 수 있는 일이야."

"좋네." 마침내 글라디셰프가 동의했다. "자네 집에 가세. 우리 집은 마누라랑 아이 때문에 방해가 될 거야. 게다가 이런 일은 조심해야 돼.

정치적으로 절도 있는 편지를 써야 하니까."

한 시간 후 정치적으로 절도 있는 한 장의 편지가 완성되었다. 내용은 아래와 같았다.

대대장 파호모프 동지에게
붉은 군대 사병 이반 촌킨 동지가 올리는
상신(上申)

동지의 부재 중 제가 보초를 서고 있는 동안, 즉 군사 장비인 비행기 경계근무를 서고 있는 동안 어떠한 사건도 일어나지 않았음을 서면으로 보고하는 것을 허락하여주시기 바랍니다. 또한 우리의 당, 인민, 그리고 위대한 천재 I. V. 스탈린 동지께 헌신적으로 충성하도록 교육받은 저는 앞으로도 무조건적으로 우리 사회주의 조국의 수호와 그 국경 수호에 전념할 것임을 보고드립니다. 이상의 업무를 위해서 제게 무기한으로 전투식량을 할당해주시고 기존의 지급받지 못한 군복 한 벌을 지급해주시기를 요청드리는 바입니다.

저의 요청을 거절하지 말아주십시오.

이상입니다……

"매끄러운데." 촌킨이 글라디셰프의 작문을 칭찬하더니 약속한 것처럼 페이지 전체에 걸쳐서 자기 서명을 했다.

글라디셰프는 촌킨이 준비해 온, 우표를 아직 붙이지 않은 봉투에 주소를 마저 적어준 뒤 만족스러운 얼굴로 자리를 떴다.

촌킨은 봉투를 식탁 위에 놓고는 냅킨을 끼워놓은 수틀을 들고 창가에 앉았다. 창밖은 더위가 이제 한풀 꺾였고 해는 서산으로 지고 있었다. 수퇘지 보리카가 벌써 마을 밖 언덕에서 뉴라를 기다리고 있는 것을 보니 곧 그녀가 돌아올 것임이 틀림없었다.

12

뉴라의 집 쪽문에 말을 맨 골루베프 회장은 현관 계단으로 올라섰다. 그 순간 그가 완전히 평정심을 유지하고 있었다고 말하기는 어려웠다. 오히려 그 반대로 뉴라의 집 안으로 들어서면서 군위원회 제1서기의 방에 들어설 때처럼 심장이 쿵쾅대는 것을 느낄 수 있었다. 하지만 여기로 오는 도중에 이미 집 안으로 들어가겠다고 결심을 한 차였고 이제 와서 마음을 돌리기는 싫었다.

골루베프는 문을 두드린 후 대답을 듣기도 전에 문을 열었다. 회장의 출현에 놀란 촌킨은 당황하며 수틀 숨길 곳을 찾기 위해 방 안 사방으로 눈을 굴렸다.

"손바느질을 하고 계시네요?" 회장은 정중하지만 의심스럽다는 투로 물었다.

"무슨 말씀을요. 뭐니 뭐니 해도 노는 게 최고죠." 촌킨은 이렇게 말하고는 수틀을 걸상에 내던졌다.

"맞는 말씀입니다." 회장은 대답을 하고는 대화를 어떻게 이어갈지 몰라 문간에서 서성거렸다. "그건 그렇고……" 그가 말을 이었다.

"그렇건 안 그렇건, 세상 일이 다 그런 거죠." 촌킨이 재치 있게 받아쳤다.

'흠, 계속 딴소리로 회피하려 드는군.' 마음속으로 이렇게 생각한 회장은 상대방을 다른 방법으로 떠보기로 결심하고는 국제정치 문제로 화두를 돌렸다.

"신문을 보니까," 그는 식탁으로 다가가면서 조심스럽게 말했다. "독일이 또 런던을 공습했다더군요."

"신문이 하는 말을 다 믿으면 안 되죠." 촌킨은 직접적인 대답을 피해 갔다.

"무슨 그런 말씀을." 골루베프는 머리를 굴려 이렇게 말했다. "우리 신문에선 허튼소리를 하는 법이 절대로 없습니다."

"그런데 무슨 일이십니까?" 뭔가 꿍꿍이가 있음을 감지한 촌킨이 물었다.

"뭐 특별한 일이 있는 건 아닙니다." 태평한 척 회장이 말했다. "그냥 지나는 길에 어떻게 지내시나 들러보았습니다. 급송 공문을 쓰고 계셨나요?" 식탁 위에 놓인 군대 주소가 적힌 편지 봉투를 보고는 그가 물었다.

"뭐 그냥 써 내려가고 있죠."

'정말 영리한 사내로군!' 회장은 머릿속으로 감탄했다. '이렇게 찔러보고 저렇게 찔러봐도 요리조리 잘도 피해서 답을 하는걸. 틀림없이 대학도 나왔을 테지. 어쩌면 프랑스어를 알지도 몰라.'

"케스크 세?"* 그는 불현듯 자신이 아는 유일한 프랑스어 표현을 내뱉고 있었다.

"뭐라고요?" 촌킨은 놀란 눈으로 그를 쳐다보고는 붉어진 눈꺼풀을

---

* 불어로 '이것은 무엇입니까?'라는 뜻.

껌벅였다.

"케스크 세?" 회장은 고집스럽게 다시 말했다.

"도대체 뭔 소리를 하는 거야? 무슨 말이야?" 불안해진 촌킨은 흥분해서 방 안을 서성거리기 시작했다. "어, 당신, 이상한 말 지껄이지 말아. 필요한 게 뭔지 말을 하든지, 괜히 그러지 말고. 누구를 어중이떠중이로 아는 건가."

"나도 그쪽이 어중이떠중이가 아니라는 건 알아요." 회장은 공세를 펼치기로 결심했다. "여기서 감시를 하고 있는 거 아닙니까. 바보들이라 알아차리지 못할 거라고 생각하셨지요? 하지만 바보들도 요즘엔 꽤나 똑똑하답니다. 우린 모든 걸 알고 있어요. 이곳에 뭐 좀 잘못된 것이 있을 수도 있지만 다른 데보다 더 나쁘지는 않습니다. '볼로실로프'나 '일리치의 유언'만 보더라도 어디나 상황은 대충 비슷하니까요. 작년에 언 땅에 씨를 뿌린 것은 그렇게 지시가 내려와서 그런 거 아닙니까. 지시는 위에서 내리고 뒤치다꺼리는 집단농장에서 다 해야 하는 거지요. 회장 입장이 어떨지는 말할 필요도 없지요. 그런데 그쪽은 비행기나 타고 다니면서 서류나 끄적이고 계시는군요!" 회장은 점점 더 열을 내면서 소리를 질렀다. "뭐라고 쓰건 상관 안 합니다. 회장이 집단농장을 다 망쳐놨다고, 회장이 술주정뱅이라고 쓰십시오. 지금도 술을 마셨고 술 냄새가 진동합지요." 그는 촌킨 쪽으로 몸을 숙여 그의 코앞에서 숨을 내쉬었다. 촌킨은 뒤로 물러섰다.

"제가 뭘 어쨌다고 그러세요." 촌킨은 변명하듯이 말했다. "저도 그냥 이러는 게 아니라 지시를 받고 온 것뿐인데요."

"진작 그렇게 말씀을 하시죠. 지시를 받고 왔다고." 회장은 오히려 기뻐했다. "괜히 이런 곳에 들어앉아 여자 치마폭 뒤에 쥐새끼처럼 숨어서 위장하고 계시다니. 지시는 어떤 겁니까? 당원증을 내놓으랍니까? 내놓죠. 감옥에 가랍니까? 두말없이 가겠습니다. 이렇게 사느니 감옥이 훨씬 낫겠습니다. 애가 여섯이나 되다 보니 다들 가방 하나씩 차고 이 마을 저 마을 구걸을 다닙니다. 어떻게든 먹고살아야 되니까요. 보고서를 쓰세요!" 그러고는 마지막으로 문을 쾅 닫고 나가버렸다.

밖으로 나와서야 그는 자신이 무슨 짓을 해버렸는지, 이제 자기는 영락없이 끝장이라는 사실을 깨달았다.

'될 대로 되라지.' 말을 매놓은 줄을 풀면서 그는 생각했다. '매일같이 공포에 덜덜 떨며 기다리는 것보다야 쇠뿔도 단김에 빼는 게 낫지. 어찌 되건 이제 상관없어.'

관리사무소에서는 회계원 볼코프가 회계보고서를 들고서 그를 기다리고 있었다. 회계보고서에 실수가 있더라도 이제 자신은 아무 상관 없다는 사실에 고소해하면서 그는 보고서를 쳐다보지도 않고 서명을 했다. 그러고는 보리소프가 말했던 그래프를 위한 페인트와 솔 견적서를 준비하라고 회계원 볼코프에게 지시한 후 내보냈다.

홀로 남은 그는 조금 제정신이 들자 책상 위에 놓인 서류 더미를 정리하기 시작했다. 책상 위는 난장판이었는데 이제 회장은 용도별로 서류들을 따로따로 정리하기로 마음먹었다. 그는 수신 서류들을 한 무더기로 쌓고 발신 서류들(하지만 발송하지 않은)을 다른 무더기로 쌓았다. 회계 서류들을 한쪽에, 집단농장 사람들의 민원 서류들을 다른 쪽에 쌓았다. 그때 그의 사무실과 복도를 가르는 벽 너머에서 들려오는 대화가 그의 주의를 끌었다.

"처음 감방에 들어가면 말이야, 발밑에 깨끗한 수건이 깔려 있어."

"그건 왜?"

"왜긴 왜야. 초범이라면 수건을 건너뛰지 않겠어? 그런데 만약에 법 안의 도둑*이라면 수건에 발을 비비고는 똥통에 던진다는 거야."

"수건이 아깝잖아?"

"제 몸 아까운 줄 알아야지. 만약에 수건을 건너뛰면 바로 그걸 당하게 되는 거야…… 그걸 뭐라고 했는지 기억이 나질 않네. 아, 기억났다. '즉위식'이라는 거야!"

"그건 또 뭐야?"

"처음에는 다섯번째 모서리를 찾으러 보내.** 무슨 말인지 알아들어?"

"그건 알아."

"그다음으로는 공수부대라는 걸 해."

"감옥 안에 낙하산이 어딨다고?"

"더 들어봐……"

골루베프는 대화 내용에 귀가 솔깃해졌다. 그래서 가슴을 졸이며 이야기를 들었다. 심지어 엿듣기를 잘했다는 생각도 들었다. 어쩌면 조만간 자신이 이 정보를 유용하게 쓰게 될지도 모를 일이었다. 벽 너머의 목소리는 귀에 익었다. 질문을 하는 목소리는 니콜라이 쿠르조프의 것이었고, 대답하는 목소리도 귀에 익지만 아무리 노력해도 누구 목소리인지 기억이 나지 않았다.

"공수부대란 말이야, 팔과 다리를 양쪽에서 하나씩 잡고 등부터 마

---

* 1930년대의 집산화, 그 뒤를 이은 기근 때문에 범죄율이 급증하면서 '굴라크'(교정노동수용소)가 생기는 등 당국의 범죄 단속이 강화되자 혁명 전 러시아 범죄 세계의 전통 수호자임을 자처하며 당국과의 협조를 거부하고 공고한 범죄 조직을 운영한 범죄 집단들의 두목급들을 말한다.

** 감옥 내 범죄자들 사이의 은어로 '한 사람을 빙 둘러싸고 집단 구타하는 것'을 말한다.

룻바닥에 세 번 내던지는 거야."

"그럼 아프지 않아?" 쿠르조프가 말했다.

"감옥이 요양소라도 되는 줄 알아?" 이야기꾼이 설명했다. "그런 과정을 다 거쳐야 내 편으로 인정받고 다른 사람들처럼 투표에도 참여할 수 있다니까."

"거기서도 투표를 한단 말이야?"

"밭에 나가서도 투표를 할 때가 있어. 작업반장을 뽑는 거지. 한 사람이 무릎 사이에 이름이 적힌 쪽지를 끼워놓고 있으면 손을 묶고 눈을 가린 사람들이 차례로 다가가서 이빨로 쪽지를 하나씩 뽑는 거야……"

"그런 거라면야," 쿠르조프가 뿌듯하게 말했다. "무서울 거 하나도 없네."

"무서울 거야 물론 없지. 단 네 차례가 되면 무릎이 아니라 홀딱 깐 볼기짝을 들이대는 거지."

워낙 깔끔한 회장이었기에 그 순간 인상을 찌푸리고 말았다. 지금 누가 이야기를 저리 재미있게 늘어놓고 있는 건지 궁금해진 그는 작업반장실에 볼일이라도 있는 것처럼 하고 복도로 나왔다.

벽보 아래 기다란 벤치에 니콜라이 쿠르조프와 3년 전 방앗간에서 밀가루 한 포대를 훔쳐서 8년형을 받고 감옥에 간 료샤 자로프가 앉아 있었다. 회장을 본 료샤는 벌떡 일어나 챙이 떨어져 나간 모자를 황급히 머리에서 벗었다. 그러자 이제 보송보송 머리털이 자라기 시작한 짧게 깎은 머리통이 드러났다.

"안녕하셨어요, 이반 티모페예비치." 그는 긴 이별 끝에 만난 사람들이 하는 어조로 인사를 했다.

"안녕한가." 하지만 회장은 료샤를 마치 어제 본 것처럼 시큰둥하게 말했다. "석방된 건가?"

"조기 석방됐습니다." 료샤가 말했다. "형기가 삭감돼서요."

"나한테 볼일이 있나?"

"회장님을 뵈러 왔지요." 료샤가 수긍했다.

"들어오게나."

낡은 축구화를 신은 료샤는 마치 잠자는 사람이라도 깨울까 봐 두려워하는 것처럼 살금살금 발을 옮기면서 회장 뒤를 따라 사무실로 들어갔다. 그는 회장이 자리에 앉을 때까지 기다렸다가, 회장 맞은편에 있는 등받이 없는 의자의 끄트머리에 걸터앉았다.

"그래, 무슨 일인가?" 짧은 침묵이 흐른 후 회장이 시큰둥하게 물었다.

"일자리를 부탁드리러 왔어요, 이반 티모페예비치." 당황한 나머지 무릎 위에 놓인 챙모자를 잡아당기면서 자로프가 깍듯하게 말했다.

회장은 생각에 잠겼다.

"일자리 때문이라고?" 회장이 말했다. "내가 자네에게 어떤 일자리를 줄 수 있겠나? 자로프, 자네는 제 손으로 얼굴에 먹칠을 하지 않았나. 지금 낙농장에 일손이 필요하긴 한데, 자네를 보냈다가 우유를 빼돌리기라도 하면 어떡하나?"

"그런 일은 없을 겁니다, 이반 티모페예비치." 료샤가 다짐했다. "거짓말이면 이 자리에서 벼락을 맞을 거예요."

"함부로 맹세하지 말게." 골루베프가 손을 내저었다. "자네는 맹세를 식은 죽 먹듯이 하지 않나. 예전에 내가 몇 번이고 자네에게 말했지. 자로프, 그렇게 행동하면 안 돼. 끝이 좋지 않을 거야, 하고 말이야. 내가 그렇게 말했나, 안 했나?"

"그렇게 말씀하셨죠." 자로프가 수긍했다.

"말씀하셨죠라…… 말이라도 못하면. 그때 자네가 뭐랬지? 걱정 마시라고 했지. 결과는 어떻게 됐나."

"뭐 하러 옛날 일은 끄집어내세요, 이반 티모페예비치." 료샤는 침울하게 말하고는 깊은 한숨을 내쉬었다. "수용소에서 회장님 말씀이 자주 생각났어요. 한번은 점심을 먹는데 과일 주스가 나와서……"

"거기서 과일 주스도 주나?" 회장은 귀가 솔깃하여 물었다.

"수용소장이 누구냐에 따라 달라요. 어떤 놈은 죽지 않을 정도만 먹여주고, 어떤 놈은 목표치를 달성하기 위해서 배불리 먹이고 따뜻한 옷까지 주지요. 일만 열심히 하면요."

"그러니까 수용소장 중에 좋은 사람도 있다는 말이군?" 일말의 희망을 품게 된 회장은 이렇게 되물으면서 자로프에게 '델리' 담뱃갑을 내밀었다.

"피우게. 거기 단체 행사 같은 것은 어떻던가?"

"그런 건 쌨죠." 료샤가 대답했다. "영화도 보여주고 취미 활동도 할 수 있고 열흘에 한 번씩 목욕도 할 수 있어요. 취미 활동으로 치면 여기 도시에서보다 훨씬 좋습니다. 우리 수용소에는 인민배우가 한 명, 공헌배우가 두 명, 그냥 배우 나부랭이는 셀 수도 없었죠. 배운 사람들이 많았어요……" 료샤가 목소리를 낮췄다. "셀 수도 없었죠. 우리 수용소에 아카데미 회원도 한 명 있었는데, 10년형을 받았더라고요. 전국에 틀린 시간을 보내도록 크렘린 시계탑을 망가뜨리려고 했다나 뭐랬다나."

"설마?" 회장은 못 믿겠다는 투로 료샤를 쳐다보았다.

"설마가 사람 잡죠. 이반 티모페예비치, 전국에서 국가 전복 행위가 얼마나 많이 일어나고 있는지 알아요? 예를 들어 지금 피우는 담배가

'델리'잖아요. 여기에도 알고 보면 국가 전복 음모가 있대요.'"

"쓸데없는 소리 그만두게." 말은 그렇게 했지만 골루베프는 담배를 입에서 떼어 의심스러운 눈초리로 들여다보았다. "여기 무슨 국가 전복 음모가 있다고? 독약이라도 넣었다는 건가?"

"더 나쁘죠." 확신에 차서 료샤가 말했다. "델리라는 단어를 풀어보세요."

"델리가 델리지, 뭘 풀어보라는 거야. 인도에 있는 도시 이름이잖아."

"어휴." 료샤가 한숨을 내쉬었다. "배웠다는 분이 참. 델리를 풀어보면 '덴장할 레닌의 인테르나치오날'이 된다고요."

"목소리를 낮추게." 회장은 이렇게 말하고 문 쪽을 쳐다보았다. "방금 그건 나나 자네하곤 무관한 걸세, 알겠나? 그건 그렇고 의식주 여건은 어떤지 말해보게."

바로 그때 대기 순서를 기다리다 못한 니콜라이 쿠르조프가 사무실로 들어왔다. 그는 내일 아침 제재소에 가야 하니 고기 2킬로 배급표를 써달라고 요구했다.

"내일 오게나." 회장이 말했다.

"내일이라니요?" 니콜라이가 대답했다. "내일 동이 트자마자 기차역으로 출발해야 하는데요."

"괜찮네. 모레 떠나도록 해. 나 때문에 늦었다고 사유서를 써주겠네."

니콜라이가 문을 닫고 나가기를 기다린 후 회장은 황급히 료샤 쪽으로 몸을 돌렸다.

"계속 얘기를 해보게."

그날 집단농장의 식료품 창고를 지키며 최소 노동일*을 채우고 있던 두냐 할멈은 새벽 1시까지 회장 사무실의 창에 불이 밝혀진 것을 보았다.

수용소의 생활 여건에 대해 꼬치꼬치 물으며 료샤의 이야기를 종합한 결과 그곳의 생활은 상상만큼 끔찍한 것 같지는 않았다. 수용소에서는 하루에 아홉 시간씩 교화노동을 한다는데, 이곳에서 회장은 동이 틀 때부터 해가 질 때까지 쎄가 빠지게 뛰어다녀야 했다. 그곳에서는 하루 삼시 세끼 배식을 한다는데, 이곳은 하루 두 끼 먹는 것도 감지덕지한 지경이었다. 영화를 마지막으로 본 것도 반년 전이었다.

헤어질 때가 돼서야 그는 료샤에게 괜찮은 일자리를 약속했다.

"당분간은 소를 치도록 해." 그가 말했다. "집단 방목지를 돌보게나. 보수는 알다시피 하루 5천 평방미터를 도는 대가로 소 주인과 집단농장이 도합 15루블을 지불할 거네. 식사는 한 주씩 돌아가면서 주인집에서 먹여줄 걸세. 소치기 일을 좀 하다가 적응이 되면 차후에 더 나은 자리를 알아봄세."

그날 회장은 썩 좋은 기분으로 집에 돌아갔다. 그는 잠든 아이들의 작은 머리를 쓰다듬어주고 아내에게 상냥한 말을 건네기도 했다. 평소 남편으로부터 정겨운 말을 들어본 적이 없었던 그녀는 현관방으로 가서 눈물을 짜다가 왔다.

눈시울을 훔친 아내가 광에서 차가운 우유 한 항아리를 가져왔다. 이반 티모페예비치는 거의 한 항아리를 다 비운 후 옷을 벗고 자리에 누웠다. 하지만 한참 동안 잠들지 못했다. 료샤 자로프에게서 들은 이야기

---

* 노동일이란 집단농장원의 노동을 계산하는 단위로, 시간상의 하루가 아니라 노동의 양으로 측정하며 노동 일수에 따라 각 농장원의 소득이 정해졌다. 1년에 정해진 최소 노동일을 채우지 않으면 집단농장에서 제명되었다.

들을 꼼꼼히 되새기면서 그는 한숨을 내쉬며 몸을 뒤척였다. 하지만 결국 피로가 몰려와 무거워진 눈꺼풀을 감고 말았다. '어디건 사람 사는 곳은 다 마찬가지로구나.' 잠결에 든 생각이었다.

13

"지구는 공 모양이야." 글라디셰프가 어느 날 촌킨에게 말했다. "지구는 멈추지 않고 자전축을 중심으로 돌면서 태양의 주위를 돌고 있어. 우리가 그 움직임을 느끼지 못하는 이유는 우리도 지구와 함께 돌고 있기 때문이지."

지구가 돈다는 사실이라면 촌킨도 전에 들은 적이 있었다. 어디서 들었는지 기억은 나지 않지만 어디선가 들은 것만은 틀림없었다. 하지만 그렇다면 어떻게 사람들이 똑바로 서 있을 수 있는지, 물이 왜 지구 밖으로 날아가지 않는지 등은 도통 이해가 되지 않았다.

촌킨이 크라스노예 마을에 온 지 3주째에 접어들었지만 자대에서는 아무런 소식이 없었다. 장화 한 짝이 벌써 너덜너덜해졌건만 한길을 내다보아도, 하늘을 쳐다보아도 부대로부터 아무도 나타나지 않았고 앞으로 어찌해야 하는지 아무런 지시도 내려오지 않았다. 뉴라에게 부탁한 자대로의 편지를 그녀가 부치지 않았다는 사실을 촌킨은 물론 몰랐다. 뉴라는 촌킨이 전투식량을 보급받지 못하는 한이 있더라도 상부에서 그의 존재를 까맣게 잊어버리기를 바라면서, 며칠 동안 우편 가방 속에 편지를 넣고 다니다가 급기야는 몰래 태워버렸다.

한편 바깥 큰 세상에서는 당분간 뉴라나 촌킨과는 아무런 상관도 없는 사건이 진행 중이었다.

6월 14일 히틀러 최고사령부에서는 바르바로사 작전* 최종 세부 사항을 결정짓기 위한 회합이 있었다.

촌킨도 뉴라도 이러한 계획이 존재한다는 사실에 대해서는 꿈조차 꾸지 못했다. 두 사람에게는 자신만의 더 절실한 걱정거리가 있었다. 뉴라를 예로 들자면 최근 들어 암고양이마냥 얼굴은 해쓱해지고 머리카락은 푸석해졌으며 걸음도 간신히 떼어놓을 지경이 되었다. 일찍 잠자리에 드는 그들이었지만 촌킨의 성화에 뉴라는 잠을 잘 수가 없었다. 그는 하룻밤 사이 몇 번이고 뉴라를 깨워서는 자기 욕구를 채웠고 낮에도 녹초가 된 그녀가 문지방을 넘을라치면 굶주린 짐승처럼 그녀에게 달려들어 어깨에서 가방을 벗을 틈도 주지 않고 침대로 끌고 갔다. 급기야 뉴라가 그를 피해서 건초 창고와 닭장으로 몸을 숨긴 적도 있는데 그는 그곳까지 쫓아와 그녀를 찾아냈다. 그의 손길을 피할 수 있는 방법은 없었다. 뉴라가 닌카 쿠르조바에게 하소연을 하자 닌카는 그녀를 놀려대면서도 속으로는 부럽기 짝이 없었다. 남편 니콜라이로 말하자면 일주일에 한 번 일을 치르도록 꼬시는 것도 힘들었기 때문이다.

한편 바르바로사 작전의 세부 계획이 논의되던 바로 그날, 뉴라와 촌킨 사이에 어떤 오해가 생겼는데 그것은 참, 말로 설명하기도 민망한 이유 때문에 벌어졌다.

사건은 저녁 무렵에 터졌다. 군(郡)에서 돌아와 집집마다 우편물을 배달하고 집으로 온 뉴라는 촌킨의 청에 두 번 응해준 뒤 집 안 청소를 시작했다. 촌킨은 청소를 방해하지 않으려고 도끼를 들고 밖으로 나와

---

* 독일의 1941년 소련 침공 작전의 암호명.

울타리를 손보기 시작했다.

촌킨은 울타리 기둥을 바로 세우고 나서 뒤로 한 발짝 물러나 눈을 가늘게 뜨고는 자기 솜씨를 감상하면서 만족스러운 표정을 지었다. 뭘 하든 뚝딱뚝딱 해치우는 내 솜씨 어때, 하며 우쭐하면서 말이다.

한편 무심코 창밖을 내다본 뉴라의 입가에도 만족스러운 미소가 지어졌다.

이반이 나타난 뒤로 집안 살림은 차츰 모양새를 갖춰가기 시작했다. 더 이상 벽난로에서 연기가 새어 나오지도 않았고 문은 아귀가 딱딱 맞았으며 낮은 굽은 데 없이 항상 날이 바짝 서 있었다. 신발 흙을 터는 철제 발판 같은 잡동사니조차 집안에 남자가 없다면 어디서 나타났겠는가?

성격이 좋건 나쁘건, 같이 산 지 오래됐건 오래되지 않았건 이 남자는 내 남자였다. 집안일을 잘 도와주고 같이 잠자리에 드는 남자가 있다는 것뿐만 아니라 남자가 있다는 사실 자체가 즐거웠다. 기회만 생기면 이웃 여자나 여자 친구에게 "그이가 어제는 지붕을 새로 깔아줬지 뭐야. 찬바람 때문에 감기가 살짝 걸리는 바람에 우유를 뜨겁게 데워 먹여야 했다니깐"이라고 늘어놓거나 심지어는 "우리 그인 화가 나면 두 눈을 부릅뜨고 눈앞에 보이는 건 부집게건 고무래건 닥치는 대로 집어서 부숴대는 바람에 집 안에 있는 접시란 접시는 성한 게 하나도 없어"라고 털어놓는 것도 즐거운 일이었다. 얼핏 보면 하소연 같지만 사실은 자랑질이었다. 그가 증기기관차를 발명했다거나 원자핵분열을 성공시킨 위대한 인물은 아니더라도 언제나 몸을 쉬지 않고 뭔가를 한다는 것이 얼마나 고마운 일인가, 내 남자가 말이다! 운이 나쁘면 정말 형편없는 남자를 만나기도 한다. 애꾸눈에 곱사등인 주제에 돈만 생기면 생기는 족족 다 술독에 퍼붓고 집에 와서는 마누라와 애들한테 죽기 일보 직전까지 주먹질을 해대는 인간들 말이다. 도대체 그런 남자가 어디에 필요할까? 헤어지면 그만일 것을. 하지만 정작 헤어지는 여자는 없었다. 내 남자니까! 좋든 나쁘든 다른 누구의 것도 아닌 바로 내 남자니까 말이다!

뉴라는 창밖을 보며 생각에 잠겼다. 함께한 시간이 그리 오래되지도 않았는데 그에게 이미 정이 들었고 그 없이는 살 수 없을 정도로 그를 사랑하고 있었다. 하지만 이래도 되는 것일까? 조만간 생이별을 해야 하는 것은 아닐까? 일을 마치고 집으로 돌아오면 반겨주는 거라곤 방 안의 네 벽뿐인 그런 때로 정말 다시 돌아가면 어쩌나. 이 벽에게 말을 걸어봐도, 저 벽에게 말을 걸어봐도 돌아오는 건 침묵뿐인 그런 때로 말이다.

촌킨은 울타리 끝에 비스듬히 기울어 있는 마지막 기둥을 손보고 나서 손에 도끼를 든 채 뒤로 두 발자국 물러섰다. 된 것 같지? 이제 똑바로 섰어. 기둥에 도끼를 찍어놓고는 마호르카*가 든 기름통과 신문지를 주머니에서 꺼내 불을 붙인 뒤 창문을 두드렸다.

"뉴라, 얼른 청소 끝내. 곧 들어갈 테니까. 한바탕 뒹굴어보자고."

"이 변태야, 됐거든." 뉴라는 화를 냈지만 목소리는 상냥했다. "도대체 얼마나 하자는 거야?"

"하고 싶은 만큼." 촌킨이 대답했다. "당신만 괜찮다면 나야 하루 종일 할 수도 있어."

뉴라는 손사래를 치고 말았다. 창가에서 물러나 자신의 미래에 대해 잠시 생각에 잠긴 이반은 옆에서 누군가의 목소리가 들리자 깜짝 놀라 몸을 부르르 떨었다.

---

* 말아 피우는 담배의 한 종류.

"어이, 군바리, 담배 한 대 얻을 수 있을까?"

눈을 들어보니 떡대가 바로 옆에 서 있었다. 낚시터에서 돌아오는 길인 떡대는 한 손에는 낚싯대를, 다른 손에는 자잘한 물고기들을 꿴 나뭇가지를 들고 있었다. 잔챙이가 얼추 여남은 마리 돼 보였다. 촌킨은 마호르카와 신문지를 다시 꺼내 떡대에게 내밀면서 물었다.

"그래, 물고기는 잘 잡혀?"

떡대는 낚싯대를 울타리에 기대놓고는 물고기를 매단 나뭇가지를 겨드랑이에 낀 후에 담배를 말면서 내키지 않는 듯 말했다.

"물고기라고 하기도 뭐하지! 잔챙이들만 잡혀서…… 고양이나 먹으라고 던져줄 셈이야. 예전에는 가짜 미끼를 써도 이따만 한 창꼬치들이 잡혔는데." 그는 이반의 담배를 빌려 불을 붙이고는 오른손을 왼쪽 어깨에 대고 왼팔을 뻗으며 예전에 잡혔다던 창꼬치가 얼마나 컸는지 보여주었다. "지금은 백주에 등불을 켜고도 이놈의 창꼬치를 찾을 수가 없어. 붕어들이 다 잡아먹은 모양인지. 그런데 자네 뉴라랑 살고 있어?" 밑도 끝도 없이 그가 대화의 주제를 바꿨다.

"응, 맞아." 이반이 대답했다.

"제대 후에도 계속 뉴라와 살 건가?" 떡대는 꼬치꼬치 캐묻기 시작했다.

"아직 마음을 정하지는 않았어." 친하지도 않은 사람에게 자신도 갈등 중인 일을 털어놓아도 될지 몰라 이반은 조심스럽게 말했다. "뉴라가 살림도 넉넉하고 훌륭한 여자이긴 하지만 나도 아직은 한창 젊은 나이잖아. 먼저 이것저것 다 따져본 후에 도장을 찍어야겠지. 그러니까 결혼 말이야."

"뭘 두고 보고 자시고 할 게 있어?" 떡대가 말했다. "그냥 결혼을 해버려. 뉴라는 제집 있겠다, 암소도 있겠다. 어디서 그런 여자를 찾겠어?"

"맞는 말이긴 하지만……"

"그러니까 내 말대로 결혼을 해. 뉴라는 정말 괜찮은 여자야. 자네 뉴라에 대해 사람들이 나쁜 말 하는 걸 들은 적 있어? 여자 혼자서 몇 년을 살아왔지만 남자랑 엮인 적도 없어. 태어나서 지금까지 남자란 단 한 명도 없었다고. 보리카*하고만 살았을 뿐이지, 응."

"보리카가 누구야?" 이반이 긴장했다.

"보리카가 누구냐니? 뉴라의 수퇘지 몰라?" 떡대가 즐겁게 대답했다.

뜻밖의 소식에 사례가 들린 촌킨은 목에 걸린 연기 때문에 기침을 하기 시작했다. 그는 담배를 땅바닥에 내던지고 발로 밟았다.

"해괴한 소리 집어치워!" 그는 화를 내며 말했다. "수퇘지라니, 무슨 꿍꿍이야?"

떡대는 푸른 눈동자로 그를 쳐다보았다.

"내가 무슨 소리를 했다고 그래? 별말 한 것도 아니구먼. 혼자 사는 여자한테 필요한 게 뭐겠어, 음. 직접 생각해보라고. 그 녀석 벌써 백 년 전에 잡아서 식탁 위에 올렸어야 했는데 뉴라는 왜 전혀 잡을 생각을 안 하는 거지? 왜겠어? 뉴라가 침대에 들면 쪼르르 달려오는 녀석을 어떻게 잡겠느냐고. 한 이불을 덮고 마치 부부처럼 같이 잠도 잔다는데. 그건 그거고 어쨌거나 동네 사람 아무나 붙잡고 물어봐. 열이면 열, 뉴라보다 나은 여자는 찾기 힘들 거라고 말할걸."

자신의 이야기에 이반이 보인 반응에 만족한 떡대는 낚싯대를 집어

---

* 보리카는 러시아의 남자 이름인 보리스의 애칭이기도 하다.

들더니 담배를 뻐끔뻐끔 피우면서 한가로이 가던 길로 되돌아갔다. 한편 촌킨은 방금 제 귀로 들은 이야기를 어떻게 해석해야 할지 당최 판단이 서지 않아 아래턱을 축 늘어뜨린 채 한참 동안 멍청한 눈으로 멀어져가는 떡대의 뒷모습을 쳐다봤다.

집 안에서 뉴라가 치맛단을 추켜올린 채 마루를 닦고 있을 때 문이 활짝 열리더니 문지방에 촌킨의 모습이 나타났다.

"잠깐만 기다려. 마루에 먼지 좀 털어내고." 촌킨이 흥분해 있는 것을 눈치채지 못한 뉴라가 말했다.

"지금 난 기다리고 자시고 할 기분이 아니야" 하고 그는 더러운 신발을 신은 채 소총이 걸려 있는 옷걸이 쪽으로 가로질러 갔다. 야단을 치려던 뉴라는 촌킨이 무슨 일인지 낙심해 있다는 것을 알아챘다.

"도대체 무슨 일이야?" 그녀가 물었다.

"아무것도 아니야." 그는 소총을 획 집어 들어 총알이 장전돼 있는지 확인하기 위해서 잠금쇠를 열어젖혔다. 뉴라는 호미를 들고 문 앞에 섰다.

"비켜!" 그는 양손으로 소총을 들고 다가와 마치 노를 젓듯 개머리판으로 그녀를 밀어내려고 했다.

"무슨 짓을 하려는 거야?" 뉴라가 그의 눈을 쳐다보며 외쳤다. "뭐 하려고 총을 갖고 가는 거야?"

"비키라고 그랬잖아!" 그는 어깨로 그녀를 밀었다.

"이유를 말해." 뉴라도 만만치 않았다.

"좋아." 촌킨은 소총을 다리에 기대놓고 뉴라의 눈을 쳐다봤다. "말해봐. 보리카와 무슨 사이인 거지?"

"도대체 무슨 소리야? 보리카는 또 누구고?"

"보리카가 보리카지 누구야. 저 돼지 녀석 말이야. 그 녀석이랑 같이 산 지 얼마나 된 거지?"

뉴라는 억지로 미소를 지었다.

"이반, 당신 지금 농담하는 거야, 응?"

무슨 이유에선지 촌킨은 뉴라의 이 말에 더 광란 상태가 되었다.

"지금 내가 장난하는 걸로 보여?" 그는 개머리판을 휘둘렀다. "말해, 이 갈보야. 언제 그 녀석이랑 붙어먹었어?"

뉴라는 이 남자가 미쳐버린 게 아닌가 싶은 나머지 망연자실한 눈빛으로 그를 쳐다보았다. 그가 미친 게 아니라면 그녀 자신이 미친 것이 틀림없었다. 그렇지 않고서야 방금 그가 내뱉은 말의 의미를 그녀의 이성으로는 납득할 수가 없었다.

"하느님 맙소사, 도대체 무슨 일이 생긴 거야!" 뉴라가 신음하며 말했다.

그녀는 걸레를 손에서 내려놓고 젖은 손으로 머리를 감싸고는 창가로 다가갔다. 그러고는 걸상에 털썩 주저앉아 크게 울 힘조차 없는 병이 난 아이처럼 애처롭고 낮게 흐느끼기 시작했다.

자신의 말에 뉴라가 그런 반응을 보일 줄은 생각조차 못한 촌킨은 당황했다. 그는 어찌할 바를 몰라 열린 문 앞에 우물쭈물 서 있다가 소총을 벽에 기대놓고 뉴라에게 다가갔다.

"뉴라, 들어봐." 짧은 침묵 후에 그가 말했다. "만약에 무슨 일이 있었다고 해도 난 괜찮아. 그 녀석을 쏴 죽이면 다 끝나는 일이야. 최악의 경우라도 어쨌거나 고기가 생기는 거니까. 지금은 개처럼 마당을 뛰어다니면서 괜히 곡식이나 축내고 말이야."

뉴라는 여전히 흐느끼고 있었다. 촌킨은 뉴라가 자신의 말을 들은 것인지 못 들은 것인지 알쏭달쏭했다. 그는 거친 손바닥으로 그녀의 머리카락을 쓰다듬고는 잠시 생각에 잠겼다가 마음을 바꾸어 말을 했다.

"그래, 만약에 아무 일도 없었다면, 뉴라, 그렇다고 얘기를 해봐. 내가 나쁜 놈은 아니야. 잠시 제정신이 아니었던 거지. 떡대가 들러서 이상한 소리를 해대는 통에 찬찬히 생각해볼 틈이 없었어. 뉴라, 당신도 사람들이 얼마나 남의 뒷담화를 좋아하는지 잘 알잖아. 여자가, 그것도 처녀가 혼자 살았으니 무슨 말인들 안 지어냈겠어."

다독이려고 애를 썼지만 촌킨의 말은 뉴라를 진정시키기는커녕 역효과를 낳았다. 괴성을 지르며 걸상에 몸을 던진 뉴라는 양팔로 의자를 부여안고 온몸을 들썩이면서 대성통곡을 하기 시작했다.

촌킨은 절망적으로 그녀 앞으로 달려와 분주히 왔다 갔다 하다가 무릎을 꿇고 뉴라를 걸상에서 일으키면서 그녀의 귀에 대고 소리쳤다.

"내 말 좀 들어, 뉴라. 도대체 왜 그러는 거야? 괜히 그래본 거야. 나한테 이상한 소리를 한 사람은 사실 아무도 없어. 놀려주려고 내가 다지어낸 얘기야. 내가 바보야. 듣고 있어, 뉴라? 내가 바보라고. 원한다면 다리미로 내 머리를 때려도 좋아. 제발 울지만 마."

그러더니 그는 진짜로 걸상 아래 놓인 다리미를 들어 뉴라의 손에 쥐여주었다. 뉴라가 다리미를 내팽개치자 촌킨은 본능적으로 벌떡 일어났는데 하마터면 다리에 맞을 뻔했다. 희한하게도 다리미를 내던진 후 뉴라는 진정하기 시작했고 어깨만 여전히 부들부들 떨리고 있었다. 촌킨은 현관방으로 달려가 물 한 바가지를 퍼 왔다. 이빨을 바가지에 턱턱 부딪히면서 뉴라는 물 한 모금을 삼키더니 앞에 있는 걸상 위에 바가지를 올려놓았다. 그러고는 앉아서 원피스 목깃으로 눈물을 훔치더니 다소 차분해진 목소리로 물었다.

"밥 먹을래?"

"그것도 좋지." 무사히 마무리된 것에 안도의 숨을 내쉬며 이반이 씩씩하게 대답했다. 자기가 뉴라를 의심했다는 사실조차 이제 우습게 느껴졌다. 그런 얼토당토않은 말을 믿었다니! 게다가 그게 누구였던가! 할 줄 아는 거라고는 수다밖에 없는 떡대 아니었던가!

이반은 뜰로 나가 도끼를 챙겨서 현관방에 가져다 놓았다. 그런데 집에서 외양간으로 난 문 옆을 지나는 순간 보리카의 나지막한 꿀꿀 소리가 들려왔다. 그러자 다시 시커먼 의심의 소용돌이가 마음속에서 꿈틀거리기 시작하더니 억누르려고 해도 그럴 수가 없었다.

식탁 위에 아직도 암소 냄새가 남아 있는 갓 짠 우유 두 잔을 올려놓은 뉴라는 감자가 담긴 무쇠 프라이팬을 부집게를 이용해 아궁이에서 꺼내느라 분주한 참이었다. 촌킨은 그녀를 도와준 후 식탁 앞에 자리를 잡았다.

"뉴라, 있잖아." 그가 우유 잔을 몸 쪽으로 당기면서 말했다. "당신 여전히 화를 내는데. 화내지 마. 어쨌거나 내일 보리카를 잡아야겠어."

"왜?" 뉴라가 물었다.

"돼지 잡는 데 특별한 이유가 필요해? 마을 사람들 사이에서 이상한 소문이 나도는 이상 그 녀석을 잡는 수밖에 없어. 그럼 사람들이 입도 떼지 못할 거야."

그는 조심스럽게 뉴라를 쳐다보았다. 뉴라는 이번엔 울려고 하지 않았다. 그녀는 감자를 접시에 나눠서 던 후 하나는 촌킨 앞에, 다른 접시는 자기 앞에 놓고 비통하게 말했다.

"당신이 보리카를 죽이면 사람들이 금세 조용해질 거라고 생각해? 아이고, 이반 당신은 마을 사람들에 대해서 정말 아무것도 몰라. 다들 좋다고 난리일걸. 그러고는 이렇게 수다를 떨겠지. 뭣 때문에 촌킨이 갑자기 수퇘지를 잡은 거지? 왜긴 왜야? 뉴라랑 그 녀석 같이 살았잖아. 그렇게 소문은 가면 갈수록 더해질 거야. 누가 한 마디를 하면 다음 사람은 거기다 두 마디를 덧붙이겠지. 그렇게 소설 한 편이 탄생할 거야. 뉴라가 저녁께 우유를 짜러 외양간에 갔는데 집 안에서 아무리 기다려도 뉴라가 오지 않자 이반이 혹시 뉴라가 잠에 곯아떨어진 건 아닌지 보려고 축사로 들어갔대. 그랬더니 거기서 뉴라가 글쎄……"

"괜한 소리 그만해!" 갑자기 촌킨이 소리를 꽥 지르면서 앞에 놓인 우유 잔을 밀치는 바람에 식탁 위에 우유가 흘렀다.

촌킨은 뉴라가 말한 광경이 마치 제 눈으로 직접 본 것처럼 생생하게 떠올라 기분이 더 나빠져버렸다. 이번에도 말한 사람의 의도와는 달리 역효과를 불러일으킨 것이다. 촌킨은 다시 흥분해서는 걸상을 뒤로 밀면서 벌떡 일어나 문 옆에 세워둔 소총 쪽으로 달려갔다. 하지만 뉴라의 움직임이 더 빨랐다. 그녀는 동상처럼 문 앞을 막아섰고 촌킨으로서는 그녀를 밀어낼 힘이 모자랐다. 아까와 같은 소동이 다시 재연되었다. 촌킨은 뉴라를 어깨로 밀면서 말했다.

"비켜!"

그러자 뉴라가 대답했다.

"못 비켜!"

촌킨은 여전히 고집을 피웠다.

"비키라니까!"

뉴라도 고집을 꺾지 않았다.

"못 비켜!"

결국 지쳐버린 촌킨은 옆으로 물러나 소총을 무릎 사이에 끼고 걸상에 앉았다.

"이제 보니, 뉴라, 떡대가 당신에 대해 지껄인 말이 모두 다 사실인 게 틀림없어." 그는 잔인하게 말했다. "만약에 아무 일도 없었다면 그렇게까지 보리카 편을 들지는 않았을 거야. 벌써 백 년 전에 훈제돼지비계를 만들어 식탁에 올렸어야 하는데 당신은 마냥 녀석을 싸고돌잖아. 이렇게는 나도 더 이상 당신하고 살 수 없어. 그러니까, 뉴라, 이제 둘 중에 하나, 나냐 저 돼지 녀석이냐, 선택을 해. 5분 정도 생각할 시간을 주겠어. 그런 다음 나는 짐을 쌀 거야. 미안한데 좀 비켜줘."

그는 뉴라에게 결정할 시간을 주고는 등을 돌리고 머리를 한 손에 괸후 창문 맞은편 벽에 걸린 괘종시계를 보면서 시간을 쟀다. 그녀는 등받이가 없는 의자를 끌어다가 문 옆에 앉았다. 두 사람은 마치 기차역에서 이제 이별의 말을 모두 마치고 입맞춤만 하면 되는 상황에서 기차가 두 시간 연착된다는 소식을 들은 사람들처럼 서먹하게 말없이 앉아 있었다.

5분이 지나 6분째로 넘어서자 촌킨이 뉴라 쪽으로 몸을 돌려 물었다.

"자, 결정했어?"

"내가 결정할 게 뭐가 있담?" 그녀가 우울하게 대답했다. "이반, 당신은 당신이 하고 싶은 대로 알아서 해. 나는 보리카를 죽이게 놔두지는 않을 거니까. 내가 당신을 만난 건 얼마 전이지만 보리카가 우리 집에 온 건 벌써 2년이 넘었어. 태어난 지 사흘도 안 된 어린것을 집단농장에서 얻어왔지. 젖병에 우유를 담아서 먹이고 대야에 목욕을 시키고 병이 나면 배에 보온 물주머니를 올려줬어. 우습게 들릴지도 모르지만 이제 내게 보리카는 아들과도 같아. 일하러 나갈 때면 배웅해주고 집으로 돌아올 때면 마중을 나와주는 걸 보면 녀석에게도 내가 가장 소중한 존재임이 틀림없어. 날씨가 좋건 궂건 내가 언덕만 넘어서면 녀석은 벌써 나

를 향해서 달려오고 있는 거야. 눈이 오건, 비가 와서 길이 엉망진창이
건 말이야. 그래서, 이반, 어떤 때는 말이야, 가슴이 너무 저미는 바람에
보리카 위에 앉아서 바보처럼 울기도 했어. 기뻐서 그런 건지, 슬퍼서 그
런 건지 나도 잘 모르겠지만 아마도 둘 다일 거야. 이반, 당신한테도 정
이 든 건 사실이야. 내 남편이라도 된 것처럼 당신을 사랑하지만 당신은
언제 나를 떠날지 모르는 사람이잖아. 그럼 나보다 예쁜 여자를 또 만나
겠지. 하지만 보리카한텐 세상에서 내가 제일 좋은 사람일 거야. 내가 혼
자 있을 때면 다가와서 내 다리에 귀를 비벼대기 시작해. 그럼 금세 즐거
운 마음이 돼. 어쨌거나 살아 있는 생물이니까."

　뉴라의 열변에 촌킨은 마음이 누그러들었지만 물러설 의향은 없었
다. 한번 여자에게 양보하면 평생을 여자 치마폭에 휘둘려 살게 된다는
것이 여자에 대한 그의 확고한 신념이었다……

　"이 일을 어찌해야 하지, 뉴라? 사람들 말을 들어보면 정말 부끄럽기
짝이 없어……"

　"내 생각은 말했으니 알아서 해, 이반."

　"알겠어." 그는 소총과 둘둘 만 외투, 배낭을 품에 안아 들고는 뉴라
에게 다가갔다. "뉴라, 난 이제 떠나겠어."

　"가." 그녀는 굳은 얼굴로 방 한구석을 바라보고 있었다.

　"잘 있어." 이렇게 말하고 촌킨은 밖으로 나왔다.

　어둠이 내리고 있었다. 하늘에는 별이 하나둘씩 보이기 시작했다. 집
단농장 사무실 옆 기둥에서는 라디오 소리가 흘러나왔다. 레베데프-쿠
마치의 노랫말에 곡을 붙인 두나옙스키의 노래가 나오고 있었다.

　촌킨은 비행기 옆에 소지품을 휙 던져놓고는 날개 위에 올라앉아 자
신에게 닥친 운명의 장난에 대해서 생각하기 시작했다. 얼마 전, 그러니

까 불과 한 시간 전만 해도 그는 세상에 부러울 것이 없었다. 잠시 동안이기는 했지만 한 집의 주인이자 가장 노릇을 했는데, 그만 순식간에 모든 것이 물거품처럼 날아가버리고 제집도 없이 개집에 묶인 개처럼 이 고장 난 비행기에 매인 외로운 신세로 돌아온 것이었다. 개집에 묶인 개의 신세도 그가 처한 처지보다는 나았다. 개는 단지 개라는 이유만으로도 밥을 얻어먹지만, 이반은 부대로 다시 돌아갈 수 있는지 여부도 확실치 않은 채 운명의 손아귀에 맡겨진 상태였다.

기울어진 날개 위에 앉아 있다 보니 불편한 것은 둘째 치고 으슬으슬 추워지기 시작했다. 촌킨은 텃밭 안에 쌓아놓은 건초 더미 쪽으로 가 짚을 한 아름 안고 돌아와 잠자리를 만들었다. 그러고 나서 짚 더미 위에 누워 외투로 몸을 덮었다.

이곳의 생활은 그리 나쁘지 않았다. 어쨌거나 익숙한 환경이었으니 말이다. 그는 이제 곧 뉴라가 밖으로 나와 그에게 사과를 하며 돌아와달라고 애원할 거라고 생각했다. 그러면 "아니. 절대로 그렇게는 안 돼. 다 당신이 원한 거니까 알아서 해!"라고 하는 자신의 모습을 상상했다. 하느님 맙소사! 지금까지 살아오면서 그는 자신이 여자에게 질투심을 느끼게 될 줄은 생각지도 못했다. 그것도 상대가 그따위 녀석이라니! 그때 외양간에서 보리카가 꿀꿀대는 소리가 들려왔다. 촌킨은 뉴라가 수퇘지와 구체적으로 어떻게 그 짓을 했을지가 또렷하게 보이는 듯했고 혐오감으로 몸에 경련이 일어나기까지 했다. 사실이야 어찌 됐건 그 녀석을 쏴 죽이고 말 테다. 그런 생각이 뇌리를 스쳤지만 당장은 일어나서 그렇게 할 마음도, 분노도 웬일인지 사라지고 없었다.

두나옙스키의 노래가 끝나자 최신 뉴스가 나왔고 그 뒤를 이어 타스 통신의 보도가 있었다.

'어쩌면 지대에 대한 걸지도 몰라.' '제대'란 단어나 심지어는 '징집'이라는 단어를 머릿속에서조차 제대로 발음할 기운이 없어진 촌킨은 생각했다. 하지만 뉴스는 전혀 다른 사안에 대한 것이었다.

"······독일은," 확신에 찬 목소리로 아나운서가 말했다. "소독불가침 조약을 소연방과 마찬가지로 여전히 굳건하게 준수하고 있다. 소련 소식통들의 견해에 따르면 이러한 여건을 고려할 때 독일이 조약을 파기하고 소연방을 침공하려 한다는 소문에는 어떠한 土壤*도 없다······"

'토양이라,' 촌킨은 생각했다. '어떤 것이냐에 달렸지. 식양토(埴壤土)에서는 아무것도 자라지 않아. 모래가 섞인 마른 흙은 감자 심기에는 별로지. 하긴 흑토에 비할 건 아무것도 없어. 곡물을 심기도 좋고, 뭐든 잘 자라니까······'

곡물** 생각을 하자 바로 배에서 꼬르륵 소리가 났다.

생각해보면 그 또한 괜한 사단을 만든 주범이었다. 떡대가 무슨 소리를 지껄이든 그냥 듣고 흘리면 될 것을, 멍청하게도 덥석 미끼를 물어버린 것이었다. 이제 어쩌란 말인가. 더 이상 아무런 명분도 없었지만 칼을 뽑은 이상 무라도 베야 하는 상황이 돼버렸다. 하지만 배고픔엔 장사가 없는 법이다.

그러는 사이 날은 완전히 어두워졌다. 이제 하늘 전체에 흩뿌린 듯 별들이 많아졌고 그중 가장 밝게 빛나는 노란 별 하나가 지평선 위에 낮게 떠 있었다. 마치 몇 걸음만 떼어 팔을 뻗으면 잡을 수 있을 것 같았다. 글라디셰프 말에 따르면 우주의 모든 천체는 빙글빙글 돌면서 움직인다고 한다. 하지만 이 별은 움직이지 않았다. 촌킨이 아무리 눈을 가늘

---

* 러시아어로 토양이란 단어는 근거라는 뜻도 갖고 있다.
** 러시아어로 곡물이란 단어는 빵이란 뜻도 갖고 있다.

게 뜨고 보아도 그 별은 한자리에서 꼼짝하지 않았다.

경음악 콘서트를 내보내기 시작한 라디오에서 지지직거리는 잡음 소리가 나더니 갑자기 소리가 뚝 끊겼다. 그러더니 바로 어디선가 아코디언 연주하는 소리가 들려오기 시작했고, 누군가 아직 영글지 않은 베이스로 온 마을이 떠나가라 고성을 질렀다.

내가 양아치가 된 건 어머니가 그렇게 낳았기 때문이야.
내가 양아치가 된 건 어머니가 그렇게 이름을 지었기 때문이야.
어머니는 핀란드 단검의 날을 갈아서
양아치한테 주었지.

그리고 그 뒤를 이어 어디선가 여자의 앙칼진 목소리가 들렸다.
"카티카, 이 염병할 년, 집에 갈 거야 말 거야?"

그러더니 아코디언이 「광활한 바다가 펼쳐져 있네」를 연주하기 시작했는데 어둠 속에서 아무 건반이나 눌러대는 건지 양심도 없이 제멋대로 멜로디를 망쳐놓고 있었다.

이윽고 아코디언 소리가 완전히 잦아들자 지금까지는 들리지 않던 다른 소리들이 들리기 시작했다. 들쥐의 찍찍대는 소리, 귀뚜라미의 귀뚤귀뚤 소리, 암소가 건초를 밟으며 부스럭대는 소리, 그리고 어디선가 암탉들이 졸면서 무언가를 경계하듯 꼬꼬댁거리고 있었다.

잠시 후 삐거덕하고 문 열리는 소리가 들렸다. 촌킨은 긴장했다. 하지만 그것은 뉴라의 집 문이 아니라 옆집에서 난 소리였다. 이웃 글라디셰프가 현관 계단으로 나와 어둠에 눈을 적응시키려는 듯 잠시 서서 한숨을 푹 내쉬더니 담배 연기를 내뿜으며 밭고랑 사이를 허우적대면서 워

터클로젯 쪽으로 향했다. 그러고 나서 현관문 앞에 잠시 더 서 있다가 기침을 하고 담배를 뱉은 후 집 안으로 들어갔다. 그가 들어가자마자 아프로디테가 뛰쳐나와 황급히 계단 옆에서 소변을 보았다. 그 후 촌킨은 그녀가 문을 닫고 집 안으로 들어가더니 한참 동안 문고리와 씨름하는 소리를 들었다. 뉴라는 밖으로 나오지도, 용서를 구하지도 않았다. 아마도 그럴 생각이 없는 것 같았다.

14

누군가 그의 팔꿈치를 건드렸다. 눈을 뜨자 한밤의 달빛 아래 푸르스름하게 빛나는 떡대의 얼굴이 보였다.

"가세." 떡대가 속삭이며 촌킨에게 한 손을 내밀었다.

"어딜?" 촌킨은 놀라서 물었다.

"가보면 알아." 떡대가 대답했다.

한밤중에 영문도 모른 채 일어나 알지도 못하는 곳으로 따라가고 싶은 마음은 없었지만, 상대방이 이렇게 확신을 갖고 나오면 거절을 모르는 그였다.

두 사람은 키 큰 나무들 사이를 요리조리 걸어갔다. 나무들은 가지가 하얘서 자작나무처럼 보였지만, 실은 다른 나무들 위에 성에가 두텁게 내려앉은 것일 뿐이었다. 풀잎들 위에도 성에가 덮여 있었는데 그 위로 발자국이 전혀 생기지 않는 것이 이상했다. 시야에 끊임없이 나타났다 사라졌다 하는 떡대를 놓치지 않으려고 서두르면서도 뭔가 이상하다는 느낌을 촌킨은 놓치지 않았다. 한 가지 촌킨이 이해할 수 없는 것이 있었다. 사람이 지나다닌 흔적이라고는 없는 이 낯선 숲에서 어떻게 방향을 잃지 않고 가고 있는 것인지 궁금했다. 떡대에게 물어보려는 찰나 좁은 쪽문이 달린 높고 빽빽한 울타리가 그들 앞에 나타났다. 떡대를 따라 쪽문을 통해 간신히 안으로 들어갔다. 울타리 안쪽에는 농가가 한 채 서 있었고 촌킨은 이곳에서 보리라고는 전혀 기대도 하지 않았지만 한눈에 집을 알아보았다. 그것은 뉴라의 집이었다.

현관 계단 부근에는 하나같이 앞 단추를 연 채 어두운 색깔의 재킷을 입은 사람들이 무리를 짓거나 홀로 서 있었다. 촌킨이 아는 사람은 한 명도 없었다. 그들은 담배를 피우면서 서로 대화를 나누고 있었는데, 입을 벙긋벙긋하고 있어서 그런 줄 알았지 정작 그들의 입에선 아무 소리도 나오지 않았다. 긴 크롬가죽 장화를 신은 청년이 현관 계단에 앉아서 느리게 아코디언을 켜고 있었지만 그 소리도 들리지 않았다. 그리고 샌들을 신은 다른 청년이 아코디언 연주자 앞에서 앉았다 일어났다 하는 춤을 추고 있었는데, 마치 수중 유영을 하듯이 움직임이 느릿느릿했다. 그 또한 아무런 소리도 내지 않았다. 손바닥으로 자기 무릎을 철썩철썩 칠 때조차 마찬가지로 아무 소리도 나지 않았다.

"저 사람들 도대체 여기서 뭘 하고 있는 거야?" 이반은 떡대에게 이렇게 물었지만 이번엔 자신의 목소리가 들리지 않는 것에 놀랐다.

"떠들지 말게!" 떡대가 엄한 목소리로 그를 저지했을 때 촌킨의 놀라움은 더 커졌다. 떡대의 말은 귀의 청각적 진동을 통해서 들리는 것이 아니라 알 수 없는 다른 방법으로 들렸던 것이다.

아코디언 연주자가 무표정한 얼굴로 길을 터주며 옆으로 비켜섰고 촌킨은 떡대를 따라서 천천히 현관 계단을 올라갔다. 떡대는 발로 문을 밀어 열더니 이반에게 길을 양보했다. 문 뒤에는 현관방이 있을 것이라는 촌킨의 예상과는 달리 긴 복도가 있었다. 복도의 양쪽 벽에는 반짝이는 흰색 타일이 붙어 있었고 바닥에는 빨간색 양탄자가 길게 깔려 있었다. 촌킨과 떡대는 양탄자를 따라 걷기 시작했는데 몇 걸음씩 지날 때마다 그들 앞에 때로는 오른쪽 벽, 때로는 왼쪽 벽에서 사람들의 형상이 나타나, 말없이 두 사람을 뚫어지라 응시하다가는 길을 비켜주면서 다시 벽 안쪽으로 흔적도 없이 사라져버렸다. 나중에는 처음에 본 사람들과 비슷한 사람들이 다시 나타나곤 했는데 어쩌면 동일 인물들일지도 몰랐다. (촌킨은 그들의 얼굴을 눈여겨볼 새가 없었다.) 그들은 이번에도 뚫어지게 쳐다보더니 다시 흔적도 없이 사라졌다. 그런 식으로 수없이 반복되어 마침내 복도가 끝이 없는 건 아닐까 생각이 들 때쯤 떡대가 촌킨을 세우더니 오른쪽을 가리켰다.

"이리 오게!"

촌킨은 당황한 나머지 제자리에서 허둥댔다. 오른쪽에는 반짝이는 흰색 타일이 붙은 벽이 있었고 타일에 촌킨과 떡대의 모습이 비춰지고 있을 뿐, 문이라고 할 만한 것은 아무리 눈을 씻고 찾아봐도 보이지 않았다.

"왜 가만히 서 있는 거야? 가세." 떡대가 재촉했다.

"어디를?" 촌킨이 물었다.

"앞으로 곧장 가면 돼. 무서워하지 마."

떡대가 촌킨을 앞으로 밀자 놀랍게도 벽이 마치 안개로 만들어진 것처럼 아무것도 걸리지 않고 통과할 수 있었다.

그러자 그의 눈앞에는 어디서 들어오는지 알 수 없는 하늘색 빛으로 환하게 밝혀진 거대한 홀이 나타났다. 홀 한가운데 놓인 거대하고 긴 식탁 위에는 음식이 성대하게 차려져 있었고 식탁 둘레에는 손님들이 파리

떼처럼 다닥다닥 붙어 있었다.

식탁 주변의 왁자지껄한 말소리, 손님들의 표정, 그리고 홀 전체의 분위기에서 촌킨은 지금 누군가의 결혼식이 치러지고 있다는 사실을 바로 짐작할 수 있었다. 식탁 상석을 바라보자 자신의 추측이 맞았음을 바로 알 수 있었다.

식탁의 정중앙에는 흰색 웨딩드레스를 입은 뉴라가 앉아 있었고 얼굴은 행복으로 빛나고 있었다. 그녀의 옆자리에는 예법에 따라서 높은 의자 위에 신랑이 앉아 있었다. 신랑은 갈색 벨벳 재킷의 오른쪽 가슴에 '보로실로프의 사수'* 배지를 단 씩씩한 청년이었다. 이 신랑이란 자는 짤막한 양팔을 열심히 휘저으면서 뉴라를 향해 뭔가를 빠르고 쾌활하게 지껄이고 있었는데 그 와중에 장난기 어린 눈빛으로 사방을 둘러보다가 촌킨을 발견하자 그저 친숙하게 고개를 까닥했을 뿐이었다. 촌킨은 청년의 얼굴을 유심히 살펴보았는데, 마을 사람도 아니고 군대 사람도 아니었지만 그럼에도 불구하고 예전에 어디선가 만난 것 같은 기분이 들었다. 언제 술을 같이했든 아니면 다른 데서 만났든 간에 어쨌거나 낯이 익었다.

뉴라는 촌킨을 보자 당황하여 눈을 내리깔았지만 곧 그럴 필요가 없다고 느꼈는지 다시 고개를 들었다. 그때 그녀의 시선은 뭔가 도전적이면서도 변명을 하고 싶어 하는 것처럼 느껴졌다. 그녀의 눈은 마치 이렇게 말하고 있는 것 같았다. "당신은 나한테 청혼 같은 것도 하지 않고

---

* '오소아비아힘'(소연방 국방 비행 화학 건설 후원회Общество содействия обороне, авиационному и химическому строительству의 약자)에서 대중의 사격술 향상을 위하여 1932년에 제정한 상의 이름으로, 뛰어난 명사수였던 클리멘트 보로실로프 소연방혁명군사회의(1918~1934) 의장을 기념하여 이름이 붙여졌다.

그냥 얹혀살았을 뿐 그게 전부였어. 내가 어떤 희망도 기대도 품을 수 없게 했어. 세월은 흘러가는데 이것도 아니고 저것도 아니었지. 그래서 결국 이렇게 된 거야."

촌킨은 이 모든 상황 때문에 기분이 상당히 언짢아졌다. 질투를 했다기보다(물론 질투심도 일었다) 이 순간 그를 가장 강하게 사로잡은 감정은 억울함이었다. 그냥 그에게 단도직입적으로 이건 이렇고 저건 저렇다라고 얘기했다면, 생각을 좀 해본 후에 어쩌면 결혼을 했을 수도 있는 노릇이었다. 일언반구 없다가 뜬금없이 자기 결혼식에 초대하는 경우는 도대체 뭐란 말인가? 사람들 앞에서 그를 놀림감으로 만들려는 것이 아니라면 말이다.

하지만 이 모든 생각을 겉으로는 내색하지 않은 채 촌킨은 신랑 신부에게 의례적으로 깍듯이 인사했다.

"안녕하세요."

그러고 나서 하객들에게도 허리를 굽혀 인사를 했다.

"안녕들 하세요."

하지만 촌킨의 인사에 대꾸하는 사람은 아무도 없었다. 그때 떡대가 식탁의 빈자리로 그를 밀었고 촌킨은 의자에 앉아 주위를 둘러보았다.

그의 왼편에는 우크라이나식 자수 셔츠를 배배 꼰 비단 띠로 조여 맨, 피둥피둥하게 살이 찐 중년 남자가 앉아 있었다. 그는 둥그런 얼굴에 코는 작고 투실투실했으며 허옇게 센 숱 많은 속눈썹에 눈동자가 가려서 보이지 않을 정도였다. 머리의 정수리 부분은 날 때부터 대머리인 것 같았는데 그 둘레는 광이 날 정도로 말끔하게 면도를 한 상태였으며, 오른쪽 귀 옆에는 아물기 시작한 작은 상처가 있었다. 정수리에는 검은 얼룩이 점점이 있어 마치 누군가가 담배꽁초를 비벼 끈 것 같았다. 남자는 옆자리에 앉은 촌킨을 작고 기름기가 흐르는 눈으로 선량하게 쳐다보면서 상냥하게 미소를 지었다.

촌킨은 오른쪽에 앉은 손님에게 더 호감이 갔다. 오른쪽에는 이제 겨우 발육이 시작된 젖가슴에 양 갈래로 딴 머리에다 리본을 단, 대충 열일곱 정도 돼 보이는 젊은 아가씨가 앉아 있었다. 이 아가씨는 버터를 얹은 만나죽을 수저도 없이 접시에 입을 대고 먹으면서 호기심과 장난기 어린 눈으로 촌킨을 훔쳐보고 있었다. 그제야 촌킨은 식탁에 둘러앉은 하객 모두가 이 아가씨처럼 입으로 접시를 핥고 있으며 식탁에는 포크는커녕 수저 하나도 찾아볼 수 없다는 사실을 깨달았다. 아무도 그런 것이 필요하다는 사실을 모르고 있는 것처럼 보였다. '영락없는 촌뜨기들이군.' 촌킨은 이렇게 생각하면서 식탁 맞은편에 앉은 떡대를 의문이 담긴 눈빛으로 쳐다보았다. 떡대는 모든 것이 정상이니 걱정 말라는 듯 그에게 고개를 끄덕였다. 그때 떡대의 옆자리에서 크레프드신* 천으로 만든 사라판**을 입은 얼굴이 붉은 여자가 이상하게 윙크를 하며 괴상망측한 얼굴 표정을 지어 보였다. 당황하여 얼굴이 빨개진 촌킨은 옆에 앉은 남자한테로 시선을 돌렸다. 남자는 미소를 지으며 말했다.

"자네, 무서워하지 말게. 여긴 다 우리 편이야. 자네한테 이상한 짓 할 사람은 없네."

"무서워하긴 누가 무서워한다고 그래." 용기를 내서 촌킨이 말했다.

"무서워하고 있으면서 뭘." 남자는 호락호락하지 않았다. "괜찮은 척은 하고 있지만 사실은 엄청 겁을 먹고 있지? 이름이 뭔가?"

"촌킨. 이반이라고 불러."

---

* '중국의 크레프crêpe de Chine'란 뜻으로, 중국 비단을 모방해 만든 프랑스산 비단.
** сарафáн: 점퍼스커트 형태인 러시아의 여성용 민속의상.

"부칭은?"

"바실리예비치." 촌킨은 흔쾌히 대답했다.

"대단한걸." 남자가 맞장구를 쳤다. "먼 옛날 이반 바실리예비치 그로즈니라는 차르가 살았어. 들어는 봤겠지?"

"그런 것 같기도 해." 촌킨이 수긍했다.

"좋은 사람이었지. 친절하고." 감정을 담아 남자가 말했다. 그는 촌킨 쪽으로 보드카 잔을 밀더니 자신도 다른 잔을 잡았다. "자, 이반, 건배하세."

보드카를 마실 때 으레 그렇듯 촌킨은 취기가 순식간에 확 오를 것에 대비해 숨을 참으며 마음의 준비를 했으나 술은 아무 맛도 향도 없는 그냥 맹물이었다. 하지만 머릿속이 금세 쿵쿵 울리기 시작하면서 순식간에 기분이 좋아지고 홀가분해졌다.

남자는 촌킨 쪽으로 안주가 담긴 접시를 밀었다. 오이 절임과 튀긴 감자였다. 포크를 찾기 위해서 촌킨은 눈으로 식탁 위를 훑었지만 보이지 않았다. 그가 손으로 안주를 집으려던 찰나에 남자가 다시 끼어들었다.

"이반, 그냥 입을 대고 먹어. 입 대고 먹는 게 훨씬 편하다고."

촌킨은 순순히 그의 말을 따랐는데 그러고 보니 진짜로 그편이 훨씬 편하고 맛있게 느껴졌다. 인간은 도대체 무엇 때문에 포크니 수저니 하는 이상한 것들을 생각해냈는지 모를 일이다. 먹고 나면 설거지도 해야 하고. 사실 일거리만 늘어날 뿐 아닌가.

한편 내내 선량한 눈으로 촌킨을 쳐다보며 미소를 짓고 있던 옆자리 남자가 물었다.

"그런데 이반, 자네 계급장을 보니 말이야. 혹시 비행기 조종사인 거야?"

이반이 대충 얼버무리며 대답을 하려는 찰나 오른쪽에 앉은 아가씨가 끼어들었다.

"그렇지 않아." 찢어지는 목소리로 그 여자가 말했다. "말을 타고 다니는 신세일걸."

촌킨은 깜짝 놀랐다. '저렇게 젊은 아가씨가 모르는 게 없는걸. 어떻게 안 거지?'

"정말 말을 타고 다니나?" 옆에 앉은 남자가 기뻐하며 말했다. "잘된 일이야. 말이란 세상에서 제일 사랑스러운 동물 아닌가. 자동차처럼 요란스러운 소음을 내지도 않고 고약한 휘발유 냄새도 뿜어내지 않지. 그런데 부대에 말이 몇 마리나 있어?"

"네 마리." 처녀가 찢어지는 목소리로 말했다.

"네 마리가 아니야." 촌킨이 말했다. "이제 세 마리지. 얼룩암말이 다리가 부러져서 도살장으로 보냈거든."

"얼룩말은 도살장으로 보냈지만, 적색말이 망아지를 낳았잖아." 처녀가 지지 않고 말했다.

"애하고 말싸움할 생각은 말아. 모르는 게 없으니까." 남자가 말했다. "그러지 말고 비행기하고 말 중에 뭐가 더 빠른지나 얘기해봐."

"그런 바보 같은 질문이 어디 있어." 촌킨이 말했다. "비행기가 고도를 낮춰 부아앙— 하고 옆을 지나가면 벌써 어디까지 갔는지 보이지도 않아. 고도가 높으면 천천히 움직이는 것처럼 보이지만 말이야."

"얘기를 계속해봐!" 옆자리 남자는 놀랍다는 듯이 고개를 끄덕이며 촌킨의 나이는 몇인지, 복무 기간은 얼마나 됐는지, 군대 음식은 어떤지, 군복 지급은 어떤지, 각반은 얼마나 자주 교체해주는지 등을 꼬치꼬치 캐물었다. 기꺼이 세세하게 대답을 해주던 촌킨은 어느 순간 자신이 처음 본 낯선 사람에게 군의 극비 사항을 늘어놓고 있다는 사실을 자각하고는 펄쩍 놀라고 말았다. 귀신에 홀린 건가! '자나 깨나 입조심!'이라든가 '실수로 내뱉은 한마디 적에게는 절호의 기회!'라는 표어를 수백 번도 더 들어온 그가 그런 실수를 하다니.

자수 셔츠를 입은 적은 이제 완전히 드러내놓고 무릎 위에 놓인 수첩에다 열심히 연필로 받아 적는 뻔뻔함을 보이고 있었다.

"이봐, 도대체 무슨 짓이야?" 촌킨은 남자에게 달려들어 수첩을 뺏으려고 했다. "이리 내놔!"

"뭐 하러 소리를 지르는 거야?" 옆자리 남자는 허둥지둥 수첩을 덮고는 돌돌 말고서 말했다. "왜 소리를 질러? 사람들이 뭐라고 생각하겠어."

"너 뭣 때문에 내 말을 기록하는 거지?" 촌킨은 진정하지 않았다. "자네가 무슨 작가라도 돼? 수첩 이리 내놔."

촌킨이 적에게 달려들어 거의 수첩을 손에 넣으려는 찰나, 적은 돌연 재빠른 몸짓으로 수첩을 입속에 집어넣더니 단숨에 연필과 함께 삼켜버렸다.

"없지롱." 빈 양손을 흔들면서 남자가 짓궂은 미소를 지으며 말했다.

"맛을 봐야 알겠어?" 주먹을 들이대며 촌킨이 으름장을 놓았다. "어디 네 목구멍에서 지금 다시 꺼내줄 테다."

그러고는 진짜로 남자의 목구멍으로 손을 쑤셔 넣으려는 찰나, 남자가 갑자기 뒤로 돌더니 괴상한 목소리로 외치기 시작했다.

"뽀오뽀해!"

촌킨은 자신이 결혼식 피로연에 와 있다는 사실을 떠올리고는 남자의 목을 움켜잡으며 예의상 같이 "뽀뽀해!"를 외쳤다. 그러자 식탁에 앉은 하객들도 모두 그를 따라서 외치기 시작했다.

"뽀뽀해! 뽀뽀해!"

한편 그 와중에 남자는 목을 켁켁거리기 시작했고 목구멍 안쪽에 수첩 끄트머리가 보이기 시작했다. 촌킨은 자유로운 다른 손으로 수첩 끄트머리를 잡으려고 애를 쓰면서 혹시라도 신랑과 신부가 자기 쪽을 보고 있지는 않은지 곁눈질을 했다. 하지만 그 순간 목격한 광경 때문에 촌킨은 이 바보 같은 수첩을 가지고 실랑이를 할 힘과 의지를 완전히 상실해버렸다.

하객이 '뽀뽀해'를 외칠 때 으레 정해진 대로 신랑과 신부는 순순히 자리에서 일어나 눈빛으로 하객들의 요구가 진심인지 장난인지를 물었고, 이내 신랑은 부끄러움을 무릅쓰고 뉴라의 머리를 한 팔로 세차게 당겨서는 그녀의 창백해진 입술에 자신의 입술을 비벼댔다. 바로 그 순간 촌킨의 뇌리에 언제, 어디, 어떤 상황에서 이 신랑이라는 작자와 만났었는지가 퍼뜩 떠올랐으며 그 때문에 온몸에 소름이 끼치고 말았다. 못 알아본 것이 이상한 노릇이었다. 뉴라의 신랑은 다름 아닌 수퇘지 보리카였다. 벨벳 재킷을 입고 배지까지 단 것이 겉으로는 영락없는 사람의 모습이었지만 수퇘지가 틀림없었다.

촌킨은 이곳에서 무슨 일이 일어나고 있는지를, 그리고 지금 수퇘지가 여자 인간에게 입을 맞추고 있다는 사실을 사람들에게 소리 질러 알리고 싶었다. 하지만 홀 전체가 "뽀뽀해! 뽀뽀해!"라는 고함과 촌킨이 어디선가 들어본 또 다른 단어의 외침으로 가득한 그 난리 법석 속에서 그의 목소리가 들릴 리 만무했다. 그는 주변을 돌아보고 나서야 이곳에서 무슨 일이 일어나고 있는지 분명히 깨닫게 되었다. 식탁 앞에는 사람이 아닌 평범한 돼지들이 발굽으로 식탁을 두들기면서 돼지라면 의당 그래야 하듯이 꿀꿀대며 앉아 있는 것이었다.

촌킨은 양손으로 얼굴을 감싼 채 의자에 털썩 주저앉았다. 하느님, 도대체 무슨 일이 일어나고 있는 건가요? 여기는 도대체 어디란 말입니까? 생전 신의 이름을 불러본 적이 없는 그였지만, 저절로 하느님 소리가 입에서 나왔다.

그러다 정신이 든 것은 주변이 갑자기 조용해졌기 때문이었다. 얼굴에서 손을 떼자 돼지들이 사방에서 말없이 그의 얼굴을 응시하고 있었다. 그것은 마치 촌킨이 뭔가 하기를 기다리고 있는 것처럼 보였다. 이 수많은 시선 때문에 온몸이 오그라드는 것 같았다. 그러다가 촌킨은 폭발해버렸다.

"도대체 왜들 쳐다보는 거예요? 왜들 쳐다봐요?" 촌킨은 돼지들의 면상을 빙 둘러보며 절망적으로 외쳤다.

하지만 아무도 대답을 하지 않았고 그의 외침은 마치 끝이 보이지 않는 깊은 우물 속으로 꺼져버린 것 같았다.

촌킨은 남자가 앉아 있던 옆자리를 돌아보았다. 그곳에는 살이 피둥피둥하게 오른 점박이 수퇘지가 우크라이나식 자수 셔츠를 입고 앉아서 지방막이 한 꺼풀 덮인 듯 흐리멍덩한 눈을 똑바로 뜬 채 그를 응시하고 있었다.

"이 늙은 수퇘지 같은 놈아." 촌킨은 남자의 어깨를 잡고 흔들면서 외쳤다. "도대체 왜 날 뚫어져라 보는 거야?"

그는 아무 대답도 하지 않았다. 대신 피식 웃더니 힘센 앞발로 말없이 촌킨의 팔을 자신의 어깨에서 떼어놓았다. 촌킨은 자기 힘으로 여기 모인 자들을 감당할 수 없으리라는 사실을 깨닫고 고개를 푹 숙였다.

그때 갑자기 정적 속에서 수퇘지가 된 떡대의 우렁찬 목소리가 들려왔다.

"촌킨, 자네는 왜 꿀꿀대지 않는 거지?"

촌킨은 영문을 몰라서 떡대를 향해 고개를 들었다.

"너 꿀꿀대지 않았잖아, 촌킨." 떡대가 고집스럽게 방금 한 말을 되풀이했다.

"맞아요. 이자는 꿀꿀대지 않았어요." 촌킨의 옆자리 남자가 마치 자신은 진실을 알리고 싶을 따름이라는 듯이 무게를 잡으며 말했다.

"꿀꿀대지 않았어! 꿀꿀대지 않았어!" 촌킨의 옆자리에 앉아 있던 옆머리에 리본을 단 젊은 아가씨, 그러니까 어린 암퇘지가 홀이 떠나가도록 소리를 질렀다.

촌킨은 구원의 손길을 구하듯 뉴라를 쳐다보았다. 뉴라는 이 소동의 와중에도 홀로 뭔가 인간다운 면모를 유지하고 있었다. 뉴라는 당황한 듯 시선을 아래로 깔더니 작은 목소리로 말했다.

"맞아, 이반. 내 생각에도 당신은 꿀꿀대지 않았어."

"이거 재미있게 됐는걸." 신랑 보리카가 눈을 반짝이며 흥미롭다는 듯이 말했다. "모두 꿀꿀대는데 당신만 꿀꿀대지 않는다…… 꿀꿀대는 게 싫은 건가?"

촌킨은 목구멍이 바싹 말라드는 것을 느꼈다.

"나는 그러니까……"

"그러니까라니?"

"잘 모르겠어." 우물쭈물하며 촌킨이 얼버무리려 했다.

"잘 모르겠대." 젊은 암퇘지가 즐겁게 소리를 질렀다.

"맞아요. 이자는 모르고 있어요." 우크라이나식 셔츠를 입은 거세한 수퇘지가 안타깝게 사실을 확인해주었다.

"이해를 못하겠군." 보리카가 앞발을 들고 어깨를 으쓱했다. "꿀꿀대는 게 얼마나 기분 좋은데. 누구든 꿀꿀대다 보면 만족을 얻을 수 있지. 한번 꿀꿀대보게."

"꿀꿀대요. 꿀꿀대요." 어린 암퇘지가 촌킨의 팔꿈치를 밀면서 속삭였다.

"이반." 뉴라가 상냥한 목소리로 말했다. "한번 꿀꿀대봐. 어려운 일도 아니잖아? 나도 예전엔 못했는데 배워서 이젠 잘해. 그냥 한번 꿀꿀이라고 해. 그럼 끝이야."

"여러분한테 도대체 그게 무슨 소용인데요?" 촌킨이 신음하듯 물었다. "무슨 소용이냐고요? 제가 여러분한테 뭐라고 하던가요? 꿀꿀대고 싶으면 여러분 마음대로 꿀꿀대세요. 왜 거기에 저를 끌어들이려는 거예요? 어쨌거나 저는 돼지가 아니라 사람이라고요."

"자기가 사람이래." 어린 암퇘지가 소리를 질렀다.

"자기가 사람이라네." 셔츠를 입은 거세한 수퇘지가 놀랍다는 듯이 같은 말을 되풀이했다.

"사람이라고?" 보리카가 되물었다.

촌킨의 이런 주장이 얼마나 우스웠는지 모든 돼지들이 사이좋게 발굽으로 식탁을 두드리면서 즐겁게 꿀꿀대기 시작했고, 자수 셔츠를 입은 옆자리 돼지가 축축한 주둥이를 이반의 귀에 들이댔다. 이반은 재빨리 귀를 감싸려고 했지만 귀는 이미 사라진 후였다. 옆자리 수퇘지는 고개를 옆으로 돌리고서 귀가 아니라 무슨 양배추 잎이라도 되는 것처럼 차분하게 이반의 귀를 질겅질겅 씹고 있었다.

촌킨의 등 뒤에서 불쑥 몸을 내민 어린 암퇘지가 호기심 어린 눈으로 물었다.

"맛있어?"

"끔찍해." 씹던 내용물을 꿀꺽 삼키더니 수퇘지가 대답했다.

"끔찍할 건 또 뭐람?" 촌킨은 빈정이 상하고 말았다. "네 귀라고 뭐 더 나을 거 같아?"

"내 귀는 이래 봬도 돼지 귀거든." 수퇘지가 자랑스럽게 대답했다. "족편을 만들 때 빠지면 안 되는 재료지. 넌 쓸데없는 소리 말고 어디 한 번 꿀꿀대봐."

"꿀꿀대요, 어서. 꿀꿀." 암퇘지가 속삭였다.

"다들 원하잖아. 어서 꿀꿀대라고." 떡대가 말했다. 촌킨은 머리끝까 지 화가 났다.

"꿀 꿀 꿀." 촌킨은 빈정거리는 투로 내뱉었다. "이제 됐어요?"

"아니." 떡대가 인상을 썼다. "전혀 안 됐어. 너 꿀꿀대는 게 꼭 누가 시켜서 억지로 하는 것 같잖아. 꿀꿀댈 때는 온 정성을 다해서 스스로 즐기면서 해야 해. 자, 어서 더 꿀꿀대봐."

"어서 해봐." 암퇘지가 팔꿈치로 그를 밀면서 말했다.

"꿀 꿀!" 정말 황홀해죽겠다는 표정을 지으면서 촌킨이 소리를 내질 렀다.

"잠깐." 떡대가 끼어들었다. "자네 지금 좋은 척하고 있지만 실제로 는 불만인 거잖아. 우린 자네가 내키지 않는데 억지로 하는 건 원치 않 아. 우린 이러는 게 정말로 자네 마음에 들길 원한다고. 어디, 다 함께 해봅시다. 꿀 꿀!"

촌킨은 마지못해 꿀꿀대기 시작했지만 차츰 떡대의 긍정적 격려에 감응이 된 것인지 마침내 저절로 흥에 겨워 혼신을 다해 꿀꿀댔고, 그러 는 그의 눈에 기쁨과 감동의 눈물이 솟아나기 시작했다. 그러자 다른 돼 지들에게도 그의 기쁨이 전해졌는지 모든 돼지들이 함께 꿀꿀대며 발굽으로 바닥을 구르기 시작했고, 크레프드신 사라판을 입은 빨간 얼굴의 암돼지는 급기야 촌킨에게 입을 맞추기 위해 식탁 위로 기어오르기까지 했다.

한편 수돼지 보리카는 입고 있던 벨벳 재킷을 벗어 던지더니 이제 완전히 돼지 본연의 모습으로 돌아와서는 식탁으로 펄쩍 뛰어올라 식탁 끝에서 반대편 끝으로 쏜살같이 뛰어갔다가 다시 뛰어와 자기 옷 안으로 뛰어들었다. 그러자 식탁 반대편 끝에서 황금 쟁반이 나타났고 돼지들은 그 쟁반을 발굽에서 발굽으로 건네며 전달하기 시작했다. '설마 돼지고기는 아니겠지?' 촌킨은 이런 생각에 몸을 부르르 떨었지만 곧 쟁반에 담긴 내용물을 직접 보고는 경악을 금치 못했다. 쟁반 위에는 돼지고기가 아니라 반대로 사람고기가 올려져 있었다.

첫번째 쟁반에는 벌거벗은 채 완전히 먹기 좋은 상태로 요리되어 양파와 완두콩을 위에 얹은 특무상사 페스코프가 누워 있었고 그 뒤를 이어서 동일한 고명을 얹은 병참하사 트로피모비치와 사병 사무시킨이 대령됐다. '내가 저 사람들을 모두 배신한 거야.' 촌킨은 머리털이 쭈뼛 서는 느낌을 받으며 깨달았다.

"맞네, 촌킨 동지. 자네가 군사기밀을 유출시키고 모두를 배신한 걸세." 다음 차례로 쟁반에 흔들리며 실려 나온 야르체프 대위가 추위로 핏기가 가신 몸뚱이를 꿈틀대면서 촌킨의 추측을 확인해주었다. "자네는 동지들과 조국, 인민 그리고 스탈린 동지를 배신한 거야."

바로 그때 다름 아닌 스탈린 동지 본인이 쟁반에 실려 나왔다. 쟁반 밖으로 늘어진 손에는 그 유명한 파이프가 들려 있었고 콧수염 아래로 교활한 미소가 보였다.

상상할 수 없는 공포에 사로잡힌 촌킨은 의자를 뒤로 밀치고 문 쪽으로 달려가다가 그만 발을 헛디뎌 넘어지고 말았다. 문턱을 손가락으로 부둥켜 잡고 손톱이 부러지는 것도 감수하며 기어가려고 했지만 몸이 움직이지 않았다. 누군가 그의 다리를 꽉 붙잡고 있었다. 젖 먹던 힘까지 쥐어짜내 벌떡 일어나다가 그는 그만 비행기 날개에 머리를 쿵 찧고 말았다.

……해가 쨍하고 내리쬐는 대낮이었다. 비행기 아래 건초 위에 앉아 머리의 혹을 문지르면서도 촌킨은 여전히 무슨 일이 일어났는지 이해할 수가 없었다. 누군가 그의 발을 지금도 잡아당기고 있었다. 눈을 아래로 향하니 수퇘지 보리카가 보였다. 벨벳 재킷을 입고 식탁 상석에 앉아 있던 그 녀석이 아니라 더럽기 짝이 없는(꼴을 보아하니 방금 흙웅덩이에서 뒹굴다가 온 듯했다) 평범한 돼지 보리카가 짤막한 앞발로 땅을 지지하고서 촌킨의 다리에 칭칭 감아놓은 각반을 이빨로 물고는 뒤로 잡아당기면서 신이 나서 꿀꿀대고 있었다.

"이크, 저리 가, 징그러운 놈!" 정신을 잃을 정도로 놀란 촌킨은 소리를 꽥 지르고 말았다.

15

주인의 목소리가 들리자 자기를 부르는 소리인 줄 알고 즐거운 비명을 지르며 반갑게 촌킨을 향해 힘차게 달려온 보리카는 인사를 나누고 기회를 보아 주인의 귀를 핥으려고 했으나 그 대신에 엄청난 위력의 발길질에 주둥이를 얻어맞고 말았다. 그런 종류의 환대를 상상조차 하지 못한 보리카는 애처롭게 비명을 지르며 옆으로 물러났다. 그러고는 인간의 신체 부위에서 턱이라고 부를 만한 부위를 먼지 나는 땅에 처박은 채 앞발을 앞으로 쭉 내밀고는 자그마한 눈으로 촌킨을 쳐다보며 작은 소리로 개처럼 끙끙거렸다.

"뭘 잘했다고 끙끙대는 거야!" 차츰 제정신이 돌아와 냉정을 되찾은 촌킨은 이렇게 으름장을 놓고 주위를 둘러보았다. 그가 누웠던 옆 수풀 위에는 낡은 융 담요가 널브러져 있었다. 아마도 잠결에 쳐내버린 것 같았다. 그 옆에는 돌로 살짝 눌러놓은 쪽지가 보였다.

뉴라는 글을 쓸 때 모음을 빼먹고 쓰는 버릇이 있는데, 모음을 집어넣는 경우에도 실수를 하곤 했다. "난 일ㅎㄹ 가. 열세는 마루 판자 아레 봐. 아긍ㅇ 안애 양배추 수푸가 있으니ㄲ 먹어. 안녕. 뉴라." 쪽지 내용에서 알 수 있듯이 뉴라는 뒤끝이 길지 않았고 이반만 고집을 피우지 않는다면 화해할 의사도 있는 것이 분명했다.

"흥, 어림없는 소리." 소리 내어 혼잣말을 내뱉은 촌킨은 쪽지를 찢어버리려다가 이내 생각을 바꿔서 두 번 접어 윗도리 주머니에 넣었다. 하지만 양배추 수프 생각을 하자 바로 배에서 꼬르륵하는 소리가 들려왔고 어제 점심때부터 아무것도 먹지 않았다는 사실이 떠올랐다.

그때까지 얌전히 앉아서 눈치를 보고 있던 보리카는 마치 학대받고 처량한 자기에게 신경 좀 써달라는 듯이 다시 끙끙대기 시작했다. 촌킨은 엄한 눈빛으로 수퇘지를 흘긋 보았지만 보리카의 표정이 얼마나 처량하고 불쌍했는지 그는 그만 더는 참지 못하고 자기 종아리를 손바닥으로 치면서 돼지를 부르고 말았다.

"이리 와!"

여러분은 그 광경을 직접 보아야 했다. 보리카는 조금 전에 이유도 없이 얻어맞았다는 사실을 새까맣게 잊은 듯 환성을 내지르며 주인에게로 달려와 주둥이로 촌킨의 옆구리를 파고들었다. 마치 "내가 당신한테 무슨 잘못을 했는지는 모르겠지만 당신이 그렇다고 하면 그런 거예요. 나를 때려도 좋고 죽여도 좋으니 화내지만 말아요"라고 온몸으로 보여주는 것 같았다.

"그래, 알았어. 알았어." 촌킨은 중얼거리며 보리카의 귓등을 긁어주기 시작했다. 그러자 보리카는 금세 긴장이 풀린 듯 처음에는 수풀 위에 옆으로 누웠다가 급기야는 아예 대놓고 벌렁 누워버렸다. 짧고 비쩍 마른 네 다리를 하늘로 치켜들고 두 눈은 지그시 감은 채 한참을 행복에 겨워했다.

곧 싫증이 나버린 촌킨은 보리카의 옆구리를 주먹으로 찌르면서 말했다.

"저리 가!"

벌떡 몸을 일으켜 내빼다가 멈춰 서서 경계의 눈초리로 촌킨을 관찰한 보리카는 주인의 눈에 악의가 없음을 확인하고는 안심하고 곁을 지나가던 암탉을 쫓기 시작했다.

촌킨은 자리에서 일어나 옷에서 지푸라기를 털어내고 각반을 다시 맨 후 땅에서 소총을 집어 들고는 주위를 둘러보았다. 이웃집 텃밭에는 이제는 풍경의 일부가 된 것처럼 낯이 익은 글라디셰프의 구부정한 등이 나타났다 사라졌다 했다. 그는 이랑 사이를 왔다 갔다 하면서 푹스 한 포기 한 포기마다 몸을 구부리고는 무슨 주문을 외고 있었다. 잠이 덜 깬 푸석한 얼굴에 머리는 헝클어진 채 칠칠치 못한 꼴을 한 그의 아내 아프로디테는 한 살배기 헤라클레스(아이 또한 학식 높은 글라디셰프의 희생양이었다)를 무릎 위에 안고 현관 계단에 앉아서 노골적으로 혐오감을 드러내며 남편을 노려보고 있었다.

우리의 고명하신 육종학자와 그의 아내의 장차 결혼 생활과 관련하여 독자들의 이해를 돕기 위해 이 평등하지 않은 결혼 생활이 주는 교훈적 이야기를 잠시 들려드리는 것이 좋겠다.

글라디셰프가 아프로디테와 결혼한 것은 이야기가 진행되고 있는 시점으로부터 두 해 전으로, 그의 나이 사십 줄을 넘기기 일보 직전일 때였다. (어머니가 돌아가신 후) 결혼하기까지 5년 동안 그는 자신의 과학 연구에 가정생활이 방해가 된다는 생각에 혼자 살았다. 하지만 불혹이 코앞에 다가오자 (생리적인 욕구 때문이었는지, 아니면 노총각 생활에 진력이 났는지) 어쨌거나 결혼을 하기로 결심했다. 마을에는 신붓감이 넘쳐났지만 적당한 상대를 찾기란 쉬운 일이 아니었다. 시간이 흐르면 그의 망상이 사그라질 거라는 기대를 품은 처녀들은 위대한 신품종에 대한 그의 자랑질도 참을 수 있었고 심지어는 둘이 함께 힘을 합쳐 과학의 발전이라는 짐을 평생 같이 지자는 약속도 할 준비가 되어 있었다. 그러나 이제 만사가 술술 풀려서 예비 신부가 장차 보금자리가 될 집의 문턱을 넘는 순간 그 집 안에서 15분을 넘게 버틴 사람은 없었다. 2분이 채 지나기도 전에 졸도해버린 처녀도 있었다고 한다. 그 이유는 이러했다. 글라디셰프는 종자 개량 실험을 위한 퇴비를 집안 곳곳에 있는 특별한 영양 단지들에 보관해두고 있었다. 이탄 부식토 단지도 있었고, 마소의 두엄이 담긴 단지, 닭똥이 든 단지도 있었다. 글라디셰프는 퇴비를 참으로 애지중지하여 다양한 비율로 배합해 벽난로 위와 창턱 위에 두고 일정한 온도를 유지하며 발효 실험을 했다. 실험은 여름뿐 아니라 추위 때문에 환기를 시키지 못하는 겨울에도 계속됐다!

자신의 운명에 대해서 어떤 환상도 품은 적이 없는 아프로디테, 장래 그의 아내만이 이러한 환경을 끝까지 참아낸 것은 그만큼 그녀가 결혼에 목맸기 때문이다.

다른 선택의 여지가 없음을 깨닫자 글라디셰프는 장가들 희망을 영원히 포기할까도 했지만 곧 생각이 바뀌었다. 아무도 원하지 않는 예프로시니야를 아내로 맞이하면 그에 대한 감사의 표시로 그녀가 평생을 그와 그의 과학 연구에 충실한 내조자가 되어주리라 생각했던 것이었다.

하지만 옛말에도 있듯이 모든 것이 생각대로 되지는 않는 법이다. 처음에는 예프로시니야도 그의 기대에 부응했지만 헤라클레스를 낳더니 아기한테 해롭다는 이유를 들어서 영양 단지들과의 전쟁을 개시한 것이다. 처음에는 눈치를 주거나 설득을 하더니 나중에는 히스테리를 부리기 시작했다. 그녀가 광으로 단지들을 내가면 글라디셰프가 도로 들여다 놓았다. 참다못한 그녀가 단지들을 깨버리자 본디 폭력을 혐오하는 그였지만 아내에게 손찌검을 했다. 아기를 안고 마을의 반대편 끝에 있는 친정으로 도망간 적도 여러 차례였지만, 번번이 친정어머니 손에 잡혀서 집으로 돌아오고 말았다.

마침내 자신의 운명과 타협한 그녀는 집안일에 신경을 뚝 끊었으며 그 후로 자신의 용모조차 관리하지 않았다. 그 전에도 미녀 소리를 들은 적 없는 그녀였지만 이제는 정말 볼썽사나운 꼴을 하고 다녔다.

이상이 이 부부에 대한 대략적인 스토리이다.

자, 이제 이야기가 시작된 지점으로 되돌아가보자. 그러니까 촌킨은 비행기 옆에 서 있었고 글라디셰프는 텃밭 일을 하고 있었으며 아프로디테는 아이를 팔에 안고 현관 계단에 앉아 혐오감을 노골적으로 드러낸 눈빛으로 남편을 응시하고 있었다.

"어이, 이웃, 안녕한가?" 촌킨이 글라디셰프에게 소리쳤다.

그는 새 푹스 줄기 위에서 허리를 펴고 일어나 손가락 두 개로 모자를 살짝 들면서 진지하게 대답했다.

"그래, 안녕하신가?"

촌킨은 소총을 비행기에 기대놓고 자리를 떠나 두 집의 텃밭을 가르는 울타리로 다가갔다.

"보아하니 자넨 텃밭에서 끝도 없이 뭔가 일을 하는데 말이야. 지겹지도 않아?"

"뭐, 대답을 하자면," 글라디셰프는 짐짓 자긍심을 숨기며 말했다. "내가 이 일을 하는 것은 개인의 영달을 위해서가 아니라 과학의 발전을 위해서니까. 그런데 자네 오늘 비행기 밑에서 잔 거 맞나?"

"우리 같은 사람들이야 어디서 자건 이슬만 피하면 되지." 촌킨은 농담으로 답을 했다. "아직 겨울도 아니고, 날이 따뜻하잖아."

"아침에 밖으로 나와보니 사람 다리가 비행기 아래로 나와 있는 거야. 정말 이반이 오늘 한데서 새우잠을 잔 건가, 하고 생각을 했지. 그래서 아프로디테한테 이렇게 묻기까지 했어. '한번 좀 봐. 비행기 아래에 이반의 다리가 나와 있는 것 같지 않아?' 하고 말일세. 어이, 아프로디테!" 그가 증인이 돼달라며 아내를 향해 외쳤다. "오늘 아침에 내가 '한번 좀 봐, 비행기 아래에 이반의 다리가 나와 있는 것 같지 않아?'라고 했던 거 기억나?"

아프로디테는 여전히 시큰둥한 얼굴로 남편을 쳐다보며 그의 물음에는 아무런 반응도 보이지 않았다.

촌킨은 글라디셰프를 쳐다보다가 한숨을 내쉬고는 자신도 모르게 돌연 이렇게 말해버렸다.

"그게 말이야, 어제 뉴라랑 싸웠어. 그래서 뉴라 집을 나와버렸어. 그러다 보니 이슬잠을 잔 거라고, 알겠어?"

"어쩌다 그리 됐누?" 글라디셰프가 걱정스러운 듯 물었다.

"별건 아니었어. 들어봐." 이반은 왠지 솔직하게 대답하기가 싫었다. "그러니까 내가 뭐라고 하면 뉴라는 딴 얘기를 하고, 알겠어? 서로 말꼬리를 잡다가 티격태격 싸움까지 하게 된 거야, 알겠어? 그래서 침을 퉤 뱉고 외투하고 소총, 그리고 배낭을 집어 들어 집을 나왔어. 내 재산이라고는 그게 전부니까."

"흠, 그렇게 된 일이었군." 글라디셰프가 의외라는 듯이 고개를 흔들었다. "아침에 밖으로 나오니까 비행기 밑에 자네 다리가 나와 있지 않겠어? 그래서 웬일인가 했는데. 싸웠다 이 말이지?"

"그렇다니까. 싸웠어." 이반은 한층 더 우울해졌다.

"어쩌면 오히려 잘된 일인지도 몰라." 글라디셰프가 말했다. 그는 아내 쪽을 두려운 듯 흘깃 쳐다보고는 소곤대는 목소리로 말을 하기 시작했다. "자네에게 내 조언이 필요하다면 내가 해줄 말은 이거야. 이반, 여자들을 가까이하지 말게. 아직 나이가 젊을 때 도망쳐. 여자들이란…… 흠, 내 마누라를 보게. 독사 같은 여자야. 이반, 저 여자랑 가까이서 이야기할 기회가 생기면 자세히 봐. 혀가 두 쪽으로 갈라져 있어. 독침이라도 쏠 것처럼 생겼다니까. 내가 저 여자 때문에 겪은 고통은 어떤 말로도, 어떤 글로도 다 표현할 수가 없어. 나만 그렇다고 생각하나? 모든 남자가 여자 때문에 말도 못할 고통을 겪고 있어. 현대사회에서도 그렇고, 과거의 역사적 사실들을 보더라도 그렇지." 아내 쪽을 흘깃 쳐다본 글라디셰프는 마치 일급비밀이라도 알려주듯이 목소리를 더 낮췄다. "차르 니콜라이 1세가 12월당원*들을 시베리아인가 어디로 유배 보냈을 때 그

---

* '데카브리스트의 난'은 나폴레옹 군대와의 전쟁에서 러시아가 승리한 후 자유공화정 사상에 매료된 러시아 귀족들이 1825년 12월에 일으킨 군사 반란이며 이에 참가한 귀족들

자들의 마누라들이 얌전히 앉아 있었는 줄 알아? 그 여자들은 옷가지를 챙겨서 남편 뒤를 쫓아갔어. 그때는 철도도 없었단 말일세. 마부를 다그치고 말을 혹사시키면서 자신들도 생사를 넘나들 지경이었지만 결국은 남편들이 유배된 곳까지 쫓아갔어. 지독하지. 내가, 이반, 뉴라에 대해서는 나쁜 말을 할 생각은 없어. 뉴라는 교육도 받았고 개념이 있는 여자니까. 그렇지만 늦기 전에 도망가는 게 좋을 거야."

"나도 도망가고야 싶지만," 촌킨이 대답했다. "이 고철 덩어리 때문에 여기서 꼼짝할 수가 없는걸." 그는 비행기 쪽으로 고개를 까딱하고는 잠시 생각에 잠겼다가 우울하게 말을 이었다. "게다가 배도 고파. 뱃가죽이 등에 가서 붙었다니까."

"배를 곯았나?" 글라디셰프가 깜짝 놀라며 말했다. "하느님 맙소사, 진작 말을 하지 그랬어. 우리 집에 가세. 얼른 석유곤로에 불을 지펴서 훈제돼지비계를 넣은 달걀부침을 해줄 테니. 내가 직접 담근." 이러면서 그는 촌킨에게 한쪽 눈을 찡긋했다. "밀주도 있다고. 가세. 이번 기회에 나 사는 것도 겸사겸사 보게나."

촌킨은 이웃의 초대에 사양은커녕 대뜸 소총을 건초 밑에 숨겨놓고는 울타리를 뛰어넘어 밭이랑 사이를 조심스럽게 건너뛴 후 씩씩하게 앞에서 걸어가는 주인 뒤를 따라갔다. 두 사람이 현관 계단에 올라서자 아프로디테는 어디가 아프기라도 한 것처럼 인상을 구기고는 돌아앉았다.

"애한테 방수포라도 좀 깔아주면 어때." 집으로 들어가면서 글라디셰프가 투덜거렸다. "뭐라도 싸면 옷단에서 나는 냄새는 어쩌려고."

아프로디테는 고개를 들더니 무표정한 얼굴로 대답했다.

을 12월당원(데카브리스트)이라고 불렀다.

"당신 집 안에서 나는 냄새나 맡아보지 그러슈? 손님한테도 좀 맡아보라 그래."

이렇게 말하고는 등을 돌리고 앉았다.

글라디셰프가 문을 열고 촌킨을 현관방으로 안내했다.

"마누라가 나한테 하는 말 들었지?" 그가 이반에게 말했다. "항상 저런 식이야. 더럽기 짝이 없는 멍청한 년. 내 집 안에서 냄새가 나는 건 모두 과학의 발전을 위해 어쩔 수 없는 일이지만, 저 여편네는 게을러서 저런 거야."

현관방 뒤쪽은 어두웠다. 글라디셰프가 성냥에 불을 붙이자 너덜너덜한 가마니를 붙인 문과 좁은 복도가 보였다. 글라디셰프가 그 문을 열자 방 안으로부터 알 수 없는 악취가 확 풍겨 나왔다. 예상하지 못한 지독한 냄새에 촌킨의 몸이 휘청거렸다. 만약에 두 손가락으로 재빨리 코를 부여잡지 않았다면 기절할 정도의 악취였다. 촌킨은 코를 잡은 채로 주인 뒤를 따라 방 안으로 들어갔다. 주인은 촌킨 쪽으로 몸을 돌리더니 씩씩하게 말했다.

"처음에는 물론 코가 좀 찡할 거야. 나는 벌써 익숙해져서 괜찮지만. 우선 한쪽 콧구멍을 열어. 그러다가 좀 냄새에 익숙해지면 다른 쪽도 열어. 역겨운 냄새이긴 하지만 따지고 보면 인체에 유익한 거라네. 여러 가지 유용한 성분이 포함돼 있으니까. 예를 들어서 말이야. 프랑스의 코티사(社)에서는 똥에서 추출한 성분으로 우아한 향기가 나는 최고급 향수를 생산하고 있어. 잠깐 여기서 내가 어떻게 사는지 둘러보고 있게. 내가 얼른 달걀부침을 해올 테니까 같이 들자고. 어쩐지 나도 슬슬 배가 고파 오는걸."

글라디셰프가 방 안의 살림 칸 쪽에서 석유곤로에 펌프질을 하며 불을 지피는 동안, 그의 손님은 문간에 서서 주인의 충고에 따라 한쪽 콧구멍을 열었다가 다른 쪽 콧구멍을 열었다가 하면서 냄새에 적응하려고 노력하는 동시에 방 안을 둘러보았다. 볼거리라면 방 안에 충분했다.

제일 먼저 눈에 들어온 것은 어마어마한 수의 작은 단지들이었다. 벽난로와 창턱 위뿐 아니라 창가에 놓인 걸상 위와 아래, 이불과 베개가 널브러져 있는 철제 침대 머리맡 뒤편에도 단지들이 있었다.

침대 위에는 다른 집들과 마찬가지로 유리가 끼워진 사진 액자가 걸려 있었다. 가장자리에 꽃과 비둘기 무늬가 있는 액자에는 집주인이 태어났을 때부터 최근까지의 사진, 아내 아프로디테의 사진, 그리고 양가의 수많은 친척들의 사진이 끼워져 있었다. 액자 위에는 여러 장의 사진을 참고로 미지의 화가에게 제작 주문하여 색을 입힌 글라디셰프 부부의 공동 초상화가 걸려 있었다. 초상화 속 얼굴들과 그림의 모델들 사이에 유사성을 찾기란 불가능했다.

창문 맞은편의 벽은 박물관 같았다. 벽에 걸린 유리 액자에는 일전에 우리가 언급했던 글라디셰프의 연구에 대한 언론의 평론 기사들이 모아져 있었고, 다른 액자에는 일전에 언급했던 유명한 농학아카데미 회원으로부터 받은 서한이 따로 고이 모셔져 있었다.

두 개의 창문 사이 벽에는 16구경 단신소총이 걸려 있었다. 독자 여러분은 물론 짐작하셨겠지만 이 총은 언젠가 총알이 발사될 운명을 갖고 있었다. 하지만 총알이 제대로 발사될 것인지, 불발로 끝날 것인지는 앞으로 이야기가 진행되면서 알게 되실 것이다.

촌킨이 미처 방 안을 다 훑어볼 새도 없이 주인은 달걀부침을 완성해 그를 식탁으로 불렀다.

살림 칸 쪽도 정리가 안 돼 있기는 마찬가지였지만 그래도 문간보다는 훨씬 깨끗했다. 벽에는 그릇장이 서 있었고 헤라클레스의 잠자리인 요람이 천장에 매달려 있었다. 뚜껑 없는 궤짝에는 대부분 과학과 관련된 헌책들(예를 들자면, 『고대 그리스 신화』라든가 『파리는 전염병의 온상』이란 대중 홍보 책자 같은 것들이었다)과 몇 부가 빠진 1912년도 『니바』지를 철해놓은 것이 잔뜩 쌓여 있었다. 이 궤짝으로 말하자면 글라디셰프가 자신의 학식을 쌓는 제일 중요한 보고였다.

뜨거운 그릇들이 남긴 누런 자국들이 여기저기 나 있는 방수포로 덮인 커다란 식탁 위 프라이팬 속에서 달걀부침과 훈제돼지비계가 지지직 소리를 내고 있었다. 고약한 냄새 때문에 머리가 어질어질해질 지경이었지만(하지만 시간이 흐를수록 정말로 냄새에 적응이 돼갔다) 배고픔으로 인한 현기증이 더 참을 수 없었는지 촌킨은 주인이 재차 권하기를 기다릴 새도 없이 체면도 차리지 않고 식탁 앞에 넙죽 자리를 잡았다.

글라디셰프는 식탁 서랍에서 포크 두 개를 꺼내 내의로 쓱쓱 닦아서 손님 앞에 하나를 놓고, 자기 앞에는 이가 빠진 것을 놓았다. 촌킨이 대뜸 프라이팬을 덮치려 하자 주인이 그를 멈춰 세웠다.

"잠깐 기다리게."

그러고는 그릇장에서 먼지가 뽀얗게 쌓인 컵 두 개를 꺼내 빛에 비춰보더니 컵 안에 침을 탁 뱉은 후 이번에도 내의로 컵을 쓱쓱 닦아 식탁 위에 놓았다. 그런 다음 광으로 달려가 배배 꼰 신문지로 입구를 막은 마시다 만 술병을 들고 와 손님 잔과 자기 잔을 절반씩 채웠다.

"자, 이반." 글라디셰프는 의자를 앞으로 당기고 아까 멈췄던 이야기를 계속하기 시작했다. "우리는 말이야, 똥이란 것을 마치 불결한 것처럼 나쁘게 생각하는 경향이 있어. 그렇지만 사실 곰곰이 생각해보면 이것처럼 세상에 값진 것은 없다는 거야. 우리 인생이란 것이 똥에서 나와서 똥으로 다시 돌아가는 거란 말이지."

"그건 또 왜 그렇지?" 촌킨은 굶주린 눈으로 식어가는 달걀부침을 노려보며 정중하게 대답했다. 주인보다 먼저 포크를 들 수는 없는 노릇이었다.

"그거야 생각하기 나름인데 말이지." 글라디셰프는 굶주린 손님의 생각은 눈치채지 못한 채 자신의 철학을 펼치기 시작했다. "직접 생각해보게나. 작황을 올리려면 땅에 거름으로 똥을 뿌려야 돼. 인간과 가축이 먹는 풀, 곡물, 채소가 똥에서 자라난다는 말이지. 가축은 인간에게 우유, 고기, 털 기타 등등을 주고, 우리 인간은 그걸 다 소비한 후에 다시 똥으로 만들어버리고 있지 않은가. 이 모든 것을 한마디로 말하자면 자연에서 똥의 순환 과정이라 할 수 있다네. 그렇다면 여기서 우리는 이런 질문을 할 수 있어. 왜 우리는 꼭 이 똥을 고기나 우유, 아니면 이런 빵의 형태로, 그러니까 가공된 형태로 섭취하는 걸까? 여기서 당연한 의문이 생기는 거야. 잘못된 편견과 괜한 혐오감을 떨쳐버리고 그 자체의 순수한 형태로," 이때 촌킨이 몸을 움찔하는 것을 본 글라디셰프가 표현을 바꿨다. "훌륭한 비타민 자체로 섭취하면 어떻겠는가, 하는 의문 말이지. 처음에는 물론 그 본래의 냄새를 제거할 수도 있어. 그 후에 냄새에 익숙해지면 천연 그대로 사용할 수 있어. 하지만 그건, 이반, 머나먼 미래에 과학이 고도로 발전했을 때나 가능한 일이야. 자, 이반, 우리 과학의 발전과 소비에트 정부를 위하여, 그리고 특히 전 세계적 차원의 천재 스탈린 동지를 위하여 건배를 하세."

"우리의 만남을 위하여." 촌킨은 서둘러 건배를 받았다.

잔과 잔이 부딪치고 잔 속의 내용물을 입안에 털어 넣은 촌킨은 의자에서 나가떨어질 뻔했다. 마치 누군가 주먹으로 명치를 내려친 것처럼 갑자기 숨이 막혀왔다. 눈앞이 캄캄해진 촌킨은 대충 어림짐작으로 프라이팬을 포크로 찔러 달걀부침을 찍어내서는 다른 손으로 그것을 잡고 입안으로 쑤셔 넣어 타들어가는 목구멍 속으로 꿀꺽 삼켰다. 그제야 폐부를 가득 채웠던 공기를 내뱉었다.

그와는 달리 힘들이지 않고 잔을 비운 글라디셰프는 짓궂은 미소를 띠며 이반을 쳐다보았다.

"내가 담근 밀주가 마음에 드는가, 이반?"

"도수가 죽여주는걸." 눈에 찔끔 고인 눈물을 손바닥으로 닦아내며 촌킨이 칭찬했다. "숨이 컥 막히는 줄 알았다니까."

글라디셰프는 여전히 알 수 없는 미소를 머금은 채 재떨이로 사용하고 있는 납작한 통조림통을 자기 쪽으로 당겨 밀주를 붓더니 성냥불을 붙였다. 밀주는 희미한 푸른빛을 내며 타올랐다.

"봤나?"

"곡물주인가 아니면 비트로 만든 건가?" 궁금해진 촌킨이 물었다.

"똥으로 만들었지, 이반." 자랑스러움을 애써 감추며 글라디셰프가 대답했다. 촌킨은 그만 사레가 들리고 말았다.

"그게 도대체 무슨……?" 촌킨은 식탁에서 뒤로 물러나면서 물었다.

"만드는 법이 굉장히 간단해, 이반." 흥이 난 글라디셰프가 설명을 시작했다. "똥 1킬로그램에 동량의 설탕을……"

촌킨은 의자를 뒤로 밀치고 문 쪽으로 달려갔다. 현관 계단에 아이를 안고 앉아 있는 아프로디테의 옆을 아슬아슬하게 지나친 그는 계단 옆 두 발자국 떨어진 곳에서 글라디셰프의 집 통나무 벽에 이마를 박고 멈춰 섰다. 구역질이 나면서 속이 뒤집히는 것만 같았다.

당황한 글라디셰프가 그의 뒤를 쫓아 뛰어나와 장홧발로 쿵쾅쿵쾅 소리를 내며 계단을 내려왔다.

"이반, 왜 그래?" 글라디셰프가 안쓰럽다는 듯이 촌킨의 어깨를 잡으며 물었다. "이건 순수 알코올이야, 이반. 자네도 불이 붙는 걸 봤잖아."

촌킨은 무슨 대답이든 하고 싶었지만 글라디셰프의 밀주가 머리에 떠오르자 다시 위장에 경련이 일어나 제때에 다리를 좌우로 벌리지 않았다면 바지를 다 버릴 뻔했다.

"오, 하느님!" 절망이 섞인 탄식을 내뱉으며 갑자기 아프로디테가 입을 열었다. "또 한 명에게 똥을 먹였군. 이 괴물, 천벌을 받을 인간. 에이, 이거나 먹어라!" 그녀는 걸쭉한 침을 모아 남편을 향해 퉤 하고 내뱉었다.

글라디셰프는 화를 내지 않았다.

"침이나 뱉고 있지 말고 광에 가서 절인 사과나 좀 가져오지 그래. 사람이 속이 안 좋다는데."

"사과는 무슨 사과!" 아프로디테가 신음 소리를 냈다. "광에 있는 사과들엔 똥 냄새가 안 밴 줄 알아? 온 집 안이 똥 더미에 파묻혀 있잖아, 멍청한 인간 같으니. 난 이 집에서 나갈 거야. 이 괴물. 이 똥 냄새를 맡다 죽느니 애를 데리고 짐을 챙겨서 내가 나가버릴 테야."

그러고는 정말로 잠시도 지체하지 않고 헤라클레스를 안고서 저 멀리 대문을 향해 뛰어갔다. 글라디셰프는 촌킨을 혼자 남겨놓은 채 아내의 뒤를 쫓아갔다.

"어디 가는 거야, 아프로디테!" 그가 아내의 등 뒤에 대고 외쳤다. "돌아와. 사람들 앞에서 우릴 웃음거리로 만들지 말라고. 거기 서, 아프로디테!"

아프로디테가 멈추더니 뒤로 돌아 그의 얼굴에 대고 매섭게 소리를 질렀다.

"아프로디테는 얼어 죽을! 내 이름은 예프로시니야라고, 알겠어? 이 아무짝에도 쓸모없는 인간아. 내 이름은 예프로시니야야!"

그러고는 다시 뒤를 돌아 활짝 벌린 양손에 놀라서 얼굴이 새파랗게 질린 아기를 높이 들고 경중경중 뛰다가 엎어졌다가 하면서 마을 저편으로 사라져갔다.

"동네 사람들, 내 이름은 예프로시니야예요! 여러분, 내 이름은 예프로시니야예요!" 그녀는 오랜 세월 목소리를 잃었다가 다시 되찾은 사람마냥 광적인 기쁨에 사로잡혀 소리를 지르고 있었다.

16

6월 21일 소련 주재 독일 대사 슐렌부르크는 독일군이 소련의 서부 국경 지대에 밀집하고 있다는 정보가 수집됐다는 내용의 항의서를 소련 정부로부터 받았다. 소련 정부는 독일 정부에 이에 대한 해명을 요구했으며, 독일의 소련 침공이 코앞으로 다가온 시각에 이 문서는 히틀러에게 전달되었다.

그 시각 촌킨은 전날 뉴라와 화해를 하고 아직 잠에 곯아떨어져 있었다. 그러다가 소변이 마려워 눈을 떴다. 촌킨은 따뜻한 침대 밖으로 나가기가 싫어서 한참을 자리에서 뭉개며 요의가 저절로 사그라지기를 기다렸다. 하지만 마려운 것은 여전했고 이제 단 1초도 더는 참을 수 없을 때 자리에서 벌떡 일어났다. 군화에 발을 쑤셔 넣고 벌거벗은 웃통에 외투를 걸친 후 현관 계단으로 나왔을 때는 이미 더 이상 참을 수가 없어서 집 옆에서 일을 보았다.

맑고 상쾌한 아침이었다. 풀잎과 나무 잎사귀, 비행기의 표면에 이슬이 송골송골 맺혀 있었다. 태양은 이미 지평선에서 떠올라 눈앞에서 점점 멀어져갔다. 마을 농가의 유리창마다 태양의 붉은 잔영이 남아 있었다. 완벽한 정적이 감돌고 있었고 이따금 잠에 취한 암소들의 낮은 음매 소리만이 정적을 깼다. 촌킨은 뉴라를 깨워 소젖을 짠 후 공동 방목 떼가 지나갈 때를 기다리게 하려다가 생각을 바꿔 자신이 직접 하기로 했다. 채유 통을 가지러 집 안으로 들어갔을 때 잠에서 깬 뉴라가 일어나려고 했지만 이렇게 말했다.

"됐어. 더 자도록 해."

그러고서 그는 외양간으로 향했다.

이쁜이의 젖을 짠 후 대문 한쪽을 열어주었지만 암소는 밖으로 나가려 하지 않았다. 암소는 언제나 양쪽 문을 활짝 열어주는 것에 길이 들어 있었다. '빌어먹을 짐승 같으니!' 이렇게 생각하며 빗장으로 암소의 등짝을 갈겨주고 싶었지만 한편으로는 불쌍하다는 생각이 들자 관두었다.

"자자, 어서 나가." 나머지 한쪽 문을 열면서 촌킨은 다정하게 말했다.

이쁜이는 경멸하는 눈빛으로 촌킨을 힐끗 쳐다보고는 그의 옆을 지나 짤막한 뿔이 달린 머리를 당당하게 흔들면서 마당을 지나 대문으로 향했다.

그때 마침 소 떼가 다가왔다.

소들은 넓은 한길을 다 차지한 채 길 양편의 기둥들과 울타리 냄새를 맡으면서 느리게 이동하고 있었다. 아직 잠이 덜 깼는지 소들은 한숨을 내쉬고 있었다.

소 떼 뒤에는 새로운 소치기 료샤 자로프가 끄덕끄덕 몸을 흔들면서 말을 탄 채 따라오고 있었다. 안장 대신에 낡은 방상내피를 깔고 앉아 있었다. 방상내피의 너덜너덜한 소매는 마치 추처럼 아래로 축 늘어져 말이 걸음을 뗄 때마다 흔들리고 있었다.

소치기를 본 촌킨은 그와 이야기라도 할 요량으로 울타리에 난 쪽문 쪽으로 나가 소리를 내질렀다.

"어이, 거기 내 말 들려? 사는 게 어때?"

료샤는 고삐를 당겨 말을 멈추고는 처음 본 촌킨을 흥미로운 눈빛으로 쳐다보았다.

"그리 나쁘진 않소만." 잠시 생각을 한 그가 대답했다. "이 정도면 만족스럽지."

두 사람 모두 한동안 말이 없었다. 그러다가 촌킨이 맑은 하늘을 올려다보며 말했다.

"하늘을 보아하니 오늘 날씨가 화창하겠는걸."

"비가 안 오면야 화창하겠지." 료샤가 대꾸했다.

"먹구름도 보이지 않는데 비가 올까?" 촌킨이 지적했다.

"먹구름이 안 보이면 비가 올 리가 없지."

"하긴 먹구름이 끼어도 비가 안 오는 수도 있어."

"그럴 때도 있긴 하지." 료샤가 수긍했다.

이 대목에서 둘은 헤어졌다. 자로프는 소 떼를 따라잡기 위해 내뺐고 촌킨은 집 안으로 들어갔다. 뉴라는 침대 전체를 차지한 채 자고 있었다. 그런 그녀를 깨우기가 안쓰러워진 촌킨은 방 안을 두리번거리며 왔다 갔다 해보았지만 별달리 할 일이 없어 어쩔 수 없이 뉴라에게 다가갔다.

"저기, 한쪽으로 조금만 비켜봐." 뉴라의 어깨에 손을 대며 촌킨이 말했다.

태양은 벌써 창문을 정통으로 비추고 있었다. 창문의 먼지를 통과한 햇살이, 숫자판이 일그러진 괘종시계가 걸려 있는 맞은편 벽을 내리쬐고 있었다. 낡은 괘종시계는 부속에 먼지라도 잔뜩 끼었는지 안에서 삐거덕 삐거덕거리는 소리가 났다. 시곗바늘은 4시를 가리키고 있었다. 그 시각 독일군이 키예프를 공습했다.

2부
인간의 기원

1

전쟁이 일어나리라고는 꿈에도 생각해본 적이 없는 사람들에게 전쟁이 터졌다는 소식은 마치 마른하늘에 날벼락과 같았다. 하기는 여남은 날 전에 두냐 할멈이 꿈에 자신이 키우는 암탉 클라시카가 뿔이 네 개 달린 염소를 낳았다며 떠들고 다닌 일은 있었지만, 해몽을 좀 한다는 사람들도 이 노파의 꿈에 별 의미를 두지 않았다. 기껏해야 비가 올 징조일지도 모른다고들 했다.

이제 이 모든 것이 다른 의미를 갖게 됐다. 마침 변소에 앉아서 느긋하게 볼일을 보고 있던 촌킨은 전쟁 소식을 바로 듣지 못했다. 급할 것이라고는 없는 촌킨에게 시간이란 어떤 고매한 목표를 달성하기 위해 있는 것이 아니라 그냥 존재하는 것이었다. 중요한 결정을 내릴 필요도 없다. 살아온 인생을 돌이켜보거나 먹고 마시고 잠자고, 아니면 『경계 및 주둔 근무 교본』에 정해져 있는 시간이 아니더라도 기분이 내킬 때마다 생리 현상을 해결하는 것, 그런 것들을 위해서 그의 시간은 존재했다.

여름용 변소는 텃밭 안에 서 있었다. 허투루 지어진 변소 벽 틈 사이로 햇살이 스며들어왔다. 똥파리 하나가 앵앵대며 날아다녔고 구석에는 거미 한 마리가 마치 낙하산이라도 탄 듯 거미줄을 타고 유유히 낙하 중이었다.

오른쪽 벽에 박힌 못에는 네모나게 자른 신문지가 꽂혀 있었다. 조각난 신문을 한 장씩 뜯어 읽으면서 촌킨은 세상에 존재하는 온갖 문제에 대한 자투리 지식을 얻을 수 있었다. 기사 제목 중에는 이런 것들이 있었다.

　　—요양철 개시
　　볼로그다 휴양지에
　　—리아에서 전투
　　—국에서 전투
　　—벽양탄자 '10월의 레닌과 스탈

「독일, 미국에 항의」란 기사는 내용을 모두 읽을 수 있었다.

　　(타스 통신) 6월 18일, 베를린. 독일통신 보도에 따
　　미국 정부는 6월 6일 자 문건에서 워싱턴 주재 독일
　　대리 대사에게 뉴욕 주재 독일정보도서관, 대양횡단
　　철도협회 직원들을 미국에서 철수시킬 것을 요구했
　　미국 정부는 이 기관 소속 직원들의 위법 활동 때문
　　러한 요구를 하게 됐다고 설명했다. 독일 정부는
　　요구가 정당하지 못하다며 이행을 거부했으며 조
　　위배되는 미국의 행위에 대해 항의를 표명했다.

이에 대한 미국의 대응이 무엇이었는지 생각해볼 새도 없이 멀리서
그를 부르는 뉴라의 목소리가 들려왔다.
　"이—반!"
　촌킨은 긴장했다.
　"이반! 어디 있어?"

대답하기가 민망해서 그는 잠자코 있었다.

"귀신이 곡할 노릇이네. 도대체 어디로 사라진 거야!" 주위를 맴돌며 점점 가까워지는 뉴라의 목소리가 들렸다. 이젠 대답할 도리밖에 없었다.

"나 여기 있어. 웬 소란이야?" 애써 태연한 체하려 했지만 그의 목소리는 당황한 기가 역력했다. "여기야, 여기라고."

뉴라의 목소리가 아주 가까운 곳에서 들려오더니 변소 벽의 판자가 떨어져 나간 틈새로 갑자기 벌겋게 상기된 뉴라의 얼굴이 나타났다.

"어서 나와!" 뉴라가 말했다. "전쟁이 났어!"

"갈수록 태산이로군!" 촌킨은 놀라기보다는 우울해졌다. "누구랑 전쟁이 난 거야? 미국?"

"독일!"

촌킨은 예기치 않은 대답에 입으로 휘파람 소리를 내고는 바지 단추를 채우기 시작했다. 믿기지가 않았는지 변소 문을 열고 나오면서 도대체 누가 그런 바보 같은 소리를 했냐고 뉴라에게 물었다.

"라디오에서 그랬어."

"거짓말 아니야?" 촌킨은 낙관적으로 물었다.

"그런 거 같진 않아." 뉴라가 말했다. "동네 사람들은 다 관리사무소 앞에 열린 집회에 나갔어. 같이 갈래?"

그는 골똘히 생각에 잠겼다가 고개를 가로저었다.

"진짜로 그런 일이 터졌다면 나한테 중요한 건 집회가 아니야. 내가 가야 할 집회는 저기 서 있잖아. 젠장맞을 것." 촌킨은 화가 난 듯 이렇게 말하고는 비행기 쪽으로 침을 퉤 뱉었다.

"놔두고 가자." 뉴라가 반대했다. "누가 저런 걸 가져간대?"

"지금까지는 아무짝에도 쓸모없었을지 모르지만, 이제 필요가 생겼어. 가서 사람들이 뭐라고 하는지 듣고 와. 나는 여기 서서 혹시라도 독일군 비행기가 날아오지 않나 감시하고 있을게."

잠시 후 그는 소총을 어깨에 메고 비행기 주변을 돌면서 행여 독일군 비행기가 급습하거나 부대 상관이 탄 비행기가 날아오지 않을까 고개를 쳐들고 하늘을 지켜보고 있었다. 급기야 목이 뻐근하고 눈이 시려올 무렵 잔뜩 긴장한 그의 귀에 서서히 커지는 '윙—윙—윙' 소리가 들리기 시작했다.

'비행기다!' 퍼뜩 정신이 든 촌킨은 목을 위로 쭉 뽑았다. 눈앞에 검은 점이 나타났다. 점이 점점 더 가까워지면 비행기가 윤곽을 드러낼 것이다…… 하지만 아뿔싸, 일순간 점은 자취를 감췄고 윙윙 소리도 멈췄다. 동시에 촌킨은 뭔가가 이마를 따끔하게 무는 듯한 느낌을 받았다. 이마를 손바닥으로 탁 쳐보니 손에 모기가 떨어졌다. '비행기가 아니었어.' 촌킨은 생각하며 바지에 모기의 잔해를 문질러 닦았다.

이마의 충격 탓인지, 아니면 어떤 정신적인 이유 때문인지는 모르지만 촌킨의 머릿속에서 뭔가가 요동을 쳤고, 그 때문에 한 가지 근심스러운 생각이 그를 사로잡았다. 자신은 여기서 쓸데없이 시간을 보내고 있으며 결국 여기 버려진 신세와도 같다는 것, 자신을 교대할 사람은 영원히 오지 않을 거라는 생각에 촌킨은 마음이 뒤숭숭해졌다. 지금까지 자신이 어떤 특별한 사명을 띠고 있다고 생각한 적은 없었지만, 그래도 언젠가는 그에게도 뭔가 중요한 일을 할 기회가 생길 거라는 사실을 믿어 의심치 않았다. 대단한 일이 아니더라도, 하찮은 일일지라도, 아무 대가 없이 어떤 필요를 위해 목숨을 내놓는다든가 하는 것 말이다. 하지만 현재의 모든 정황을 종합해볼 때 그의 목숨조차 아무에게도 필요하지 않은 것 같았다. (물론 위대한 업적이라는 시각에서 볼 때 촌킨의 생명 같은 하찮은 자연현상은 별 의미를 갖지 않을 것이다. 하지만 그에게 사랑하는 조국을 위해서 내놓을 수 있는 가장 소중한 것이 있다면, 그것은 목숨이었다.)

자신이 얼마나 보잘것없는 인간인가를 우울하게 자각한 촌킨은 자신이 호위하던 대상을 내팽개친 채 마을 사람들이 모여 사건의 해명을 기다리고 있는 농장 사무소 방향으로 발걸음을 옮겼다.

2

마을 사람들은 난간이 세워진 집단농장 관리사무소 현관 계단 아래 크게 반원을 그리며 모여 있었다. 그들은 너덜너덜한 부직포를 덧댄 현관문을 참을성 있게 응시하며 어서 지도부가 밖으로 나와서 무슨 일이 일어나고 있는지 설명해주기를 기다렸다. 침통한 표정을 한 남자들은 손으로 만 담배를 뻐끔뻐끔 피웠으며 여자들은 낮게 흐느끼고 있었다. 그런가 하면 세상에서 제일 재미난 것이 전쟁놀이인데 어른들이 왜 슬퍼하고 있는지 알 수 없다는 표정으로 아이들은 잔뜩 겁을 집어먹은 채 부모의 얼굴을 쳐다보고 있었다.

한낮이라 태양은 작열했고 시간이 멈춘 듯했다. 그러나 지도부는 모습을 드러내지 않았다. 무료함에 사람들은 주거니 받거니 하며 수다를 떨기 시작했다. 언제나처럼 사람들 한가운데 서 있던 떡대는 다음 번 비가 내리면 독일제 기계들은 우리의 엉망진창 흙탕길 위에서 다 고장이 나버릴 것이기에 전쟁은 곧 끝날 거라며 마을 사람들을 다독였다. 쿠르조프는 그의 말에 동의하면서도 독일 군인들은 농축 통조림을 먹기 때문에 영양 상태가 좋아서 살아남을지도 모른다는 사실을 주목해야 한다는 의견을 내놓았다. 아흔 살이나 먹어서 의식은 혼미하고 귀가 완전히 먹은 샵킨 할아범이 넋이 나간 얼굴로 사람들 사이를 어슬렁거리고 있었다. 할아범은 무슨 일로 사람들이 모여 있는지 물었지만 아무도 노인에게 관심을 갖지 않았다. 결국 마음 착한 떡대가 거치대에 걸친 기관총 손잡이를 잡은 시늉을 하면서 노인은 듣지도 못하는 소리까지 내가며 연발 사격 흉내를 냈다.

"두─두─두─두!" 그러더니 씩씩한 말 위에 올라탄 것마냥 머리 위로 상상 속의 칼을 휘두르기 시작했다.

떡대의 몸짓을 지켜본 노인은 무슨 일인지 이제 알겠는데, 자신이 소싯적에는 타작을 하기 전에 씨앗을 뿌리고 수확을 했노라고 타일렀다.

차츰 군중은 작은 무리로 나뉘었고 옹기종기 모인 사람들은 현재 벌어지고 있는 큰일과는 무관한 수다를 떨기 시작했다. 스테판 루코프는 코끼리를 증기기관차에 연결하면 기관차를 끌 수 있는가 하는 문제를 가지고 스테판 프롤로프와 논쟁을 시작했고, 한편 의기양양해진 떡대는 격자무늬 틀을 이용하면 어떤 지도나 동물도 실물과 똑같이 그릴 수 있다고 떠들었다.

다른 때 같았으면 떡대의 특이한 재능에 놀랐겠지만 지금 촌킨은 그런 것에 신경 쓸 새가 없었다. 혼자만의 우울한 상념에 빠져 있던 그는 베어놓은 소나무 더미가 무너져 내린 건물 모서리 쪽으로 물러났다. 이반은 송진이 묻지 않은 통나무를 골라 앉은 후 무릎 위에 소총을 내려놓았다. 마호르카 담뱃잎이 든 기름통을 꺼내려는 찰나 글라디셰프가 나타났다.

"어이, 이웃! 자네 마호르카랑 말아 피울 신문지 좀 주지 않겠어? 그러고 보니 성냥도 집에 놓고 왔네."

"자, 받아." 촌킨은 고개도 돌리지 않은 채 말했다.

마호르카도 바닥을 보이고 있었다. 글라디셰프는 담배를 한 모금 깊숙이 들이마신 후 혀에 붙은 가루를 내뱉고 크게 기침을 했다.

"켁켁!"

촌킨은 정면을 응시하며 아무 말이 없었다.

"케겍켁!" 글라디셰프는 촌킨의 주의를 끌려는 듯 더 큰 소리로 기침을 했다. 촌킨은 아무 말이 없었다.

"믿을 수가 없군!" 글라디셰프가 양팔을 휘저으며 말했다. "도무지 내 머리로는 이해할 수가 없네. 양심에 털이 나도 유분수지. 우리 훈제돼지비계랑 버터를 갖다 먹을 때는 언제고 이제 와서 짐승같이 우리를 공격해 뒤통수를 치냔 말이야!"

촌킨은 이 말에도 아무 대꾸가 없었다.

"이건 아냐. 생각 좀 해봐." 글라디셰프는 흥분했다. "이반, 정말 눈물이 찔끔 날 정도로 이건 정말 아니라고. 인간은, 이반, 서로 싸우지 말고 후세의 복지를 위해서 노동해야 하는데 말이야. 원숭이를 현대의 인간으로 만든 것은 다름 아닌 노동이거든."

글라디셰프는 촌킨을 쳐다보다가 문득 깨달은 것이 있는지 이렇게 말했다.

"어라, 혹시, 이반, 자네 사람이 원숭이에서 나왔다는 걸 모르는 건 아니겠지?"

"암소에서 나왔건 뭐에서 나왔건 나하곤 상관없어." 촌킨이 말했다.

"소가 사람이 될 수는 없어." 글라디셰프의 목소리는 단호했다. "왜 그런지 알고 싶어?"

"아니." 촌킨이 대답했다.

"알고 싶다는 걸로 치고," 글라디셰프는 자신의 박학다식함을 자랑하고 싶은 나머지 어떻게든 촌킨을 논쟁에 끌어들이려 했다. "이유가 뭐냐면 말이야. 소는 일을 하지 않지만 원숭이는 일을 했어."

"어디서?" 촌킨의 질문은 글라디셰프도 예상하지 못한 것이었다.

"뭐? 어디서?" 글라디셰프는 당황했다.

"자네의 원숭이가 어디서 일했냐고 묻잖아." 촌킨은 점점 더 짜증이 났다. "공장, 집단농장, 공업소, 어디서 일했냐고?"

"이런 멍청이를 봤나!" 글라디셰프는 흥분하기 시작했다. "원시시대에 무슨 공장, 집단농장 같은 걸 찾고 그래? 자네 머리가 어떻게 된 거 아냐? 세상에 어떻게 그런 말을 할 수가 있지! 어디서 일했냐고? 정글에서 일했겠지! 처음에는 바나나를 따러 나무를 타다가 나중에는 막대기를 사용해 열매를 떨어뜨리기 시작했고, 더 나중에는 손에 돌멩이를 쥐고서……"

촌킨이 정신을 차릴 틈을 주지 않고 글라디셰프는 속사포처럼 진화론을 늘어놓으며 어떻게 꼬리와 털이 떨어져 나가게 됐는지 설명했지만 자신의 열띤 강의를 끝내지는 못했다. 사무소 앞에 모인 사람들이 웅성거리며 현관 계단 아래로 모여들고 있었기 때문이다. 현관 계단 위에는 당지도원 킬린이 서 있었다.

3

"왜들 모인 겁니까?"

난간에 편안하게 팔꿈치를 괸 당지도원 킬린은 소란이 진정되기를 기다리며 작은 황갈색 눈으로 모인 사람들 하나하나와 눈을 맞췄다. 마을 사람들은 이처럼 명명백백한 일에 무슨 이유를 설명하라는 건지 몰라서 서로 얼굴을 쳐다보았다.

"어디," 킬린은 시선을 경작반장에서 멈췄다. "자네 무슨 할 말 있나, 시칼로프?"

당황한 시칼로프는 뒷걸음질을 치다가 떡대의 발을 밟았고 바로 뒤통수를 한 대 맞은 후 멍청하게 입을 헤 벌린 채 멈춰 섰다.

"말해보게, 시칼로프." 킬린이 재촉했다.

"그러니까 저는…… 아, 그러니까 우리는…… 뉴스를 들었는데……" 마침내 시칼로프가 입을 뗐다.

"무슨 뉴스 말인가?"

"이런 노릇이 있나!" 시칼로프는 기가 찬 나머지 도움을 청하려는 듯 주위를 돌아보았다. "왜 모르는 척하는 건지 참말 모르겠네! 아직도 못 들었다니! 라디오에서 그랬잖아!"

"어이구 그러셨어요?" 킬린이 팔을 양쪽으로 벌리고 어깨를 으쓱했다. "라디오를 들으셨어요? 그리고 라디오에서 이제 모두 일손을 놓고 떼로 몰려다니라고 그러던가요?"

시칼로프는 말없이 고개를 수그렸다.

"도대체 여러분은 어떻게 된 사람들입니까!" 높은 연단에서 킬린이 불만스럽게 외쳤다. "의식이라고는 찾아볼 수가 없군요. 여러분은 전쟁이 나든 어쨌든 일만 안 하면 장땡이라고 생각하시나 본데. 어서 해산하세요. 5분 후에 여기 한 명도 남아 있지 않도록, 알겠습니까? 경작반장인 시칼로프와 탈디킨이 책임지고 해산시키세요."

"진작 그렇게 얘기하지!" 시칼로프는 평소 하던 일을 다시 지시받자 기뻐하면서 사람들 쪽으로 얼굴을 돌렸다. "자, 해산! 저기 남자들, 아줌마들, 귀가 먹었어, 뭐야? 지금 당신들한테 하는 말이야! 여긴 왜 입을 헤 벌리고 멍청히 서 있는 거야!" 시칼로프는 털이 숭숭한 팔을 앞으로 뻗어 아기를 안은 여자를 거칠게 밀었다. 여자가 소리를 지르자 아기가 울음을 터뜨렸다.

"왜 사람을 밀고 난리야?" 쿠르조프가 여자 편을 들고 나섰다. "애 안고 있는 거 안 보여?"

"됐어. 썩 꺼져!" 시칼로프가 그를 어깨로 밀쳤다. "애를 안았네 어쨌네, 이제 개나 소나 여기서 대장 노릇을 하려는 거야 뭐야."

땅딸한 탈디킨도 달려와서는 쿠르조프에게 달려들어 작은 손으로 그의 배를 밀었다.

"자, 자, 그만하지." 탈디킨은 속사포처럼 말을 내뱉었다. "괜히 소동 피우며 열 받지 말고 집으로 가서 쉬게. 가서 한잔하라고……"

"야, 너 밀지 좀 마!" 쿠르조프는 여전히 반항했다. "사람들을 밀어도 된다는 법이 어디 있어?"

"누가 민다고 그래?" 탈디킨이 부드러운 목소리로 말했다. "그냥 좀 간질인 것뿐이라고."

"간질이는 건 괜찮다는 법은 어디 있어?" 쿠르조프가 고집을 피웠다.

"이게 법이다!" 시칼로프가 커다란 주먹을 쿠르조프의 코앞에 들이대며 위협했다.

그 와중에 탈디킨은 사람들 사이를 종종걸음으로 다니며 모습이 나타났다 사라졌다 했다.

"해산합시다, 여러분. 해산하도록 해요!" 그가 가늘고도 부드러운 목소리로 새된 소리를 질렀다. "뭘 그렇게 째려봐? 여긴 동물원이 아니야. 동물을 보려면 도시로 가. 그리고 거기 할아버지." 그는 샵킨의 소매를 붙잡았다. "주무시는 거예요, 뭐예요? 어서 집에 가세요. 여긴 할아버지한테 필요한 거 없어요. 재미있는 거 하나도 없다고요. 할아버지가 가야 할 곳은 공동묘지예요, 알겠어요? 공동묘지라고요!" 탈디킨은 하얀 솜털이 무성하게 자라 있는 노인의 귀에 대고 소리쳤다. "땅속에 묻힐 때가 벌써 지났다고요! 자, 할아버지, 다리를 영차영차 움직여서 걸으세요. 이렇게! 이렇게!"

차츰 시칼로프와 탈디킨은 마을 사람들을 완전히 통제하는 데 성공했다. 집단농장 관리사무소 앞 광장은 잠깐 동안이지만 텅 빈 상태가 되었다.

4

당지도원의 명령에 일부 마을 사람들은 놀라움을 금치 못했다. 만약에 그 일만 없었더라면 킬린도 자신이 내린 명령에 놀랐을 것이다……잠시 시간을 앞으로 돌려보자.

그로부터 대략 세 시간 전 당지도원 킬린과 집단농장의 골루베프 회장은 나란히 앉아 차례로 야전용 전화기의 손잡이를 돌리고 있었다. 회장과 당지도원은 계속 차례를 바꿔가며 손잡이를 돌렸지만 아무 성과가 없었다. 철제 수화기 안에서는 온갖 잡음과 음악, 전쟁 개시를 알리는 라디오 아나운서의 목소리, 사모바르와 솜이불을 내다 팔아 술 마시는 데

써버린 미탸라는 남자를 욕하는 여자 목소리가 들려왔다. 한번은 성난 남자 목소리가 들리더니 소콜로프를 바꿔달라고 했다.

"소콜로프가 누굽니까?" 골루베프가 물었다.

"자네가 모르면 누가 알아!" 목소리가 대답했다. "내일 8시 정각까지 출두하지 않으면 전시법(戰時法)에 따라서 책임을 지게 될 거라고 전하게."

회장은 여기 소콜로프라는 사람은 없다고 대답하고 싶었지만 성난 목소리는 이미 사라졌고 누군지도 모르는 소콜로프라는 자는 자신도 알지 못하는 사이 군법회의에 회부되는 신세가 되고 있었다.

당지도원에게 자리를 비켜준 골루베프는 구석에 놓인 기밀문서 및 회계문서 보관용 금속제 금고를 열고 그 안으로 머리를 들이밀었다. 그의 자세로만 보자면 이제 곧 "자, 움직이지 마세요. 찍습니다"라고 말할 것만 같았다. 하지만 금고 안에서는 대신 조심스럽게 무언가를 홀짝대는 소리가 들려왔다. 금고에서 머리를 꺼낸 이반 티모페예비치는 소매로 입술을 닦았다. 당지도원의 힐난하는 눈초리와 마주친 그는 금고에서 알수 없는 메모들이 포함된 창고 일지를 꺼내 별 흥미 없이 뒤적이다가 자리에 다시 놓았다. 알 게 뭐람. 회장은 태평했다. 이제 아무 상관이 없었다. 전쟁으로 모든 것이 잊힐 것이었다. 제발 어서 전선(戰線)으로 나갈 수만 있다면. 그곳에선 가슴에 십자훈장을 달게 될지, 아니면 머리가 잘려 수풀 속을 뒹굴게 될지 모든 것이 정직하게 결정되지 않겠는가. 사실 평발이라는 이유로 이반 티모페예비치는 군 복무 불합격 판정을 받았지만 징병위원회에 가면 이 사실을 숨길 작정이었다.

골루베프가 미래의 계획을 짜는 동안 킬린은 열심히 전화기 손잡이를 돌리고 있었다. 수화기에서는 별의별 대화 내용이 다 들려왔지만 정작 필요한 사람은 연결되지 않았다.

킬린은 가끔 "여보세요, 여보세요!" 하고 소리를 질렀다.

누군가 "똥이나 한 바가지 먹어라"라고 욕을 했는데도 킬린은 화를 내지 않았다.

"그만하게." 이반 티모페예비치가 충고했다. "집회를 연 후에 의사록을 만들어놓으면 될 거야."

킬린은 한순간 멍한 눈으로 회장을 쳐다보다가 이내 더 열을 내어 손잡이를 돌리기 시작했다. 그때 갑자기 수화기 속에서 무슨 마술처럼 여자 교환원의 부드러운 목소리가 들려왔다.

"전화국입니다!"

예상치 않은 순간에 전화국과 연결이 되자 당황한 킬린은 꿀 먹은 벙어리처럼 아무 말도 못하고 손에서 흘러내린 땀으로 범벅이 된 수화기에 콧김만 내쉬었다.

"전화국입니다!" 교환원의 목소리는 마치 그녀가 교환대 앞에 앉아서 크라스노예 마을에서 걸려 올 전화만을 학수고대하고 있었던 것처럼 들렸다.

"아가씨!" 제정신이 돌아온 킬린은 천신만고 끝에 연결된 전화가 끊어질까 겁이 덜컥 나 소리를 질렀다. "제발 부탁이야…… 지금 어제부터 전화를 하고 있는 거거든…… 보리소프 좀…… 긴급히 연결해줘……"

"연결해드리겠습니다." 교환원의 대답은 간결했고 방금 전의 마술처럼 수화기 저편에서 대뜸 남자의 목소리가 들렸다.

"보리소프 전화 받았습니다."

"세르게이 니카노로비치." 당지도원이 서둘러 말했다. "크라스노예 마을의 킬린일세. 여기 골루베프하고 같이 계속 전화를 돌렸는데 이제야 통화가 됐어. 농장 사람들이 일은 하지 않고 모여 있는데 상황은 급박하고 어찌해야 할지 모르겠어."

"무슨 소리를 하는 건가." 보리소프가 놀라며 물었다. "뭘 모르겠다는 건지 모르겠군. 집회는 했는가?"

"아직 안 했어."

"왜?"

"왜라니?" 킬린이 되물었다. "어찌해야 될지 알아야지. 알다시피 사안이 중대한 데다가 상부 지시도 없고……"

"무슨 소린지 이제 알겠네." 보리소프의 목소리가 비아냥거리는 투로 바뀌었다. "그럼 자넨 화장실을 가서도 상부에서 지시가 내려와야 바지 단추를 풀 건가?"

보리소프는 방금 전까지 자신도 온갖 데 전화를 걸면서 자신을 구원해줄 지시가 하달되기만을 애원했던 사실은 까맣게 잊은 듯 킬린의 반질한 대머리 위로 자신의 까칠함을 한껏 쏟아부었다.

"알겠네." 마침내 그는 분노를 삭이고 부드러운 목소리로 말했다. "몰로토프 동지의 연설*과 관련한 자연발생적 집회를 열도록 하게. 가능한 한 빨리. 사람들을 모아서……"

"사람들은 벌써 모여 있어." 킬린은 기뻐하며 골루베프를 향해 한쪽 눈을 찡긋했다.

"그거 잘됐군." 보리소프가 말했다. 하지만 그의 목소리에서는 이내 확신에 찬 어조가 사라졌다. "잘됐어……" 그러다가 정신을 차렸는지 수

---

* 독일이 소련을 침공한 1941년 6월 22일 당일, 소연방 인민위원회 부의장(부총리)이자 외무인민위원(외무장관)인 뱌체슬라프 몰로토프가 스탈린의 지시로 행한 대국민 라디오 연설을 말한다.

화기 저편에서 보리소프의 고함 소리가 들려왔다. "그게 무슨 소리야!"

"무슨 소리냐니?" 킬린은 깜짝 놀랐다.

"사람들이 모여 있다니 무슨 말인가? 누가 모은 건가? 소집한 사람이 누구야?"

"아무도 소집한 사람은 없어." 킬린이 말했다. "알아서들 모인 거지. 믿어지나? 라디오를 듣자마자 남녀노소 할 것 없이 모두 바로들 달려온 거야……"

이렇게 말을 하던 킬린은 자신의 보고 내용이 무슨 이유에선지 보리소프의 마음에 들지 않는다는 느낌을 받았고(동시에 킬린 자신에게도 보고 내용이 탐탁지 않게 여겨지기 시작했다), 그 때문에 의기양양하게 시작했던 말을 끝내지 못하고 갑자기 꿀 먹은 벙어리가 되었다.

"그래." 보리소프가 생각에 잠긴 듯 말했다. "그러니까. 라디오를 듣고는 사람들이 알아서 모여들었단 말이로군…… 자네, 그러니까 말이야…… 잠깐 끊지 말고 기다려보게……"

수화기 안이 다시 온갖 잡음과 음악, 혼선된 목소리들로 가득 찼다.

"뭐래?" 회장이 작은 소리로 물었다.

"렙킨한테 물어보러 갔어." 당지도원은 수화기를 손바닥으로 가린 후 자신의 추측을 말했다. 킬린의 얼굴은 연신 붉으락푸르락했다. 그는 지저분한 손수건으로 속알머리 없는 네모진 대머리의 땀을 닦았다.

교환원이 두 번이나 물어왔다.

"통화 중인 건가요?"

"네, 네." 킬린이 황급히 대답했다.

마침내 수화기 저편 멀리서 복잡한 잡음 소리가 들리더니 다시 보리소프의 은밀한 목소리가 들려왔다.

"자, 듣게, 이 어벙한 친구야. 자네 지금 당원증 갖고 있나?"

"당연하지, 세르게이 니카노로비치." 킬린이 대답했다. "규칙에 따라서 항상 상의 왼쪽 주머니에 넣고 다닌다고."

"잘됐군." 보리소프가 말했다. "말을 타고 군위원회로 냉큼 달려오게. 당원증도 챙겨 와."

"왜?" 영문을 모르고 킬린이 물었다.

"당원증을 반납하고 가게."

대화가 이런 식으로 끝나리라고는 꿈에도 상상하지 못한 킬린이 회장을 쳐다보았을 때 회장은 마침 통화가 심각한 내용으로 흐르는 틈을 타 금고 쪽으로 살금살금 이동하는 중이었다. 킬린과 눈이 마주치자 회장은 그 자리에 멈춰 서서는 짐짓 대화 내용을 예의 주시하고 있었던 것처럼 눈짓을 했다.

"도대체 왜, 세르게이 니카노로비치?" 풀이 죽은 목소리로 킬린이 물었다. "내가 도대체 무슨 과오를 저지른 건가?"

"자네는 무정부주의를 방치한 거야! 자신이 무슨 짓을 한 건지도 모르고 있나!" 보리소프는 무슨 선고라도 내리듯이 느리게 단어를 내뱉었다. "도대체 어디서 지도부의 지시도 없이 군중이 제멋대로 모인다던가?"

킬린의 온몸에 소름이 끼쳤다.

"그렇지만 세르게이 니카노로비치, 자네가 직접…… 그러니까 동지가 직접 자연발생적 집회가 있어야 된다고……"

"자연현상은, 킬린 동무, 통제해야 하는 걸세!" 보리소프가 딱 잘라 말했다.

수화기 속에서 딸깍하는 소리가 났다. 다시 음악 소리가 들리더니 모르는 여자가 어떤 미탸라는 자에게 담요는 양보할 테니 사모바르는 어디서든 맘대로 구해보라고 하는 소리가 들렸다.

"여보세요, 여보세요!" 통화가 불통된 것으로 생각한 킬린이 소리를 질렀다. 그러자 교환원은 보리소프 동지가 수화기를 내려놓았다고 상냥하게 설명해주었다. 킬린은 땀으로 범벅이 되어 미끄러운 수화기를 받침대에 천천히 내려놓고는 한숨을 내쉬었다. '이럴 수가!' 그는 충격에 사로잡혀 생각에 잠겼다. '다 제대로 한 줄 알았는데 정치적 오류를 저지를 뻔했어. 사실 생각해보면 모든 게 단순 명료하잖아. 자연현상은 통제해야 하는 거야. 혼자서도 충분히 알 수 있었는데. 그 현상이 바람직한 방향으로 움직이더라도 그 현상을 감독하지 않으면 스스로 자신의 행동에 대한 통제권이 있다고 생각하게 된다, 이 말이지. 바로 그게 핵심이었어! 보리소프가 '동무'라고 불러준 게 어디야. 만약에 '시민'이라고 불렀어 봐. 정치적 오류를 범하기는 쉽지만, 그 오류를 수정하기가 어디 쉬운가? 흔히 말하듯이 그런 과오의 교정을 위해서 우리나라에는 '교정수용소'가 있잖아.'

"뭐래?" 하는 회장의 목소리가 그제야 킬린의 귀에 들렸다.

"누가?" 킬린이 물었다.

"누구긴 누구, 보리소프 말이야. 지시 사항 하달받았어?"

"지시?" 킬린이 비꼬듯이 되물었다. "자넨 오줌 싸러 갈 때도 지시를 기다리나? 행동하라, 이게 지시 사항일세."

이 말과 동시에 킬린은 현관으로 나갔다. 한편 회장은 기회를 이용해 어떠한 지시도 기다리지 않은 채 다시 금고 속으로 머리를 집어넣고는 한참 동안 밖으로 나오지 않았다.

5

자연현상을 통제한다는 건 물론 쉬운 일이 아니지만 적지 않은 사람들이 이미 그것에 익숙해져 있었다.

구시렁대며 반항하던 사람들을 모두 해산시킨 작업반장 시칼로프와 탈디킨은 사무소로 돌아와 상부의 차후 지시를 기다리며 댓돌에 앉아 있었다.

"정말 사람들 징그럽네!" 방금 전 한판 소동 때문에 아직 열이 식지 않은 탈디킨이 말했다. "아무리 쫓아내도 꿈쩍도 하지 않으니! 어쩌면 그렇게 고집 센 염소처럼 버티고 서서들 한 발짝도 안 움직이려고 하는지! 상부에서 해산하라고 하면 당연히 해산해야 하는 거 아니냔 말이야. 우리가 뭘 해야 하는지는 당연히 상부에서 더 잘 알고 있지 않겠느냐고. 우리 같은 무지렁이들이야 그런 자리까지 절대로 올라갈 수 없는 게 사실이잖아. 그런데도 저마다 잘나서는 자기가 뭐라도 된 양 으스대는 꼴들이라니."

"맞는 말이야." 시칼로프가 신중하게 동의했다. "옛날 나 소싯적에는 저런 자들을 쫓을 때 총구를 들이댔어." 그는 생각에 잠겼다가 자신의 까마득한 과거를 회상하고는 쓴웃음을 지었다. "1916년에 페테르부르드*에서 상사로 복무했을 때가 기억나는군. 그곳 사람들은 일은 하지 않고 아침 일찍부터 온갖 깃발을 치켜들고 다녔다. 별의별 망측한 말들을 써 갈겨놓은 깃발을 막대에 붙들어 매서는 거리로 쏟아져 나와 잘난 체를 하고들 다녔지. 한번은 그중 한 명한테서 깃발을 빼앗은 뒤, '이 양

---

* 혁명 전 수도인 '페테르부르크'를 '페테르부르드'라고 부르는 것에서 무지렁이임을 알 수 있다.

아치 같은 놈아, 도대체 무슨 짓을 하는 게야?' 하고 성을 냈더니만 그녀석 하는 말이 '양아치는 내가 아니라 네놈이다. 지금 내 깃발을 빼앗은 게 네놈이지, 나냐?'라고 하지 않겠어? 그래서 내가 그랬지. '난 결코 양아치가 될 수 없어. 왜냐하면 너한테는 총이 없지만 나한테는 총이 있거든' 하고 말이야."

"깃발에 뭐라고 써 있었는데?" 탈디킨은 상스러운 내용을 기대하며 눈을 반짝였다.

"뭐라고 써 있었냐고?" 시칼로프가 되물었다. "내가 말했잖아. 망측한 말들이라고. '레닌 타도' '스탈린 타도' 그런 말이 적혀 있었지."

이 대목에서 탈디킨은 의아한 생각이 들었다.

"잠깐." 그는 시칼로프의 말을 중간에서 끊었다. "자네 이야기가 어째 좀 이상한걸. 1916년에는 아직 레닌하고 스탈린은 있지도 않았어. 그러니까 물론 있기는 있었지만 아직 노동자, 농민의 정부 지도자는 아니었어."

"그래?" 시칼로프가 물었다.

"그렇다니까." 탈디킨이 대답했다.

"레닌도 없었고 스탈린도 없었다면 그럼 그때는 누가 있었지?"

"누구긴 누구야." 탈디킨이 확신에 차서 말했다. "1916년엔 황제이자 전제군주인 니콜라이 알렉산드로비치*가 차르였지."

"탈디킨, 이제 보니 자넨 정말 밥통일세." 시칼로프가 불쌍하다는 듯이 말했다. "자네 성(姓)이 그 모양인 것도 무리가 아니지.** 작업반장을 맡아 하는 사람이 대가리가 그렇게 안 돌아가서야. 니콜라이는 그다음

---

* 러시아의 마지막 황제 니콜라이 2세를 말한다. 1894~1917년 재위.
** 작업반장 탈디킨의 성(姓)은 '같은 말을 되풀이하는 사람'이란 뜻을 갖고 있다.

이지. 그때는 케렌스키*가 차르였어."

"갈수록 태산이네." 탈디킨이 흥분해서 말했다. "케렌스키는 차르가 아니야."

"그럼 뭐였는데?"

"총리."

"잘못 알고 있는 거야." 시칼로프가 한숨을 내쉬었다. "세상에 자넨 도대체 제대로 알고 있는 게 뭐가 있나. 케렌스키의 이름이 뭐였는데?"

"알렉산드르 표도로비치."

"거 봐. 차르 이름은 니콜라이 알렉산드로비치였어. 그러니까 그자의 아들이란 소리지."

탈디킨은 뭐라고 반박을 하고 싶었지만 그 또한 머릿속이 뒤죽박죽 되는 바람에 그러지 못했다.

"그렇다면 좋아." 그가 말했다. "그럼 자네 생각에 혁명은 언제 일어났지?"

"무슨 혁명?"

"10월 혁명 말이야." 탈디킨은 자신이 정확하게 알고 있는 사실을 물고 늘어지기로 했다. "혁명은 1917년에 일어났어."

"그런 건 난 모르겠고." 시칼로프가 단호하게 머리를 가로저었다. "난 1917년에도 페테르부르드에서 근무했어."

"혁명이 일어난 곳이 바로 페테르부르드였잖아." 탈디킨의 얼굴에 화색이 돌았다.

---

* 알렉산드르 케렌스키는 온건사회주의 정치인으로 1917년 2월 혁명 후 구성된 임시정부의 수반을 맡았다가 10월 혁명으로 실각한 후 프랑스, 미국 등에서 망명 생활을 하다가 1970년 뉴욕에서 사망했다.

"아니." 시칼로프가 확신에 차서 말했다. "어디 다른 데라면 모르겠지만 페테르부르드에선 절대 그런 일 없었어."

시칼로프의 억지에 탈디킨의 머릿속은 마침내 완전히 뒤죽박죽돼버렸다. 지금까지 그는 자신이 역사 문제에 대해서는 정통하며 무엇이, 어디서, 어떤 순서로 일어났는지 잘 알고 있다고 생각해왔다. 그런데 시칼로프가 그 모든 것을 너무나 새롭게 주장하고 있어서 탈디킨은 생각을 하고 또 하다가 그만 머리를 흔들고 말았다. 그는 주저하듯 물었다.

"내가 들은 바로는 요샌 그런 데모들을 해산할 생각도 안 한대. 작년 노동절에 모스크바에 들른 내 조카 말이 엄청난 수의 사람들이 만세를 외치며 광장을 가로질러 걷는데 레닌묘 위에 선 스탈린이 사람들에게 손을 흔들더라는 거야."

이때 킬린이 창문 밖으로 몸을 내밀고는 시칼로프에게 사무실로 올라오라고 지시했다. 시칼로프가 들어갔을 때 사무실 안은 일이 한창이었고 얼마나 담배를 피워댔는지 목욕탕 안처럼 뿌연 연기가 자욱했다. 당지도원은 책상 끄트머리에 걸터앉아 연필을 손에 쥐고 연설의 순서와 각 단락마다 어떤 식으로 박수를 쳐야 하는지(열광적인, 길거나 아니면 보통) 적고 있었다. 회장은 쓴 내용을 받아 들고 독수리 타법이긴 하지만 꽤나 경쾌한 손놀림으로 타자를 쳐 내려갔다.

"그래, 어떻게 됐나, 시칼로프?" 킬린은 연필로 계속 끄적이며 물었다.

"그러니까," 시칼로프가 책상으로 다가갔다. "지시하신 대로 다 처리했습니다."

"그러니까 모두 해산시켰다는 말이지?"

"모두요." 작업반장이 확인했다.

"한 사람도 남김없이?"

"한 사람도요. 탈디킨 한 놈 남았는데 쫓아버릴까요?"

"아직은 그럴 필요 없네. 둘이 함께 가서 반 시간 후에 동네 사람들을 한 사람도 남김없이 다시 사무소 앞으로 집합시키도록 해. 안 오는 사람은 이름을 적어놓게." 당지도원은 고개를 들고는 작업반장의 눈을 쳐다보았다. "거부하거나 꾀병을 부리거나 기타 등등의 경우 모조리 벌금으로 25노동일을 제한다고 해. 하루도 안 빼준다고. 알아들었나, 시칼로프?"

"아, 네." 시칼로프는 침울하게 고개를 끄덕였다. "집행하러 갈까요?"

"가보게." 당지도원은 허락을 하고 다시 연설 준비에 집중했다.

시칼로프는 밖으로 나왔다. 탈디킨은 현관 계단에 앉아서 담배를 피우고 있었다.

"가세." 걸으면서 짤막하게 시칼로프가 말했다.

탈디킨은 일어나 동료와 나란히 걷기 시작했다. 그는 한 50보쯤 가서야 갑자기 생각이 났는지 이렇게 물었다.

"그런데 어디로 가는 거지?"

"사람들을 다시 모아야 돼."

이 대답에 탈디킨은 놀라서 입을 대자로 벌렸다거나 다른 별난 행동을 하지는 않았다. 하지만 그는 호기심을 억누르지 못하고 이렇게 묻고 말았다.

"그럼 해산은 왜 시킨 거야?"

이 말에 시칼로프는 걸음을 멈추고 탈디킨을 쳐다보았다. 사무소 안에서 그는 전혀 놀라지 않았다. 놀라는 법을 몰랐기 때문이다. 해산을 시키라면 해산을 시키고, 다시 집합을 시키라면 집합을 시키는 것이 그의 일이었다. 동료의 질문은 그로 하여금 어쩌면 태어나서 처음으로 진지한 생각에 잠기게 했다. 그러고 보니 아까 사람들을 해산시킨 이유를 도무지 알 수 없었다. 뒤통수를 긁적이며 고민하다가 시칼로프는 해답을 찾아냈다.

"이유가 뭔지 이제야 알겠어. 장소를 비워놓으려고 그랬겠지."

"뭐 하려고?"

"뭐 하려고라니? 집회를 하려고지. 사람들이 모이려면 장소가 필요하잖아."

이 순간 탈디킨은 더는 참지 못하고 분통을 터뜨리고 말았다.

"대단하셔!" 그러더니 그는 관자놀이 부근에서 손가락을 빙글빙글 돌렸다. "내가 좀 모자라긴 하지만 네놈 대가리는 아예 돌아가지도 않는구나."

"네 건 뭐 제대로 돌아가냐?"

"아무렴."

"좋아. 그러라지." 시칼로프가 수긍했다. "네 대가리는 제대로 돌아간다고 치자. 그럼 도대체 뭐 하려고 사람들을 해산시켰는지 한번 설명해봐."

"만족을 느끼기 위해서지." 탈디킨의 말에는 확신이 담겨 있었다.

"그걸 말이라고 하는 거냐!" 시칼로프가 머리를 흔들었다. "도대체 누가 여기서 만족을 느낀다는 거야?"

"윗놈들이지 누구야." 탈디킨이 말했다. "그놈들한테 민중은 여자 같은 거야. 갖고 싶은 여자가 있는데 그 여자가 대뜸 허락했다고 생각해봐. 그 여자에 대한 관심이 즉시 사라져버리지 않겠어? 그런데 처음에 앙탈을 부리고 물어뜯고 하는 여자를 힘으로 굴복시키게 되면 그 사실 자체에서 만족을 느끼게 되는 거야."

"그 말은 맞아." 시칼로프의 눈에 생기가 돌았다. "페테르부르드에 있을 때 한 부인을 만났는데……"

필자는 시칼로프의 얘기 속 부인이 누구였는지, 그 둘 사이에 어떤 로맨스가 있었는지는 너무 오래된 일이라 기억이 나지 않는다. 하지만 잠시 후 사무소 입구 앞에 집회 정족수가 다시 모였다는 것은 틀림없는 사실이다. 그리고 진짜로 (탈디킨 말대로) 이번에는 사람들이 조금씩 반항하기 시작했고 그 때문에 사람마다 일일이 (목을 갈기거나 엉덩이를 차는 식으로) 압박을 가해야 했다. 하지만 그것은 아주 자연스러운 현상이었다. (이 점에서도 탈디킨 말이 옳았다.) 상대가 반항을 안 하면 제 목적을 달성하고도 흥이 안 나는 법이니까.

6

집회란 모름지기 많은 사람들이 한자리에 모여서, 한쪽에서는 생각과는 다른 말을 지껄이고 다른 쪽에서는 말할 수 없는 것에 대해 생각하는 그런 행사를 말한다.

사무소 현관 밖에 회장과 당지도원이 모습을 드러낸 후 평소와 같은 순서대로 집회가 시작되었다. 당지도원은 개회를 선언하고 회장에게 발언권을 넘겼다. 회장은 명예의장단 선출을 제안했고 당지도원에게 발언권을 넘겼다. 그런 식으로 두 사람은 몇 번이나 자리를 바꿔가며 한 사람이 말을 하면 다른 사람은 손뼉을 치며 나머지 사람들에게도 따라 하게 했다. 모인 사람들은 예의상 박수를 따라 치기도 하였지만 이제는 좀 본질과 가까운 얘기를 해주기를 재촉하는 마음으로 박수를 쳤다.

"동지들!"이란 말로 당지도원의 연설이 시작되려는 찰나 어디선가 통곡 소리가 들려왔다. 도대체 누가 규칙을 어기는 것인지 찾아내려는 듯 불만스러운 얼굴로 단상 아래를 내려다보던 그의 눈에 모인 사람들의 얼굴이 들어왔다.

"동지들!"이란 말로 다시 연설을 시작하려던 킬린은 왠지 자신이 더 이상 한마디도 못할 것 같다는 느낌이 들었다. 그제야 킬린은 지금 무슨 일이 일어났는지, 그 자신을 포함한 모든 사람들의 운명에 어떠한 불행이 닥쳤는지 분명하게 느낄 수 있었다. 이 불행 앞에서 얼마 전까지만 해도 그가 느꼈던 두려움이나 생존을 위한 잔머리 굴리기 같은 것이 모두 하찮게 느껴졌다. 자신이 종이에 적어 온 연설 내용 또한 이제 쓸모없고 공허하며 어리석게만 여겨졌다. 지금 킬린을 뚫어져라 쳐다보면서 그 자신도 이해하지 못하는 것에 대해 설명을 기다리는 사람들에게 과연 그가 무엇을 해줄 수 있을까? 불과 1분 전만 해도 그는 자신이 보통 사람들과는 다른, 세상의 움직임을 이해하고 그것을 좌지우지하는 최고 권력의 대변자라고 느꼈다. 그런데 지금 그는 아는 게 하나도 없었다.

"동지들!" 다시 입을 뗀 그는 간절한 눈빛으로 회장 쪽을 쳐다보았다.

회장은 물을 가지러 건물 안으로 뛰어갔다. 사무소에는 물병 대신에 잔이 매달린 급수통이 있었다. 회장은 한 발로 사슬을 밟아 끊어 사슬이 절반 정도 매달린 잔을 떼어냈다. 물 잔이 당도하자 킬린은 두 손으로 잔을 움켜잡고는 정신을 차리려는 듯 천천히 한 모금씩 한참을 물을 삼켰다.

마침내 네번째로 "동지들!"을 외치며 그가 연설을 시작했다. "그동안의 신의를 저버리고 파시스트 독일은 우리를 침략했으며……"

첫마디를 뱉어내자 묵은 체증이 확 내려가는 듯했다. 연설문을 읽어 내려가자 차츰 익숙한 느낌이 되돌아왔고 연설문이 그를 압도하기 시작했다. 입에 익은 표현들 덕분에 코앞에 닥친 비극에 대한 의식은 무뎌졌고 다른 일에 정신이 팔린 킬린의 혀는 이내 주인의 의식과는 별개의 독립된 기관처럼 저절로 술술 말을 뱉어내고 있었다. 우리는 극복할 것이다…… 공격에는 공격으로 응징할 것이다…… 영웅적인 노동으로 이에 응해야 한다……

군중 속에서 들려오던 울음소리가 그쳤다. 사람들의 귓속 달팽이관을 진동시킨 킬린의 연설은 그들의 가슴을 울리지는 못했다. 그 결과 사람들의 머릿속은 다시 일상의 걱정거리들로 채워지기 시작했다. 군중 속에서 글라디셰프만이 유독 연단 바로 앞에 서서 팔을 활짝 벌리고 박수 칠 준비를 한 채 연사의 연설 내용을 주의 깊게 따라가고 있었다.

챙 넓은 밀짚모자를 쓴 그는 적당한 때를 만나면 고개를 끄덕이며 결의에 찬 목소리로 "옳소!" 하고 소리를 질렀다.

사람들 뒤편에 서서 총대에 턱을 괴고 있던 촌킨은 킬린이 하는 말의 요지가 무엇인지 파악하려고 애를 썼다. 킬린은 전체적인 문제에서 구체적인 문제로, 그러니까 몰로토프의 연설을 인용한 후 크라스노예 마을 집단농장이 처한 구체적인 상황으로 넘어가는 중이었다. 최근 집단농장은 새로운 경이로운 기록을 달성했다. 선도적인 농업공학 기술을 이용하여 단기간에 곡물과 콩류 파종이 완료되었다. 당지도원은 파종 작물의 종류와 양, 파종 면적, 그리고 감자 및 다른 채소 재배 면적, 밭에 뿌려진 거름과 화학비료의 양을 읊었다. 메모를 참고하면서 그는 마치 계산기라도 된 것마냥 숫자들을 쏟아냈다.

촌킨은 눈으로는 당지도원을 뚫어져라 응시하고 있기는 했지만, 형체를 알 수 없는 어떤 생각이 머릿속을 맴돌고 있어 킬린이 나열하는 숫자들의 의미를 음미할 수 없었다. 그는 힘없이 고개를 들어 주위를 돌아보다가 갑자기 저 멀리 강기슭 아래 길을 따라 적갈색 말 한 마리가 힘겹게 수레를 끌고 가는 것을 보았다. 수레에는 마을조합 상점 점원인 라이사가 타고 있었다. 그 순간 촌킨은 자신이 괴로워하며 기억해내려고 한 것이 라이사나 수레, 아니면 말과 어떤 식으로든 연관이 있음을 깨달았다. 그러다 퍼뜩 기억을 되살린 그는 사람들을 밀치며, 군중의 맨 앞줄 가장 잘 보이는 곳에 서서 양손을 벌리고 언제든 박수 칠 준비를 하고 있는 이웃 글라디셰프 쪽으로 다가갔다.

"어이, 친구." 글라디셰프 곁으로 다가온 촌킨이 그의 팔꿈치를 건드리며 물었다. "물어볼 게 있는데. 그럼 말은 어떻게 된 거지?"

"무슨 말?" 영문을 모른 채 글라디셰프가 뒤를 돌아보았다.

"말 있잖아, 말." 촌킨은 글라디셰프의 무딘 이해력에 그만 짜증이 났다. "다리가 네 개 달린 가축 말야. 말은 일을 하잖아. 그런데 왜 사람이 되지 않는 거야?"

"여기서 웬 다리가 나와. 에이, 퉷!" 글라디셰프가 실망한 나머지 침을 내뱉은 순간 마침 우레 같은 박수 소리가 터졌다. 당황한 육종학자는 자신의 행동이 연사의 발언과는 상관이 없다는 것을 증명이라도 하려는 듯이 충성스러운 눈으로 연사를 쳐다보면서 열광적으로 손뼉을 쳤다.

한편 연사는 바야흐로 연설의 긍정적인 부분을 마치고 이제 막 비판적인 부분으로 넘어가는 중이었다.

"하지만 동지들," 그가 말했다. "수확량 증산이라는 큰 성과도 있지만 몇 가지 과오도 발견되었습니다. 그 과오들을 하나로 다 모아보면 상당히 불운하게 보이기까지 합니다. 예를 들자면 예브도키야 고르시코바는 소득세와 자발적 부과세*를 계속 연체하고 있어요. 표도르 레쇼토프는 사유한 가축이 집단농장 밭을 망치도록 방치한 죄로 농장 집행부로부터 40노동일에 준하는 벌금형을 선고받았습니다. 부끄럽습니다, 동지들. 부끄러워요. 사실 멀리서 찾을 필요도 없습니다. 우리 작업반장 탈디킨 동지는 여성에게 비동지적인 태도를 보였습니다. 다름 아닌 이반 쿠팔라 축제** 때 술에 만취한 상태에서 아내를 끌채로 때렸다고 합니다. 탈디킨, 그런 일이 있었나, 없었나? 부끄럽네. 자네 때문에 우리 모두가 부끄럽네. 마누라가 잘못을 했으면 볼기짝을 한 대 갈기면 되잖은가. (사람들이 깔깔대며 웃었다.) 때리려면 차라리 혁대를 사용하지, 그 무거운 끌채는 또 뭔가?

　자 이제 동지들, 다음 문제로 넘어갑시다. 이 문제는 우리에겐 쓰라린, 정말 쓰라린 문제올시다. 내가 말하고자 하는 것은 최소 노동일을 채우지 않는 문제에 관한 겁니다. 이 문제와 관련해 우리가 처한 상황은 머리를 쥐어뜯고 비명을 지를 만큼 심각합니다. 유감스럽게도 우리 마을에는 아직도 자기 것과 농장 것을 나누고 나이와 질병을 핑계로 일하기 싫어하는 사람들이 있습니다. 그들 가운데 꼴찌에서 일등을 하고 있는 사람이 일리야 지킨이올시다. 그는 이 분야에서 신기록을 세웠다고도 할 수 있어요. 연초부터 지금까지 지킨 동지의 노동일은 0.75일입니다. (웅성

　＊ 자발적 부과세란 신경제정책 '네프NEP'가 한창이던 1927년, 곡물 조달의 어려움을 극복하기 위해서 정부가 농촌에 도입한 세금이다. 세금의 규모와 형태(금전, 현물, 노동) 등을 농촌 주민들이 직접 결정했기 때문에 자발적 부과세란 이름이 붙었다.
＊＊ 동슬라브, 서슬라브인들의 여름 민속 명절로 이교적 기원을 갖는다. 기독교 전파 전에는 하지(6월 20~22일), 기독교 전파 후에는 세례 요한이 태어난 구력 6월 24일, 신력으로는 7월 7일에 기념된다. '이반 쿠팔라'는 어원상으로 세례 요한을 의미하며, 축제 기간 동안 이를 기념해 강이나 호수에 몸을 담그는 의식이 있다.

거리는 사람들 사이에서 웃음소리가 들렸고 "수치스럽다!" 하고 외치는 글라디셰프의 목소리도 들렸다.) 물론 지킨이 내전에 참전했던 상이용사이며 두 다리가 없다는 사실은 저도 압니다. 하지만 그는 지금 자기 다리를 빌미로 투기를 하고 있는 겁니다. 집단농장 지도부와 당기관은 결코 짐승 같은 사람들이 아닙니다. 우리도 사정은 봐줄 수 있어요. 누가 지킨더러 우편을 배달하라거나 풀베기를 하라고 했습니까? 하지만 김매기 정도는 충분히 할 수 있지요. 고랑에 앉아서 천천히 포기 사이를 이동하면서 잡초를 뽑으면 최소 노동일을 달성하게 됩니다. 그러니 괜히 있지도 않은 다리를 우리 얼굴에 들이대지 말란 말입니다." (이 대목에서 "옳소!" 하는 글라디셰프의 고함 소리가 들렸다.)

연사는 말을 멈추고 집회 참가자들의 반응을 살피면서 서두르지 않고 말을 이었다.

"자, 동지들. 제가 얼마 전에 니콜라이 오스트롭스키의 책 『강철은 어떻게 단련되었는가』를 읽었습니다. 참 좋은 책이에요. 글을 깨친 사람이라면 모두 읽기를 권장합니다. 내용은 혁명과 내전 속에서 산전수전을 다 겪은 사람에 대한 겁니다. 주인공은 팔다리만 잃은 게 아니라 양 눈이 모두 멀고 병마에 시달리며 침대에서 일어나지도 못하면서 인민에 봉사할 용기와 힘을 내어 책을 썼답니다. 여러분한테 이런 것을 요구할 사람은 아무도 없어요. 여러분한테 책을 쓸 재주는 없지요. 하지만 이 책은 필독하기를 권장합니다. 특히 지킨 동지는 꼭 읽으세요. 여기 있소, 없소? (시칼로프가 "없습니다"라고 대답했다.) 이거 보십시오. 오늘 같은 날도 불참했다는 건 완전히 우리를 무시하는 거지요. 다리가 없으니 봐달라고 하시는 분이 계실 텐데, 그건 저도 잘 압니다. 하지만 본인이 필요하면 바퀴 달린 판을 타고도 자전거를 탄 멀쩡한 사람만큼 잘 달립디다.

여기 있는 이반 티모페예비치가 증인입니다. 언젠가 우리 둘이 지킨 뒤를 쫓아 뛰었는데 따라잡을 수가 없었어요. 그러니 바퀴 달린 판을 타고 여기 올 수도 있지 않았겠습니까? 당연하죠. 그는 물론 존경을 받아 마땅한 사람이고 아무도 그의 공적을 앗아가지 않습니다. 하지만 과거의 공적을 핑계로 놀고먹을 권리는 아무리 다리가 없다고 해도 인정할 수 없습니다." ("옳소!" 하는 글라디셰프의 고함 소리가 들렸다.)

과오 비판을 마친 후 당지도원은 다시 준비한 종이에 코를 박았다. 마지막으로 실수가 결코 용납되지 않는 엄숙한 결론 부분을 낭독해야 했기 때문이다.

당지도원의 연설이 길어짐에 따라 회장의 낯빛은 점점 더 근심으로 어두워졌다. 사무소 앞에 모였던 군중의 수가 눈에 띄게 줄어들고 있었던 것이다. 처음에는 두냐 할멈이 사무소 뒤편으로 모습을 감췄다. 잠시 후 그 뒤를 쫓아 닌카 쿠르조바가 살금살금 뒷걸음질을 치면서 사라졌다. 이를 타이카 고르시코바가 놓칠 리 없었다. 그녀는 남편 미시카를 팔꿈치로 쿡쿡 찌르더니 눈짓으로 닌카 쪽을 가리켰다. 연사가 또 한 구절을 마치자 타이카 부부는 박수를 치면서 살금살금 사무소 뒤쪽으로 움직이기 시작했다. 같은 쪽을 향해 움직이던 스테판 루코프는 회장이 말없이 주먹을 쥐어 보이자 제자리에 멈춰 섰다. 하지만 이반 티모페예비치가 잠시 한눈을 판 사이 루코프, 프롤로프, 거기에 회장의 아내마저도 광장에서 자취를 감추고 없었다. 회장은 당황하여 사방을 돌아보고 있던 시칼로프에게 손가락을 까닥해서 다가오게 했다. 살금살금 연단으로 올라온 시칼로프는 귓속말로 지시 사항을 전달받은 다음 고개를 끄덕이고 사라진 뒤 다시 나타나지 않았다.

한편 연설의 결론 부분을 낭독하던 당지도원 킬린은 눈앞에서 벌어지는 상황을 전혀 눈치채지 못했다. 마침내 낭독을 마치고 우레와 같은 박수를 기대하며 고개를 들었을 때 그의 눈에 들어온 것은 사방으로 흩어지고 있는 사람들의 등짝뿐이었다. 먼지 가득한 사무소 앞 광장에는 촌킨이 홀로 소총 총신에 턱을 괸 채 인간의 기원에 대한 우울한 상념에 빠져 있었다.

7

점원 라이사는 상점에 앉아서 이해가 가지 않는 일을 두고 생각에 잠겨 있었다. 전날 군소비조합연맹에서 물건을 받으면서 마차를 빌린 차에 그녀는 곧장 마을로 돌아오지 않고 정반대 방향으로, 그러니까 돌고프시에서 12킬로미터 떨어진 곳에 사는 시누이 집으로 향했다.

시누이 집에서 그녀는 적포도주를 마시고 축음기를 듣고 노래를 따라 부르다가 늦게 잠자리에 들고는 다음 날 아침 느지막하게 일어났다. 아침을 먹고(이번에도 적포도주를 곁들였다) 수레에 말을 매고 하다 보니 정오가 다 돼서야 길을 나설 수 있었다. 돌아오는 길은 멀었고 도중에 그녀는 아무도 만나지 못했다. 마침내 마을에 도착했을 때 그녀는 바깥세상에서 일어나고 있는 일에 대해서는 전혀 모르는 상태였다. 마을로 들어서면서 집단농장 관리사무소 부근에 사람들이 잔뜩 모여 있는 것을 보았지만 '뭐, 별일이겠어' 하며 무시해버렸다.

상점에 도착한 라이사는 물건들을 내려놓고 선반에 진열하기 시작했다. 바로 그때 두냐 할멈이 불쑥 나타나 비누 쉰 개를 달라고 했다.

"몇 개를 달라고요?" 놀란 라이사가 물었다.

"쉰 개 달라구."

"쉰 개를 다 뭐 하려고요?" 라이사는 이해할 수가 없었다.

"아이구, 우리 똑똑한 라이사, 세상이 이렇게 돌아갈 때는 말이야," 노파는 비위를 맞춰가며 말했다. "쟁여놓을 수 있을 때 쟁여놓는 게 최고라구."

"세상이 어떻게 돌아가길래요?"

"그게 말이야……" 두냐 할멈은 신의를 저버린 독일의 공격 이야기를 꺼내려다가 라이사가 아직 세상 돌아가는 소식을 듣지 못했음을 깨달았다. 그래서 곧 집에 손님들이 올 거라고 냉큼 둘러댔다. 라이사는 노파의 말이 별로 믿기지가 않았다.

"손님들한테 웬 비누가 그렇게 많이 필요해요?" 그녀는 자기 머리로는 도대체 무슨 영문인지 이해할 수가 없었다. "두세 개, 아니면 열 개 정도면 몰라도. 도대체 쉰 개를 어디에 쓰려고 그러시는 거예요?"

"살면서 무슨 일은 없겠어." 두냐 할멈은 대답을 피하며 고개를 흔들었지만 물러날 생각은 전혀 없었다.

"정 그렇다면야 뭐, 가져가세요." 라이사는 포기하고 구석에서 이미 개봉해놓은 비누 상자를 끌어냈다. 상자 안에는 비누가 모두 서른여덟 개 있었다. 라이사는 두 개를 자기 몫으로 빼놓았다.

"작은 자루 좀 주겠어?" 두냐 할멈은 옆으로 빼놓은 비누 두 개를 아쉬운 눈으로 쳐다보면서 물었다.

"돌려주실 거예요?" 라이사가 물었다.

"당연히 갖다주고말구!" 두냐 할멈은 이 말에 성을 내기까지 했다. "내가 도둑인 줄 알아! 라이사, 난 남의 것은 필요 없어."

라이사는 비누를 더러운 자루에 담는 것을 도운 후에 자루를 판매대 위에 얹어놓았다.

"또 뭐 드려요?"

"소금 좀 줘." 노파는 우물쭈물하면서 한숨을 내쉬었다.

"얼마나요?"

"25킬로그램이면 될까?"

"어머, 할머니, 정신이 이상해진 거 아녜요? 소금을 그렇게 많이 사서 뭐 하려고 그러세요?"

"양배추를 절여놔야 되거든. 오이랑 토마토도."

"지금 오이랑 토마토를 어디서 구해요? 혹시 무청이라도 절이려고 그러는 거예요?"

"무청도 절이긴 절여야지." 두냐 할멈이 고개를 끄덕였다. "게다가 세상 일이 그렇잖니. 오늘 있다가도 내일이 되면 소금이 바닥나거나, 소금은 있는데 돈이 없다거나. 그러니까 화내지 말고 소금이나 내줘."

"알았어요." 라이사는 이번에도 설득당했다. "15킬로만 드릴게요. 더는 안 돼요."

"그래, 그거라도 줘." 노파도 한발 양보했다. 시간이 촉박함을 느꼈기 때문이다.

하지만 소금을 담을 데가 없었다. 하는 수 없이 자루에서 비누를 다시 꺼내고 소금을 담은 후 그 위에 신문지를 깔고 비누를 넣어야 했다.

"이제 다 됐죠?" 라이사는 제발 끝이기를 기대하며 물었다.

노파는 우물쭈물하더니 망설이며 물었다.

"성냥도 좀 사야 되는데."

"이번에는 얼마나요?" 라이사가 우울하게 물었다. "천 갑 정도 필요하세요?"

"에구머니, 천 갑을 얻다 써." 노파는 짐짓 화를 내는 척했다. "더도 말고 덜도 말고 백 갑만 내줘."

"열 갑만 드릴게요." 라이사가 말했다.

결국 스무 갑으로 합의를 보았다. 할머니는 더 보채지 않고 성냥갑들을 자루에 쑤셔 넣기 시작했다. 라이사는 암산으로 계산한 후 값을 말했다. 두냐 할멈은 내복 바지 속으로 손을 집어넣어 한참을 뒤적거리다가 꼬질꼬질한 꽃무늬 천지갑을 꺼냈다. 안에는 1루블짜리 지폐가 차곡차곡 접혀 있었다. 노파는 배운 게 많지는 않았지만 그래도 셈에는 밝았다. 그럼에도 불구하고 노파는 지폐를 한 장씩 꺼내놓을 때마다 매번 멈칫하면서 행여 라이사가 '이제 그만, 됐어요'라고 해주지는 않을까 하는 가당치 않은 희망을 품고 라이사의 얼굴을 쳐다보았다. 반면에 라이사는 노파가 정확히 계산을 마칠 때까지 참을성 있게 기다렸다. 돈이 남자 노파는 효모 가루 2킬로와 그루지야산(産) 홍차 여섯 갑, 치약 가루 '아침' 두 갑 그리고 조카를 위해서 골판지 상자에 든 작은 인형을 샀다. 인형 상자에는 '모자 쓴 타냐 인형 5번'이라고 쓰여 있었다.

볼일을 마치자 노파는 쓸데없이 시간을 지체하지 않고 자루를 어깨에 짊어졌다.

"할머니, 소금에 깔려 죽지 않게 조심해서 가요!" 라이사가 노파의 등 뒤에 대고 소리쳤다.

"걱정 마." 노파는 이렇게 말하고 문밖으로 사라졌다.

라이사가 두냐 할멈의 수상한 행동을 되씹어볼 새도 없이 문이 다시 열리더니 상점 안으로 닌카 쿠르조바가 달려들어왔다. 머릿수건이 흘러내려 산발이 된 머리에 얼굴은 벌겋게 달아올라 있었다. 그녀는 인사할 새도 없이 시뻘겋게 독이 오른 눈으로 진열대를 훑어보았다.

"뭘 줄까, 닌카?" 라이사가 상냥하게 물었다.

"뭐라고?" 닌카는 미친 듯이 필요한 물건을 기억해내려고 했지만 오는 길에 머릿속으로 뇌까렸던 것들이 갑자기 하나도 생각나지 않았다.

"뭐 필요해서 온 거 아니야?"

"비누 있니?" 닌카는 원했던 것이 기억났다.

"얼마나 필요한데?" 라이사는 자신을 위해 빼놓은 비누 두 개를 곁눈으로 힐긋 보면서 조심스럽게 물었다.

"백 개만 줘." 닌카가 말했다.

"다들 머리가 어떻게 된 거 아니야?" 이번에는 라이사도 폭발하고 말았다.

"그럼 아흔 개만 줘." 닌카가 좀 양보했다.

"아예 백아흔 개를 달라 그러지."

"아무래도 좋으니 있는 대로 다 줘. 빨리, 제발." 닌카가 고개를 끄덕였다.

"방금 두냐 할멈이 싹쓸이해 갔는걸."

"뭐, 두냐 할멈이?"

문 쪽으로 달려 나가는 닌카를 라이사가 재빨리 가로막았다.

"내보내줘!" 닌카가 라이사를 몸으로 밀었다.

"닌카, 잠깐만. 도대체 왜 다들 비누만 찾는 거야? 무슨 일이 생겼어?"

닌카는 잠시 멍해 있다가 이내 놀란 눈으로 라이사를 쳐다보았다.

"무슨 일이 났는지 모르는 거야?"

"응."

"대책 없군!" 닌카는 이렇게 말하더니 라이사를 밀치고 밖으로 나갔다.

8

두냐 할멈은 자신의 보물 자루를 끌었다. 짐은 무거웠다. 소금만 해도 15킬로그램이었고 개당 400그램짜리 비누가 서른여섯 개, 거기에 효모 2킬로, 치약 가루, (모자까지 쓴) 타냐 인형 5번 그리고 자루 자체 무게만 해도 족히 1킬로그램은 됐다. 어찌 됐건 결코 만만한 무게가 아니었다. 앞으로 나아가면 갈수록 길가 울타리에 자루를 기대놓고 숨을 돌리는 횟수가 잦아졌다. 하지만 옛말에도 있듯이 고생 끝에 낙이 온다고 하지 않는가. 운 좋게도 필요한 것을 모두 수중에 넣었다는 안도감에 기운이 불끈 솟았다. 마지막으로 숨을 돌린 두냐 할멈이 몇 걸음만, 그러니까 열 걸음, 많으면 열다섯 걸음만 더 움직이면 자기 집 문 앞에 도달할 수 있었을 때 갑자기 누군가 등 뒤에서 자루를 세게 잡아당겼다.

고개를 돌린 두냐 할멈의 눈에 닌카 쿠르조바가 보였다.

"할머니, 자루 좀 내려놔봐요. 우리 이거 노나 가져요." 닌카가 급히 말했다.

"뭐라 그랬어?" 자신에게 불리한 상황이 되면 두냐 할멈은 즉시 양쪽 귀가 먹는 버릇이 있었다.

"노나 가지자니깐요." 닌카가 다시 말했다.

"아니, 닌카, 우리 집에 새끼를 놓을 짐승이 어딨어?"* 노파가 한탄을 했다. "우리 암소는 재작년에 벌써 팔아버렸어. 먹여 살릴 수가 있어야지. 염소가 겨울에 새끼를 놓았지만 올봄에 죽어버렸다구." 노파는 상심한 듯 머리를 흔들며 미소를 지었다.

---

* 비누를 나누자는 말에 귀가 안 들리는 척 능청을 떨고 있다.

"할머니, 염소니 뭐니 헛소리는 됐고 비누나 내놔요." 닌카가 말했다.

"아니." 노파가 거절했다. "우리 집엔 비닐 같은 거 없어. 다른 사람한테 물어봐."

"할머니." 쿠르조바는 눈에 힘을 주며 지친 목소리로 말했다. "좋은 말로 할 때 노나 갖자고요. 계속 이러면 몽땅 가져가버릴 테니까. 알겠어요?"

"알을 몇 개나 낳았다구?" 노파가 한숨을 내쉬었다. "우리 집엔 암탉이 없어서 알은 구경도 못해……"

"할머니!" 열을 받기 시작한 닌카는 자루를 내려놓은 후 노파의 멱살을 잡고는 귀에 대고 소리쳤다. "할머니, 맘대로 지껄여도 좋으니까 비누는 내놔요. 혼자서 그 비누를 어디에 쓰려고 그래요? 나는 남편도 있고 애들도…… 그러니까 곧 애가 생길 거라고요. 자루를 놔요. 그만 당기라고."

"아, 비누 얘기였어!" 노파는 마지못해 말귀를 알아들은 척했다. "라이사한테 가봐. 구할 수 있을 거야."

"거짓말 말아요!" 닌카가 소리를 내질렀다.

"왜 소리를 지르는 거야." 노파는 화를 냈다. "누가 귀라도 먹은 줄 알아? 필요하면 부탁을 할 것이지. 어쨌거나 이웃사촌 간인데 당연하잖니. 우리가 서로 돕지 않으면 누가 우릴 도와주겠어?"

노파는 자루를 땅에 내려놓고는 닌카의 인내심을 시험이라도 하듯이 굳어서 말을 듣지 않는 손가락으로 매듭을 푼답시고 한참을 꾸물거렸다. 그러더니 한 손을 자루 속에 넣고 비누를 이것저것 만져보며 휘젓기 시작했다. 노파는 제일 작은 비누를 고를 심산이었는데, 어떻게 된 것이 쥘 때마다 앞엣것보다 더 크게 느껴졌다. 마침내 비누 하나를 골라 꺼내서는 한숨을 내쉬고 수풀 위에 놓았다. 그러고는 서글픈 눈으로 비누를 쳐다보았다. 그러면 그렇지, 골라낸 비누는 너무 컸다. 노파는 머릿속에서 그 비누를 반으로 자르는 상상을 했다. 반면에 닌카는 다른 상상을 하고 있었다. 두냐 할멈은 한숨을 한 번 더 내쉬고는 자루를 묶기 시작했다.

"잠깐 기다려봐요, 할머니!" 닌카가 다시 자루를 붙잡았다. "내숭 그만 떨고 정직하게 노나 갖자고요. 자루에 얼마나 들었어요? 반반씩 나눠요. 고집 피우면 다 뺏어버릴 거야."

"닌카, 제정신이냐?" 노파도 이제 완전히 자제력을 잃기 시작했다. "노인네라고 막말을 하는 게야? 네가 젖먹이였을 때 내가 요람을 흔들어 재워준 거 기억 안 나니? 이 손 놓지 않으면 소리를 지를 게야."

"흥, 어디 질러보시든가!" 이렇게 말하며 닌카는 노파의 가슴팍을 밀었다.

"아이구, 아버지!" 뒤로 벌러덩 나자빠진 두냐 할멈이 꺼이꺼이 울기 시작했다.

한편 닌카는 노파에게 눈길도 주지 않은 채 자루를 낚아채 서둘러 도망가기 시작했다. 몇 걸음 뛰어가다가 멈춘 닌카는 다시 돌아와 두냐 할멈이 풀 위에 얹어놓은 비누 한 조각까지 마저 챙겨서는 다시 달리기 시작했다.

그때 누군가 뒤에서 자루를 잡아당겼다.

"흥, 정말 끈질긴 할망구야!" 닌카는 두냐 할멈이 쫓아왔다고 생각하고는 획 뿌리쳤다. 하지만 뒤를 돌아보니 미시카 고르시코프와 타이카가 보였다.

"어딜 그리 바삐 가시나?" 미시카가 미소를 지었다. "반반씩 나누자고."

"잠깐 허리 좀 펴고," 자루를 끌어당기며 닌카가 말했다. "너무 바쁘게 가다 보니 넘어질 뻔했네."

"야, 거기 서!" 날카로운 소리를 내지르며 타이카가 닌카의 머리채를 휘어잡았다.

"강도야!" 닌카는 소리를 지르며 타이카의 배를 발로 밀었다. 한편 스테판 프롤로프의 텃밭 너머로는 어느 집 울타리 기둥을 뽑아 머리 위로 휘젓는 떡대를 필두로 엄청난 수의 사람들이 몰려오고 있었다.

9

골루베프 회장과 당지도원 킬린, 그 뒤를 이어 촌킨까지 사건 현장에 도착했을 때 그들은 생전 한 번 볼까 말까 한 광경을 목격할 수 있었다. 집회에 참가했던 사람들이 거대한 공처럼 하나로 뭉쳐서 괴상한 소리를 내며 숨을 쉬고 있었다. 여기저기서 머리와 팔다리가 꿈틀대는 것이 마치 수백 개의 머리와 팔다리를 가진 히드라가 자신의 내장에서 뭔가를 끄집어내려는 것처럼 보였다. 그중 일부는 누군지 알아볼 수 있었지만 그 꼴이 해괴망측했다. 회장은 이 거대한 공에서 밖으로 불쑥 튀어나온 스테판 프롤로프에게 여자 젖가슴이 달린 것을 보고 식겁했다. 하지만 잠시 후에 보니 젖가슴은 타이카 고르시코바의 것이었다. 그런가 하면 양쪽으로 벌어진 범포 장화를 신은 두 다리가 다시 안쪽으로 들어가기 위해 버둥거리고 있었고, 안테나처럼 수직으로 서 있는, 신발이 벗겨지고 바지가 말려 내려간 다리 하나에는 복사뼈에서 무릎까지, 시간이 흘러 희미해진 푸르스름한 문신에 '오른쪽 다리'라고 새겨져 있었다.

이 웃지 못할 광경에 온 마을에서 달려온 동네 개들이 가세하여 난장판 주변을 빙빙 돌며 목이 터져라 짖어대니 점입가경이었다. 그 와중에 촌킨은 놀랍게도 꿀꿀대며 뛰어다니는 수퇘지 보리카를 발견했는데, 녀석은 마치 자기가 동네 개들의 대장이라도 되는 것처럼 어느 개보다더 큰 소리로 꽥꽥거리고 있었다.

촌킨은 멀지 않은 곳에서 이 난장판을 지켜보며 서 있는 이웃 글라디셰프를 발견했다. 그는 뒷짐을 진 채 사리사욕에 눈이 먼 동네 사람들이 미쳐가는 모습을 고통스럽게 지켜보고 있었다.

"자, 이반. 스스로를 고매한 인간이라고 부르는 이 동물이 어디에서 생겨났는지를 보여주는 명백한 증거를 보게나."

글라디셰프는 촌킨을 쳐다보고는 우울하게 고개를 가로저었다. 그 순간 히드라가 육종학자의 발 앞으로 찌그러진 비누 조각 하나를 뱉어냈다.

"사람들로 하여금 인간성을 잃게 만드는 원인이 바로 여기 있군." 글라디셰프는 이 모든 불행의 근원을 손으로 가리키며 더러운 것이라도 되는 양 장화 끝으로 찼다.

그러고는 마치 과학에 골몰한 듯 다리를 바꿔가며 자신의 경멸의 대상을 차면서 멀어지기 시작했다. 하지만 다섯 걸음을 떼기도 전에 꼬마녀석 하나가 중간에서 튀어나와 이 처량맞기 짝이 없는 비누를 잽싸게집어 들더니 육종학자의 거친 손아귀를 피해 달아나버렸다.

"자, 보게. 저게 바로 우리 젊은이들의 모습이야." 촌킨에게 돌아온글라디셰프가 말했다. "우리 뒤를 이을 우리의 희망이란 말이지. 믿는 도끼에 발등 찍힌다더니. 비열한 적이 조국을 침략하고 사람들은 조국을 위해서 목숨을 바치고 있는데 저 애송이 녀석은 나이 많은 연장자한테서 마지막 비누 한 조각을 빼앗아가니 말이야."

글라디셰프는 무겁게 한숨을 내쉬고는 언감생심 행운의 여신이 다시 찾아오지 않을까 하는 기대로 모자를 이마 위로 젖혀 썼다.

10

잠시 넋을 잃었던 킬린과 골루베프가 의식 없는 군중과의 힘겨운 싸움에 돌입했다. 당지도원에게는 다른 쪽을 맡으라고 한 후 이 아비규환 속으로 무작정 뛰어든 회장은 잠시 후 셔츠가 찢어지고 어깨에는 누더기가 된 신발짝을 달고 머리카락은 하얀 치약 가루로 범벅이 된 니콜라이 쿠르조프를 밖으로 끌어냈다.

"여기 서 있게!" 그에게 명령을 한 후 골루베프는 다시 사람들 속으로 풍덩 뛰어들었는데 가장 중심부에 도달하자 이번에는 셔츠만 찢어진 게 아니라 코가 깨지고 오른쪽 뺨에는 누군가의 장화 자국이 선명하게 찍힌 쿠르조프와 다시 맞닥뜨렸다.

평소의 유한 성격과는 어울리지 않게 골루베프 회장은 불같이 화를 냈다. 그는 쿠르조프를 끌고 밖으로 나와 촌킨 쪽으로 끌고 가서는 부탁했다.

"이반, 이 녀석 좀 지켜주게. 부탁일세. 수상한 짓을 하면 바로 쏴버리게. 내가 책임질 테니까."

회장이 세번째로 이 대소란의 한가운데로 뛰어들자 이번에는 히드라가 그를 삼켜버렸다.

감시 대상이 된 쿠르조프는 바로 고분고분해져서 도망갈 생각도 하지 않고 얌전히 선 채, 거친 숨을 고르면서 부풀어 오른 코를 손가락으로 만졌다.

한편 촌킨은 이 아비규환 어딘가에서 얼핏 모습이 보였던 뉴라를 눈으로 찾아 헤매면서 혹시 사람들한테 깔려 다치지나 않을까 걱정하며 안절부절못하고 있었다. 그러다가 눈에 익은 원피스가 나타났다 사라지자 촌킨은 자제력을 잃었다.

"저기, 이것 좀 들고 있어." 소총을 쿠르조프에게 맡긴 촌킨은 이 광란의 무리에서 뉴라를 구해내려고 달려갔다. 그때 누군가가 그의 옆구리를 세게 밀었다. 촌킨은 휘청거리다가 몸의 중심을 잡기 위해서 한쪽 다리를 들었는데 그 순간 누군가 다른 쪽 다리마저 잡아당기는 바람에 사람들 속으로 빨려 들고 말았다. 그는 회오리 속에 던져진 톱밥처럼 사방으로 내팽개쳐졌다. 맨 아래 깔리는가 하면 다시 맨 위로 올라왔고 그러다가 땀과 등유 냄새가 진동하는 몸뚱아리들 사이로 다시 떨어졌다. 사람들은 그의 목을 움켜잡고 깨물고 할퀴었으며 자신도 누군가를 깨물고 할퀴었다.

맨 아래 깔린 촌킨의 뒤통수를 누군가 흙바닥에서 끌어당기고, 입속으로는 흙먼지가, 두 눈에는 치약 가루가 쏟아져 들어와 재채기와 기침을 하고 침을 내뱉으면서 다시 밖으로 기어 나오려 했다. 바로 그 순간, 그의 얼굴이 뭔가 따뜻하고 뭉클하며 익숙한 것에 푹신하게 묻히고 말았다.

"뉴라 당신이야?" 촌킨의 눈에서 왈칵 눈물이 쏟아져 나왔다.

"이반!" 누군가를 발로 밀치며 뉴라가 기쁘게 외쳤다.

누군가가 구두 굽으로 촌킨의 턱을 갈기기 전까지 두 사람은 말할 기운조차 없이 아비규환이 벌어지는 한복판에 누워서 서로를 뚫어져라 바라보고 있었다. 이제 이 소동에서 벗어나야겠다고 결심한 촌킨은 뉴라의 다리를 잡고 뒷걸음질 치기 시작했다.

11

"이건," 당지도원 킬린이 생필품들의 잔해가 남아 있는 자루를 양손으로 붙들고 말했다. "이제 완전히 다른 얘깁니다. 다시 사무소 앞으로들 모여서 집회를 제대로 마치기로 하겠습니다. 혹시라도 동의하지 않는 사람이 있다면 그 사람은 이 자루에서 아무것도 받지 못할 겁니다. 갑시다, 이반 티모페예비치."

킬린은 처음보다 많이 가벼워진 자루를 어깨에 걸쳐 메고 앞장서서 걷기 시작했다.

얼마 전까지 격전이 벌어졌던 곳에는 두냐 할멈이 먼지 한가운데 앉아서 울고 있었다. 그녀는 통풍으로 구부러진 시커먼 손바닥으로 머리를 움켜잡고 울었다. 바로 옆에는 발기발기 찢긴 골판지 상자와 밖으로 튀어나온, 모자는 어디로 사라지고 머리가 뜯겨 나간 인형 '타냐 5호'가 놓여 있었다.

떡대가 노파의 팔꿈치를 잡고 일어나는 것을 도와주었다.

"가요, 할머니." 그가 말했다. "울면 뭐 합니까. 박수나 치러 갑시다."

12

사람들이 집회가 있던 광장으로 다 모이기도 전에 동구 밖에서 먼지 기둥이 일더니 사무소 쪽으로 접근하기 시작했다. 사람들이 옆으로 비켜섰다. 먼지기둥은 사무소 부근에서 잠시 빙빙 회오리를 치다가 사라졌고 먼지 속에서 엠카*가 모습을 드러냈다. 사람들의 입이 떡 벌어졌고 지도부는 좌불안석이 되었다. 엠카를 탈 정도라면 주(州)에서 온 것이 틀림없었다. 군(郡)에서는 렙킨 제1서기 동지조차 언제나 '염소**'를 타고 다녔다.

엠카 안에서 수첩과 카메라를 손에 든 사람들이 한꺼번에 밖으로 쏟아져 나왔다. 그중 한 명이 자동차 뒷문으로 달려가더니 문을 열었다. 문이 열리자 파란색으로 팽팽하게 조여진 거대한 엉덩이가 나타났고, 그 후 엉덩이의 주인인 하얀 블라우스에 보스턴 스타일 정장을 입고 왼쪽 가슴에 훈장을 단 육중한 여자가 모습을 드러냈다.

"류시카야, 류시카가 왔어." 군중 속에서 마른 낙엽이 흔들리는 듯한 웅성거림이 시작됐다.

"안녕들 하셨어요, 마을 주민 여러분!" 도착한 여자는 우렁찬 목소리로 말하고는 깍듯하게 길을 터놓은 군중 사이를 지나 현관 계단으로 향했다. 가는 도중에 그녀를 빈정대듯 쳐다보고 있는 떡대에게 그녀는 따로 고개를 끄덕였다.

---

* 고리키자동차공장GAZ에서 미국 포드사의 포드 B 모델을 기반으로 제작해, 1936년부터 대량 생산하기 시작한 고급 세단형 승용차 GAZ-M1의 별명.
** 포드 A 모델을 기반으로 소련 최초로 공장에서 대량 생산된(1932~36) GAZ-A의 별명. 1930년대 전반기에 국가기관, 군부대에서라든가 소방차, 구급차, 택시 등에 광범위하게 사용된 모델이다.

"오빠, 잘 지내?"

"물어주다니 영광인걸!" 떡대가 대답했다.

이때 여자는 사람들 사이에서 몸을 잔뜩 웅크리고 서 있는 비실비실한 예고르 먀키셰프를 발견했다.

"예고르!" 그녀는 군중 속으로 달려들어 예고르를 가운데로 끄집어냈다. "당신 사랑하는 아내가 왔는데 마중도 안 나오는 거야? 기쁘지 않은가 보지?"

"괜한 소릴." 당황한 먀키셰프는 중얼댄 후 쭈뼛대며 서 있었다.

"여전하시네." 류시카가 말했다. "오랜만에 만났는데 어서 마누라한테 뽀뽀나 해봐. 하지만 먼저 입술을 좀 닦아. 보나 마나 또 날계란을 홀짝거렸겠지?" 그녀는 먀키셰프 쪽으로 몸을 기울이더니 먼저 한쪽 뺨을 내밀고 그런 다음 다른 쪽 뺨을 내밀었다. 먀키셰프는 지저분한 소매로 입술을 털고는 지시에 따라 정중하게 입을 맞췄다. 류시카가 인상을 썼다.

"어휴, 담배 냄새. 하지만 어쩌겠어. 담배 냄새는 남자들의 향수라고 할 수 있으니까. 내가 당신을 얼마나 보고 싶어 했는지 상상도 못할걸. 내 남편이 어떻게 지내고 있을까, 매일같이 생각했어. 독수공방 홀로 외롭지는 않은지. 혹시 벌써 바람이라도 피운 건 아니겠지, 으응?"

겁을 집어먹은 먀키셰프는 눈도 껌벅이지 않고 아내를 바라보았다.

"바람피울 재주나 있겠어?" 떡대가 큰 소리로 말했다. "마구간에서 말하고 동고동락하는 처지에 말이야."

사람들 사이에서 헛기침 소리가 들렸고 다른 사람들은 모두 숨을 죽였다. 손에 수첩을 든 자들은 서로의 얼굴만 멀뚱멀뚱 쳐다보았다. 류시카는 제자리에 멈춰 서서 심각한 표정으로 떡대를 노려보았다.

"입심이 여전하네, 거긴?" 그녀의 목소리에서 위협의 기운이 느껴졌다.

"여전하지." 떡대는 흔쾌히 그녀의 말에 동의했다.

"그래?" 류시카가 말했다. "조심하는 게 좋을걸."

그러고는 느린 걸음으로 현관 계단을 올라가 킬린이 활짝 열어놓은 문 뒤로 사라졌다.

사무실 안은 도착한 손님들로 비좁았다. 류시카가 대뜸 회장 자리를 차지하고 앉자 킬린은 그 옆에 어정쩡하게 자리를 잡았으며, 기자들은 방 벽을 따라 빙 둘러앉았다. 골루베프는 금고 옆에 서서 어깨로 금고 문을 단단하게 밀었다.

"자, 지도원 동지들?" 활기찬 목소리로 류시카가 말을 꺼냈다. "어떻게들 지내시나요?"

"우리야 뭐." 당지도원이 두 팔을 벌리고 어깨를 으쓱했다. "시골에서 사는 게 뭐 항상 그렇지. 사람들하고 좀 옥신각신하는 것만 빼면 말이야."

"무슨 일이 있었어?" 류시카가 관심을 보였다.

"뭐 그냥 그렇다는 말이야." 킬린은 대답을 피했다. "그러지 말고 그쪽 소식이나 말해보라고. 모스크바에서 살다시피 하잖아. 혹시 매일 스탈린 동지와 홍차를 마시는 건 아니겠지?"

"매일은 무슨. 하긴 가끔 만나고는 있어."

"실제로는 어떤 분이지?" 골루베프가 눈을 반짝이며 물었다.

"뭐라고 해야 하나……" 류시카는 생각에 잠겼다. "아주 순수하신 분이야." 이렇게 말하면서 그녀는 기자들 쪽을 흘깃 쳐다보았다. "그리고 아주 겸손한 분이시지. 크렘린에서 만찬이 열리면 꼭 따로 불러서 악수를 해주셔. 그러고는 이렇게 묻지. '안녕하십니까, 류시카. 어떻게 지내십니까? 건강은 어떠신가요?' 정이 많은 분이야."

"정이 많다고?" 회장의 얼굴에 생기가 돌며 되물었다. "그렇군. 생긴 건 어떻지?"

"잘생기셨지." 이렇게 말한 후 류시카가 갑자기 울음을 터뜨렸다. "그분이 지금 얼마나 힘드신지 알아? 혼자서 우리 전부를 위해 고민을 하고 계시거든."

13

류시카는 가난한 농부 집안에서 태어나 자랐다. 여름에는 품을 팔았고 덧신이나 바지도 없어서 벽난로 위에서 겨울을 났다. 집에서 키우던 말라빠진 암소로부터는 기록적인 착유량이 나오지 않았기 때문에 집산화가 시작되기 전에는 이름을 날리지 못했다. 그 암소마저 영양실조로 죽어버리자 아무짝에도 쓸모가 없어져버렸다. 류시카의 인생도 암소와 마찬가지로 서글픈 결말을 맞을 뻔했지만 때마침 그녀의 운명을 바꿀 변화가 시작되었다. 처음 집단농장들이 생겨났을 때 류시카는 누구보다 먼저 농장에 이름을 올렸다. 그 후 부농의 재산이었던 암소 몇 마리를 할당받았다. 물론 예전보다는 양이 줄었지만 관성의 법칙 덕분인지 암소들은 여전히 엄청난 양의 젖을 생산했다. 차츰 류시카는 자립의 기반을 닦았다. 신발도 사고, 옷도 사고, 예고르와 결혼했으며 당에도 가입했다. 얼마 안 있어 전국 각지에서 노동 전위대와 돌격대를 선발하기 시작했으며, 류시카는 어느 모로 보나 적합한 후보였다. 지방과 중앙의 여러 신문

에 류시카의 노동 업적에 대한 기사가 등장했다. 하지만 그녀의 출세 가
도에 청신호가 켜진 것은 구시대의 착유법과 결별을 고하고 이제부터는
한 손에 젖꼭지 두 개씩, 그러니까 동시에 젖꼭지 네 개에서 우유를 짜
겠다는 류시카의 선언(그 진위는 알 수 없었다)을 한 신문기자가 인용하
여 기사를 쓴 직후였다. 기사가 나오자 그녀의 인생은 완전히 바뀌었다.
크렘린에서 열린 집단농장원 대회* 발표에서 류시카는 참석자들 그리고
스탈린 동지에게 개인적으로 이제 과거의 후진적인 기술과는 영원히 결
별할 것임을 약속했다. 스탈린 동지가 "인재를! 인재를!"**이라고 외치자
류시카는 고향 집단농장의 모든 착유공(搾乳工)들에게 자신의 방법을 전
수하겠다고 약속했다. "모두가 자네같이 될 수는 없겠지?" 스탈린 동지
는 교묘한 질문을 던졌다. "모든 착유공은 손이 두 개니 가능하지요, 스
탈린 동지." 류시카는 당돌하게 대답한 후 손바닥을 앞으로 내밀었다.
"자네 말이 맞네." 스탈린 동지는 고개를 끄덕이며 미소를 지었다. 그 이
후로 고향의 집단농장에서는 더 이상 류시카의 얼굴을 볼 수 없게 됐다.
최고회의***와 온갖 협의회에 참석하는가 하면 영국 항만 노동자들을 영
접하고, 작가 리온 포이히트방거****와 대화를 나누고, 크렘린에서 훈장을

---

   * 공식 명칭은 '전(全) 소연방 집단농장 돌격대원 대회'이며 1934년 2월 1차 대회가 개
      최되었다.
  ** 1935년 5월 스탈린 소련 공산당 서기장은 군사아카데미 졸업생들 앞에서 행한 연설
       에서 "모든 문제는 인재 양성에 있다"고 말했다.
 *** 소연방 최고회의(1936~1991). 입법기관으로 소련의 국가 최고 권력기관이다. 연방
       회의와 민족회의 양원으로 구성되며 의원은 전 국민 평등 직접선거로 선출되었다.
**** 유대계 독일 작가(1884~1958). 히틀러 집권 후 프랑스로 망명, 그의 책은 나치의
       분서 목록에 올랐고 독일 국적을 박탈당했다. 1937년 소련 정부의 초청으로 소련을
       방문한 경험을 토대로 쓴 『모스크바 1937』에서 스탈린의 공포정치를 찬양하여 논
       란을 빚기도 했다. 한편 1939년 독소불가침조약이 체결된 후 소련에서 그의 책들이
       한동안 금서 목록에 오르기도 했다.

타느라 눈코 뜰 새 없이 바빴다. 류시카에게 엄청난 명예가 찾아왔다. 신문은 류시카에 대한 기사를 써댔고, 라디오에서는 그녀에 대해 떠들었으며, 영화 제작자들이 그녀에 대한 영화를 찍었다. 류시카의 얼굴이 잡지 『오고뇨크』* 표지를 장식하기도 했고, 붉은 군대 병사들로부터 그녀와 결혼하고 싶다는 편지가 쇄도했다.

류시카는 완전히 녹초가 되었다. 하루 이틀 고향 마을에 들러 카메라 앞에서 소젖을 몇 번 짜는 시늉을 한 후 농업아카데미 회의, 작가들과의 만남, 혁명의 상이용사들 앞에서의 연설을 위해 다른 곳으로 출발했다. 류시카는 기자들로부터도 벗어날 수가 없었다. 그녀가 가는 곳이면 그들도 나타났다. 기자들에게는 이제 류시카 자신이 황금알을 낳는 거위 같은 존재가 되었다. 그녀에 대한 기사, 칼럼이 쏟아져 나오고 노래까지 만들어졌다. 그녀 자신도 이제 판단력을 잃어 기자들은 그녀를 위한 기사를 준비하고, 그녀의 인생을 기술하고, 그녀의 사진을 찍는 일을 위해 존재하는 사람들이라고 생각하기에 이르렀다.

이른바 먀키셰바 운동**이란 것도 탄생해 규모가 커지고 있었다. 먀키셰바 운동원들(그런 호칭도 생겨났다)은 의무 서약을 하고 높은 직위를 차지했으며, 신문을 통해 자신의 경험을 공유했고, 영화에도 출연했다. 결국 소젖을 짤 사람은 하나도 남지 않았다.

---

* '불꽃'이란 뜻을 가진 잡지 『오고뇨크』는 1879년 처음 발간된 후 수차례 폐간, 재출간 되다가 지금도 발행되고 있는 시사 교양지이다. 1940년부터 매주 1회 출간되고 있다.

** 류시카의 성(姓) 먀키셰바를 딴 운동. 여기서 류시카라는 작품 속 인물의 모델이 '스타하노프 운동'의 스타하노프임을 알 수 있다. 돈바스 탄광 광부 스타하노프는 1인당 하루 생산량을 10~20배 초과하는 양의 석탄을 채굴하는 기록을 세웠고, 같은 해인 1935년부터 그의 이름을 딴 '스타하노프 운동'이 전개되었다.

14

"정말 대책이 안 서는 사람들이로군!" 당지도원이 사람들을 보면서 한탄을 했다. "여러분, 지금 여러분이 여기 질서 정연하게 서 있는 것 같지요? 하지만 내가 여기 위에서 볼 때는 질서라고는 찾아볼 수가 없어요. 내 눈엔 다들 틈만 나면 뒤로 슬금슬금 빠져서 상점으로 달려가려는 걸로 보입니다. 부끄러운 줄 알아야지. 류시카가 와서 보고 있는데도 말이에요. 우리 류시카는 스탈린 동지를 친히 수차례 만난 전설적인 인물 아닙니까? 류시카가 어딜 가든 항상 기자들이 동행합니다. 기자들이 오늘 본 것을 다 신문에 쓰면 어쩔 겁니까?" 그러더니 외지에서 온 기자들 중 한 명을 향해 말했다. "기자 동지, 개인적으로 부탁드립니다. 우리 집단농장 사람들이 얼마나 의식이 결여되어 있는지 소비에트 연방 전역에서 읽을 수 있게 기사를 써주십시오. 어딜 가든 다들 의식이 충만한데 여기 사람들은 의식이라고는 찾아볼 수가 없어요. 톡톡히 창피를 당해야 합니다. 띄엄띄엄 서 있는 것이 꼭 무슨 가축 떼를 보는 것 같지 뭡니까. 자, 여러분, 가까이 오십시오. 좀더 촘촘하게 서세요. 그냥 서 있는 것도 제대로 못하다니. 자, 내 말대로 따라 해보세요. 남자들은 서로 손을 잡고 여자들은 가운데로 들어가세요. 그렇게 서 있으세요. 아, 지금도 잘했다는 건 아닙니다. 박수를 칠 사람이 없잖습니까. 팔짱들을 끼세요. 바로 그거예요."

그런 식으로 정리가 끝나자 킬린은 류시카에게 연설을 부탁했다. 류시카는 앞으로 나와 잠시 뜸을 들인 후 저음의 목소리로 거침없는 연설을 시작했다.

"마을 주민 여러분!" 그녀가 말했다. "힘겨운 고통의 시간이 우리에게 찾아왔습니다. 비열한 적이 선전포고도 없이 우리나라를 침략했습니다. 얼마 전까지만 해도 우리의 친구 행세를 하던 자들이 말입니다. 2년 전에 모스크바에 갔을 때 저는 독일인 리벤트로프*를 본 적이 있어요. 솔직히 말해서 별 볼 일 없는 사람이었습니다. 특별한 것이라고는 없는, 굳이 비교를 하자면……" 이러면서 그녀는 비교 대상을 찾는 척했지만 사실은 미리 찍어둔 사람이 있었다.

"그러니까 우리 마을의 스테판 프롤로프와 비슷하다고나 할까. 하긴 머리통이 더 크기는 했지만 말입니다. 얼굴에는 미소를 띠고 연신 **슈프레헨 지 도이치**** 어쩌고 하면서 건배를 청하더라고요. 하지만 그때 이미 클리멘트 예프레모비치 보로실로프가 제게 귓속말로 이랬어요. '류시카, 저 작자 인상 좋아 보이지? 하지만 겉모습을 믿으면 안 돼. 속으로는 무슨 꿍꿍이가 있는지 알 수 없거든' 하고 말입니다. 지금 클리멘트 예프레모비치의 말을 돌이켜 생각해보면, 아, 정말 독일인들이 속으로는 얼마나 무서운 꼼수를 계획 중이었는지 끔찍할 따름이랍니다. 마을 주민 여러분! 이런 불행한 일이 일어난 지금 우리는 우리의 당과 스탈린 동지를 위시하여 똘똘 뭉치는 수밖에 없습니다. 제가 모스크바에 가서 자애로운 스탈린 동지를 만나게 되면 여러분을 대신해서 우리 집단농장의 모든 일꾼들이 전력을 다할 것이라고 말해도 되겠…… 어 거기, 눈이 부시니 카메라 좀 치워." 류시카는 난간에 몸을 걸치고서 그녀의 사진을 찍고 있는 기자에게 이렇게 말했고, 그러자 사람들은 흥겨워했다. "옆에서 찍으라고. 곡물 증산 과업에 전력을 다합시다. 다 함께 전선을 위해, 승

---

* 나치 독일의 외무장관으로 1939년 소련과 독소불가침조약(몰로토프-리벤트로프 조약)을 체결한 장본인이다. 패전 후 뉘른베르크 전범 재판을 통해 교수형에 처해졌다.
** Sprechen Sie Deutsch? '독일말을 하십니까?'라는 뜻.

리를 위해!" 그녀는 생각을 정리하려는 듯이 잠시 멈췄다가 느린 템포로 말을 시작했다. "여성 여러분, 여러분한테는 특별한 부탁이 있습니다. 우리 남성들, 우리 아버지들, 우리 남편들, 우리 형제들은 곧 자유를 지키기 위해 전쟁터로 나갈 것입니다. 진짜 전쟁인 이상 모두 살아서 온다는 보장은 없습니다. 하지만 남성들이 싸우는 동안 우리는 이곳에 홀로 남게 됩니다. 힘든 시기가 될 겁니다. 아이들은 어리고 집 청소에 요리에 빨래에 텃밭도 돌봐야 하고 집단농장 일도 잊어서는 안 되겠죠. 우리가 원하든 원하지 않든, 이제 우리는 두세 명의 몫을 해내야 합니다. 자신의 몫과 남성의 몫을 모두 해내야 합니다. 이 시절을 이겨내야 하고 이겨낼 것입니다. 남성 여러분! 전선으로 달려가 남성의 의무를 이행하십시오. 악의 무리들로부터 우리 조국을 지켜내세요. 우리 걱정일랑은 하지 마세요. 여러분의 빈자리는 우리가 채울 겁니다……"

류시카의 연설은 알아듣기 쉽고 마음에 와닿았다. 연단 아래 서 있던 사람들은 울음을 터뜨렸고, 어떤 사람들은 웃고는 있었지만 눈에는 눈물이 고여 있었다. 류시카 스스로도 여러 차례 손수건을 눈에 갖다 댔다. 하지만 연설이 끝나자 그녀는 대동한 기자들과 엠카에 올라타더니 다시 먼지 회오리를 만들면서 자신이 속한 상류사회로 돌아가버렸다.

집회가 끝난 후 약속했던 대로 소금과 성냥, 비누를 분배했다. 뉴라 또한 자기 몫으로 비누 한 조각과 소금 한 봉지, 성냥 두 갑을 챙겼다. 집으로 돌아왔을 때는 이미 어두워진 후였다. 촌킨은 송곳과 굵은 실(왁스 실이 없었기 때문에)을 쥐고 창가에 앉아 다 떨어진 군화를 수선하느라 애를 쓰고 있었다.

"여기." 뉴라는 식탁 위에 전리품을 내려놓았다. "배급받은 거야."

촌킨은 무심하게 눈길을 던졌다.

"내일이면 어쨌든 도착할지도 모르지." 그가 한숨을 내쉬며 말했다.

"누가?" 뉴라가 물었다.

"누구긴 누구야!" 촌킨이 버럭 화를 냈다. "전쟁이 났는데 난 여기 앉아서……"

뉴라는 아무 말 없이 난로에서 콩 수프를 꺼내 식탁에 올려놓고는 울음을 터뜨렸다.

"왜 우는 거야?" 촌킨은 깜짝 놀랐다.

"당신은 왜 전쟁터에 못 나가서 안달이지?" 눈물을 흘리며 뉴라가 말했다. "나와 함께 있는 것보다 전쟁터에 나가는 게 더 좋단 말이야?"

15

글라디셰프는 잠이 오지 않았다. 어둠 속에서 눈을 부릅뜬 채 한숨을 쉬고 아이고 소리를 내며 옷 속의 벼룩을 잡았다. 하지만 정작 그의 잠을 방해한 건 벼룩이 아니라 근심거리였다. 한 가지 생각이 머리를 떠나지 않고 그를 괴롭혔는데 그건 바로 집회에서 촌킨이 던진 멍청한 질문과 관련된 것이었다. 그것 때문에 진정할 수가 없었고 철옹성 같은 과학, 그리고 과학의 권위에 대한 그의 믿음이 흔들리기 시작한 것이다. '왜 말은 사람이 되지 않는 거지?'라니! 하지만 또 안 될 이유도 없지 않은가?

아프로디테가 잠결에 미는 통에 구석으로 몰린 글라디셰프는 누운 채 생각에 잠겼다. 따지고 보면 원숭이보다 말이 훨씬 더 많은 일을 하는 건 사실이었다. 사람들은 말을 타기도 하고, 밭을 갈게 하고, 무거운 짐이란 짐은 모두 말에게 지운다. 말은 봄, 여름, 가을, 겨울 할 것 없이 휴일이나 휴가도 없이 하루에 몇 시간씩 일을 한다. 게다가 오만 가지 짐승 중에 말이 유독 멍청한 짐승이라고 볼 수도 없는 노릇이었다. 하지만 그렇다고 해도 글라디셰프가 봐온 말 중에 아직까지 사람이 된 말은 한 마리도 없었다. 이 대자연의 수수께끼에 합당한 설명을 찾을 수 없자 글라디셰프는 무거운 한숨을 내쉬었다.

"안 자고 뭐 해?" 그의 귀에 쩌렁쩌렁한 아프로디테의 목소리가 들렸다.

"자고 있어." 글라디셰프는 울컥 짜증 난 목소리로 대답한 후 벽 쪽으로 돌아누웠다.

간신히 잠이 들려는 찰나 헤라클레스가 잠에서 깨어 울기 시작했다.

"쉬—, 쉬이, 조용조용, 쉬—⋯⋯" 아프로디테가 누운 채로 아기를 구슬리며 삐거덕 소리를 내는 요람을 흔들었다. 헤라클레스는 울음을 그치지 않았다. 그러자 아프로디테는 침대에서 일어나 요람에서 헤라클레스를 들어 올려 젖을 물렸다. 그제야 진정한 아기는 쩝쩝거리며 젖을 빨았다. 그녀는 젖을 먹이면서 다른 손을 요람 속에 집어넣고 뭔가를 주무르는 것이 아마도 속싸개를 갈고 있는 모양이었다. 하지만 요람에 누이자 헤라클레스는 다시 울음을 터뜨렸다. 아프로디테는 요람을 흔들며 자장가를 불렀다.

자장, 자장, 우리 아가
잘도 잔다, 우리 헤라클레스⋯⋯

다음 소절의 가사를 몰랐기 때문에 그녀는 계속 같은 소절을 반복했다.

자장, 자장, 우리 아가
잘도 잔다, 우리 헤라클레스……

마침내 아기가 잠이 들었다. 아프로디테도 잠잠해졌고 이 집의 가장
도 잠에 빠져들기 시작했다. 하지만 그의 눈꺼풀이 감기는 순간 바깥 현
관문이 열리는 소리가 아주 생생하게 들려왔다. 글라디셰프는 깜짝 놀랐
다. 내가 잠자리에 들기 전에 현관문을 잠그지 않았던가? 만약에 그렇다
손 치더라도 창밖을 보면 아직 컴컴한데 이런 늦은 시각에 누가 자는 사
람을 방해하는 것인가? 글라디셰프는 긴장했다.

혹시 잘못 들은 것은 아닐까? 그렇지 않았다. 누군가 현관방을 지나
어둠 속에서 복도를 헤매는 소리가 들렸다. 발소리가 가까워지더니 이제
방문이 끼이익 소리를 내며 활짝 열렸다. 팔꿈치를 딛고 몸을 일으켜 긴
장한 채 어둠 속을 응시하던 글라디셰프는 놀랍게도 침입자가 오소아비
아힘이라는 이름을 가진 거세마(去勢馬)인 것을 깨달았다. 글라디셰프는
헛것을 보았나 하는 생각에 머리를 세차게 흔들어보았지만 말은 사라지
지 않았다. 오소아비아힘이라면 글라디셰프가 평소 식료품을 창고로 나
를 때 수레를 끌게 하던 말이었기 때문에 그가 잘못 보았을 리가 없었
다. 그런데 바로 그 말이 지금 그의 방 한가운데 선 채 거칠게 숨을 내쉬
고 있었다.

"안녕한가, 쿠지마 마트베예비치." 말은 놀랍게도 인간의 목소리로
입을 뗐다.

"그래, 안녕하지, 안녕한가." 눈앞에서 벌어지는 상황의 모순을 지각

한 채 글라디셰프는 침착하게 대답했다.

"내가 이렇게 온 이유는, 쿠지마 마트베예비치, 내가 이제 사람이 됐으니 식료품 운반은 더 이상 못하겠다는 말을 하기 위해서야."

거세마는 무슨 이유에선지 한숨을 푸욱 내쉬더니 다리를 번갈아 들어 올리면서 발굽으로 마루를 쳤다.

"쉿, 조용히 해." 글라디셰프가 주의를 주었다. "아기가 깨겠어."

아프로디테를 살짝 옆으로 밀고 침대에 일어나 앉은 글라디셰프는 어쩌면 진기한 자연현상을 목격하는 최초의 인간이 될지도 모른다는 생각에 마음을 설레며 황급히 물었다.

"어떻게 사람이 된 거지, 오소아비아힘?"

"어떻게 된 거냐면 말이지." 말이 골똘한 표정으로 말했다. "최근에 내가 일을 굉장히 많이 했잖아. 물론 자네가 더 잘 알겠지만 창고에서 식료품을 날랐고, 거름 냄새도 마다하지 않고 밭도 갈았지. 아무것도 마다하지 않는 성실한 노동의 결과로 이렇게 인간이 되었다네."

"흥미롭군." 글라디셰프가 말했다. "정말 흥미로워. 그런데 이제 나는 어떻게 식료품을 나르지?"

"그거야 이제 자네가 알아서 할 일이지, 쿠지마 마트베예비치." 거세마가 고개를 가로저으며 말했다. "대타를 구하도록 해. 여차하면 튤판이라도 내 대타로 삼아. 튤판이라면 곧 사람이 되지는 않을 테니."

"그건 또 왜지?" 글라디셰프가 놀란 눈으로 물었다.

"왜긴 왜야, 게으르기 때문이지. 그 녀석은 한 대 갈겨주지 않으면 꼼짝도 안 하잖아. 인간이 되려면 얼마나 열심히 뛰어다녀야 하는지 알아? 이—히—히—이—히—힝!" 그는 돌연 말 울음소리를 냈지만 즉시 그만두었다. "용서하게, 쿠지마 마트베예비치. 말일 때의 습관이 아직 남아서 말이지."

"그럴 수도 있지, 괜찮네." 쿠지마 마트베예비치는 아량이 넓었다. "그런데 궁금한 게 있다네. 이제 자네는 뭘 할 생각인가? 집단농장에 계속 남을 건가?"

"아마 그럴 일은 없을 거야." 오소아비아힘이 한숨을 내쉬었다. "내 재능을 가지고 이제 여기서 할 일이 더는 없거든. 아마 모스크바에 있는 교수들한테 가봐야 할 거 같아. 어쩌면 강연에 초대될지도 모르지. 젠장, 이제 제법 살 만해졌는데. 결혼도 하고, 지속적인 과학의 발전을 위해서 애들도 주렁주렁 낳을 수도 있었는데, 그럴 수가 없네."

"왜 그렇지?"

"자네가 그걸 나한테 묻다니." 오소아비아힘이 쓴웃음을 지었다. "8년 전에 자네 손으로 나한테 한 짓이 기억나지 않나 보군? 종족 보존을 위해 필요한 내 신체 부위를 싹둑 잘라버렸잖아."

글라디셰프는 민망한 나머지 당혹감으로 얼굴이 빨개졌지만 다행히도 어둠 속에서는 분간을 할 수가 없었다.

"오소아비아힘, 미안하네, 친구." 글라디셰프의 말은 진심이었다. "자네가 사람이 될 줄 알았다면 절대 그런 짓은 하지 않았을 거야. 말이니 어쩔 수 없지, 그때는 그냥 그렇게 생각했어. 만약에 알았더라면……"

"만약에 알았더라면,이라고? 쳇!" 오소아비아힘이 그의 말을 흉내 냈다. "그럼 말은? 말은 살아 있는 생물이 아니란 말이야? 과연 말이라고 해서 수컷으로서의 마지막 하나 남은 기쁨을 앗아가도 된다는 말이야? 우리가 영화를 보여달래, 책을 읽고 싶다고 해! 삶의 낙이라고는 그거 하나뿐이었는데, 자네가 칼로 싹둑……"

글라디셰프는 오소아비아힘의 말투가 거슬리기 시작하면서 신경이 곤두섰다. 사람이 된 지 얼마나 됐다고 벌써 비판에 맛을 들이다니. 생물학적인 측면에서 보자면 물론 엄청난 성과라고 볼 수 있겠지만 정치적인 시각에서 보자면 말을 사람으로 바꿔놓았다고 해서 그것으로 일이 다 끝난 것은 아니었다. 더 중요한 것은 어떤 사람으로 바꿔놓았느냐, 즉 피아(彼我) 식별의 문제였다. 소비에트 시민으로서의 경각심을 적시에 상기한 글라디셰프는 이 거세마에게 급소를 찌르는 질문을 하기로 했다.

"오소아비아힘, 궁금한 게 있는데 말이야. 만약에 자네가 전쟁에 나간다면 누구 편에서 싸울 건가? 우리 편인가 아니면 독일군인가?"

거세마는 글라디셰프의 얼굴을 딱하다는 듯이 바라본 후 고개를 가로저었다. 마치 정말 멍청하군,이라고 말하는 듯했다.

"쿠지마 마트베예비치, 내가 전쟁에 나간다는 건 불가능한 일이야."

"자네한테 불가능한 게 뭐가 있다고 그래?" 글라디셰프가 간살맞게 물었다.

"왜긴 왜야." 수말이 버럭 화를 냈다. "난 손가락이 없어서 방아쇠를 당길 수가 없잖아."

"오호라 그렇군!" 글라디셰프는 탄성을 지르며 이마를 탁 쳤다. 그러면서 꿈에서 깼다.

눈을 뜬 글라디셰프는 잠시 거세마가 어디로 사라진 건지 어리둥절했다. 방 안 풍경은 여느 때와 다름없었고 자신은 구석으로 바짝 밀린 채 침대 깃털 요 위에 누워 있었다. 아프로디테는 육중한 몸뚱이를 그에게 척 걸치고는 꿈을 꾸는지 맛있게 쩝쩝대다가 식식대다가 하는 것이, 보는 것만으로도 혐오스러웠다. 방 안은 후덥지근했다. 글라디셰프는 어깨로 아내를 밀었지만 꿈쩍도 하지 않았다. 다시 밀어보았지만 결과는 같았다. 화가 난 그는 벽에 두 팔과 다리를 기대고 엉덩이로 있는 힘껏 아내를 밀쳤는데 너무 힘을 주었는지 침대에서 거의 떨어질 뻔한 아내가 벌떡 일어나 자리에 앉았다.

"뭐야? 무슨 일이야?" 어리둥절한 그녀가 말했다.

"아프로디테, 있잖아." 글라디셰프가 속삭이며 물었다. "말이 어디로 간 거지?"

"말이라니?" 아프로디테는 정신을 차리려고 머리를 흔들었다.

"오소아비아힘 말이야." 아내의 우둔함에 실망을 하며 글라디셰프가 말했다.

"오, 하느님!" 아프로디테가 중얼거렸다. "오밤중에 봉창을 두드려도 유분수지. 말이 어디 있다고 그래. 제발 잠이나 주무셔."

그러고는 엎드려 눕더니 베개에 얼굴을 묻고 눈 깜짝할 사이에 다시 잠들었다.

글라디셰프는 누워서 천장을 응시했다. 차츰 정신이 또렷해지면서 자신이 꿈을 꾸었고 그 꿈속에서 말을 보았음을 깨달았다. 글라디셰프는 교양 있는 사람이었다. 과거에 읽은 『잠과 꿈』이란 책의 해몽법에 의거하여 그는 어제 촌킨한테 이상한 소리를 들은 탓에 개꿈을 꾼 것이라는 결론을 내릴 수 있었다. 하지만 말로는 표현할 수 없는 어떤 모호한 생각이 그를 끈질기게 괴롭혔다. 아무리 생각해도 그 의미가 무엇인지 감이 오지 않는 걸 보니 잠이 올 것 같지 않았다. 누워서 좌우로 뒤척이다가 창밖에 동이 트자마자 아프로디테를 뛰어넘어 침대에서 내려온 그는 골똘히 생각에 잠긴 채 바지를 입기 시작했다.

그날 아침 뉴라는 촌킨보다 먼저 눈을 떴다. 아직 어두웠다. 잠을 설치며 이리저리 뒤척이다가 그냥 일어나버렸다. 우유를 짜러 나가기에는 아직 일렀고, 겨우 생각해낸 것이 시냇가에 가서 물을 길어오는 것이었다. 물양동이와 물지게를 들고 현관문을 연 뉴라는 현관 계단에 앉아 있는 사람을 발견하고 놀라 자빠질 뻔했다.

"거기 누구예요?" 겁을 먹은 뉴라는 만일을 대비해 문을 닫고 틈새로 빠끔히 내다보며 물었다.

"무서워하지 마, 뉴라. 나야, 글라디셰프."

뉴라는 깜짝 놀라며 문을 좀더 열었다.

"왜 여기 앉아 있어?"

"그냥." 글라디셰프는 대충 얼버무렸다. "촌킨은 아직 안 일어났어?"

"일어났을 리가 없지." 뉴라가 깔깔 웃었다. "업어 가도 모를 정도로 쿨쿨 자고 있어. 근데 무슨 일이야?"

"그럴 일이 있어." 글라디셰프는 구체적인 이유는 말하지 않았다.

"깨워줄까?" 뉴라는 이웃을 학자로서 존경했고 그렇기 때문에 이웃이 별 이유 없이 사람을 귀찮게 하지는 않을 거라고 생각했다.

"아니, 그럴 필요까지는 없어."

"필요가 없긴. 지금 깨울게. 일어날 때도 됐어. 그렇지 않아도 밤만 되면 너무 기운이 넘쳐서 곤란하다고. 그래놓고 아침이면 얼마나 힘들게 일어나는지."

글라디셰프는 그녀를 굳이 잡지는 않았다. 지금 친구에게 털어놓으려는 이야기가 중차대한 것은 아니었지만, 그래도 혼자서 마음에 담고 있기에는 버거웠기 때문이다.

잠시 후 내복만 걸친 촌킨이 현관 계단에 나타났다.

"날 찾았어?" 뒤통수를 긁으며 하품을 하면서 촌킨이 말했다.

글라디셰프는 뜸을 들였다. 그는 뉴라가 양동이를 가지고 멀찌감치 떨어질 때까지 기다렸다. 그러고는 시답지 않은 이유로 사람을 곤한 잠에서 깨웠다는 사실에 다소 민망해하면서 자신 없는 목소리로 말을 꺼냈다.

"자네가 어제 말이야, 말에 대해 물었잖아."

"무슨 말?" 이반은 영문을 몰랐다.

"자네가 그 왜, 말은 사람이 될 수 없냐고 했잖아."

"아……" 촌킨은 그제야 어제 비슷한 내용의 대화를 나눈 기억이 났다.

"그런데 말이지," 의기양양하게 글라디셰프가 말했다. "말이 왜 사람이 될 수 없는지 내가 밝혀냈다네. 말이 사람이 되지 못하는 이유는 말야, 말한테 손가락이 없기 때문이야."

"난 또 뭐라고." 촌킨이 말했다. "말한테 손가락이 없다는 건 세 살배기 코흘리개들도 아는 사실인걸."

"내가 하려는 말은 그게 아니야. 내 말은, 말한테 손가락이 없다는 게 아니라 말이 사람이 되지 못하는 이유가 말한테 손가락이 없기 때문이라는 거라고."

"그렇다면 내 말은 말한테 손가락이 없다는 걸 모르는 사람이 어디 있냐는 거야."

상대의 말은 이해할 생각조차 하지 않는 두 사람이 고집스럽게 제 주장만 되풀이하는 상황이 두 사람 사이에도 벌어졌다. 이 논쟁은 마침 속옷만 걸친 아프로디테가 현관문을 열고 나와 아침이 준비됐다고 남편을 부르지 않았다면 주먹다짐으로 번질 뻔했다. 논쟁을 뒤로한 채 쿠지마 마트베예비치는 집으로 들어갔다. 식탁 위에는 아직 김이 무럭무럭 피어오르는 달걀부침과 훈제돼지비계가 차려져 있었다. 프라이팬을 몸쪽으로 당기며 의자에 앉는 순간 뭔가 뭉툭하면서 딱딱하고 울퉁불퉁한 것이 글라디셰프의 엉덩이를 찔렀다. 자리에서 벌떡 일어나 의자 위를 보니 거기에 말편자가 놓여 있었다.

"이게 도대체 뭐야?" 편자를 아내에게 보이며 그는 심각한 얼굴로 물었다.

"그걸 내가 어떻게 알아?" 그녀는 어깨를 으쓱했다. "문지방에 굴러다니고 있길래 내다 버리려다가 혹시 필요할까 싶어 놔뒀는데……"

아내가 말을 끝내기도 전에 글라디셰프는 편자를 집어 들고 벌떡 일어나 입고 있던 꼬깃꼬깃한 셔츠 그대로 집에서 뛰쳐나갔다.

저 멀리 마구간 주변에 사람들이 모여 있었다. 그중에는 골루베프 회장, 당지도원 킬린, 돌격대원 두 명과 마구간지기 예고르 먀키셰프의 모습도 보였다.

"무슨 일이 생겼어?" 글라디셰프가 물었다.

"말이 도망갔어." 먀키셰프가 대답했다.

"어느 말이?" 뭔가 짚이는 게 있는 글라디셰프는 가슴이 싸해졌다.

"오소아비아힘." 마구간지기가 한숨을 내쉬며 침을 퉤 내뱉었다. "전선으로 보낼 말들을 고르면서 그 녀석도 보내기로 했잖아. 그런데 그 녀석이 한밤중에 울타리를 부수고 도망가버렸지 뭐야. 어쩌면 집시들이 훔쳐 갔을 수도 있지만 말이지."

"그럴 수도 있지." 글라디셰프가 황급히 고개를 끄덕였다.

16

오팔리코프 중령은 팔과 다리를 벌리고 서서 연대 항공기사 쿠들라이와 두 명의 선임 정비병이 자신에게 낙하산을 입혀주기를 기다렸다. 오팔리코프는 잔뜩 인상을 쓰고 있었다. 몇 분 후면 그는 상부의 지시에 따라 전 연대 조종사들과 함께 티라스폴* 지역을 향해 이륙해야 했다. 비행 항로 확보 및 설계, 조종사 훈시가 끝났다. 비행대대 지휘관들이 출격 준비가 완료됐음을 보고해 왔다. 티라스폴로 가라면 가야지, 별수 있나. 오팔리코프는 생각했다. 어차피 격추당할 텐데 장소가 무슨 상관이랴? 격추당하는 것은 시간문제였다. 우리 '당나귀'는 메세르슈미트의 상대가 되지 못했다.** 아무려면 어떠랴. 그는 자신에게 말했다. 문제는 그것이 아니었다. 34년을 살았으니 살 만큼 살았지. 그만큼도 못 살고 가는 사람도 있으니까 말이다. 세상 경험도 적다고는 할 수 없다. 하지만 나티카, 오 나티카…… 아내 나티카에 생각이 미치자 기분은 더 나빠졌다. "당신을 기다릴게요." 그녀는 말했다. 행여나! 다른 놈의 품에 안겨서 잘도 나를 기다리겠지. 나쁜 년! 다른 집 여자들은 전쟁이 났다는 소식을 듣고 대성통곡을 했다. 하지만 그녀의 눈에선 눈물 한 방울 흐르지 않았다. 오히려 즐거운 것처럼 보였다. 남편이 전쟁에 나가면 그녀는 이제 완전히 자유니까. 하긴 지금까지도 그녀는 충분히 자유분방했다. 그녀는 남자라면 가리지 않고 자기 침대로 끌어들였다. 어쩌다 시내에라도 나가면 창피해서 얼굴을 들 수가 없었다. 길가의 사람들이 모두 그를 향해 손가락질하는 것 같았다. 봐, 저기 연대장이 간다. 연대 지휘관이면 뭐해. 자기 마누라 하나 제대로 간수 못하는 녀석. 군부대에선 모

---

* 몰도바(우크라이나와 루마니아 사이에 위치한 나라로 1940년 소련에 합병되었다가 1991년 독립)에 있는 도시.
** '당나귀'는 폴리카르포프의 설계로 1930년대에 제작·생산된 소련군 단엽전투기 I-16기의 별명이며, 메세르슈미트 BF109기는 2차 세계대전 때 나치 독일의 최신 주력 전투기였다.

든 것이 다 만천하에 드러나 있다. 시골이라면 특히 더하다. 서로에 대해서 모르는 것이라곤 하나도 없다. 병참 창고에 쌓인 낡은 외투 더미 위에서 그녀가 병참 장교와 벌인 일에 대해서도…… 인간이 어디까지 타락할 수 있는 걸까! 그때 그는 아내를 쏘아 죽이려고 권총을 꺼내들기까지 했다…… 그런데 방아쇠를 당길 수가 없었다. 사실 따지고 보면 모든 책임은 그에게 있었다. 쿠들라이 말마따나 '물건을 사기 전에 잘 봐야지' 그러지 않은 놈이 잘못이다…… 그녀의 타고난 성질이 그러한 걸 어쩌랴. 발정 난 암고양이 같은 년. 지옥에나 떨어져버리라지. 오팔리코프 중령이 그런 생각에 잠겨 있을 때 사이드카 보조석에 탄 파호모프가 도착했다.

"중령 동지……" 보조석에서 폴짝 뛰어내린 파호모프가 경례를 했다.

"그래 무슨 일인가?" 쿠들라이가 낙하산의 조임줄을 더 편하게 끼워서 돌릴 수 있도록 다리 한쪽을 살짝 들어 올리며 오팔리코프는 물었다.

"특별열차에 항공 장비를 모두 실었습니다." 파호모프가 보고했다. "한 나흘 후면 티라스폴에 도착할 것 같습니다."

"수고했네." 오팔리코프는 이렇게 말한 후 항공기사의 도움을 받아 비행기 날개 위로 올라갔다. "그럼 티라스폴에서 자네들을 기다리고 있겠네."

그는 조종석으로 들어가 자리를 편히 잡기 위해 잠시 몸을 들썩였다. 그러고는 항로지도판을 무릎 위에 놓고 머릿속에서 다시 한번 초반 비행 항로를 그려보았다. 이륙. 대기 영역에서 집합. 그 후 257 항로를 잡고 바람 수정 각도 4도로 비행한다. 통제 지점 통과 후 좌현으로 12도 수정. 모든 것이 정상이며 완벽했다. 나티카만 빼면…… 오팔리코프는 고개를 들었다.

비행기 옆에는 파호모프가 여전히 서서 우물쭈물하고 있었다.

"그래, 또 보고할 게 있나, 파호모프?" 연대장이 그에게 주의를 돌렸다.

"촌킨을 어찌해야 할지 도통 모르겠습니다." 대대장이 망설이며 대답했다.

"촌킨은 또 뭔가?" 오팔리코프가 영문을 모르겠다는 듯이 눈썹을 찡그렸다.

"불시착한 비행기에 보초로 보낸 사병 말입니다."

"아……" 오팔리코프는 페달 위에 발을 올려놓고 조종간과 보조날개가 빽빽하지 않은지 점검한 후 엔진에 시동을 걸었다. "아직 교대자를 보내지 않은 건가?"

"보낸 적이 없습니다." 파호모프가 대답했다. "비행기도 거기 그대로 있습니다."

"그건 비행기가 아닐세." 오팔리코프가 손사래를 쳤다. "고철 덩어리지. 그런데 촌킨이란 자는 거기서 뭘 하고 있는 건가?"

"그냥 있습니다." 파호모프가 어깨를 으쓱했다. "들리는 말에 따르면 그새 결혼까지 했다고 합니다."

파호모프는 사병의 행동에 대한 자신의 생각을 어떻게 표현해야 할지 몰라 그저 미소를 지었다.

"결혼이라?" 오팔리코프가 탄식을 했다. 그로서는 도저히 이해할 수 없는 일이었다. 이런 난리통에 결혼이라니! 무엇 하러? 있는 마누라도 어찌하지 못하는 사람도 있는데 말이다. "뭐, 결혼을 했다면야 계속 살라고 하는 수밖에." 결정은 간단했다. "지금은 그게 중요한 게 아니야, 쿠들라이!" 그가 항공기사에게 소리쳤다. "전 연대에 출격 명령을 전하게."

그렇게 촌킨의 운명은 결정되었다.

17

"나는 양배추 수프를 끓일 테니까 당신은 소를 좀 데려와." 불씨를 살리느라 아궁이에 머리를 박은 뉴라가 큰 소리로 말했다.

"알았어." 치약 가루로 상의 단추에 광을 내고 있던 촌킨은 아무 데도 가고 싶지 않았다.

"말로만 알았다 하지 말고 어서 일어나." 뉴라가 지적했다. "단추에 광내는 건 나중에 해도 되잖아."

돌고프시에서 가방 한가득 우편물을 지고 와 집집마다 돌며 배달을 마친 후 파김치가 되어 막 집에 돌아왔는데, 점심도 준비해놓지 않은 걸 보고 뉴라는 그만 화가 났다.

촌킨은 칫솔과 옷을 옆으로 밀어놓고 뉴라의 등 뒤로 다가가 양팔로 그녀를 껴안았다.

"저리 가, 저리 가라니까." 뉴라는 불만스럽게 엉덩이를 흔들었다. 둘은 한동안 실랑이를 했다. 뉴라는 시간이 아직 이르다느니, 허리가 아프다느니 하는 핑계를 늘어놓았지만 촌킨에게는 먹히지 않았다. 결국 뉴라가 지고 말았다.

밖으로 나온 촌킨은 마당에서 보리카와 잠깐 놀아준 후 한길로 나와 두냐 할멈을 만나 수다를 떨었다. 또 계속 가다가 집 댓돌에 앉아 있던 샵킨 할아범과 수다를 떤 후 마침내 집단농장 사무소 앞까지 왔다.

그곳에는 사람들이 떼로 몰려 있었다. 대부분이 여자였고 남자라고는 떡대와 회계원 볼코프, 그리고 촌킨이 모르는 또 다른 한 명뿐이었다. 나머지 남자들은 모두 전선에 나가 있었다. 전쟁이 난 첫 주에 이미 마을에 남자는 씨가 말라버렸다. 모인 사람들은 잡음이 섞여 지지직대는 확성기를 말없이 쳐다보고 있었다.

"왜들 여기 서 있는 거야?" 이반이 닌카 쿠르조바에게 물었다.

하지만 닌카는 대답 대신 손가락을 입술에 갖다 댔다. 바로 그 순간 확성기에서 기침 소리가 들리더니 이어서 또렷한 그루지야 억양이 섞인 저음의 목소리가 말을 시작했다. "동지들! 시민 여러분! 형제, 자매 여러분! 육군과 해군의 용사 여러분! 오늘 여러분에게 제가 드릴 말씀이 있습니다, 친구들이여!"

촌킨은 한숨을 내쉬고는 숨을 죽이고 확성기를 응시했다.

확성기에서 다시 기침 소리, 그 뒤를 이어 드르렁 코 고는 소리 같은 것이 들렸고, 이어 저 멀리 어디선가 마이크 앞에 앉아 있는 사람이 물을 따르는 건지 아니면 통곡을 하다가 사레들린 건지 뭔가 부글대는 소리가 들렸다. 이 부글대는 소리는 상당히 오래 계속되면서 듣는 사람들에게 압박감을 주었다. 하지만 그 소리도 마침내 멈췄고 다시 그루지야 억양이 섞인 낮고 냉철한 목소리가 말을 이었다.

"히틀러 군대는 그동안의 신뢰를 저버리고 지난 6월 22일 우리 조국을 침략했으며 그들의 군사적 침략은 지금도 계속되고 있습니다. 붉은 군대 병사들은 영웅적으로 반격을 가하고 있으며 적군의 최정예 사단과 항공부대들은 이미 섬멸되어 전장에서 제 무덤을 찾았습니다. 그럼에도 불구하고 적은 새로운 병력을 전선으로 추가 배치하며 계속 진격해오고 있습니다. 히틀러 군대는 리투아니아, 라트비아의 상당 부분, 백러시아서부 지역, 서부 우크라이나 일부를 점령했습니다. 파시스트 공군은 무르만스크, 오르샤, 모길료프, 스몰렌스크, 키예프, 오데사, 세바스토폴을 폭격했으며 공습 범위를 넓혀가고 있습니다. 조국이 심각한 위험에 처해 있습니다……"

촌킨 뒤에 서 있던 두냐 할멈이 흐느껴 울기 시작했고 며칠 전에 남편을 전장으로 보낸 닌카 쿠르조바의 입술이 파르르 떨렸다. 나머지 사람들도 웅성대며 코를 훌쩍거리기 시작했다.

그루지야 억양이 완연한 이 연설을 들으면서 촌킨은 그 말이 진실임을 깊이 믿었다. 그렇지만 이해할 수 없는 것이 있었다. 적군의 최정예 사단과 항공부대들이 섬멸되어 전장에서 제 무덤을 찾았다면 남은 오합지졸 사단과 부대를 섬멸하는 것은 식은 죽 먹기일 텐데 왜 더 걱정을 해야 하는 걸까? 게다가 '전장에서 제 무덤을 찾았다'라는 표현도 이해할 수가 없었다. 그자들은 왜 하필 전장에서 제 무덤 자리를 찾은 걸까? 그리고 누가 그들을 위해서 무덤을 파주었을까? 촌킨은 수많은 사람들이 무덤을 찾기 위해서 낯선 타향의 들판을 헤매고 다니는 장면이 눈에 선했다. 잠시 동안이지만 그 사람들이 불쌍하게 느껴지기까지 했다. 물론 그들에게 동정심을 느껴서는 안 된다는 것을 잘 알고 있었다. 그런 생각에 잠겨 있다 보니 연설의 상당 부분을 놓쳐버렸고 이제야 내용을 따라잡기 위해 다시 고개를 들었다.

"붉은 군대의 육군과 해군 그리고 소연방 국민 모두가 최후의 피 한방울까지 아끼지 말고 소비에트 영토의 한 뼘 한 뼘을 지켜내고 우리의 도시와 농촌을 수호하면서 우리 인민의 특성인 용기와 적극성, 재치를 발휘해야 할 것입니다……"

사람들은 연설을 들으며 고개를 연신 끄덕였고 촌킨도 마찬가지였다. 그는 싸울 준비가 되어 있었지만 누구와 어떻게 싸워야 되는 건지는 몰랐다. 징집령이 떨어지고 동네 남자들이 소집됐을 때 병무청에서 나온 대위는 집단농장 사무소 건물 현관 계단에 앉아서 골루베프 회장과 이야기를 나누고 있었다. 촌킨이 다가가 운을 떼려는 순간 대위는 무슨 내용인지 끝까지 들어보지도 않고 고함을 질렀다. "자네는 지금 보초 임무를 수행 중이지 않은가? 누가 근무지 이탈을 허가했나? 뒤로돌앗! 근무지로 뛰어—갓!" 대화는 그렇게 끝이 났다. 스탈린이라면 그렇게 말하지 않았을 텐데. 그는 현명한 사람이었기 때문에 다른 사람의 입장을 이해하고 들어주었을 것이다. 스탈린이 민중의 사랑을 받는 것도 다 이유가 있었다. 게다가 이제 보니 노래까지 잘하는군. 확성기에서 "덧신, 덧신……" 하는 노랫소리가 흘러나왔다. 그런데 목소리가 왜 여자같이 들리는 거지? 노래가 끝나자 박수 소리가 울려 퍼졌다.

"잘 부른다!" 촌킨의 뒤에서 누군가 소리를 질렀다. 깜짝 놀라 고개를 돌려보니 타이카 고르시코바가 채찍을 휘두르면서 입을 쩍 벌린 채 라디오를 쳐다보고 있었다. 료시카 자로프가 전쟁터로 나간 후 그녀가 이제 소 치는 일을 맡고 있었다.

주위를 돌아보니 아무도 없었다. 촌킨은 다시 타이카를 쳐다보았다.

"루슬라노바 노래 정말 잘하지?" 타이카가 말했다.

"소들을 벌써 몰고 온 거야?" 촌킨이 놀라서 물었다.

"돌아온 게 언젠데. 왜?"

"아니, 그냥 물어봤어."

이런, 소들이 돌아오는 때를 놓치다니. 내심 뜨끔한 촌킨은 집 쪽을 향했다. 다른 건 몰라도 집은 잘 찾는 뉴라의 암소는 물론 혼자 무사히 집에 돌아와 있었다. 하지만 정말 희한한 것은 그가 생각에 잠겨 있는 동안 사람들이 뿔뿔이 흩어지는 것도 몰랐다는 사실이었다. 게다가 더 귀신이 곡할 노릇은 흩어진 사람들이 그 인원 그대로 다른 곳으로 장소만 이동했다는 점이었다. 그곳은 다름 아닌 이웃 글라디셰프의 집 앞이었다.

"왜들 여기 서 있는 거야?" 이번에도 닌카 쿠르조바에게 촌킨이 물었다.

고개를 돌린 닌카는 마치 촌킨에게 무슨 일이라도 생긴 것처럼 아주 이상한 표정으로 그를 쳐다보았다. 그러자 닌카에 이어서 나머지 사람들도 모두 촌킨 쪽으로 고개를 돌리더니 뭔가를 기다리듯이 그를 쳐다보기 시작했다. 촌킨은 무슨 영문인지 몰라 당황했고 혹시 뭐라도 묻은 건 아닌지 자기 몸을 훑어보기까지 했다. 그때 사람들 사이에서 떡대가 튀어나오더니 두 팔을 활짝 펴고 촌킨을 향해 다가왔다.

"어이, 이반, 여기서 뭐 하고 있어?" 그가 외쳤다. "얼른 이리 와서 좀 봐. 대단한 볼거리야." 그는 촌킨의 팔을 잡더니 사람들 사이를 비집고 들어갔고 사람들은 흔쾌히 길을 내주었다. 눈앞에 펼쳐진 광경을 본 촌킨은 자신의 눈을 믿을 수 없었다. 천재 글라디셰프가 하루도 빠짐없이 정성 들여 가꿔놓은 그의 텃밭이 쑥대밭이 되어 있었던 것이다. 밭은 마치 코끼리 떼라도 지나간 듯 아주 철저하게 잘근잘근 짓밟히고 파헤쳐져 있었다. 밭 여기저기에 처절하게 망가진 푹스의 잔해들이 삐죽이 솟아 있었고 이 엄청난 학살의 현장에서 기적적으로 살아남은 푹스 한 포기만이 풍성하고 파릇하게 서 있는 것이 보였다.

이 끔찍한 사건을 저지른 범인인 뉴라의 암소는 텃밭 한복판에 느긋하게 서서 후식으로 남겨둔 것으로 보이는 최후의 푹스를 향해 이제 막 입을 갖다 댈 참이었다. 하지만 암소의 입이 푹스에 닿으려는 찰나 자신이 창조한 기적의 마지막 남은 잔해를 필사적으로 지키려는 분노한 텃밭

주인이 양손으로 소뿔을 움켜잡았다.

흙으로 범벅이 된 고무장화를 신고 양다리를 벌린 채 암소 앞에 버티고 선 글라디셰프의 모습은 투우사를 연상시켰다. 이 야만스러운 짐승을 저지하기 위해 그의 딱딱하게 굳은 근육이 긴장했다.

이때 뉴라가 울음을 터뜨리며 글라디셰프의 소매를 움켜잡았다.

"쿠지마 마트베예비치." 그녀의 눈에선 눈물이 펑펑 쏟아졌다. "소를 돌려줘, 제발. 도대체 무슨 짓을 하려는 거야?"

"죽여버리겠어!" 글라디셰프의 목소리는 침통했다.

"오, 하느님!" 뉴라가 애원했다. "이 녀석은 내가 가진 전부야, 쿠지마 마트베예비치. 돌려줘!"

"죽여버릴 거야!" 같은 말을 되풀이하면서 글라디셰프는 암소를 헛간 쪽으로 끌어당겼다. 암소는 꿈쩍도 하지 않고 마지막 남은 푹스 쪽으로 얼굴을 돌렸다. 현관 계단에는 이 난리에도 태평한 아프로디테가 헤라클레스에게 젖을 물리고 서 있었다. 촌킨은 어찌할지 몰라 발을 동동 구르며 주위를 돌아보았다.

"어이, 이반, 왜 멀뚱멀뚱 서 있어?" 떡대가 웃으면서 그를 부추겼다. "가서 암소를 살려야지. 저러다간 목이 잘리고 말걸. 칼 한 번 휘두르면 골로 갈 텐데."

떡대는 옆에 서 있던 회계원 볼코프에게 한쪽 눈을 찡긋했다.

촌킨은 이 일에 끼어들고 싶지 않았다. 하지만 글라디셰프는 단호했고 뉴라는 울고 있었다. 내키지는 않았지만 촌킨은 울타리대 사이로 머리를 집어넣었다.

"오 맙소사!" 어디선가 새된 여자 목소리가 들렸다. 회계원의 아내 지나이다 볼코바였다. "세상에, 이제 사람이 죽을 거야."

촌킨의 등장에 용기를 얻은 뉴라가 적극적으로 공세에 나섰다.

"이 나쁜 놈아!" 뉴라가 소리를 지르며 적의 벌건 오른쪽 귀를 잡고 늘어졌다.

"오호라, 그렇게 나오신다 이거지!" 성난 글라디셰프가 뉴라의 배를 발로 밀었다.

밭고랑으로 홀러덩 나가떨어진 뉴라가 엉엉 울기 시작했다. 촌킨은 뉴라에게 다가가 몸을 수그려 다친 곳이 없는지 살핀 후 생채기 하나 없이 멀쩡한 것을 보고는 말했다.

"왜 울고 난리야?" 촌킨은 뉴라가 일어나는 것을 도와준 후 옷에서 흙을 털어주면서 차갑게 말했다. "누가 뭘 어쨌다고. 쿠지마 마트베예비치가 살짝 민 것뿐이야. 그의 심정도 이해해줘야지. 그런 일에 화나지 않을 사람이 세상에 어디 있겠어. 여름 내내 그렇게 애를 썼는데 이런 일이 일어났으니. 그리고 자네, 쿠지마 마트베예비치." 그는 이웃을 향해 돌아섰다. "용서해주게. 소란 짐승이 내 것과 남의 것을 어떻게 구별하겠어. 그저 풀만 보면 뜯어 먹는 거지. 그저께 뉴라가 울타리에 널어놓은 녹색 스웨터도 왼쪽 소매만 남기고 다 먹어버렸어. 젠장맞을, 이 몹쓸 것아!" 그는 암소를 향해 주먹을 흔들어 보였다. "자— 자, 친구. 내가 지금 이 녀석을 혼쭐을 내서 다시는 자네 밭에 못 들어가게 할게."

이렇게 말한 후 촌킨은 소뿔을 잡은 글라디셰프의 손 위에 자신의 손을 얹었다.

"저리 비켜." 글라디셰프는 이렇게 말하면서 촌킨을 어깨로 밀쳤다.

"아니, 그렇게는 못하겠어." 촌킨은 이렇게 대답하고 이웃을 도로 밀쳤다. "쿠지마 마트베예비치, 암소는 놔줘. 나랑 뉴라가 자네 텃밭에 대해서는 어떻게든 보상을 해줄게."

"이 멍청아!" 두 눈에 눈물이 그렁그렁 맺힌 글라디셰프가 말했다. "내 과학적 연구를 자네가 어떻게 보상을 해주겠다는 거야? 내가 실험 중이던 토마토가 열리는 감자는 세계적인 의미를 갖는 신품종이라고."

"내가 물어줄게." 촌킨이 다짐했다. "정말로 물어준다니까. 감자도 물어주고 토마토도 물어줄게. 까짓 하나로 자랐건 따로따로 자랐건 별 차이 없잖아."

촌킨은 고집 센 이웃과 어깨를 맞대고 실랑이를 벌이다가 마침내 한 쪽 뿔을 손에 넣을 수 있었다. 뿔 하나씩을 잡은 두 남자는 서로 다른 방향으로 뿔을 당기기 시작했는데 암소로서는 힘의 균형이 잡혀 오히려 한결 더 편안한 상태가 되었다.

결정적인 순간이 찾아왔다. 촌킨이 왼쪽 어깨로 글라디셰프를 밀치자 글라디셰프는 오른쪽 어깨로 촌킨을 밀쳤다.

사람들은 울타리에 기대어 서서 숨죽이고 있었다. 아프로디테는 젖을 바꿔가며 헤라클레스에게 젖 먹이는 데만 열중하고 있었다. 적막이 흘렀다. 결투 중인 두 사람의 무거운 숨소리와 암소의 태평한 한숨 소리만이 들렸다. 아까나 지금이나 암소의 머릿속에는 아직 야들야들하고 파릇파릇한 푹스 잎을 뜯어 먹고 싶다는 생각뿐이었다.

사람들은 일이 어떤 식으로 전개될지 주시하며 숨죽이고 서 있었다.

"어이, 군인, 저 녀석 눈을 한 대 갈겨줘." 갑자기 우렁찬 목소리로 떡대가 참견하고 나섰다. 누군가 깔깔대고 웃었지만 금세 조용해졌다.

"아이고, 다들 눈을 감아요. 사람을 죽인대!" 지나이다 볼코바가 날카로운 목소리로 외쳤다.

멀지 않은 곳에 서 있던 그녀의 남편이 사람들을 헤치며 아내에게

다가왔다.

"사람을 죽인대! 사람을 죽인대! 사람을 죽인대!" 그녀는 마치 주문을 외는 것처럼 미친 듯이 중얼거렸다.

마침내 아내가 있는 곳까지 온 회계원이 넉넉한 공간을 만들기 위해 닌카 쿠르조바를 옆으로 밀치고는 서두르지 않고 하나밖에 없는 팔을 높이 들어 올리더니 한 바퀴 휙 돌려 아내 지나이다의 뺨을 갈겼다. 얼마나 세게 쳤는지 옆 사람이 잡아주지 않았더라면 그녀는 그 자리에서 날아갔을지도 몰랐다. 말없이 양손으로 뺨을 잡은 지나이다가 사람들 틈에서 빠져나가자 회계원은 떡대 쪽으로 몸을 돌리더니 뻔뻔하게 자신의 행동을 변명하기 시작했다.

"남의 일에 끼어들지 말라고 몇 번을 얘기해도 말이야! 니콜라이 쿠르조프가 클류크비노 마을의 스테판이랑 싸움이 났을 때도 구경하면서 그렇게 고래고래 소리를 질러대서 결국 증인으로 불려가기도 했잖아. 법관들이 앞으로 다가오라니까 놀라 기절하는 바람에 인공호흡을 하고 난리도 아니었어."

"확실히 두들겨 패줘." 떡대는 명쾌하게 조언을 해줬다. "그럼 법정에 나갈 수도 없을 테니까."

"사람을 죽인대!" 마침내 사람들 사이를 빠져나간 지나이다가 괴상한 목소리로 비명을 질러대며 여전히 양손으로 뺨을 잡은 채 동네의 한길을 뛰어갔다.

갑작스러운 비명 소리에 정신이 팔린 촌킨과 글라디셰프는 동시에 손가락에 힘이 풀리고 말았다. 그 틈을 타 암소가 머리를 좌우로 세차게 흔들자 그런 돌발 상황을 예상치 못한 두 결투자는 서로 반대쪽으로 벌러덩 나가떨어졌다.

기회는 이때뿐이다 싶었는지 암소는 마지막 남은 진귀한 잡종식물의 줄기를 낼름 뿌리째 낚아채서는 질겅질겅 한가로운 저작질을 시작했다.

땅바닥에 네발로 선 글라디셰프는 넋이 빠진 얼굴로 암소의 턱 운동을 지켜보았다.

"어머니!" 그는 실성한 사람처럼 소를 향해 양팔을 뻗으며 무릎으로 기어 앞으로 다가갔다. "착하지, 아가. 제발, 제발 돌려줘!"

암소는 경계의 눈초리로 글라디셰프를 쳐다보면서 콧김을 내뿜으며 질근질근 저작질을 멈추지 않은 채 뒷걸음질을 쳤다.

"돌려줘!" 글라디셰프는 무릎으로 땅을 디디고 선 채 암소의 얼굴로 팔을 뻗었다. 암소가 입을 벌린 짧은 찰나 입안에서 잘게 씹힌 푹스의 뿌리 부분이 잠깐 번쩍였고 글라디셰프가 그것을 낚아채려고 달려든 순간 암소의 목 부분이 뭔가를 삼키듯이 꿀꺽하며 출렁였다. 그 결과 위대한 잡종식물의 최후의 한 포기는 미궁 같은 암소의 위장 속으로 영원히 사라져버렸다. 잠시 혼이 빠져 앉아 있던 글라디셰프는 곧 정신이 돌아왔는지 자리에서 벌떡 일어나 괴성을 지르며 집 안으로 달려들어갔다.

그 순간 촌킨도 땅에서 일어섰다. 바지의 흙을 턴 후 촌킨은 곧장 한 손으로 암소의 뿔을 잡고 다른 손으로는 주먹을 쥐어, 있는 힘껏 암소의 얼굴을 갈겼다. 암소는 머리를 뒤로 움찔하고 뺐지만 거칠게 저항하지는 않았다. 촌킨은 암소를 헛간에 집어넣기 위해 뉴라에게 어서 가서 집 대문을 열라고 소리 질렀다.

"이렇게 끝나는 건가." 떡대가 아쉬운 듯 말했지만 그것은 오산이었다.

다음 순간 헝클어진 머리에 광인처럼 눈알을 번뜩이며 글라디셰프가 현관 계단에 나타났다. 그의 손에는 16구경 베르단 소총이 들려 있었다. 사람들 사이에서 곡소리가 터져 나왔다.

"내가 그랬잖아. 사람이 죽는다고." 때마침 다시 모습을 드러낸 지나이다의 목소리가 들렸다.

글라디셰프는 베르단 소총을 어깨에 걸치고는 촌킨을 겨누었다.

"이반!" 뉴라가 절망적으로 비명을 질렀다.

촌킨이 뒤를 돌아보았다. 그는 손가락으로 소뿔을 단단히 잡은 채 자신을 향해 조준된 베르단 소총을 정면으로 쳐다보았다. 온몸이 마비된 듯 그는 자리에서 꼼짝할 수 없었다. '목이 마르다.' 엉뚱한 생각이 촌킨의 뇌리를 스쳤고 그는 혀로 입술을 적셨다.

마른 방아쇠가 당겨지면서 나뭇가지가 부서지는 듯한 소리가 울려 퍼졌다. '이렇게 가는군.' 촌킨은 생각했다. 하지만 왜 아프지 않지? 왜 쓰러지지 않았지? 왜 글라디셰프가 다시 방아쇠를 젖히는 거지? 다시 철커덕하는 소리가 들렸다. 그때 갑자기 아프로디테가 차가운 목소리로 우렁차게 소리 질렀다.

"바보 멍청이 같으니! 총알도 없이 무슨 총질이야? 집에 있는 화약은 다 갖다가 비료를 만들었잖아."

사람들이 웅성거리기 시작했다. 다시 방아쇠를 젖히고 총신 안을 들여다본 글라디셰프는 안이 텅 빈 것을 확인하자 총을 땅바닥에 쿵 소리가 나도록 내던졌다. 그러고는 현관 계단에 털썩 주저앉아 양손으로 머리를 부여잡고 대성통곡을 하기 시작했다.

그때까지 촌킨은 손가락이 소뿔에 들러붙어서 떨어지지 않는 것처럼 뿔을 붙잡고 서 있었다. 뉴라가 그의 어깨에 손을 얹으며 부드러운 목소리로 말했다.

"가자, 이반."

촌킨은 뉴라의 말을 못 알아들었는지 멍한 눈으로 뉴라를 쳐다보며 움직일 생각을 하지 않았다.

"집에 가자니까!" 촌킨이 귀라도 먹은 것처럼 뉴라가 소리 질렀다.

"아, 집에……" 촌킨은 정신을 차리기 위해서 머리를 세차게 흔들었다. 두 사람은 암소의 뿔을 양쪽에 하나씩 잡고서 이제는 포만감으로 온순해진 암소를 끌기 시작했다.

한편 글라디셰프는 현관 계단 위에 앉아서 울고 있었다. 누런 털이 숭숭 나 있는 배를 드러내며 낡은 셔츠의 아랫단으로 얼굴을 가린 채 그는 목청껏 통곡을 했다.

보다 못한 촌킨은 암소와 뉴라를 놔둔 채 패장(敗將)에게 돌아왔다.

"나 좀 보라고, 친구." 군화 코로 글라디셰프의 장화를 살짝 건드리면서 촌킨이 말했다. "저, 그 말이지…… 너무 괴로워하지 마. 내가 말이야, 전쟁이 끝나고, 제대하는 바로 그 해에 돌아오면 말이지, 자네 밭하고 뉴라네 밭에 자네의 그 푹스인지 뭔지를 같이 심어줄게."

화해의 의미로 글라디셰프의 어깨에 손을 대자 그는 몸을 꿈틀하면서 위협적으로 쿠르릉 하는 낮은 소리를 내더니 촌킨의 손을 확 낚아채 깨물려고 했다. 순간적으로 손을 뒤로 뺀 촌킨은 살짝 거리를 두고 서서 걱정과 연민의 눈빛으로 육종학자를 바라보며 어찌할 바를 몰랐다.

옆으로 다가온 뉴라가 촌킨에게 대들었다.

"정말 대책 없는 사람이야. 설득할 사람이 따로 있고 측은히 여길 사람이 따로 있지. 저자가 당신한테 총을 겨눈 거 기억 안 나? 당신을 죽이려고 했어!"

"그게 뭐 대수라고." 촌킨이 말했다. "사람이 얼마나 낙심했으면 그랬겠어. 쿠지마 마트베예비치, 자네, 그러니까 말이야……" 그는 좌불안석으로 제자리에서 발을 굴렀지만 감히 친구에게 다가설 엄두를 내지 못했다.

18

일요일 돌고프시 집단농장 시장에서 긴 방수 망토에 낡은 탱크병 헬멧을 걸친 중늙은이 한 명이 체포되었다. 그자는 물론 탱크병이 아니었고 자신이 탱크병이라고 사기를 친 적도 없으며, 단지 소비에트 시민이라면 누구나 그렇듯이 오다가다 운 좋게 손에 넣은 물건으로 자신의 머리와 다른 신체 부위를 가린 죄밖에 없었다. 나라 안에는 모든 종류의 생필품이 부족한 상황이었고 모자도 예외일 수는 없었다. 이러한 사실을 모르는 사람은 없었고 그렇기 때문에 누군가 탱크병 헬멧, 조종사 헬멧, 부됴놉카,* 지휘관 모자, 수병 모자, 중앙아시아 전통 모자, 캅카스의 양털모자를 쓰고 있다고 해서 잡혀가는 일은 결코 없었다. 그러니 이 양반이 체포된 것과 탱크병 헬멧은 전혀 상관이 없다고 할 수 있다. 그렇다면 장화용 크롬가죽을 팔고 있었다는 것 때문이었을까? 물론 그것도 이유이긴 했지만 정작 문제가 된 것은 이름이 뭐냐는 질문에 이자가 한 대답이었다. 악성 유언비어 살포범들을 색출하기 위해서 시장에 파견 근무 중이던 클림 스빈초프는 이 뻔뻔한 늙은이의 대답을 듣자마자 그의 멱살을 움켜잡고 '그곳'으로 끌고 오는 수밖에 별도리가 없었다. 스빈초프가

---

* 끝이 뾰족하고 이마에 붉은 별이 달린 소련군의 동계용 모자. 1918년 붉은 군대 창건과 함께 동계용 군모로 사용되다가 1940년 방한성이 보강된 귀덮개 털모자 '우샨카'로 대체되었다.

중사로 근무 중인 곳이 다른 데가 아닌 바로 '그곳'이었으니 당연한 일이었다. 지구 행성의 법도를 알 리 없는 머나먼 다른 은하계에서 온 독자들이라면 도대체 '그곳'이 무엇을 의미하는지, 누가 '그곳'에 앉아 있는지, '그곳'은 무엇을 하는 곳인지 필연적인 의문이 생길 것이다. 이에 대해 필자는 다음과 같은 설명을 해드릴 수 있다. 필자가 서술하고 있는 먼 옛날에는 도처에 모(某) 기관*이 산재하고 있었는데, 그 기관은 전쟁이나 군대와는 별 상관이 없었지만 활동의 성격은 전투적이었다. 여러 해에 걸쳐 그 기관은 내국민 박멸전을 수행했고 예외 없이 승승장구했다. 적의 수는 많았지만 결정적으로 적에게는 무기가 없었다. 변하지 않는 이 두 가지 요인 덕분에 기관은 압도적으로 그리고 필연적으로 승리를 거두어왔다. 기관의 손에 쥐어진 징벌의 채찍은 필요한 순간에 즉각적으로 혹은 아무 이유도 없이 모든 이의 머리를 내리칠 태세가 되어 있었다. 기관은 모든 것을 보고, 모든 것을 듣고, 모든 것을 알고 있으며 뭔가 이상한 낌새라도 보일라치면 눈 깜짝할 사이에 사건 현장에 나타난다는 명성을 갖고 있었다. 그렇기 때문에 항간에는 '너무 똑똑하면 그곳으로 끌려간다'거나 '말이 많으면 그곳으로 끌려간다'는 말이 돌고 있었고, 그런 현실에 의문을 제기하는 사람도 없었다. 물론 따지고 들자면 날 때부터 똑똑한 사람더러 똑똑하지 말라는 것도 웃기고, 이야기 상대가 있고 이야깃거리가 있는데 수다를 떨지 말라는 것도 웃기다. 필자는 살아오는 동안 저 사람은 수다 떠는 재미로 세상을 살지 싶은 사람을 여럿 만났다. 하기

---

* '엔카베데НКВД', 즉 내무인민위원부(1934~1946)를 말한다. 범죄 퇴치 및 국내 치안 유지를 담당한 기관으로 스탈린의 공포정치를 상징하며, 후에 소연방 내무부로 개칭되었다. 1939~41년 사이 엔카베데에 의해 체포된 소련 시민의 수는 대략 10만 명에 달하는 것으로 알려졌다.

야 수다에도 여러 종류가 있다. 어떤 이는 필요한 수다를 떨고, 또 다른 이는 불필요한 수다를 떤다. 필요한 수다를 떠는 사람은 원하는 모든 것을, 혹은 그보다 더 많은 것을 얻을 수 있다. 반면 불필요한 수다를 떠는 사람은 '그곳', 그러니까 위에서 언급한 바로 그 기관으로 끌려가게 된다. 좀 나중에 이 기관이 일하는 방식, 즉 '적에게 겁을 주려면 우리 편을 패라'는 원칙이 어떻게 작동하는지 설명해드리겠다. 그 결과로 적이 얼마나 겁을 먹었는지는 모르겠지만 인민은 확실히 그들을 두려워했다. 실제로 적 진영의 모순이 심화되거나 적 체제 전체의 위기, 혹은 전반적인 타락의 징후가 보이기 시작하면 '그곳'에서는 바로 우리 편을 잡아들여 '그곳'으로 끌고 갔다. 때로는 체포된 사람이 너무 많아서 '그곳'의 수용 공간이 부족한 경우도 종종 있었다.

하지만 클림 스빈초프 중사가 시장에서 악질적인 수다꾼을 체포했을 당시 '그곳'의 수용 공간은 아주 넉넉했다. 아직 전쟁이 나기 전에 각자 다른 경로로 '그곳'에 잡혀 온 최후의 네 명이 이미 다음 단계로 이송된 상태였기 때문이다. 기관은 전시의 필요에 맞추어 신속하게 업무를 재편성하고 재정비 중이었으며, 직원들에게 이를 지시한 것은 기관장인 아파나시 밀랴가 대위였다. 그는 마침 상급 기관으로부터 지침을 하달받은 차였고, 그 상급 기관은 최상급 기관으로부터 지령을 하달받은 상태였다. 지령의 내용은 스탈린 동지의 역사적인 연설에 입각하여 행동하라는 것이었다. 그 역사적 연설에는 다른 내용 말고도 이런 구절이 있었다. "우리는 후방 교란, 공황 야기, 유언비어 살포를 일삼는 자들을 가차 없이 색출하고 적의 스파이, 파괴분자, 낙하산부대를 섬멸해야 하며 이에 따른 아군 전투대대의 활동을 전격적으로 지원해야 한다."

밀랴가 대위의 사무실 내에서 그의 시선이 향하는 정면 벽에는 선명한 색깔의 포스터가 걸려 있었고, 그 포스터에 바로 위의 인용구가 적혀 있었다. 대위의 머리 뒤에는 여자아이를 팔에 안은 스탈린의 유명한 사진이 걸려 있었다. 소녀는 스탈린을 보며 웃고 있었고 스탈린도 소녀를 보며 웃고 있었다. 하지만 그와 동시에 스탈린의 한쪽 눈은 밀랴가 대위의 뒤통수를 노려보며 그 머리통 속에 쓸데없는 생각이 출몰하고 있지는 않은지 확인하려는 것 같았다.

월요일 아침 대위는 평소와 같이 정시에 사무실에 도착했다.

"정확함은 왕들의 에티켓이지." 그는 부하들에게 으레 이렇게 말하고는 다음과 같이 덧붙이는 것도 잊지 않았다. "물론 비유적으로 말일세."

그것은 혹시라도 그가 친귀족주의적 성향을 갖고 있다는 의구심을 불러일으키지 않기 위해서였다.

대위는 사무실로 이어지는 대기실에서 비서 카피톨리나에게 신세타령 중인 스빈초프 중사를 발견했다. 스빈초프는 아내가 아이들을 데리고 친정집이 있는 알타이로 떠났으며 당분간 돌아오지 않을 것이다, 그리고 그곳이 더 안전하니 돌아올 생각일랑 하지 말라고 직접 편지를 썼다며 이야기를 늘어놓았는데, 신세타령의 요지는 그다음 대목을 들어보니 분명해졌다.

"카피톨리나." 스빈초프는 공격적으로 이름을 부른 후 짐승처럼 이글대는 눈빛으로 비서를 쳐다보았다. "남자는 여자가 없으면 암소를 잃은 황소와 같아." 그의 비교는 언제나 직설적이고 거칠었다. "남자는 여자가 없으면 생명이 단축된다고. 얼마간 나랑 살아주면 최고급 크레프드신을 한 필 갖다줄게. 님도 보고 뽕도 따고 좋잖아."

치근덕대는 남자들에 이골이 난 카피톨리나는 화를 내지도 않았다.

"호호호, 클림." 깔깔대며 그녀가 말했다. "목욕탕에 가서 냉수마찰이나 하지 그래."

"그것도 소용없어." 클림의 얼굴이 어두워졌다. "나한텐 여자가 필요해. 왜 그래, 나도 알고 보면 괜찮은 남자라고."

"징그러운 소리 좀 하지 마, 클림!" 카피톨리나가 진저리를 쳤다.

"내 말에 뭐 틀린 거 있어? 유부녀 주제에 대위와 그렇고 그런 사이라는 거 다 알아. 그러니까 나하고도 좀 하면 어때서. 두 명보다는 세 명이 훨씬 낫지."

"허튼수작 마!" 그녀는 자신과 대위의 관계를 남이 언급하는 걸 좋아하지 않았다.

스빈초프는 풀이 죽어 인상을 잔뜩 찌푸리고는 대위의 비서를 쳐다보았다.

"흠, 싫다면 할 수 없지." 잠시 생각을 하더니 그가 말했다. "그치만 그렇게 펄쩍 뛸 필요까지는 없잖아? 혹시 여자 친구는 없어?"

"홍, 클림, 당신은 여자면 누구든 상관없나 봐?"

"치마만 두르면 돼."

대화는 밀랴가 대위의 등장으로 중단되었다. 밀랴가 대위가 다른 사람들과 다른 점이 있다면 어떠한 경우에도 항상 미소를 띠고 있다는 것이었다. '사랑스럽다'는 뜻을 가진 자신의 성(姓)에 걸맞게 그의 얼굴에는 언제나 상냥하고 기분 좋은 미소가 어려 있었다. 인사를 할 때도, 체포된 사람들을 신문할 때도 그리고 다른 사람들이라면 통곡을 할 순간에도 그의 얼굴에는 미소가 사라지지 않았다. 한마디로 그의 얼굴에서 미소가 사라진 적은 한 번도 없었다. 바로 지금도 미소를 띤 채 카피톨리나와 인사를 했고, 자신의 등장으로 의자를 뒤로 빼며 벌떡 일어나 문 옆에 차렷 자세로 선 스빈초프를 향해서도 미소를 지었다.

"나를 기다리고 있었나?"

"그렇습니다."

"들어오게."

대위는 카피톨리나에게서 사무실 열쇠를 받아 문을 열고 먼저 안으로 들어갔다. 그러고는 제일 먼저 커튼을 열고서 안마당으로 난 창문을 활짝 열어 가슴 한가득 상쾌한 공기를 들이마셨다.

마당에서는 필리포프 중위가 요원들을 데리고 제식훈련을 하고 있었다. 요원은 필리포프 중위 외에 다섯 명이 더 있었다. 평상시라면 언제나 일거리가 잔뜩 밀려 있기 때문에 제식훈련 같은 것에 허비할 시간이 없었다. 그런데 전시체제로 돌입하는 짧은 전환기에 하루라는 짬이 난 것이었다. 게다가 제식훈련에 각별히 신경을 쓰라는 상부의 지침도 있었다.

일렬종대로 선 다섯 명의 요원이 차례로 한 명씩 행진 걸음을 연습하고 있었다. 필리포프 중위는 직접 시범을 보이면서 부하들을 격려하기 위해, 그들 옆에서 같이 걸으며 번쩍이는 크롬가죽 장화를 신은 다리를 높이 들어 올렸다.

"그래, 보고해보게나, 스빈초프." 창밖을 바라보며 대위가 말했다.

"특별한 일은 없습니다." 스빈초프는 게으르게 주먹에다 하품을 하며 대답했다. "얼마 전에 애들이 길 잃은 말 한 마리를 발견한 것 빼고요."

"말이라니?"

"거세한 수말인데, 사람들한테 물어도 아무도 어디서 온지 모르더군요."

"그 말은 지금 어디 있나?"

"마당 나무에 매놓았습니다."

"건초는 먹였나?"

"남의 말을 뭐 하러 먹였겠어요?"

대위가 몸을 돌리더니 스빈초프를 책망하듯이 쳐다보았다.

"흠, 스빈초프, 자네가 동물애호가가 아니라는 건 분명하군."

"뭐, 저야 사람도 별로 좋아하지는 않습니다만." 스빈초프가 인정했다.

"알았네. 다른 보고 사항은 없나?"

"어저께, 대위 동지, 간첩을 잡았습니다."

"간첩?" 대위의 눈에 생기가 돌았다. "지금 어디 있나?"

"지금 데려오겠습니다."

스빈초프가 밖으로 나가자 대위는 책상에 앉았다. 지금 상황에 간첩이 잡히다니 정말 안성맞춤이었다. 대위는 정면에 걸려 있는 표어를 바라보았다. "적의 스파이, 파괴분자, 낙하산부대를 섬멸하라!" '흠, 섬멸하라면 섬멸하지 뭐.' 대위는 이렇게 생각하고 혼자 싱긋 미소를 지었다.

스빈초프가 돌아올 때까지 빈둥거리기가 싫어 밀랴가 대위는 기밀우편물을 정리하기 시작했다. 온갖 종류의 지침문, 그리고 상부 기관의 명령, 유관 위원회의 결의문이나 유관 협의회 의사록 발췌 사본들이 그것이었다. 문서들의 내용을 보면 곡물 수매에 대한 관리 강화, 새로운 (전시) 채권 발행 준비, 병역기피자들에 대한 관리 강화, 핵심 관료 선발에 대한 관리 강화, 공장들의 전시체제 돌입, 소문과 유언비어 확산과의 투쟁에 대한 것이었다.

문이 활짝 열리더니 긴 망토에 낡은 탱크병 헬멧을 쓴 중년의 남자가 스빈초프에게 떠밀려서 집무실로 들어왔다. 첫눈에 그가 어느 민족 출신인지 알 수 있었다. 상황을 파악한 남자는 활짝 웃으며 흰머리가 듬성듬성 난 머리에서 헬멧을 벗어 왼손에 쥔 후 오른손을 대위에게 뻗었다.

"안녕하신니까, 대장 동지!" 그는 ㅁ 발음을 제대로 하지 못했다.*
"네네, 안녕하신니까, 안녕하신니까!" 양손을 등 뒤로 감추며 대위가 농담조로 대답했다.

끌려온 자는 반가운 듯 놀란 표정을 지으며 혹시 대위가 자신과 같은 소수민족 출신이 아닌지 물었다. 대위는 화를 내지는 않았지만 대답은 아니라고 했다.

"믿을 수가 없군요!" 체포된 자가 어깨를 으쓱했다. "인상은 그렇게 지적으로 생기신 분이."

그는 방을 둘러보더니 벽 앞에 놓인 의자를 밀랴가 대위의 책상 앞으로 끌고 와 앉았다. 이 사무실에 초대받은 사람들은 대개 이보다는 소심하게 행동했다. '이 늙은이가 아직 어디로 끌려왔는지 모르는 모양이로군.' 대위는 속으로 이런 생각이 들어 즐거워졌지만 내색은 하지 않았다. 이 손님이 마치 제가 주인인 양 책상에 팔꿈치를 대고는 대위의 얼굴을 순진무구한 표정으로 쳐다보았을 때조차 한마디도 하지 않았다.

"그래, 하실 말씀이 있으면 해보십시오." 노인은 호의를 베풀듯 말했다.

"나더러 말을 하라고요?" 대위가 미소를 지었다. "반대로 하면 어떨까요? 자 어서 말을 해보시죠."

손님은 고집을 부리지 않고 바로 대위의 제안에 동의했다.

"첫째," 그가 말했다. "제 아내 칠랴에게 사람을 보내주셨으면 하네요. 지금 건물 밖 대문 옆 벤치에 앉아 있을 거예요. 곧 가겠다는 말을

---

* 러시아에서 유대인들은 보통 'r' 발음을 정확히 하지 못하는 것으로 알려져 있다. 첫인사를 나누는 본문의 맥락상 'ㅁ' 발음으로 바꾸었다.

좀 전해주세요."

이 대답에 대위는 다소 놀랐고 어디 다른 곳이 아니라 바로 대문 옆 벤치에 자신의 아내가 앉아 있다는 걸 어떻게 알고 있는지에 대해 체포된 자에게 물었다.

"물론 설명해드리죠." 손님이 대답했다. "보시다시피 저는 이미 외박을 했다고 해서 마누라가 외도를 의심할 나이는 아니지요?"

"물론입니다." 대위가 적극 동의했다. "하지만 나이가 나이신지라 부인께서 다른 걱정을 할 수도 있을 텐데요. 심장마비로 쓰러졌다거나, 아니면 당신이, 그러니까, 물론 절대로 저는 그런 일이 없기를 바라지만……" 이 대목에서 대위의 눈이 기쁘게 반짝였다. "교통사고를 당했다거나, 뭐 그런 생각을 할 수도 있지 않겠습니까? 그런 일은 언제든지 일어날 수 있으니까요. 살다 보면 별의별 일이 다 있지요."

"그런 말씀은 삼가세요!" 체포된 자가 두 팔을 흔들었다. "우리 칠랴가 신경이 얼마나 예민한지 모르시는군요. 언제나 최악의 경우를 상상한다니까요."

"오호." 매우 만족한 대위가 활짝 미소를 지었다. "그러니까 당신은 여기 있는 것이 자동차에 치이는 것보다 더 나쁘다고 생각하시는 거군요. 제가 보기에 당신은 매우 똑똑한 분 같아요. 상황을 아주 정확하게 판단하고 계시다는 사실이 마음에 듭니다. 하지만 부인에게 사람을 보내서 당신이 곧 돌아갈 거라는 희망을 주는 것은 시기상조라는 사실을 잘 알고 계실 텐데요. 아시다시피 저희는 한번 모신 손님과는 쉽게 작별하지 않습니다. 이런 점을 고려할 때 나이 든 여자에게 괜한 걱정거리를 안겨줄 필요가 있을까요? 그건 어떻게 보면 매우 비인도적인 행위라 할 수 있다고 봅니다만."

"잘 이해합니다." 노인은 순순히 동의했다. "당신 말을 잘 이해했어요. 나도 당신 얼굴을 보고 있는 것이 즐겁기는 하지만, 대장 동지, 그래도 우리는 곧 헤어질 수밖에 없답니다. 왜인지 말씀드리죠. 하지만 먼저 이 얼간이를 파면시키라고 부탁드리고 싶군요." 이러면서 손님은 엄지손가락으로 그의 등 뒤에 서 있던 스빈초프를 가리켰다.

"뭐라고 하셨지요?" 곧 큰 기쁨이 찾아올 것을 예감하며 대위가 되물었다. "이 얼간이라고 하셨나요?"

"그럼 어디, 저자가 누구인지 직접 말씀해보세요. 왜 시장에서 나한테 들러붙었는지 물어보세요. 내가 도대체 무슨 짓을 했다고 말입니까?"

"하긴 맞는 말씀입니다." 대위는 고개를 부하에게 돌렸다. "스빈초프, 이분이 자네한테 도대체 무슨 짓을 했나?"

"직접 말하라고 하세요." 스빈초프가 침울하게 중얼거렸다.

"못할 것도 없지요." 잡혀 온 자가 위협적으로 말했다. "무슨 일이 있었는지 다 말할 겁니다."

"그래주시면 정말 감사하겠습니다." 대위의 말은 진심이었다.

그는 등 뒤에 서 있는 금고로 몸을 돌려 줄이 쳐진 종이를 한 움큼 꺼내서는 자기 앞의 책상 위에 놓았다. 첫 장에는 이렇게 쓰여 있었다.

신문조서 __호
성명(성, 이름, 부칭)
생년월일
출생지
출신 성분
민족

당원 여부

교육

직업

러시아사회주의연방공화국 형법 ＿항 ＿조에 따른

피의자, 용의자(필요한 난에 밑줄을 그으시오)의 직위와 직장 주소

대위는 철제 컵에서 금촉이 달린 만년필을 꺼내 필요한 난(피의자)에 밑줄을 긋고는 호의적으로 상대방을 쳐다보았다.

"자 말씀해보시죠?" 대위가 말했다.

"제가 말하는 걸 받아 적을 생각인가요?" 손님은 무슨 대단한 영예라도 얻은 듯이 말했다.

"물론입니다." 대위가 고개를 끄덕였다.

"좋습니다. 받아 적으세요." 피의자가 한숨을 푹 내쉬었다. "내가 노인연금 12루블을 받는 신세이긴 하지만, 장님이 아닌 이상 어딜 가면 뭘 얻을 수 있는지 정도는 알고 있지 않겠수? 일요일 아침 7시 20분에 내 아내 칠랴가 나를 깨웠지요. 받아 적으셨나요? 아내 말이 '모이샤, 먹을 게 하나도 없구려. 시장에 가서 뭐라도 좀 팔아 와요'라더군요. 그런데 내 직업이 제화공이다 보니 언제나 수중에 가죽이 좀 있어요. 그래서 쟁여두었던 장화용 크롬가죽을 챙겨서 시장으로 갔지요. 그런데 이 얼간이가 다가오더니 어디서 투기를 하고 있냐고 하지 않겠습니까? 그래서 내가 설명을 해주었죠. 투기란, 받아 적으세요, 투기란 싸게 산 물건을 비싸게 되파는 것이다. 난 아무것도 산 것이 없고 그저 내가 소유한 물건을 팔려고 했을 뿐이다. 그랬더니 이름이 뭐냐고 묻길래 대답을 했어요. 그러자 이자가 대뜸 내 뒷덜미를 잡더니 이 건물로 끌고 온 겁니다. 시장

에서 사람들이 다들 간첩을 잡았다고 떠들더군요. 단도직입적으로 말씀드리지만 난 절대로 간첩이 아닙니다. 남부럽지 않은 직업을 갖고 있고 입에 풀칠할 만큼은 수입이 있습니다. 만약에 내 이름이 저자 마음에 들지 않았다면 그건……"

"이름이 어떻게 되십니까?" 밀랴가가 그의 말을 끊고 조서 위에 펜을 갖다 댔다.

"내 이름은 스탈린이오."

대위는 몸을 움찔했지만 금세 잊지 않고 다시 미소를 지었다.

"뭐라고 하셨지요?"

"당신이 들은 그대롭니다."

대위는 정신을 차렸다. 그는 별의별 정신병자를 다 만나보았고 그중에는 과대망상증 환자들도 있었다. 대위가 스빈초프에게 눈을 찡긋하자 스빈초프가 그를 향해 한 팔을 휘둘렀다. 참칭자에게 무엇이 더 필요하랴! 그러자 노인이 의자에서 나가떨어지면서 모자가 옆으로 날아갔다.

"어이쿠, 나 죽네!" 그가 신음 소리를 내며 일어났다. "아이고, 대장 동지, 이 얼간이가 또 달려드네요! 코에서 피가 나는 게 보이시나요? 조서에 이 사실을 꼭 기록해주세요."

힘겹게 일어선 그는 진짜로 굵은 핏방울이 마룻바닥으로 뚝뚝 떨어지는 코를 잡고 대위 앞에 섰다.

"진정하십시오." 대위가 미소를 지었다. "제 부하가 좀 흥분해서 그런 거니까요. 게다가 그럴 만한 이유도 있었지 않습니까? 신경이 곤두선 사람한테 얼간이라느니 하며 모욕하셨으니까요. 게다가 제 부하를 모욕한다는 건 제 부하가 몸담고 있는 기관을 모욕하는 것과 같지요. 당신이 우리가 감히 넘보지 못할 이름을 자기 이름이라고 주장한 사실은 차치하고라도 말입니다. 게다가 그 이름은 우리나라에서는 오직 한 사람, 당신도 누구인지 아시겠죠? 그분만이 가질 수 있는 이름이지 않습니까?"

"오, 대장님!" 참칭자가 고개를 흔들었다. "도대체 왜 나한테 이렇게 모질게 구시는 겁니까? 내 신분증을 보게 되면 그 후에 당신들한테 무슨 일이 일어날지 상상도 못하실 겁니다. 그럼 당신은 저 얼간이와 함께 이 마룻바닥에 떨어진 내 코피를 직접 핥아야 할 겁니다. 나중에라도 내가 이곳을 찾아와 바지를 벗으면 당신은 저 얼간이와 함께 내 엉덩이에 입을 맞춰야 할 겁니다."

스빈초프가 또 한 대 치자 그는 다시 그 자리에 고꾸라졌다. 동시에 그의 입에서 틀니가 튕겨 나와 문틀에 부딪히면서 두 동강이 나버렸다. 참칭자는 양손으로 머리를 움켜잡고 신음 소리를 내며 뭔가 알 수 없는 소리를 고래고래 외쳤다.

"스빈초프." 대위가 말했다. "그런데 이자의 신분증은 어디 있나?"

"모르겠어요." 스빈초프가 대답했다. "아직 확인하지 않았는데요."

"확인해보게."

스빈초프는 쓰러진 자에게 몸을 수그려 몸을 수색한 뒤 대위의 책상에 땟국이 조르르 흐르는 낡은 신분증을 올려놓았다. 손을 더럽히지 않기 위해 조심스럽게 신분증을 펼친 대위는 자신의 눈을 믿을 수가 없었다. 대위의 얼굴에서 미소가 사라진 것은 어쩌면 그때가 처음일 것이다. 갑자기 눈앞이 캄캄해져서 탁상 램프를 켠 대위의 눈앞에 관청식 펜 글씨로 또박또박 쓴 글자들이 너울너울 널을 뛰기 시작하는 바람에 그는 이름을 제대로 읽을 수가 없었다. 스린탈? 탈스린? 린탈스? 아니, 종이에는 정말로 스탈린이라고 쓰여 있었다. 모이세이 솔로모노비치 스탈린이라고. 설마 친척인 걸까? 대위는 온몸에 한기를 느꼈다. 그의 머릿속에는 사형대에 선 자신의 모습이 오락가락했다. 하느님 맙소사, 어떻게 이런 일이! 그러고 보니 스탈린의 아버지 직업이 제화공이었지 않은가!

"스빈초프!" 대위의 귀에는 자신의 목소리가 들리지 않았다. "방에서 나가 있게!"

스빈초프가 밖으로 나간 후에도 대위의 상태는 나아지지 않았다. 한동안 그는 얼이 빠져서 앞에 놓인 종이를 끌어당겼다가 다시 뒤로 밀어놓고, 문진을 집어 들어 신분증 위에 올려놓았다가 다시 신분증을 입으로 후 부는 등 아무런 의미 없는 동작을 해댔다. 그러더니만 마침내 양손으로 조심스럽게 신분증을 책상 끄트머리로 밀어놓았다.

한편 잡혀 온 남자는 여전히 마룻바닥에 누워 있었다. 여전히 양손으로 머리를 감싸 안은 채 잔뜩 몸을 웅크리고 있는 꼴이 마치 머리가 떨어져 나갈까 봐 두려워하는 것처럼 보였다.

대위는 의자를 뒤로 밀며 자리에서 일어나 차렷 자세로 구령하듯 우렁차게 외쳤다.

"안녕하십니까, 스탈린 동지!"

노인은 얼굴에서 한 손을 떼더니 못 미더운 눈초리로 대위를 흘깃 쳐다보았다.

"안녕하시니까, 안녕하시니까." 조심스럽게 그가 말했다. "인사는 아까 하지 않았습니까?"

대위는 노인이 일어서는 것을 도와주고 싶었지만 감히 그러질 못했다. 다리가 부들부들 떨리고 입안에서 석유 냄새가 났다.

"당신이……" 이렇게 말하고 대위는 침을 꿀꺽 삼켰다. "당신께서……" 그러고는 혀로 입술을 적셨다. "당신께서 그러니까 스탈린 동지의 아버지 되십니까?"

"아이고, 온몸에 골병이 들었는가 봐!" 노인은 양손으로 마룻바닥을 짚고 기면서 먼저 부서진 틀니 한 조각을 찾고 곧 다른 조각도 찾아냈다. "아, 내 이빨이!" 틀니의 파편들을 쳐다보며 그가 한탄을 했다. "오 하느님, 이빨이 없으면 이제 어찌합니까?"

그는 힘겹게 바닥에서 일어나더니 대위 앞에 앉아 그의 눈을 바라보았다.

"왜? 놀랐냐, 이 불한당아!" 고소하다는 듯 그가 말했다. "앉아, 이 짐승 같은 놈. 이 썩어 문드러질 놈 같으니. 이제 어디서 이런 이빨을 구하냔 말이야."

"새 틀니를 끼워드리겠습니다." 대위가 황급히 약속했다.

"새 틀니라고? 흥." 노인이 그의 말을 따라 했다. "이런 틀니를 어디서 새로 구한단 말이야? 이 이빨은 내 아들이 해준 건데, 이 도시에 이런 이빨을 만들 수 있는 자가 있기나 하냔 말이야."

"이 이빨을 스탈린 동지가 직접 해주신 겁니까?" 감격한 대위가 손을 뻗었다. "한번 만져봐도 되겠습니까?"

"멍청한 놈." 틀니의 파편을 뒤로 숨기면서 스탈린이 말했다. "팔뚝까지 피에 젖은 손으로 어딜 만지려고."

그 순간 어떤 생각이 갑자기 대위의 뇌리를 스쳤고 그것은 마치 하늘에서 내려온 구명조끼 같았다. 만약 이자가 스탈린의 아버지라면 스탈린의 부칭은 모이세예비치가 돼야 할 것 아닌가…… 그런데 밀랴가는 아무리 애를 써도 친애하는 지도자 동지의 부칭이 기억나지 않았다.

"죄송합니다만," 그가 우물쭈물 말을 꺼냈다. "스탈린 동지의 아버지는 성이 스탈린이 아닌 것으로 기억하는데요. 이름도 모이세이가 아니라……" 대위는 차츰 냉정을 되찾았다. "그러니까 제가 하려는 말은 당신이 왜 스탈린 동지의 아버지 행세를 하고 다니냐는 거지요."

"왜냐하면 내가 스탈린 동지의 아버지가 맞기 때문이오. 내 아들 지노비이 스탈린 동지는 고멜시에서 제일 유명한 치공사요."

"아하, 그러면 그렇지!" 그제야 대위의 얼굴에 화색이 돌았다. "말이 나온 김에 얘기하는데 우리 시의 치공사들도 솜씨가 그리 나쁘지는 않습니다."

대위가 호출 단추를 누르자 문 뒤에서 비서 카피톨리나가 나타났다.

"스빈초프를 들어오라고 해!" 대위가 지시했다.

"네." 카피톨리나가 나갔다.

"그 얼간이를 또 이리로 부르려는 겁니까?" 스탈린이 걱정스레 물었다. "내 생각을 말하자면 그러지 않는 게 좋을 거요. 당신은 아직 젊고 앞날이 창창한데, 뭣 때문에 경력에 오점을 남기려고 그럽니까? 나이 든 연장자의 조언을 들어요."

"조언은 이미 충분히 들었습니다." 대위가 미소를 지었다.

"이번에도 듣도록 해요. 조언에 대한 대가는 받지 않을 테니. 한마디만 더 해주리다. 만약에 누구든 당신이 스탈린을, 그러니까 '그' 스탈린이 아니라, 혹은 그의 아버지도 아니고 그냥 성만 같은 자라고 할지라도 스탈린을 체포해서 폭행했다는 사실을 알게 된다면, 오 하느님, 당신이 무슨 일을 당할지 당신은 상상도 못할 거요!"

대위는 생각에 잠겼다. 노인의 말이 맞을지도 몰랐다. 정말로 상황은 미묘했다.

스빈초프가 들어왔다.

"부르셨습니까, 대위님?"

"나가보게." 밀랴가가 말했다. 스빈초프가 돌아 나갔다.

"제 말을 들어보십시오. 모이세이…… 저, 부칭이 어떻게……"

"솔로모노비치." 스탈린은 짐짓 자랑스러운 듯 알려주었다.

"모이세이 솔로모노비치, 그런 성을 왜 달고 다니십니까? 그 성이 누구 건지 아시잖아요?"

"첫째, 이 성은 내 거요." 모이세이 솔로모노비치가 말했다. "내 아버지도 스탈린이었고 내 할아버지도 스탈린이었으니까. 이미 차르 시절에 이 성을 하사받은 거라고. 할아버지는 강철을 만드는 작은 공장을 갖고 계셨고 그 때문에 스탈린이라는 성을 갖게 된 거지."

"사정이야 어찌 됐건 이런 종류의 유사성은 여러 사람을 불편하게 합니다……"

"당신은 불편한지 모르겠지만 난 오히려 아주 편해. 만약에 내 성이 시풀만이었거나 행여라도 이바노프* 같은 거였다면 저 당신의 얼간이가 얼마든지 내 이빨을 날려버릴 수 있었기 때문이지. 고멜시의 대장 동지도 나더러 여러 번 성을 바꾸라고 했지만 내 대답은 단 하나였소, 싫다! 그리고 보니 그 사람 당신과 매우 닮은 것 같구려. 혹시 당신 형 아니오?"

"전 형제가 없습니다." 대위가 우울하게 대답했다. "외아들이죠."

"정말 당신이 가엾소." 스탈린이 안타까워했다. "집안에 아이가 하나인 건 결코 좋지 않아요. 이기주의자로 크기 십상이니까."

이런 지적을 당하고도 대위는 화를 내지 않았다. 대신 신문조서를 갈기갈기 찢어서 휴지통에 던졌다. 그리고 자리에서 일어나 직접 바닥에서 모자를 집어 들어 입으로 먼지를 분 다음 손님에게 내밀었다.

* 시풀만은 유대인의 성이며, 이바노프는 한국으로 치면 김씨, 이씨 정도 되는 가장 흔한 러시아 성이다.

"만나서 반가웠습니다." 밀랴가는 미소를 지으며 모이세이 솔로모노비치의 손을 잡았다.

하지만 손님은 서두르지 않았다. 그는 기관을 떠나기 전에 그의 장화 원단을 돌려주고 주립병원 앞으로 틀니 수선 허가증을 써줄 것을 요구했다.

"그건 저희가 해드리겠습니다." 대위는 카피톨리나를 불러 즉시 필요한 문서를 준비하라고 지시했다.

카피톨리나는 도대체 무슨 이유로 그런 지시를 하는 것인지 이해가 되지 않았다. 기관은 언제나 사람들을 배려했지만 지금까지 이런 경우는 없었다!

"아예 요양지 이용권도 끊어주시는 건 어때요?" 그녀는 비꼬듯 물었다.

노인은 얼굴에 화색이 돌더니 말은 고맙지만 당분간은 요양지에 가고 싶지 않다고 말했다.

"나는 요양지를 아주 좋아해. 특히 크림반도가 좋지." 그가 말했다. "크림은 남부 해안의 보석 같은 곳이야. 인간이 누릴 수 있는 최고의 기쁨이지. 하지만 내 생각에 그곳은 곧 독일군에게 점령될 거 같거든."

"독일군이라면 당신 병을 감쪽같이 고쳐줄 텐데 말이에요." 카피톨리나가 의미심장하게 말했다.

자신의 경솔한 발언을 그녀는 바로 후회할 수밖에 없었다. 노인은 불쾌함을 노골적으로 표시했다.

"내가 보기에 아가씨는 유대인을 좋아하지 않는 것 같구먼." 그의 목소리에는 그녀의 미래에 대한 우려가 분명하게 담겨 있었다. "젊은 아가씨가, 게다가 보아하니 구체제하에서 자랐을 나이도 아니고. 거기다가

공산당원이거나 청년공산동맹 회원일 텐데, 쯧쯧."

카피톨리나가 무슨 장애라도 갖고 있는 것처럼 그녀를 안쓰럽게 쳐다본 노인은 한숨을 푹 내쉬면서 아이고, 하며 고개를 흔들고 나서, 그녀가 신념을 바꾸지 않는다면 그녀 또한 그의 엉덩이에 입을 맞춰야 할 거라며 안타깝게 말했다. 게다가 그 일을 하기 전에 먼저 입술에서 루주를 닦아내야 할 거라고 했다.

"왜냐하면 내 아내 칠랴는," 그가 설명했다. "질투심이 많거든. 혹시라도 립스틱 자국을 발견하면 난리가 날 거야. 가정이 파탄 나는 거지."

도대체 눈앞에서 무슨 일이 벌어지고 있는 건지 어리둥절해진 카피톨리나가 대위를 쳐다보았다. '왜 이자를 당장 총살시키라고 명령하지 않는 거지?'

"카피톨리나." 상황을 급히 무마하려는 듯 대위가 그녀에게 미소를 지었다. "자, 부탁이니 가서 이 동지에게 줄 허가서를 준비하도록 해."

기분이 상해 입술을 꼭 깨문 카피톨리나는 상사의 지시를 수행하려고 밖으로 나가려다가 다시 뒤를 돌아서는, 노인을 외면한 채 그의 이름이 무엇인지 물었다. 신이 난 스탈린이 입을 떼려는 찰나 대위가 선수를 쳤다.

"이름은 기입하지 말고," 그가 서둘러 말했다. "허가서를 제시하는 자에게,라고 써."

"정말, 뭐라는 건지." 카피톨리나가 말했다. "이름이 없는 사람이 어디 있어요?"

"난 이름이 있어." 노인이 말했다.

"저 사람이 이름이 있는 건 맞아." 대위가 수긍했다. "하지만 그건 극비 사항이야." 대위는 노인과 비서를 번갈아 보며 미소를 지었다. "어서 가서 지시한 대로 해. 이 허가서를 제시하는 자에게, 이런 식으로 말이야."

몇 분 후 대위는 귀빈이라도 모시는 것처럼 노인을 건물 밖 대문까지 배웅했다. 대문 옆 벤치에는 정말로 노파가 한 명 앉아 있었다. 무릎 위에 너덜너덜한 밀짚가방을 올려놓은 채 정면을 응시하고 있는 모습을 보니 기다림에 이력이 난 사람이라는 걸 바로 알 수 있었다. 기다리는 시간을 일분일초도 낭비하지 않고 그녀는 자신의 민족이 세계 역사에 선물한 위인들의 이름을 외우는 데 보냈다. 지금 그녀는 정면을 응시한 채 손가락을 하나씩 접으면서 중얼거리고 있었다.

"……마르크스, 아인슈타인, 스피노자, 트로츠키, 스베르들로프, 로트실트……"

"칠랴." 스탈린이 그녀에게 말했다. "이 젊은이와 인사해. 굉장히 재미있는 청년이야."

"유대인이우?" 칠랴는 눈을 빛내며 물었다.

"유대인은 아니야. 그래도 상당히 재미있는 젊은이야……"

"맙소사!" 순식간에 밀랴가에 대한 관심이 식어버린 칠랴가 고개를 저었다. "당신 그거 정말 나쁜 버릇인 거 알아요? 새로운 도시로 이사를 할 때마다 어떻게 바로 이런 이교도들을 찾아가는지. 제발 다른 친구들을 사귈 수는 없어요?"

"칠랴, 공연히 그런 말 하지 마. 정말 괜찮은 젊은이야. 고멜의 그자보다 낫던걸. 고멜의 그자는 사흘 동안이나 나를 유치장에 가둬놓는 바람에 나를 유치장에 가둬두면 안 되는 이유를 사흘 내내 설명했지 않아? 그런데 이 젊은이는 바로 이해하던걸."

사무실로 돌아온 밀랴가 대위는 심통이 단단히 난 카피톨리나를 달래준 후 다른 우편물들과 함께 배송된 편지 한 통을 그녀에게서 건네받았다. 그것은 십중팔구 익명의 투서였다. 기관의 주소는 왼손 필체로 쓰여 있었고 발신자는 없었다. 이런 유의 편지는 항상 있었다. 밀랴가 대위가 근무하는 기관에 편지를 보내는 사람은 십중팔구 발신자 주소를 쓰지 않았고, 거의 예외 없이 왼손으로 편지를 써 보내왔다. (예외라면 왼손잡이가 오른손으로 쓴 편지들뿐이었다.) 그런 편지들은 대부분 소소한 밀고를 담고 있었다. 배급제를 비판하는 사람도 있었고 단시일에 독일군을 격퇴하기는 힘들 거라고 써 보낸 사람도 있었다. 누군가 부엌에 모여 앉아 의심스러운 내용의 농담을 지껄이는 것을 들었다고 하는가 하면, 어떤 경각심이 투철한 사람은 시인 이사콥스키의 작품을 예의 주시하라고 요청하기도 했다. 그는 편지에서 이렇게 썼다. "이 시인이 가사를 붙인 「저 꽃보다 좋은 건 없네」라는 노래가 레코드판과 라디오를 통해 전 소비에트 연방에 확산되고 있습니다. 노랫말 중에 '보이는 대로, 들리는 대로'라는 유명한 소절이 있는데 자세히 듣다 보면 뭔가 다른 것이 숨어 있다는 것을 알 수 있습니다. 주의 깊게 들어보면 이 소절은 '똥이 보이네, 똥이 들리네'가 된다는 말씀입니다."* 이 경각심 투철한 시민은 이 시인을 '그곳'으로 초대하여 이것이 실수인지 아니면 고의적으로 악의를 갖고 한 짓인지 단도직입적으로 따져 물어야 할 것이라고 주장했다. 동시에 밀고자는 자신이 이미 이 천인공노할 사실에 대해서 지역신문에 언질을 주었지만 지금까지 아무런 답변도 듣지 못했다고 했다. 그 때문에 그가 내린 결론은 "신문이 끈질기게 침묵을 지키고 있다는 사실은 혹시 신문사 편집장이 시인 이사콥스키의 공모자가 아닌지, 그렇다면 그것은 조직적

---

* 러시아어로 발음이 같은 표현을 가지고 말장난을 하고 있다.

인 유해 세력이 암약 중임을 의미하는 것이 아닌지 하는 당연한 의구심을 불러일으킨다"는 것이었다.

기관이 사소한 밀고들을 무시함으로써 체통을 지켜온 사실은 존경을 받아 마땅했다. 소소한 밀고에 매번 반응했다면 길거리를 자유로이 활보하는 사람을 찾아보기 힘들었을 테니까 말이다.

마지막 우편물에 끼어 온 한 통의 편지가 겉보기에 별다를 것 없어 보인 것도 이 때문이었다. 하지만 대위는 설명하기 힘든 이유로 이 편지에 틀림없이 어떤 중대한 내용이 담겨 있을 것 같은 예감을 느꼈고, 편지를 뜯어 첫 줄을 읽자마자 자신의 예감이 틀리지 않았음을 깨달았다.

탈영병이자 국가 반역자인 이반 촌킨이 우리 크라스노예 마을에 머물고 있음을 신고합니다. 그자는 우편배달부인 안나 벨랴쇼바*의 집에 기거하고 있으며 전투기, 총기 같은 전투 장비를 소지하고 있습니다. 우리 조국이 가혹한 시련을 겪고 있는 현 시국에 이자는 독일 파시스트 점령군과의 전투에 비행기를 이용하는 대신 하릴없이 텃밭에 방치해놓고 있습니다. 이반 촌킨은 붉은 군대 사병의 신분임에도 불구하고 자신이 있어야 할 자리인 전방에 나가 싸우기는커녕 이곳에서 방탕한 생활을 하며 음주 및 온갖 파렴치한 짓을 일삼고 있습니다. 상기한 이반 촌킨은 마르크스·레닌 교리에 대해 설익은 사상과 불신을 여러 차례 표명했으며, 원숭이가 노동과 고차원적 사고 활동의 결과, 인간으로 진화했다는 찰스 다윈의 이론에 대해서도 그리했습니다. 상기한 사실 외에도 그는 안나 벨랴쇼바의 가축을 이용하여 이 지방에서 명망

---

* 여주인공의 이름 '뉴라'는 '안나'의 애칭이다.

이 높은 육종학자이자 과학자인 쿠지마 글라디셰프의 텃밭을 파괴하는 만행을 저질렀습니다. 촌킨의 그러한 만행이 소비에트 농학의 품종 개량 분야에 엄청난 손실을 가져온 것은 두말할 나위가 없습니다. 엉덩이에 뿔난 송아지처럼 날뛰는 이 탈영병을 체포하여 준엄한 소비에트 법률에 근거한 책임을 물어주시기를 요청합니다. 크라스노예 마을의 주민들 보냄.

대위는 편지를 다 읽고 나서 빨간 색연필로 '탈영병' '반역자' '촌킨'이라는 단어에 밑줄을 그었다. '글라디셰프'란 성에는 파란 색연필로 밑줄을 긋고 옆에 '밀고자'라고 적은 후 물음표를 그려놓았다.

이 투서는 아주 적절한 시기에 도착한 것이었다. 군 최고사령관의 교시를 실제로 이행할 순간이 온 것이다. 대위는 필리포프 중위를 호출했다.

"필리포프." 밀랴가 대위가 중위에게 말했다. "필요한 인원을 데리고 내일 크라스노예 마을로 가서 탈영병 촌킨을 체포하게. 영장은 검사에게 가서 받게. 그리고 글라디셰프란 자가 누군지도 알아보고. 나중에 쓸모가 있을지 모르니까."

19

저녁때부터 하늘에 시커먼 먹구름이 드리우더니 비를 뿌리기 시작했다. 밤새 그치지 않고 내린 비에 아침 무렵 길은 완전히 진창이 되어 걸어서는 지나갈 수가 없는 상태가 되었다. 갓길을 따라 걷고 있던 뉴라는 아버지한테서 물려받은 거대한 장화가 계속 흘러내리는 바람에 연신 장화를 손으로 잡아주어야 했다. 비에 젖어 부풀어 오른 가방도 틈만 나면 어깨에서 흘러내렸다. 그렇게 2.5킬로미터 정도를 고생하며 걷다가 첫 번째 갈림길에 도착했을 때 뉴라는 방수 덮개를 씌운 트럭을 보았다. 트럭 옆에는 회색 제복을 입은 남자들이 흙을 퍼내고 있었다. 머리에서 발끝까지 비에 푹 젖고 온몸에 흙탕물을 뒤집어쓴 채 몇몇은 삽을 들고서, 다른 몇몇은 맨손으로 트럭 앞길을 치우고 있었고, 옷깃에 네모 두 개를 단 남자는 약간 옆으로 비켜선 채 손바닥으로 비를 막으면서 후줄근해진 손담배를 피우고 있었다. 트럭 뒤편에서 거대한 덩치의 남자가 삽 대용으로 이용하는 판자 하나를 갖고 나왔다. 그는 트럭을 피해 빙 돌아가는 뉴라를 발견하자 멈춰 서서, 붉은 눈썹 아래 짐승처럼 이글대는 눈으로 그녀를 응시했다.

"아줌마!" 그는 무인도에서 처음 사람을 만나기라도 한 것처럼 놀란 투로 소리를 질렀다.

회색 제복을 입은 사람들이 일손을 멈추고 뉴라 쪽으로 몸을 돌리더니 말없이 그녀를 훑어보기 시작했다. 그들의 시선을 느끼자 뉴라는 뒷걸음질을 쳤다.

"아가씨!" 이번에는 담배를 피우던 남자가 뉴라를 불렀다. "크라스노예 마을까지는 멀었소?"

"아뇨, 안 멀어요." 뉴라가 대답했다. "1킬로미터쯤 더 가서 언덕을 넘으면 보일 거예요. 그런데 누굴 찾으시나요?" 그녀가 용기를 내어 물었다.

"아가씨네 마을에 탈영병 하나가 살고 있어요. 망할 놈 같으니." 중위와 나란히 서 있던 삽을 든 병사가 설명했다.

"프로코포프." 중위가 엄한 목소리로 그의 말을 막았다. "쓸데없는 말 지껄이지 말게."

"제가 무슨 말을 했다고 그러세요?" 프로코포프는 삽을 내던지고 운전석에 앉았다.

시동이 걸리고 조금 앞으로 나가나 싶더니 트럭은 다시 웅덩이에 빠졌다. 뉴라는 길을 따라 계속 걷다가 강이 있는 오른쪽으로 꺾어 아래로 뛰어내려가 크라스노예 마을이 있는 반대 방향으로 달리기 시작했다.

촌킨은 얼마나 깊은 잠에 곯아떨어져 있었는지 깨우기가 쉽지 않았다. 결국 얼굴에 찬물을 끼얹어야 했다. 뉴라는 오는 도중에 길에서 본 사람들과, 그들과 나눈 탈영병 얘기를 들려주었다.

"탈영병은 알아서들 잡으라지." 왜 그런 일로 사람을 깨웠는지 영문을 알 수 없는 촌킨은 잠에 취한 머리를 흔들었다. "나더러 어쩌라고."

"오, 하느님!" 뉴라가 양팔을 들며 탄식했다. "정말 이해를 못하겠어? 탈영병이 누구겠어? 당신이라고!"

"내가 탈영병이라고?" 촌킨은 놀랐다.

"나란 말이야?"

그는 침대에서 다리를 내려놓았다.

"뉴라, 뭔가 잘못 알고 있는 거 아니야?" 불만스럽게 그가 말했다. "내가 어딜 봐서 탈영병이야? 잘 생각해봐. 비행기를 지키라고 나를 여기로 보낸 후 부대에 몇 번이나 편지를 썼는데 임무를 중지한다는 명령은 오지 않았어. 군법을 어기지 않으려고 근무지를 마음대로 이탈하지도 못하는 신세야. 그런데 내가 어떻게 탈영병이야?"

뉴라는 울음을 터뜨리면서 어차피 그자들은 우리 말을 믿어주지 않을 테니 어서 무슨 방도를 찾아보라고 촌킨에게 애원했다.

촌킨은 잠시 생각에 잠겼다가 무슨 결심이라도 한 듯 머리를 흔들었다.

"아니, 뉴라. 어디론가 숨는다는 건 불가능해. 근무지를 이탈할 수 없으니까 말이야. 위병사령이나 경비대장, 부대당직 장교 외에는 나를 경비 근무에서 해제해줄 수 있는 사람이 없어. 아니면……" 촌킨은 또 어떤 지휘관이 그를 경비 근무로부터 해제시켜줄 수 있는지 고민하다가 부대당직 다음으로 그가 복종할 수 있는 사람은 장군 정도는 되어야 할 거라는 결론을 내렸다…… "아니면 장군의 허가가 있어야 해." 결론을 내린 촌킨은 옷을 입기 시작했다.

"그럼 어쩔 건데?" 뉴라가 물었다.

"어쩌긴?" 그가 어깨를 으쓱했다. "가서 보초를 서야지. 누구든 다 가오기만 해봐라."

마당에는 여전히 비가 내렸다. 촌킨은 외투를 입고 그 위에 작은 가방이 달린 허리띠를 졸라맸다.

"그 사람들을 쏠 거야?" 겁에 질린 뉴라가 물었다.

"먼저 건드리지 않으면 안 쏠 거야." 촌킨이 다짐했다. "하지만 먼저 도발을 하면 나도 어쩔 수 없잖아."

뉴라는 이반에게 달려들어 그의 목을 양팔로 껴안고 울음을 터뜨렸다.

"이반." 눈물을 펑펑 쏟으며 그녀가 애원했다. "제발, 그 사람들한테 저항하지 마. 당신을 죽일 거야."

촌킨은 한 손으로 그녀의 머리카락을 쓰다듬었다. 머리카락은 젖어 있었다.

"할 수 없잖아, 뉴라." 그가 한숨을 내쉬었다. "난 보초 근무 중이니까. 만약을 위해서 지금 작별 인사를 해두는 게 좋겠어."

세 번 입을 맞춘 후 뉴라는 촌킨에게 생전 처음 성호를 그어주었다.

촌킨은 소총을 어깨에 멘 후 군모를 푹 눌러쓰고 밖으로 나갔다. 빗방울이 서서히 잦아들면서 저 멀리 노보클류크비노 마을 너머에 희미한 무지개가 반짝이고 있었다.

질척질척한 흙탕길 속에서 힘겹게 발을 옮겨 비행기가 서 있는 곳에 도착했을 때 이반은 닳을 대로 닳은 오른쪽 장화 안으로 물이 확 스며들어오는 것을 느낄 수 있었다. 팽팽한 비행기 날개 외피 위로 빗방울이 부딪히며 곡식 낟알처럼 후드득후드득 소리를 내고 있었고 굵은 빗방울은 기름을 먹인 방수 덮개 위에서 춤을 추고 있었다. 오른쪽 아랫날개 위로 기어올라가자 윗날개가 비를 막아주었다. 날개는 경사가 지고 미끄러워서 앉아 있기가 편하지는 않았다. 대신 한길과 아래 툐파 강변로 두 군데가 모두 한눈에 들어와 시야 확보에 유리했다.

한 시간이 지나도 사람의 그림자라고는 보이지 않았다. 그로부터 또 반 시간이 지났을 때 뉴라가 아침으로 감자와 우유를 갖고 왔다. 그러자 비가 그치고 해님이 얼굴을 내밀었다. 해님이 물웅덩이 속에 반사됐고 여기저기 물방울 속마다 눈부시게 반짝거렸다. 해가 나서 그런지, 아침을 먹은 탓인지, 아니면 두 가지 이유가 합쳐져서인지는 모르지만 촌킨은 기분이 한결 느긋해졌다. 코앞에 닥친 위험에 대한 경계심이 풀어지면서 이내 꾸벅꾸벅 조는 지경에 이르렀다.

"어이, 군바리!"

촌킨은 깜짝 놀라 깨면서 소총을 꽉 잡았다. 울타리 옆에 떡대가 서 있었다. 그는 맨발에 바짓단을 거의 무릎까지 접어 올리고 어깨에는 2인용 그물을 메고 있었다.

"그물 낚시 같이할 동무를 찾고 있는데 말이야." 그는 호기심 어린 눈으로 촌킨을 쳐다보며 용건을 말했다.

"물러서." 이렇게 말한 촌킨이 고개를 돌렸다. 하지만 한쪽 눈으로는 떡대를 예의 주시하고 있었다.

"어라, 뭐야?" 떡대가 놀라서 물었다. "나한테 화라도 난 거야? 내가 보리카에 대해서 한 말 때문이라면 됐어. 내 눈으로 본 것도 아니거든. 뉴라와 그 녀석 사이에 아무 일도 없었을 수 있어." 떡대는 그물을 울타리에 걸쳐놓고 몸을 수그려 울타리 사이로 한쪽 다리를 집어넣었다. 그가 두번째 다리를 집어넣으려는 찰나 촌킨이 날개에서 뛰어내렸다.

"야, 꼼짝 마! 쏜다!" 촌킨은 이렇게 외치고 소총으로 떡대를 겨눴다.

떡대는 황급히 뒤로 물러서며 울타리에서 그물을 걷어냈다.

"미쳤구먼. 에라 모르겠다." 떡대는 투덜대더니 강 쪽으로 걸음을 돌렸다.

이때 언덕 너머에 포장을 친 트럭이 모습을 드러냈다. 운전사는 운전대를 잡고서 가속페달을 밟았고, 조수석에는 온통 흙탕물을 뒤집어쓴 중위가 문고리를 잡고 발판 위에 서서 지휘를 하고 있었다. 나머지 회색 제복을 입은 사람들은 흙탕물 범벅에 물에 빠진 생쥐 꼴이 되어 트럭을 미는 중이었다. 트럭은 여전히 헛바퀴질을 하며 왼쪽으로 기울었다 오른쪽으로 기울었다 하였다. 떡대는 옆으로 비켜서서 이 진귀한 광경을 흥미롭게 지켜보았다.

"어이, 거기, 좀 도와주지 그래?" 중위가 쉰 목소리로 그에게 소리쳤다.

"내가 그렇게 할 일이 없는 줄 아슈?" 떡대는 투덜거리고는 뒤로 돌아 천천히 가던 길로 가버렸다. 하지만 곧 호기심이 발동한 나머지 되돌아 트럭의 뒤를 밟기 시작했다. 트럭은 집단농장 사무소 앞에 도착해 멈췄다.

20

이반 티모페예비치 골루베프는 자신의 집무실에서 지난 열흘간의 건초 수확 상황에 대한 보고서 작성에 여념이 없었다. 이런 보고서는 물론 거짓말이었다. 지난 열흘간 수확된 양은 거의 전무했기 때문이다. 남자들은 모두 전선으로 나갔고 수확에 동원된 일꾼이라고는 여자들뿐이었으니 수확이 제대로 됐겠는가! 군위원회는 그런 상황을 타당한 사유로 인정해주지 않았다. 보리소프는 전화로 한바탕 욕을 퍼부은 후 계획 완수를 지시했다. 집단농장들의 여건이 좋지 않다는 사실은 그도 잘 알고 있었지만, 그 나름대로 윗사람들에게 욕을 얻어먹은 터라 현실이야 어찌 되었건 결과를 보여주는 종잇조각이 그에겐 더 중요했다. 그의 일은 각 집단농장에서 올라온 보고서들을 토대로 숫자들을 재배열한 후 종합 보고서를 작성하여 보고하는 것이었다. 주에서는 각 군에서 올라오는 보고서들을 토대로 종합 보고서를 작성해 위로 발송했고, 그러한 방식으로 보고서는 맨 꼭대기까지 올라갔다.

그런 이유로 골루베프 회장은 지금 집무실에 앉아서 거대한 합동 문서 작업을 완수하기 위해 자신이 맡은 작은 역할을 수행하고 있는 것이었다. 그는 흰 종이에 가로세로 눈금줄을 긋고 세로에 작업반장들 이름을 적은 후 가로에는 수확 면적, 수확량, 백분율, 노동 일수를 적어나갔다. 그러고 나서 옆방에 앉아 있는 회계원 볼코프를 호출했다. 볼코프가 각 열의 숫자들을 암산으로 재빨리 계산하면 회장은 합을 합계란에 적어나갔다. 회계원을 내보낸 후 회장은 또박또박 서명을 하고 새로 작성된 공문이 마르도록 입으로 후후 불었다. 그러고는 방금 완성된 작품을 감상하기 위해 멀찌감치 밀어놓았다. 보고서에 적힌 숫자들은 굉장히 인상 깊었고 회장은 자신이 어떤 의미에서는 이러한 숫자들을 믿기 시작했다는 사실을 깨달았다. 할 일을 마치자 몸을 풀기 위해 자리에서 일어나 기지개를 펴면서 창가로 다가갔는데, 그는 그만 팔을 높이 올린 채 그 자리에 그대로 얼어붙고 말았다.

사무소 앞에는 포장 트럭이 서 있었다. 그 옆에는 회색 제복에 흙탕물을 뒤집어쓴 남자들이 서 있었고 그중 두 명은 이미 현관 계단을 올라서고 있었다. '올 것이 왔구나!' 회장은 마음속으로 탄식했다. 평소 자신의 운명에 대한 마음의 준비를 하지 않은 바는 아니었지만 갑작스러운 이자들의 출현에 그는 심장이 덜컥 내려앉았다. 게다가 참전 신청을 해놓았고 어쩌면 허가가 났을 수도 있다. 그런데 이제 모든 것이 끝장이다. 회장은 방 안을 서성거렸다. 어찌한단 말인가? 달아나는 것은 미친 짓이었고 달아난다 해도 숨을 곳이 없었다. 발소리는 이미 회계원이 앉아 있는 옆방에서 들려왔다. 방 안에 숨어 있을까? 우스운 일이다. 갑자기 그의 시선이 방금 전에 완성한 보고서에 가 닿았다. 그것은 완벽한 증거물이 될 것이다! 자기 손으로 사형선고에 서명을 한 셈이다. 어찌할 것인가? 태워버릴까? 늦었다. 찢어버릴까? 찾아서 붙일 것이다. 탈출구는 오직 하나뿐이었다. 이반 티모페예비치는 종이를 구겨서 입속으로 욱여넣었지만 씹어서 삼킬 시간이 모자랐다.

문이 벌컥 열리더니 두 사람이 들어왔다. 비쩍 마른 한 명의 옷깃에는 네모 계급장이 달려 있었고, 짐승 같은 얼굴을 한 다른 사람에게는 삼각형 계급장이 달려 있었다.

중위는 소매로 얼굴의 땀을 닦으며 인사를 했다. 덕분에 얼굴도 흙범벅이 되어버렸다. 한편 그는 대답 대신 괴상한 웅얼거림을 들을 수 있었다.

앞에 서 있는 자가 벙어리라고 생각한 중위는 불만스럽게 인상을 썼다. 그는 질문에 제대로 대답하지 못하는 사람들을 싫어했다.

"회장은 어디 있나?" 엄한 목소리로 그가 물었다. "대가리 말이야!" 그는 양손으로 커다란 머리 모양을 그려 보였다.

"음머어어." 회장은 웅얼거리는 소리를 내며 순순히 자신의 가슴을 손가락으로 가리켰다.

벙어리 집단농장 회장을 한 번도 본 적이 없는 중위는 잠깐 놀랐지만(회의에서 발표는 어떻게 할까?) 사실이 그렇다면 그럴 만한 이유가 있으리라 생각하고는 손짓을 곁들여 설명하기 시작했다.

"그러니까 이 마을에 한 사람이…… 그러니까 탈영병이 있는데, 이해하겠나?" 중위는 열심히 총 쏘는 시늉을 한 후 전쟁에서 도망가는 사람을 흉내 냈다. "그리고 우리가 이자한테……" 그는 총집에서 권총을 꺼내 회장의 배를 찌르고는 "손들어!" 하고 말했다.

그러자 회장의 아래턱이 떡 벌어지면서 침으로 범벅이 된 구겨진 종이 덩어리가 바닥으로 떨어졌다. 그와 동시에 갑자기 회장의 몸이 비틀비틀하더니 벽에 뒤통수를 찧으며 바닥에 쿵 쓰러졌다.

당황한 중위가 처음에는 회장을, 그러고는 문 옆에 말없이 석상처럼 서 있는 요원을 쳐다보았다.

"젠장." 그는 당황한 듯 중얼거렸다. "총을 꺼내자마자 기절해버리다니. 종이는 또 왜 씹고 있어." 그는 마루에서 씹다 뱉은 종이를 집어 들어 조심스럽게 펼쳐본 후 책상에 던졌다. 그리고 바닥에 누워 있는 회장을 장화 끝으로 툭툭 친 후 몸을 수그리고 그의 뺨을 때리기 시작했다. "이봐, 들리나? 일어나. 바보짓 하지 말고 일어나라고." 중위는 회장의 손을 잡고 맥을 짚어보았다. "흠, 모르겠군. 맥박이 있는 거야, 없는 거야."

그는 회장의 재킷과 셔츠 단추를 끄른 후 가슴에 귀를 갖다 댔다.

"스빈초프, 발소리 그만 내." 이렇게 말하고는 귀를 기울였다. 심장이 멈춰버렸는지 어쨌는지 아주 미약한 소리만이 들려왔다.

"어때요?" 스빈초프가 궁금하다는 듯이 물었다.

"모르겠어." 중위는 무릎으로 바닥을 딛고 일어나 무릎을 털려다가 바지 상태를 보고는 그럴 필요가 없다는 사실을 깨달았다. "그러지 말고 자네가 들어봐. 자네 귀가 더 좋을 수도 있으니까."

이번에는 스빈초프가 무릎을 꿇고 한쪽 귀를 가슴에 댔다. 그러다가 고개를 들어 말했다.

"쥐새끼네요."

"무슨 쥐새끼 말이야?" 중위는 이해하지 못했다.

"마루 밑에서 갉는 소리가 들려요." 스빈초프가 설명했다. "어쩌면 시궁쥐인지도 모르죠. 찍찍대는 소리가 험악한 것이 생쥐 같지는 않고. 작년에 우리 집 지하실에 시궁쥐가 들끓었는데 처음에는 잘 모르고 생쥐겠거니 하는 생각에 거기다가 고양이를 풀어놓았지 뭡니까. 그랬더니 시궁쥐란 녀석들이 고양이한테 덤벼들어서 꼬리를 홀랑 갉아 먹는 통에 겨우 살아서 나왔다고요."

"스빈초프, 내가 자네더러 쥐새끼 소리나 들으라고 그랬어? 심장이 뛰어, 안 뛰어?"

"그걸 제가 어떻게 알아요?" 스빈초프가 대답했다. "제가 의사도 아니고 그런 일은 이해도 못하는걸요. 제 생각엔 통풍창을 열어서 환기를 시켜야 할 것 같은데. 살아 있다면 정신을 차릴 것이고 죽었다면 코부터 살색이 검어지겠죠. 그냥은 어떻게 알겠어요?"

"젠장맞을." 중위가 화를 내며 말했다. "다들 왜 이렇게 나약해빠졌는지. 도대체 우리를 두려워하는 이유가 뭐지? 우리가 아무나 잡아들이는 게 아니잖아. 영장에 적힌 대로 하는 거지. 됐네. 저자는 그냥 놔두고 옆방으로 가서 외팔이를 데려오게. 제발 거칠게 대하지 말게. 또 죽어버리면 어디서 증인을 구하겠나?"

스빈초프는 옆방으로 난 문을 열고는 볼코프를 불렀다. 소심하게 문지방을 넘은 볼코프는 책상 아래 누워 있는 회장을 보자 얼굴이 새파랗게 질려서 두려움으로 몸을 떨기 시작했다.

"이 사람을 아십니까?" 중위는 미동도 하지 않고 뻗어 있는 몸을 고개로 가리켰다.

"모릅니다!" 놀라서 소리를 지르다가 볼코프는 혀를 깨물었다.

"모르다뇨?" 중위가 놀랐다. "이 사람은 도대체 누굽니까?"

"골루베프 회장입니다." 자신이 한 대답이 앞뒤가 안 맞는다는 사실에 볼코프가 허둥지둥 웅얼거렸다. "하지만 상사로서 아는 것뿐이지 사적으로는 어떠한 대화도 나눈 적이 없습니다."

"대화를 한 적이 없다는 말입니까?" 중위가 믿을 수 없다는 눈으로 쳐다보았다. "매일 만나면서 아무 말도 한 적이 없다고요?"

"아무 말도요…… 아마 아무 말도 안 했을 거예요. 저는 비당원인데다가…… 가방끈도 짧고 이런 일에 대해서는 아무것도 이해를 못한다고요."

"우리가 이해하는 법을 가르쳐주지." 스빈초프가 대뜸 이렇게 말했다.

"하긴 언젠가 그가 미리 특별한 사상 교육을 받지 않으면 마르크스-엥겔스의 책들은 노동자들이 이해하기에 어렵다고 한 적은 있어요."

"음." 중위가 말했다. "그게 전부라는 건가?"

"네, 그게 전부예요."

스빈초프는 육중한 걸음걸이로 볼코프 쪽으로 다가가 점인지 주근 깨인지 모를 것들이 자잘히 박힌 거대한 붉은 주먹을 그의 코에 들이댔 다.

"발뺌할 생각은 꿈에도 하지 않는 게 좋을걸. 그랬다가는 코뼈를 으 스러뜨려줄 테니까. 네깟 것에게 중위님께서 정중하게 질문을 하시는데 예의 바르게 대답하지 않으면 국물도 없을 줄 알아."

만약에 중위가 이곳에 온 목적이 볼코프를 신문하려는 것이 전혀 아니라는 사실을 떠올리지 못했더라면 이 일이 어떻게 끝났을지는 아무 도 모른다. 무례하기 짝이 없는 스빈초프를 제지한 후 중위는 볼코프에 게 탈영병 촌킨을 체포할 때 증인으로 참석해줄 것을 부탁했다.

21

그들은 크라스노예 마을을 관통하는 한길을 펼침 대형으로 걸어갔 다. 그들은 모두 일곱 명이었다. 그들로부터 멀찌감치 뒤에서 여덟번째로 회계원 볼코프가 따라오고 있었다. 그는 마치 뒤에서 누군가 갑자기 공 격이라도 해오지 않을까 겁에 질린 얼굴로 주위를 훔쳐보고 있었다.

멀리서 이들을 지켜본 마을 사람들은 집 안으로 들어가 커튼 사이 로 조심스럽게 이들이 지나가는 것을 훔쳐보고 있었다. 아이들은 울음을 뚝 그치고 대문 아래 개들조차 짖는 것을 멈추었다.

온 마을에 정적이 감돌아 마치 늦게 잠자리에 드는 사람들조차 이 미 꿈나라에 가 있고 부지런한 사람들은 아직 일어나지 않은 동트기 전의 바로 그 순간을 연상시켰다.

커튼 뒤에 숨어 낯선 이들을 살피던 사람들은 대열이 자신의 집 쪽으로 다가올 순간이 되면 심장이 멎는 듯하다가 그들이 집을 그냥 지나치고 나서야 안도의 한숨을 내쉬었다. 그러고는 호기심 반 두려움 반으로 그들이 어디로, 누구를 잡으러 가는 걸까, 하며 숨어서 지켜보았다.

회색 제복을 입은 남자들이 글라디셰프의 집 옆을 그냥 지나치자 마을 사람들은 그들의 목적지가 촌킨 쪽을 향하고 있음을 깨달았다. 이제 남은 집은 오직 뉴라의 집 하나뿐이었던 것이다.

"서라! 누군지 이름을 대라!" 아무도 예상치 못한 순간에 촌킨의 목소리가 들렸다. 방금 전까지 마을에 깔렸던 적막 위로 그의 목소리는 온 마을 사람들이 다 들을 수 있을 정도로 컸다.

"아군이다." 계속 걸으면서 대답을 한 중위는 부하들에게 지체하지 말고 계속 전진하도록 신호를 했다.

"서라! 쏜다!" 딸각하며 안전장치를 푸는 소리가 들렸다.

"쏘지 마. 너는 체포됐다!" 중위는 계속 다가가면서 권총집을 열었다.

"서라! 쏜다!" 같은 말을 되풀이한 촌킨이 사격 자세를 취한 후 허공에 경고사격을 했다.

"무기를 버려라!" 잽싸게 권총을 꺼낸 중위가 조준도 하지 않고 촌킨이 있는 방향으로 총을 쏘았다. 촌킨은 날쌔게 비행기 동체 아래로 몸을 숨기더니 다른 쪽으로 기어 나왔다. 총알은 엔진 덮개를 뚫고 들어가 안쪽 어딘가에 박혔다.

촌킨은 비행기 동체 끝 용골 옆에 소총을 기대놓고는 조심스럽게 고개를 밖으로 내밀었다. 회색 제복을 입은 자들이 접근하고 있었다. 이제 그들의 손에는 모두 권총이 들려 있었고 비무장인 회계원 볼코프만이 점점 더 중위로부터 뒷걸음질 치면서 스빈초프의 거대한 등 뒤에 숨어보려고 애를 쓰고 있었다. 촌킨은 망설이지 않고 중위의 턱을 조준하여 방아쇠를 당겼다. 하지만 바로 그 순간 누군가 그의 팔꿈치를 치는 바람에 중위는 생명을 부지할 수 있었다. 총알이 중위의 귓등 바로 위를 피용 소리를 내며 스쳐 지나갔다.

"엎드려!" 중위는 소리를 지르면서 누구보다 먼저 모범을 보이며 흙 웅덩이 속으로 철퍽 몸을 던졌다.

촌킨은 몸을 움찔하며 뒤를 돌아보았다. 그곳에는 총소리에 놀라 도망갔다가 돌아온 수퇘지 보리카가 아직 경계심이 사라지지 않은 선한 눈으로 그를 쳐다보며 다가오고 있었다.

"저리 가!" 촌킨이 보리카를 향해 개머리판을 흔들었지만 그걸 장난치는 것으로 이해한 보리카는 오히려 이반을 향해 달려들었다. 수퇘지를 진정시키기란 쉬운 일이 아니었다. 한편 회색 제복의 남자들은 지휘관과 함께 이미 촌킨의 코앞에 포복을 하고 있었고 어느 순간에 벌떡 일어나 공격을 해올지 모르는 상황이었다.

제일 먼저 정신을 차린 것은 중위였다.

"어이, 거기!" 땅에서 몸을 일으키며 중위가 머리 위로 무슨 종잇장을 들어 올렸다. "넌 체포됐어. 너를 체포하라는 영장이 여기 있다. 검사의 서명도 있어."

"검사가 직접 서명을 했다는 말이야?" 촌킨은 깜짝 놀라서 물었다.

"내가 뭐 하러 거짓말을 하겠어?" 중위는 자신의 말을 믿어주지 않은 것보다 자신이 속한 기관의 체면을 손상시키는 질문 때문에 자존심이 상해버렸다. "우린 검사의 허가 없이 아무나 체포하지는 않아."

"검사가 내 이름도 알아?"

"당연하지. 네가 촌킨 맞지?"

"내가 촌킨이지 그럼 누구겠어." 그는 높으신 분들이 많은 중차대한 일을 뒤로한 채 공식 문서에서 그의 이름을 언급했다는 사실이 다소 쑥스러운 나머지 허허허 소리 내어 웃기까지 했다.

"그럼 항복할 거지?" 중위가 집요하게 물었다.

촌킨은 생각에 잠겼다. 영장이라면 두말할 나위 없이 중요한 서류였다. 하지만 군법 어디에도 영장을 제시하면 보초가 근무지를 이탈해도 된다는 말은 없지 않은가.

"중위 동지, 그건 안 되겠어. 마음 같아선 돕고 싶지만 불가능해." 목소리에 최대한 공감의 어조를 담아서 촌킨이 대답했다. "동지들이 임무를 띠고 온 건 물론 이해해. 만약에 동지가 위병사령이거나 경비대장이거나 그도 아니면 부대당직이라도 된다면 또 모르지만……"

"내가 부대당직이라고 생각하면 되잖아." 중위가 제안했다.

"흥." 촌킨이 대답했다. "우리 부대에 그런 당직은 없는걸. 내가 취사반 소속이기 때문에 모르는 지휘관이 없다고. 알겠어? 그리고 당신 군복도 처음 보는 거야."

"흠, 알겠어." 중위는 화가 났다. "좋은 말로 할 때 항복하기 싫다면, 이제 완력을 쓰는 수밖에."

그는 씩씩하게 벌떡 일어나 촌킨 쪽으로 움직였다. 한 손에는 권총을 들고 영장을 쥔 다른 손은 머리 위로 추켜올렸다. 그 뒤를 부하들이 일어나 조심스럽게 따라 움직이기 시작했다. 회계원 볼코프는 제자리에서 꼼짝하지 않았다.

"어이! 거기!" 촌킨이 소리쳤다. "멈추는 게 좋을걸! 계속 다가오면

총을 쏠 수밖에 없어! 내가 보초 근무 중인 거 몰라?"

어떠한 일이 있어도 유혈 사태는 피하고 싶은 것이 그의 마음이었지만 저쪽에선 더 이상 대답이 없었다. 촌킨은 협상이 실패로 끝났음을 깨닫고 다시 소총을 비행기 동체 위에 올려놓았다. 외투 아랫단을 이빨로 질겅질겅 씹고 있는 보리카가 방해가 되어 촌킨은 "보리카, 이쁘지. 보리카, 착하지" 하며 왼손으로 수퇘지의 옆구리를 긁어주었다. 한 손으로 소총을 잡고 있기가 불편했지만, 대신에 보리카는 이제 더 이상 그를 방해하지 않았다. 기분이 좋아졌는지 흙웅덩이에 철퍼덕 자리를 잡고서 다리를 위로 올리고 누워 있었다. 다른 돼지들처럼 녀석도 부드러운 손길을 좋아했다.

"촌킨!" 중위가 경고했다. 점점 더 가까이 다가오면서 그는 영장과 권총을 흔들었다. "총을 쏠 생각은 관두는 게 좋을걸. 결과를 책임질 수 없어."

그때 총성이 울리더니 총알이 종이 한가운데를 뚫고 지나갔다. 그것도 검사의 서명과 도장이 찍혀 있던 바로 그 자리를 말이다. 중위와 그의 부하들은 이제 명령 없이도 재까닥 땅바닥에 납작 엎드렸다.

"야, 이 빌어먹을 놈아, 도대체 무슨 짓을 한 거야!" 거의 울먹이는 목소리로 중위가 소리 질렀다. "검사가 서명한 문서를 망쳐놓다니! 넌 지금 소비에트연방 문장이 그려진 도장에 총을 쏜 거야! 대가를 톡톡히 치르게 해주마!"

또 한 발의 총성이 울리자 그는 다시 진흙탕에 코를 박고 말았다. 머리가 들리지 않도록 애쓰면서 중위가 얼굴을 스빈초프 쪽으로 돌렸다.

"스빈초프, 반대쪽에서 기어가! 주의를 분산시켜야겠어."

"알겠습니다!" 대답을 한 스빈초프가 엉덩이를 살짝 드는 순간 촌킨이 쏜 총알이 날아와서 그의 엉덩이에 박혔다.

스빈초프는 젖은 흙 위에 철퍼덕 엎어지면서 괴성을 질렀다.

"무슨 일인가, 스빈초프?" 중위가 놀라 물었다. "다친 거야?"

"으아아아!" 스빈초프는 고통 때문이라기보다는 이제 죽을지도 모른다는 두려움에 울부짖었다.

촌킨은 몸을 숨긴 채 적의 동태를 두 눈을 부릅뜨고 살폈다. 그들은 여전히 흙웅덩이 속에 엎드린 채 빨강 머리를 제외하고는 모두 미동도 하지 않았다. 그들의 뒤편에는 아무 죄도 없이, 아무 이유도 없이 이 사건에 연루된 회계원 볼코프가 엎드려 있었다.

촌킨은 등 뒤에서 누군가 천천히 다가오는 소리를 들었다.

"거기 누구냐?" 촌킨은 몸을 움찔했다.

"나야, 이반." 뉴라의 목소리였다.

"아, 뉴라." 반갑게 그가 대답했다. "이리 와. 머리를 내밀지 마. 총에 맞을 수도 있어. 보리카를 좀 긁어줘."

뉴라는 수퇘지 위에 걸터앉아 귀 뒤를 긁어주기 시작했다.

"봤지?" 촌킨이 만족스럽게 말했다. "무서워할 필요 없다고 했잖아."

"앞으로 우린 어떻게 되는 거야?" 뉴라가 우울하게 물었다.

"앞으로라니?" 촌킨은 웅덩이에 코를 박고 있는 자들로부터 시선을 떼지 않았다. "내 교대를 보내줄 때까지 저러고 있으라고 해야지."

"마당에 들어갈 일이 생기면 어쩔래?"

"마당에 갈 필요가 생기면……" 촌킨은 생각에 잠겼다. 하지만 바로 해결책을 찾았다. "그럼 당신이 보초를 서면 되잖아."

"날이 저물면 어떡해?" 뉴라가 물었다.

"날이 저물면 보초를 서야지."

"당신 정말 바보야?" 뉴라가 한숨을 내쉬었다. "저 사람들 옷이 회색이잖아. 지금도 진흙탕 속에서 잘 안 보이는데. 날이 저물면 잘도 보이겠다."

"지금 같은 때 찾아와서 잔소리를 늘어놓을 건 또 뭐야." 촌킨은 뉴라에게 벌컥 화를 냈다. 마치 그런 말을 하지 않았으면 상황이 더 나아지기라도 할 것처럼. 달갑지 않은 진실을 말해주는 사람에게 자신의 분노를 모조리 표출하는 사람처럼 말이다. 하지만 어쨌거나 촌킨은 골똘히 생각에 잠겨 가능한 방법을 머릿속으로 모조리 나열해보기 시작했다. 그러다가 묘안이 떠올랐다.

"뉴라." 즐거운 목소리로 그가 말했다. "집에 들어가서 가방하고 밧줄을 갖다줘. 길면 길수록 좋아. 알겠지?"

"아니, 모르겠어." 뉴라가 대답했다.

"나중에 알게 될 거야. 어서 다녀와."

22

관심 있는 사람이라면 얼마 지나지 않아 이런 광경을 볼 수 있었다. 집 안에서 뉴라가 기다란 밧줄과 우편배달 가방을 메고 나왔다. 그녀는 길가에 누워 있는 자들 뒤쪽으로 접근해 촌킨에게 손으로 신호를 했다.

"어이, 거기!" 촌킨이 숨은 곳에서 소리를 질렀다. "지금 뉴라가 그쪽으로 갈 거니까 총들을 반납하도록 해. 반항하는 사람은 그 자리에서 쏴버릴 거야. 알겠어?"

하지만 아무도 대답을 하지 않았다. 뉴라로 말할 것 같으면 생선을 다듬을 때 항상 머리부터 쳤다. 그녀는 먼저 중위에게 다가갔다.

"저리 가, 쌍년아. 쏴버리기 전에." 중위가 고개를 숙인 채 작은 소리로 말했다. 뉴라는 멈춰 섰다.

"이반!" 그녀가 소리 질렀다.

"왜?"

"이 사람이 나한테 욕을 해."

"옆으로 비켜나 있어!" 촌킨이 중위 쪽으로 총구를 겨누고 왼쪽 눈을 가늘게 떴다.

"어어, 쏘지 마! 장난친 것뿐이야! 여기 내 총을 받아."

중위가 촌킨에게 보이도록 권총을 높이 들어 머리 뒤로 던지자 권총이 뉴라의 다리 앞에 툭 떨어졌다. 뉴라는 권총에서 흙을 털어낸 후 가방에 넣었다.

"거기 아저씨는 안 내놓고 뭐 해요?" 다음으로 뉴라는 땅을 부둥켜안은 자세로 엎드려 있는 스빈초프에게 다가갔다.

"아가씨, 난 벌써 내놨어." 스빈초프가 신음 소리를 내며 말했다. "저기 있잖아." 진짜로 그의 나간식(式) 연발권총이 바로 옆 말라가는 흙더미 위에 놓여 있었다. 뉴라는 총을 들어 가방에 넣었다.

"아이고!" 스빈초프가 앓는 소리를 냈다. "아이고, 나 죽네."

"다치기라도 한 거예요?" 뉴라가 걱정스레 물었다.

"다쳤어, 아가씨. 붕대라도 매주면 좋겠는데. 과다 출혈로 죽으면 애가 셋이나 있는데 누가 키워주겠어?"

"조금만 참아요. 봐줄게요." 뉴라가 서두르며 말했다. 스빈초프는 누가 봐도 흉악한 짐승처럼 보였지만, 보통 사람이라면 하물며 짐승이라도 고통받는 것을 보면 동정심을 느끼기 마련이다.

그 후로는 모든 것이 순조롭게 진행됐다. 출장 나온 부대의 나머지 요원들은 상관들의 모범을 받들어 순순히 복종하며 무기를 반납했다. 심지어는 힘든 고지를 앞에 둔 등산가들이 서로의 몸을 한 줄로 묶듯이 뉴라가 그들을 굴비처럼 엮는 동안에도 이제 반항할 생각조차 하지 않았다.

23

하루가 저물고 있었다. 탈영병을 체포해 오라고 보낸 특파부대에서 아무런 소식이 없자 밀랴가 대위는 근심이 되기 시작했다. 비서 카피톨리나가 두 시간째 전화통 옆에 붙어 앉아 전화국 교환원들의 진을 빼놓고 있었지만 크라스노예 마을에서는 아무도 전화를 받지 않았다.

"어떻게 됐어?" 밀랴가는 연신 집무실에서 얼굴을 내밀며 물었다.

카피톨리나는 일이 이렇게 된 것이 마치 자기 잘못인 것처럼 가냘픈 어깨를 으쓱하고는 다시 인내심을 갖고 전화기의 다이얼을 돌렸다.

퇴근 시간을 10분 남겨두고 카피톨리나는 머리 모양새를 가다듬기 시작했다. 하지만 상관이 호출이라도 하는 날엔 공들인 보람도 없이 머리는 다시 헝클어지고 말 것이다. 하지만 오늘은 십중팔구 호출하지 않을 듯했다. 필리포프 중위가 이끄는 이 건달들로부터 연락이 끊긴 후 상관은 그럴 여유가 없을 것이다. 저녁 6시 정각이 되자 집무실 문 위에 달린 벨이 날카롭게 울렸다. 카피톨리나는 발딱 일어나 여느 때보다 더 신나게 엉덩이를 흔들며 상관을 향해 은밀한 미소를 던지면서 집무실로 들어갔다. 대위는 그에 답하기라도 하듯이 미소를 지으며 크라스노예 마을에 산보라도 다녀오는 것이 어떻겠느냐고 물었다. 지금 기관에는 그녀 외에 아무도 남지 않았고 대위 자신은 집무실을 떠날 수 없는 상황이었기 때문이다.

"마당에 길 잃은 말이 하나 서 있으니까, 원한다면 타고 가도록 해." 대위가 말했다.

"전 말을 못 타는걸요." 카피톨리나가 조심스럽게 말했다.

"그럼 뛰어갔다 오도록 해. 자넨 젊으니까 7킬로미터 정도는 문제없을 거야."

"무슨 말을 그렇게 하세요, 아파나시 페트로비치!" 카피톨리나가 토라졌다. "저런 진흙탕 길을 어떻게 뛰어갔다 오란 말씀이에요?"

"괜찮아. 고무장화를 신으면 돼." 대위가 말했다. "가는 길만 걸어가는 거니까. 돌아올 때는 대원들과 트럭을 타고 오면 되거든. 게다가 내 생각엔 가는 도중에 대원들을 만날 가능성이 커."

카피톨리나는 다시 한번 싫다고 말하고 싶었지만 대위는 얼음처럼 차가운 미소를 지으며 그녀의 성을 불렀다(이것으로 그의 신경이 매우 날카롭다는 걸 알 수 있었다). 그러고는 비록 그녀가 자유계약직이기는 하지만 전시에 전투 기관에서 근무한다는 것은 상관의 지시를 정해진 시간 내에 무조건적으로 완수해야 한다는 것을 의미하며, 이곳에 고용될 당시 그녀가 틀림없이 그에 대한 서약을 했다는 사실을 마치 아이에게 구구단 설명하듯이 늘어놓았다.

떨리는 입술로 "알겠습니다!" 하고 대답한 카피톨리나는 펑펑 눈물을 쏟으며 집무실에서 튀어 나갔다. 그녀는 고무장화를 가지러 집을 향해 뛰면서 앞으로 어떠한 설득이나 위협이 있어도(해고를 당하는 한이 있더라도) 더 이상 이 냉혈한과 그 끔찍하고 너덜너덜하고 아래로 푹 꺼진,

잉크로 얼룩덜룩한 관청용 소파에 눕지 않겠다고, 세상에서 가장 무시무시한 저주를 동원하여 맹세했다.

하지만 그녀는 상관의 명령을 완수할 수 없었다. 그녀의 배신을 이미 오래전부터 의심해온 지역 우유공장 사장인 그녀의 남편이 한바탕 의처증 쇼를 벌이고는 그녀를 광에 가둬버렸기 때문이다.

부하 대원들은 함흥차사인 데다 그들을 찾아 나선 카피톨리나마저 돌아올 생각을 하지 않자 밀랴가 대위는 자신의 책임하에 있는 기관의 문에 커다란 자물쇠를 채웠다. 그런 다음 길 잃은 말 위에 올라타고서 소식 끊긴 부대원들을 찾아 직접 길을 나섰을 때는 태양이 이미 지평선 쪽으로 기울고 있었다.

24

하루가 저물어가면서 밀랴가 대위는 말을 타고 알 수 없는 미래를 향해, 이제는 꾸둑꾸둑 마른 길 위를 달리고 있었다. 이따금 말은 솟구치는 에너지를 감당하지 못해 속도를 내려 했지만 대위는 간만에 찾아온 여유로운 산책의 시간을 즐기기 위해서 고삐를 당기곤 했다. 밀랴가 대위는 기분이 한결 좋아졌다. 그는 저녁노을로 어두워져가는 풍경이 뭔가 특별한 것이라도 되듯이 태평하게 좌우를 돌아보았다. '아!' 그는 생각했다. '우리나라의 자연은 정말이지 아름답지 뭔가! 다른 어느 나라에서 이런 소나무와 자작나무를 볼 수 있을까?' 태어나서 지금까지 한 번도 외국에 나가본 적이 없는 밀랴가였지만, 그의 투철한 애국심은 외국에는 관심을 돌릴 만한 식물이 존재하지 않는다는 확신을 갖게 했다. '아, 좋구나!' 담배 연기에 찌든 폐부로 한껏 공기를 들이마시면서 그는 환희를 느꼈다. '사무실보다 이곳 공기에 산소가 훨씬 더 많은 것 같군.' 최근 밀랴가는 밤낮으로 사무실에서 시간을 보냈으며 이는 그 자신과 조국에 그만큼 손해였다. 그렇다고 그가 특별히 부지런했던 적은 전혀 없었다. 그는 보이지 않는 전선에서 앞장선다는 것이 뒤처지는 것만큼이나 위험하다는 것을 잘 알고 있었고, 그 때문에 그의 실적도 항상 중간 수준에서 맴돌았다. 대위가 속한 기관에서 근무하는 직원들의 삶에는 '법'이 모든 것에 우선하는 힘든 순간들이 있었다. 지금까지 근무해오면서 아파나시 밀랴가는 그런 불쾌한 순간을 두 차례 경험했다. 두 번 모두 맨 윗선부터 바닥까지 피바람이 불었지만, 밀랴가는 살아남았을 뿐 아니라 선임감독관에서 군지국장으로 승진까지 했다. 그 후로 그는 '법'이 모든 것에 우선하는 순간이 다시 와도 살아남을 수 있다는 희망과 온건한 낙관주의를 가지고 미래를 볼 수 있게 되었다.

이런 생각에 골몰하다 보니 그가 눈치채지 못한 사이 날은 이미 저물었고, 크라스노예 마을로 접어들었을 때는 주변이 완전히 캄캄한 어둠 속에 묻힌 다음이었다. 마을 초입에 서 있는 농가 옆에 말을 멈춘 대위는 쪽문 너머에서 한 여자가 엄한 목소리로 소리 지르는 것을 들을 수 있었다.

"보리카, 이런 못된 녀석. 정말 집에 안 갈 거야? 회초리로 맞아야 들어갈래?"

대답 대신에 즐겁게 꿀꿀대는 소리가 들려왔다. 모든 사실을 비교 분석하는 평소 습관에 따라 대위는 보리카가 사람이 아니라는 결론에 이르렀다.

"아가씨." 어둠을 향해 대위가 말했다. "이 근처에서 우리 직원들 못

봤소?"

"어떤 직원들 말씀이에요?"

"알면서 왜 그래요?" 밀랴가 대위가 쑥스럽게 대답했다.

쪽문 너머에서 침묵이 흐르더니 잠시 후 조심스러운 여자의 목소리
가 들려왔다.

"그러는 댁은 누구시죠?"

"너무 많이 알면 다쳐요, 아가씨." 대위가 농담을 했다.

"다들 집 안에 있어요." 잠시 생각을 한 아가씨가 자신 없는 목소리
로 말했다.

"들어가도 되겠죠?" 대위가 물었다.

아가씨는 잠시 고민하다가 이번에도 자신 없이 대답했다.

"들어오세요."

그는 멋지게 땅에 착지한 후 말을 울타리에 매고 나서 쪽문을 통해
안으로 들어갔다. 젊은 여자는(어둠 속에서도 여자의 나이를 간파하는 눈
썰미라니!) 보이지 않는 보리카를 향해 밥버러지라고 욕을 하고는 현관
문을 열고 대위 먼저 들어가게 해주었다.

그는 부딪칠 때마다 덜거덩 쿵쾅 소리를 내는 물건들이 걸려 있는
어두운 현관방을 지나 손으로 벽을 더듬으며 복도를 걸어갔다.

"오른쪽 문이에요." 아가씨가 말했다.

더듬더듬 손잡이를 돌려 어떤 방 안으로 들어간 그는 식탁 위에 켜
놓은 12단 램프의 불빛 때문에 눈을 찌푸렸다. 빛에 조금 적응이 되자
그는 자기 부하 일곱 명 모두를 그곳에서 볼 수 있었다. 그중 다섯 명은
벽에 붙여놓은 걸상에 나란히 앉아 있었다. 필리포프 중위는 뺨을 주먹
에 기댄 채 마룻바닥 위에서 자고 있었고, 일곱번째 그러니까 스빈초프

는 엉덩이를 천장으로 향한 채 침대 위에 엎드려 낮은 신음 소리를 내고 있었다. 방 한가운데 등받이 없는 의자 위에는 어깨에 하늘색 견장을 단 병사가 총검을 부착한 소총을 양손에 쥐고 앉아 있었다. 방으로 들어온 밀랴가를 보자 병사는 바로 몸을 돌리더니 소총을 그에게 겨누었다.

"여기서 도대체 무슨 일이 일어나고 있는 건가?" 대위가 엄격한 목소리로 물었다.

"목소리를 낮춰." 병사가 대답했다. "부상자가 깨겠어."

"자넨 도대체 누군가?" 밀랴가 대위는 소리를 지르며 권총집에 손을 갖다 댔다.

그러자 병사는 의자 위에서 벌떡 일어나 대위의 배에 총검을 갖다 댔다.

"손 들어!"

"어디 '손 들어'가 뭔지 내가 보여주지." 대위는 총집을 풀면서 미소를 지었다.

"허튼수작하면 찌를 수도 있어." 붉은 군대 병사가 경고했다.

병사의 살벌한 눈빛과 마주친 대위는 상황이 좋지 않음을 깨닫고는 천천히 양손을 들었다.

"뉴라." 병사는 그때까지 문가에 서 있던 아가씨에게 말했다. "저자에게서 권총을 빼앗아 자루에 넣어놔."

25

밀랴가 대위가 속한 기관이 송두리째 사라진 순간으로부터 며칠이 흘렀지만 군(郡)에서 그 사실을 알아차린 사람은 한 명도 없었다. 게다가 그것이 건초 속에서 바늘이 사라진 정도가 아니라 다른 일반 행정기관들과 비교해볼 때 상당히 비중 있는 '기관'이었음에도 불구하고 말이다. 평상시라면 한 발자국을 뗄 때마다 그 존재를 실감할 수 있었던 그 '기관'이 말이다. 그런 기관이 땅으로 꺼진 듯 종적이 묘연해졌는데 아무도 그것에 관심을 두는 사람이 없었다. 사람들의 생활을 간섭하는 기관들의 허가 없이도 사람들은 여전히 살아가고 일하고 태어나고 죽었으며, 이 모든 것이 물 흐르듯 자연스럽게 이뤄지고 있었다.

이러한 무질서는 군위원회 제1서기 렙킨 동지가 차츰 자기 주변에 뭔가가 부족한 것 같다는 느낌을 받지 않았다면 무한정 계속됐을 수도 있었을 것이다. 하지만 이 이상한 느낌은 서서히 그의 내부로부터 강해지면서 그가 어디에 가 있든, 군위원회 회의, 전위대 회의, 군소비에트 회의, 심지어는 집에 있을 때도 마치 목 안에 걸린 가시처럼 그를 괴롭혔다. 자신의 상태가 무엇에서 연유하는지 알지 못한 채 그는 식욕을 잃어갔고, 멍한 상태로 한번은 겉바지 위에 내복바지를 껴입고 출근길에 나섰다가 개인 기사인 아가씨 모탸로부터 예의 바른 지적을 당하고서야 정신을 차린 적도 있었다.

그러던 어느 날 밤 그가 누워 천장을 보며 한숨을 쉬면서 줄담배를 피우고 있을 때 옆에 누워 있던 아내 아글라야가 물었다.

"안드레이, 무슨 일 있는 거야?"

아내가 자고 있다고 생각한 그는 갑작스러운 질문에 놀라 담배 연기에 사레들리고 말았다.

"무슨 일은." 콜록콜록 기침을 하면서 그가 대답했다.

"요 며칠 당신 뭔가 신경 쓰이는 게 있는지 얼굴은 반쪽이 되고, 아무것도 먹지 않고 줄담배만 피우잖아. 직장에 무슨 안 좋은 일 있어?"

"아니." 그가 대답했다. "아무 일 없어."

"아픈 데는 없어?"

"전혀."

둘은 한동안 말이 없었다.

"안드레이." 걱정이 된 아내가 말했다. "공산주의자 대 공산주의자로 말해봐. 당신 사상적으로 흔들리고 있는 건 아니야?"

그가 아글라야를 만난 것은 10여 년 전 두 사람이 집산화 작업에 참가하고 있을 때였다. 당시 이글대는 눈동자를 가진 아직 스물다섯 살의 콤소몰* 대원으로 밤낮없이 말안장 위에 올라타 지방 전역을 휘젓고 다니면서 부농들과 유해 분자들을 색출해내던 아글라야에게 렙킨은 마음을 빼앗겼다. 그녀의 작지만 튼튼한 심장 속에, 당시 무더기로 동토의 땅으로 유배되던 적들에 대한 자비가 설 자리는 없었다. 그녀는 즉결심판을 허용하지 않는 당의 인도주의적 노선에 불만을 가진 적도 있었다. 이제 그녀는 고아원 운영을 책임지고 있었다.

아내가 자신에게 던진 질문에 렙킨은 생각에 잠겼다. 그는 피우던 담배를 비벼 끈 후 새 담배에 불을 붙였다.

"응, 아글라야." 잠시 생각을 한 그가 대답했다. "당신 말이 맞는 것 같아. 정말 불안해 못 살겠어."

두 사람 사이에 다시 침묵이 흘렀다.

"안드레이." 아글라야가 단호하고 낮은 목소리로 말했다. "만약에 당신 스스로 사상적인 동요를 느낀다면 당 앞에 자발적으로 자수해야 돼."

---

* 1918년 조직된 공산주의 청년 동맹의 약칭.

"맞아. 그래야지." 안드레이가 동의했다. "그렇지만 우리 아들은 어쩌지? 이제 겨우 일곱 살이잖아."

"걱정 마. 아이는 내가 진정한 볼셰비키로 키울 테니. 당신 이름이 뭔지도 기억 못할 거야."

그녀는 남편이 짐 가방을 싸는 것은 도와주었지만, 그날 밤 한 침대에서 나머지 시간을 같이 보내는 것은 사상적 이유에서 거부했다.

다음 날 아침 관용차가 도착하자 렙킨은 개인 기사 모탸에게 그를 '그곳'으로 데려가달라고 지시했다. 최근 그는 걸어서 다닌 적이 없었고 그래서 혼자서는 길을 몰랐다.

하지만 렙킨은 놀랍게도 '그곳'에서 '그들'을 찾을 수 없었다. 보초나 당직은커녕 '그곳'의 커다란 녹색 대문에는 육중한 자물쇠가 매달려 있었다. 렙킨은 문도 두드려보고 대문도 두드려보고 건물 1층 창문을 통해 안을 들여다보기도 했지만 개미 한 마리 보이지 않았다.

'이상하군.' 렙킨은 생각했다. '이런 기관이 텅 비어 있다니 말이 되는 일인가?'

"여긴 자물쇠가 걸린 지 벌써 일주일이 다 돼가는걸요." 그의 생각을 읽기라도 한 듯 모탸가 말했다. "그보다 전에 해산됐을 수도 있어요."

"해산이 아니라 폐쇄됐다고 하는 거야." 렙킨은 엄격한 목소리로 그녀의 말을 수정하고는 군위원회로 가자고 명령했다.

가는 도중에 그는 그처럼 중요한 기관이 통째로 사라졌다는 사실은 기관 폐쇄 외에 다른 이유로 설명할 수가 없다고 생각했다. 하지만 사실이 그렇다면 왜 아무도 그에게 그 사실을 통보하지 않았을까? 하물며 국가가 내부의 적들로부터 자신을 보호하는 수단으로 이용해온 기관을, 그것도 전시에 폐쇄한다는 게 말이 되는가? 이 기이한 실종 사건은 어쩌면 다시 적극적인 활동을 재개한 내부의 적들의 움직임과 관련 있는 것은 아닐까?

렙킨은 집무실에 문을 걸고 들어앉아서 이웃한 군(郡) 몇 곳에 연거푸 전화를 걸었다. 그리고 조심스러운 탐문을 통해 '그들'이 여전히 건재하며 꽤나 적극적인 활동을 보이고 있다는 사실을 알아냈다. 이 소식은 전혀 위로가 되지 않았다. 이제 상황은 더 미궁으로 빠져드는 것 같았다. 긴급히 수사를 시작해야 했다.

렙킨은 수화기를 들어 밀랴가 대위를 연결해달라고 부탁했다.

"전화를 받지 않습니다." 교환원의 대답을 듣고서야 렙킨은 이 상황에서 밀랴가에게 전화를 건다는 것이 얼마나 어불성설인지 깨달았다. 만약에 밀랴가가 살아 있다면 그에게 전화를 걸 필요도 없었을 테니까. 그렇지만 또 생각해보자니, '그들'의 단체 실종이라는 이 미묘한 사건의 해결을, 지금까지 그런 일을 전담해온 '그들'이 아니라면 누가 맡을 수 있다는 말인가?

'기획안을 제출해야겠군.' 서기는 생각했다. '각 군마다 기관을 두 개씩 설치하도록 말이야. 첫번째 기관은 자신이 맡은 기능을 수행하도록 하고, 두번째 기관은 첫번째 기관이 실종되지 않도록 감시하는 기능을 맡도록 말이지.'

하지만 탁상 달력에 자신의 아이디어를 메모해놓자마자 또 다른 의문이 생겼다. '그럼 두번째 기관은 누가 감시하지? 결국 세번째 기관을 만들어야 한다는 말인데. 그럼 세번째 기관의 감시는 네번째, 그런 식으로 무한 루프를 그리게 되면 다른 일을 할 사람은 어디서 찾지?' 그것은 악순환의 고리였다.

하지만 생각에 잠겨 있기에는 시간이 촉박했다. 행동해야 했다.

렙킨은 운전사 모탸더러 시장에 가서 저잣거리 여자들이 하는 얘기를 엿듣고 오라고 했다. 모탸는 금세 돌아와 들은 말로는 기관원 전원이 어떤 탈영병 하나를 체포하러 크라스노예 마을로 떠났다고 전했다. 실마리는 발견됐다. 이제 렙킨은 다시 제자리를 찾은 느낌이 들었고 그를 괴롭히던 이상야릇한 기분도 사라져 10년 묵은 체증이 내려간 것처럼 시원했다.

렙킨은 크라스노예 마을로 전화를 걸었다. 전화를 받은 것은 골루베프 회장이었다(다행히 되살아났다). 크라스노예로 떠난 특파부대가 지금 어디 있냐는 렙킨의 질문에 골루베프는 말했다.

"촌킨과 그의 여자가 인질로 잡고 있습니다."

통화 음질은 언제나 그렇듯이 끔찍했다. 게다가 어디선가 튀어나온 촌킨이라는 자가 어디선가 튀어나온 어떤 여자와 함께 무소불위의 기관 요원 전원을 인질로 잡고 있다고 누가 상상이라도 할 수 있었겠는가? 렙킨은 골루베프가 '여자'가 아니라 '일당'이라고 말한 것으로 이해했다.

"그의 일당이 큰가?" 그가 물었다.

"어떻게 말씀드려야 할지……" 머릿속에서 뉴라의 형상을 그려보면서 골루베프가 말을 머뭇거렸다. "말하자면 꽤 그렇다고 할 수 있죠."

렙킨이 수화기를 내려놓기도 전에 군(郡) 전역에는 이미 흉흉한 소문이 돌기 시작했다. 소문 왈, 그 지역에 촌킨 일당이 활개를 치고 다니고 있는데 그 수도 많고 잘 무장되어 있다는 것이었다.

촌킨의 정체에 대해서는 완전히 상반되는 소문들이 돌았다. 어떤 사람들은 촌킨이 동료들과 함께 감옥에서 탈옥한 범죄자라고 했다. 다른 사람들은 촌킨이 최근까지 중국에서 살다가 이제 소연방을 침략한 백위군 장군으로, 엄청난 대군을 모으고 있으며 도처에서 소련 당국에 원한을 품은 자들이 모여들고 있다고 했다.

또 다른 사람들은 앞의 두 소문이 모두 거짓이며, 독일군들로부터 도망친 스탈린 자신이 '촌킨'이라는 이름으로 위장한 채 숨어 있는 것이라고 주장했다. 그의 호위대는 순전히 그루지야 출신들로만 구성돼 있지만, 그의 여자는 평범한 러시아 여자라고들 했다. 그런가 하면 스탈린이 군내(郡內)에서 자행되고 있는 행태에 크게 분노하여 모든 부처의 장들을 호출해다가 그들을 민중의 적으로 지목하고 엄하게 벌하고 있다는 것이었다. 특히 다름 아닌 밀랴가 대위가 지휘하는 기관 요원 전원을 체포하여 즉각 총살하도록 지시했다는 것이다.

칠랴 스탈리나는 등유를 사려고 줄을 서 있다가 이 소식을 듣고 집으로 왔다.

"모이세이, 이 얘기 들었수?" 그녀는 창가에 앉아 신발 밑창에 못을 박고 있는 남편에게 말했다. "사람들 말이 촌킨이라는 자가 당신이 아는 그 이교도를 총살시켰다는구려."

"나도 들었어." 입에 물고 있던 못을 빼내면서 모이세이 솔로모노비치가 말했다. "흥미로운 젊은이였는데 불쌍하지 뭐야."

칠랴는 석유곤로에 불을 붙이러 가려다가 멈춰 섰다.

"모이세이." 그녀가 흥분해서 말했다. "당신 생각에 촌킨이라는 사람, 유대인 같수?"

모이세이 솔로모노비치는 망치질을 잠시 멈췄다.

"촌킨? 내 생각에 우리 쪽 이름은 아닌 것 같은데."

"촌킨이?" 칠랴는 남편의 어리석음에 기가 찼다. "아이고! 물어본 내가 잘못이지! 그럼 립킨이나 주스킨은 유대인이 아니면 뭐유?"

다시 석유곤로 쪽으로 돌아간 칠랴는 '촌킨'이라는 성을 입속에서 여러 식으로 발음해보면서 혹시나 하는 생각에 백발이 된 머리를 흔들었다.

이와 같은 악성 루머를 어떻게든 무마하기 위해서 지역신문 『볼셰비키 속도전』은 「세상에 이런 일이」난에 기괴한 뉴스를 연이어 실었다. 5천 년 동안 빙하 속에서 얼어 있던 영원(蠑蚖)*을 녹였더니 다시 살아났다, 라든지 체복사리시에 사는 한 전통 공예 금은 세공사가 밀 한 알 위에 고리키의 평론 「문화계의 거장들, 그대들은 누구의 편인가?」 전문을 새겨 넣었다는 것 따위였다. 그래도 소문이 가라앉을 기미가 보이지 않자 신문은 세간의 관심을 다른 곳으로 돌리기 위해서 지면상에서 '공공 예절—과연 필요한가?'라는 주제로 논쟁을 전개하기로 했다. 같은 제목의 기고문에서 군위원회 강사 네우젤레프는 세계사적 의의를 갖는 10월 혁명의 승리로 광대한 우리나라의 여러 민족들이 자본가와 지주들의 압박에서 해방되었을 뿐만 아니라 구시대의 도덕과 윤리를 거부하고 사회적 영역에서 일어난 근본적인 변혁을 반영하는 새로운 규범이 그것을 대체했다고 지적했다. 새로운 규범은 무엇보다 명확한 계급적 접근 방법에 그 차별성이 있다. 필자의 의견에 따르면 승리한 사회주의 사회는 한 부류의 사람들이 다른 부류의 사람들을 노예화하는 부르주아식 예의범절을 용인해서는 안 된다는 것이었다. 언중(言衆)의 언어 습관에서 '나리'라든가 '자애로운 주인님' '충직한 종'과 같은 표현들은 영원히 사라졌다. 우리가 서로를 호칭하는 '동지'라는 단어를 통해 우리 사회에 다양한 사회 계층뿐 아니라 남녀 사이에도 평등이 이루어졌음을 확실하게 알 수 있다. 이와 함께 우리는 노동자들의 상호 관계에서 허무주의가 발현되는 것 또한 부정한다. 한편 네우젤레프는 새로운 원칙들에도 불구하고 일

---

* 도롱뇽목 영원과의 동물.

부 전통 예절은 우리 사회주의 공동체에서도 존속되어야 한다고 주장했다. 예를 들어, 대중교통 수단 안에서(짚고 넘어가자면 돌고프시에는 대중교통 수단이란 것이 존재한 적이 없다) 장애인, 노약자, 임산부, 아이를 데리고 탄 부인에게는 자리를 양보해야 한다. 남자는 먼저 여자에게 인사를 해야 하지만 먼저 손을 내밀어서는 안 되며, 여자에게 길을 양보하고 실내에서는 모자를 벗어야 한다. 물론 부인들의 손에 꼭 입을 맞출 필요는 없지만, 동료 생산 역군이나 동네 이웃 여자들에게도 관심과 애정을 표현해야만 한다. 이와 관련하여 서로 무례를 범하거나 상스러운 욕설을 하는 등 과거의 잔재들은 전혀 용납해서는 안 된다. 밤 11시 이후에 악기를 연주하는 것도 허용해서는 안 된다. 일련의 부정적인 예들을 나열한 후 저자는 서로 예의를 갖추는 것은 사람들의 기분을 좋게 하며, 결과적으로 우리의 노동 생산성을 좌우한다는 결론을 내렸다. 또한 후방에서의 우리의 노동 결과에 전방의 승리가 좌지우지된다는 사실을 고려하면 최종 결론은 자명한 것이다,라고 말이다.

어떤 사람들은 이 신문 기사에 깊은 인상을 받기도 했다.

말이 나온 김에 얘기하는데, 그 당시 돌고프시에는 상당히 독특한 시민 두 명이 보통 사람들 사이에 끼어 살고 있었다. 너무 오래전 일이라 지금 그들의 이름이나 지위, 직위를 기억하는 사람은 아무도 없다. 동네 터줏대감들 말로는 이 두 괴짜는 여름이면 밀짚모자, 겨울이면 회색 양털 모자를 쓰고 집산화광장에서 만나 중앙우체국—십자로를 따라서 집단농장 시장까지 한가롭게 산책을 한 다음 다시 돌아오곤 했다는 것이다. 두 사람은 산책 중에 소곤소곤 대화를 나누며 당면한 여러 문제들에 대한 논쟁을 벌였다고 한다. 전쟁이 한창인 때 전쟁터가 아니라 후방인 돌고프시에 있었다는 것으로 볼 때 그 두 사람의 나이가 상당히 지긋했을 것으로 짐작할 수 있다. 네우젤레프의 기고문이 신문에 나온 날 저녁 이 두 철학자들은 평소처럼 광장에서 만나 모자를 살짝 들어 올리는 것으로 인사를 나눴다.

"이 문제에 대해서 어떻게 생각하시나요?" 첫번째 철학자가 단도직입적으로 질문을 던지더니 즉시 고개를 왼쪽, 오른쪽, 뒤쪽, 다시 왼쪽, 오른쪽으로 돌리며 감시하거나 엿듣는 사람이 없는지 확인했다.

두번째 철학자는 '이 문제'가 무슨 문제를 말하는 건지 묻지 않았다. 오랜 만남의 결과 두 사람은 눈빛만 봐도 상대의 의중을 파악하는 능력이 생겼다. 두번째 철학자도 마치 무슨 의식이라도 되듯이 먼저 왼쪽, 오른쪽, 뒤쪽으로 고개를 돌린 후 대답했다.

"아이고, 그 얘긴 됐어요! 쓸 기사가 없으니 쓸데없는 소리를 지껄이는 거겠죠."

"그렇게 생각하시나요?" 첫번째 철학자가 무슨 속셈이라도 있는 듯 눈을 가늘게 떴다. "그것밖에 쓸 기사가 없었을까요? 독일군이 발트3국, 백러시아, 우크라이나를 점령하고 모스크바 근교까지 진격한 데다 곡물은 수확도 못한 채 밭에서 썩고 있고 가축 먹일 사료도 동이 나고 무슨 촌킨 일당인가 하는 자들이 활개를 치고 다닌다는 등 군내 상황이 뒤죽박죽인데, 기껏 지역신문에서는 쓸 얘기가 공공 예절에 대한 것밖에 없었을까요?"

"됐다니까요." 두번째 철학자가 되풀이했다. "할 일 없는 강사 하나가 괜히 끼적거린 거겠죠……"

"이 부분은 당신이 실수하고 계신 거 같군요!" 첫번째 철학자가 싱글벙글하며 외쳤다. 그것은 그가 제일 아끼는 표현이었다. 그는 말동무와의 토론에서 매번 이제나저제나 '이 부분은 당신이 실수하고 계신 거 같군요!'라고 말할 순간을 두근거리는 가슴을 안고 기다렸다.

"내가 실수한 건 아무것도 없어요." 두번째 철학자가 불만스럽게 투덜거렸다.

"틀림없이 실수하고 계신 거랍니다. 제 말을 믿으세요. 제가 그쪽 사정을 잘 아니까요. 그자들은 상부에서 지시가 내려오지 않는 이상 스스로는 아무 생각도 하지 않아요. 이 문제는 꽤 복잡하지만 동시에 아주 간단해요. 그자들이 마침내⋯⋯" 첫번째 철학자는 뒤를 돌아보고는 목소리를 낮췄다. "과거의 가치 체계로 돌아가지 않는 이상, 전쟁에 이길 수 없다는 사실을 깨달은 겁니다."

"여자들 손등에 입을 맞추지 않는 것 때문에요?"

"네네!" 첫번째 철학자가 소리쳤다. "바로 그것 때문에요. 당신은 가장 기본적인 것을 이해하지 못하고 있어요. 이번 전쟁은 두 체제 간의 전쟁이 아니라 두 문명 간의 전쟁이랍니다. 더 발달한 문명이 살아남을 거예요."

"말도 안 되는 소립니다!" 두번째 철학자가 손사래를 쳤다. "이번엔 좀 지나치시군요. 과거에 훈족이⋯⋯"

"여기서 훈족이 왜 나옵니까? 알렉산더 대왕을 생각해보시라고요⋯⋯!"

그렇게 논쟁은 불이 붙었다! 훈족과 마케도니아의 알렉산더 대왕에 이어 필리스틴 전쟁, 십자군 원정, 알프스 횡단, 마라톤 전투, 이즈마일* 요새 공격, 마지노선 돌파가 들먹여졌다⋯⋯

"뭘 모르시는군요!" 첫번째 철학자가 손사래를 쳤다. "베르됭과 아

---

* 현 우크라이나령 흑해 연안 도시. 18세기 흑해의 군사적 요충지로 러시아 제국과 오스만 제국(터키) 간에 치열한 요새 쟁탈전이 벌어졌다.

우스터리츠는 전혀 다른 거예요!"

"전 아우스터리츠는 모르겠습니다만, 트라팔가르 해전을 생각해보세요!"

"전 그건 관심 없어요!"

두 사람은 광장에서 시장까지 걸어갔다가 다시 돌아오는 몇 시간 내내 팔을 이리저리 흔들면서 걸음을 멈췄다가 목소리를 높였다가 낮췄다가 하며 열띤 토론을 벌였다. 그들은 의견 일치를 보지는 못했지만 그 대신 신선한 공기를 맘껏 마셨고, 그건 모두 아시다시피 건강에 아주 좋은 것이었다. 두 사람은 자정이 훨씬 넘은 시각에 헤어져 각자 집으로 돌아와 대화 내용을 세세한 부분까지 머릿속에서 되새김질하면서 '내일 만나면 이렇게 반격해야지……' 하는 생각을 하느라 쉽게 눈을 감지 못했다.

공공 예절에 대한 기사는 그 도시의 다른 주민들에게도 꽤나 강렬한 인상을 준 듯했다. 「안 될 것도 없지」라는 제목의 반박 기고문에서 한 나이 많은 여교사는 계급적 접근 방법은 긍정적으로 평가하지만 그럼에도 불구하고 여자들의 손에 입을 맞추는 것은 허용해야 할 뿐 아니라 의무화해야 한다고 주장하며 "그것은 보기도 좋고 품위 있으며 기사도 정신에 부합한다"고 썼다. 그녀의 말에 따르면 기사도 정신이란 모든 소비에트인이 필히 갖춰야 할 덕목이라는 것이었다. 이에 지역에서 유명한 도살업자인 테렌티 크니시는 「바랄 걸 바라야지!」라는 제목의 신랄한 반박 글을 보내왔다. 그는 글에서 신성한 노동자가 왜 알지도 못하는 부인의 손에 입을 맞춰야 하냐고 썼다. 만약에 그 부인이 손을 안 씻었다거나 더 끔찍한 일이지만 옴이라도 걸렸다면 어쩌란 말인가? "죄송하지만 됐거든요"라며 크니시는 글에서 이렇게 말했다. "노동자다운 직설법으로 말씀드리는데, 만약에 당신이 의사한테서 건강진단서를 떼어 오지 않는 이상 당신 손에 절대로 입을 맞추지 않겠소." 지역 시인인 세라핌 부틸코는 토론의 주제와는 직접적인 연관은 없지만 「저 멀리 공산주의가 오는 것이 똑똑히 보인다」라는 제목의 장문의 시를 발표하기도 했다.

이 논쟁을 정리하면서 신문은 논쟁에 참여했던 모든 이들에게 감사의 뜻을 표하고 여교사와 크니시의 극단적인 견해에는 훈계를 늘어놓았다. 결국 이 문제에 대해 그처럼 다양한 의견이 존재한다는 사실 자체가 네우젤레프가 제기한 문제의 심각성과 시의적절함을 증명하며, 이 문제를 외면해서도 안 되지만 해결하기도 결코 쉽지 않다는 결론을 내렸다.

신문이 주민들의 관심을 다른 곳으로 돌리고 있는 동안 군(郡)지도부는 모든 가능한 가설들을 검증한 끝에 결국, 촌킨이 후방을 교란시키고 이 지역으로의 독일군 진입을 준비시키기 위해 투하된 독일 낙하산 부대의 지휘관임이 틀림없을 것이라는 결론에 도달했다.

어찌할 바를 모르던 군지도부는 주(州)지도부를 찾아갔고 주지도부는 군(軍) 당국을 찾아갔다. 군 당국은 촌킨(기밀문서에는 '일명 촌킨'이라고 적혀 있었다) 일당의 소탕을 위해 전선으로 향하던 열차에서 보병부대 하나를 하차시켰다.

철저하게 위장한 부대가 크라스노예 마을로 접근하여 마을을 포위했을 때는 잿빛 황혼이 짙게 깔리던 시각이었다. 2개 대대가 마을 큰길의 시작과 끝을 차단했고, 세번째 대대는 텃밭을 따라 참호를 팠다(남은 한쪽은 토파강이 천연 엄폐물 역할을 했다).

두 명의 정찰병이 투입되었다.

26

기관의 군(郡)지국 요원 전원을 생포하는 것은 촌킨에게 별로 힘든 일이 아니었다. 진짜 힘든 일은 그다음에 벌어졌다. 사람이란 모름지기 가끔은 잠을 자주어야 한다는 사실을 모르는 사람은 없다. 그리고 사람이 잠이 들어 경계가 흐트러지면 그것을 이용하려는 자가 반드시 생기기 마련이다.

뉴라는 촌킨과 교대로 보초를 서게 됐는데 아무도 그녀에게 우편배달부 일을 잠시 쉬어도 좋다고 한 사람이 없었고, 집안일 또한 그녀의 몫인지라 그녀에게도 상황은 녹록지 않았다.

그런 마당에 기관 요원들도 보통 사람들처럼 하루에 몇 번씩 자연적인 욕구를 해결하러 나갔다 와야 한다는 사실이 밝혀졌다. 게다가 이 욕구란 것은 무슨 이유에선지 사람마다 다른 시간에 찾아왔다. 뉴라가 집에 있는 경우는 그래도 괜찮았다. 희망자가 손을 들어 촌킨이 밖으로 데리고 나가면 뉴라가 나머지를 감시하면 됐다. 하지만 뉴라가 집에 없거나 자는 동안에는 한 명을 데리고 나간 사이, 손이 서로 묶여 있을지라도 나머지 포로가 모두 같이 달아나버릴 수도 있었다. 처음에는 포로들을 한꺼번에 밖으로 데리고 나갔던 촌킨은 이내 새로운 묘안을 궁리해냈다. 건초 더미 속에서 발견한 낡은 개목걸이에 굵은 밧줄을 묶자 골칫거리가 깔끔하게 한 방에 해결되었다. 볼일을 보고 싶은 포로가 목을 내밀면 개목걸이를 씌웠고 그러면 포로는 밧줄 길이가 닿는 범위 안에서는 자유롭게 움직일 수 있었다. 게다가 동계용 화장실은 본채와 좁다란 틈을 사이로 하여 붙어 있는 축사 안에 있었다. (나중에 목격자들이 증언한 바에 따르면 창문을 통해 뉴라의 집 쪽을 보면 반쯤 열린 문가에 언제나 한 손에는 소총을, 다른 손에는 팽팽하게 당겨진 밧줄을 손목에 감고 등받이 없는 의자에 앉아 있는 촌킨을 볼 수 있었다고 한다.)

엎친 데 덮친다고 새로운 문제가 또 생겨났다. 기왕에도 풍성하지 않았던 뉴라의 식량 창고가 급격하게 줄어들기 시작한 것이었다. 같이 지내보니 기관 요원들은 평범한 동네 주민들만큼이나 식욕이 왕성했다. 처음에 뉴라는 엉겁결에 떠맡게 된 군 생활의 모든 고통과 내핍 상황을 씩씩하게 받아들였지만, 결국 어느 순간 폭발하고 말았다.

그날 그녀는 평소와 같은 시간에 퇴근하여 집으로 돌아왔다. 해가 저물고 있었지만 완전히 지려면 아직 먼 시각이었다. 촌킨은 언제나처럼 양손에 소총을 잡고 문틀에 등을 기댄 채 문 옆 의자에 다리를 쭉 뻗고 앉아 있었다. 포로들은 방 안 구석에 저마다 자리를 잡고 있었다. 네 명은 마룻바닥에서 카드 게임을 하고 있었고, 다른 한 명은 옆에서 자기 차례를 기다렸다. 또 다른 두 명은 뉴라의 낡은 솜 누비옷으로 베개를 만들어 나란히 누워 자고 있었고, 마지막 한 명은 걸상에 앉아 강과 숲, 그리고 자유가 있는 창밖을 침울하게 응시하고 있었다.

촌킨 말고 퇴근한 뉴라에게 주의를 돌린 사람은 아무도 없었다. 촌킨조차 아무 말도 없이 그저 고개를 들어 연민 어린 눈빛으로 그녀의 얼굴을 한참 쳐다보았을 뿐이다. 말없이 문지방에 가방을 내려놓고 촌킨의 뻗은 다리를 뛰어넘은 뒤 아궁이 속에 몸을 집어넣어 무쇠 프라이팬을 꺼낸 뉴라가 발견한 것은 달랑 감자 한 알, 그것도 껍질도 까지 않은 채였다. 뉴라는 감자를 들어 만지작거리다가 멀리 구석으로 던져버리고는 울음을 터뜨렸다. 이번에도 아무도 놀라는 사람이 없었다. 뉴라에게 등을 돌리고 앉아 있던 밀랴가 대위만이 미동도 하지 않은 채 스빈초프에게 물었다.

"무슨 일이 생긴 거야?"

"여자가 우는데요." 뉴라 쪽을 흘깃 쳐다보는 스빈초프의 눈에 웬일로 동정의 눈빛이 어려 있었다.

"왜 우는 거지?"

"배가 고픈가 봐요." 스빈초프가 우울하게 대답했다.

"괜찮아." 다이아몬드 잭을 버리면서 대위가 장담했다. "곧 배부르게 먹여줄 테니까."

"잘도 그러시겠어요." 스빈초프는 카드를 내던지고 구석으로 가버렸다.

"자네 뭐라고 했나?" 대위는 놀랐다.

"전 빠질래요." 스빈초프가 말했다. "이제 카드도 지겨워요."

그는 바닥에 외투를 깐 후 등을 대고 누워 천장을 응시했다. 최근 스빈초프의 거친 마음 안에서 어떤 알 수 없는 감정이 서서히 고개를 들기 시작해 그를 당황스럽고 괴롭게 만들었다.

그것은 양심의 가책이라고 불리는 감정으로, 일찍이 그런 것을 경험해본 적 없는 스빈초프로서는 그것이 도대체 무엇인지 알 길이 없었다. (과거 스빈초프에게 사람은 나무와도 같았다. 베라는 지시가 내려오면 베었고, 지시가 없으면 손가락도 건드리지 않았다.) 그러던 어느 날 한밤중에 잠에서 깬 그의 머릿속에 '아이고 아버지, 어쩌다가 순하고 착한 촌놈이었던 나 스빈초프가 이런 살육자가 된 걸까요' 하는 생각이 퍼뜩 떠오른 것이다.

만약에 스빈초프가 교육을 제대로 받았다면 그는 자신의 삶을 역사적 합리성에 부합하게 설명할 수 있었을 것이다. 하지만 그는 낫 놓고 기역 자도 모르는 무지렁이였고 한번 고개를 든 그의 양심은 쉽게 사그라지지 않았다. 양심은 집요하게 그를 추궁하며 불안하게 만들었다.

스빈초프가 구석에 누워 천장을 바라보고 있는 동안 그의 동료들은 여전히 뉴라를 안주로 입방아를 찧고 있었다. 예드렌코프가 말했다.

"저 여자, 우리가 석방되면 자기를 고문할까 봐 걱정하고 있는 걸지도 몰라요."

"그럴지도 모르지." 밀랴가 대위가 말했다. "그렇지만 우리의 인도주의를 너무 과소평가하는 것 같은데. 여자라고 해서 우리가 특별한 방법을 쓰는 건 아니잖아." 잠시 생각을 하더니 그가 덧붙였다. "물론 잘못을 순순히 인정하는 경우에 말이지."

"맞습니다." 예드렌코프가 말했다. "아가씨가 불쌍하죠. 총살형을 안 당하면 적어도 10년형은 받을걸요. 수용소는 여자가 갈 데가 못 되죠. 소장한테 주랴, 간수들한테 주랴……"

"어디 프라이팬으로 그 대가리에 지금 한 방 주랴!" 화가 난 뉴라가 무쇠 프라이팬을 집어 들며 소리 질렀다.

"이크, 조심하라고!" 필리포프 중위가 식겁했다. "촌킨 사병, 저 여자한테 프라이팬을 좀 내려놓으라고 해. 제네바협정에 따르면 전쟁 포로는 인도적 처우를 받을 권리가 있어."

이 중위란 자는 자기가 무슨 법의 수호자라도 되는 것처럼 연신 어떤 협정을 들먹이면서 포로들을 잘 먹이고 잘 입히고 인격을 존중해줘야 한다며 촌킨을 귀찮게 했다. 촌킨도 물론 이 협정이란 것이 정한 규칙에 따라서 살고 싶었지만 그에 대해 물어볼 사람이 없었다.

"뉴라, 그자를 내버려둬." 그가 말했다. "괜히 프라이팬만 찌그러져. 이것 좀 들고 있어봐. 금방 올게." 그는 뉴라에게 소총을 맡기고는 현관방으로 달려갔다. 그러고는 우유 한 잔과 낮에 뉴라를 위해서 특별히 구운 납작한 검은 빵을 가져왔다. 보리카 먹이용 왕겨로 만든 것이라 가루가 부스스 떨어졌다.

이빨로 빵을 뜯는 뉴라의 눈에서 눈물이 후드득 떨어져 뺨을 따라 흐르다가 우유 잔 속으로 떨어졌다.

촌킨은 짠한 눈으로 그녀를 쳐다보며 자신이 뭐든 해야겠다고 결심했다. 그가 식객으로 뉴라에게 얹혀사는 것도 모자라서 이제 이 불청객들까지 먹여 살려야 하다니. 이대로 가다가는 뉴라의 인내심이 폭발하는 순간 이 작자들과 함께 거리로 쫓겨날지도 모른다! 그때는 이자들을 데리고 어디로 가야 한단 말인가? 이자들을 처음 포로로 잡았을 때 촌킨은, 이제는 부대에서 긴급 대책을 세울 거라고 믿었다. 일개 사병인 자신에 대해서는 잊었을지 몰라도 기관의 지방 조직 요원들이 통째로 실종된 이상, 누구든 신경을 써서 무슨 일이 생긴 건지 알아보기 위해서 분주할 거라는 생각이었다. 하지만 하루가 가고 이틀이 가고 사흘이 가도 세상은 조용하고 마치 아무 일도 없었다는 듯이 잠잠하기만 했다. 지역신문 『볼셰비키 속도전』은 소비에트통신사의 보도 지침 외에도 별의별 이야기를 다 기사로 쓰고 있었지만, 하루아침에 증발해버린 기관에 대한 얘기는 한 글자도 싣지 않았다. 결국 촌킨이 내린 결론은 사람들이란 자신의 눈앞에 있는 것만 기억하고 눈앞에 없는 것은 금세 잊어버리는 습관이 있다는 것이었다.

"뉴라." 결심을 한 이반이 말했다. "잠깐 저자들을 감시하고 있어. 곧 올 테니까."

"어디 가려고?" 뉴라가 놀라서 물었다.

"나중에 말해줄게."

그는 상의를 허리띠 안으로 쑤셔 넣고 걸레로 군화를 닦은 후에 현관방에서 800그램들이 우유 통을 집어 들고는 두냐 할멈네 쪽으로 곧장 달렸다.

27

골루베프 회장은 여느 때와 마찬가지로 울적하게 자신의 집무실에 앉아서 업무 서류를 정리하고 있었다. 창밖에는 어둠이 내리고 있었다. 땅 위에 길게 드리운 집, 나무, 울타리, 사람, 개들의 그림자가 마음을 더 우울하게 하여 술 생각이 더욱 간절해졌다. 어제부로 그는 술을 한 방울도 입에 대지 않았다. 어제 그는 참전 신청을 하기 위해 군(郡)에 들러서, 빨강 머리 여의사에게 평발이라는 이유만으로 후방에서 할 일 없이 빈둥 거려야 한다는 것은 언어도단이라고 한 시간 넘게 주장했다. 그는 의사를 향해 언성을 높였다가 아부를 했다가 급기야는 의사를 거짓으로 유혹해보려고도 했다. 마침내 마음이 흔들린 여의사가 그의 갈비뼈 아래로 자신의 길고 가는 손가락을 갖다 댔을 때 그녀는 경악하면서 양손으로 자신의 머리를 잡았다.

"오, 하느님!" 그녀는 말했다. "당신 간이 정상인보다 두 배는 크다는 걸 알고 계세요? 알코올중독이죠?"

"가끔 마실 때가 있죠." 의사의 질문에 골루베프는 딴청을 피우면서 대답했다.

"끊으셔야 해요." 그녀가 단호하게 말했다. "자기 몸을 이렇게 방치하면 안 됩니다."

"안 되죠." 골루베프가 수긍했다.

"이건 정말 야만적인 행동이에요!" 그녀가 말을 이었다.

"맞습니다." 골루베프가 수긍했다. "오늘 당장 끊겠습니다."

"흠, 좋아요." 그녀가 입장을 누그러뜨렸다. "두 주 후에 다시 징병위원회 심사를 받으세요. 군위원회에서 반대하지 않는다면 전선으로 가세요."

이런 대화를 나눈 뒤 그는 집으로 향했다. 말은 찻집 맞은편에 이르자 평소처럼 알아서 멈춰 섰지만 그는 채찍을 휘둘러 가던 길을 계속 갔다. 그렇게 벌써 하루하고 반나절 동안 술을 한 방울도 입에 대지 않은 것이다. '그래.' 창밖을 보며 그는 만족스럽게 생각했다. '다른 건 몰라도 내가 의지력은 있어.' 그때 회장의 시야에 촌킨이 나타났다. 광장을 가로질러 사무소 건물 쪽으로 다가오는 촌킨의 손에는 이반 티모페예비치의 노련한 눈이 단숨에 그 정체를 간파한 어떤 유선형의 물건이 들려 있었다. 그것은 우유 통이었다. 이반 티모페예비치는 침을 꿀꺽 삼키고 숨을 멈췄다. 건물 앞에 도달한 촌킨은 장홧발로 큰 소리를 내면서 현관 계단을 올라갔다. 회장은 책상 위의 문서들을 정리한 후 사무적인 표정을 지으며 대기했다. 노크 소리가 들렸다.

"네." 회장은 대답한 후 담배로 손을 뻗었다.

촌킨이 들어와 인사를 하더니 문 앞에서 우물쭈물하며 멈춰 섰다.

"들어오게, 이반." 회장은 우유 통에서 눈을 떼지 않으며 방 안으로 초대했다. "들어와 앉아."

촌킨은 우물쭈물 책상 앞으로 다가가 삐걱거리는 의자의 가장자리에 걸터앉았다.

"자, 이반, 수줍어하지 말게. 궁둥이를 쭉 집어넣고 편하게 앉아, 이반."

"우린 이대로도 괜찮아." 당황한 촌킨은 자신을 '우리'라고 칭하며 회장이 그토록 고상하게 부른 바로 그 신체 부위를 의자 위에서 들썩거렸지만, 끝내 편하게 앉지 못한 채로 좌불안석이었다.

그 후 방 안에는 길고 고통스러운 침묵의 시간이 이어졌다. 골루베프는 방문객이 용건을 말하기를 기다렸지만 촌킨은 꿀 먹은 벙어리처럼 앉아 있었다. 마침내 용기를 낸 그가 말을 꺼냈다.

"자네, 그러니까, 있잖아······" 촌킨은 말을 시작했지만 긴장 때문에 얼굴이 시뻘게져서는 어떻게 계속 말을 이어나가야 할지 몰라 다시 입을 다물고 말았다.

"알겠네." 촌킨이 다시 입을 열기를 기다리지 않고 회장이 선수를 쳤다. "이반, 괜찮네. 긴장하지 말고 무슨 일로 날 찾은 건지 차근차근 얘기해보게. 담배 피우겠나?" 회장은 그에게 '카즈베크'를 내밀었다('델리'는 끊은 지 이미 오래였다).

"아니, 됐어." 말은 그렇게 해놓고 촌킨은 어쨌거나 담배 한 개비를 받아 불을 붙인다는 것이 그만 필터 쪽으로 붙이는 바람에 담배를 마룻바닥에 던지고는 발로 밟아 껐다.

"자네, 있잖아, 그러니까······" 다시 입을 연 촌킨이 갑자기 쾅 소리를 내며 씩씩하게 우유 통을 골루베프 앞에 올려놓았다. "마시겠나?"

우유 통을 본 회장이 혀로 입술을 핥았다. 그는 의심의 눈으로 촌킨을 쳐다보았다.

"자네, 이게 친구 간의 선물인가 아니면 뇌물인가?"

"뇌물이지." 촌킨이 대답했다.

"그럼 도로 가져가게." 이반 티모페예비치는 조심스럽게 우유 통을 촌킨 쪽으로 다시 밀었다.

"필요 없다면 뭐, 할 수 없지." 촌킨은 가볍게 수긍하고는 우유 통을 들고 자리에서 일어났다.

"잠깐." 회장은 당황했다. "무슨 일 때문에 왔는지는 모르지만 어쩌면 그냥도 해결 가능한 걸지 모르잖아. 그럼 뇌물이 아니라 친구끼리 한 잔 할 수 있지 않겠어? 자네 생각은 어떤가?"

촌킨은 우유 통을 다시 책상에 놓더니 회장 쪽으로 밀었다.

"마시게." 그가 말했다.

"자네는?"

"따라주면 나도 마시겠어."

반 시간 후 우유 통의 내용물이 바닥을 보일 때쯤 골루베프와 촌킨은 벌써 오랜 불알친구처럼 '카즈베크' 담배를 함께 피우고 있었고, 회장은 자신이 처한 상황에 대해서 흉금 없이 털어놓으며 하소연을 하고 있었다.

"옛날엔, 이반, 살기가 힘들었어." 그가 말했다. "그런데 지금은 더 힘들어. 남자들은 다 전선으로 나가고 남은 건 여자들뿐이거든. 물론 여자들도 큰 힘이 되지. 특히 우리 체제 같은 조건에서는 말이야. 하지만 농장의 망치공이 전쟁에 나간 후 커다란 망치를 들 수 있는 사람이 없어. 하물며 건강한 여자들도 못하는데 마을에 건강한 여자를 찾아볼 수나 있나? 배가 불러 있지 않으면 젖먹이가 딸려 있고 시도 때도 없이 허리를 잡고 아이고 나 죽네 하며 온몸이 쑤신다고 엄살떠는 여자들뿐이지. 그렇다고 위에서 이런 상황을 이해해줄 거 같아? 모든 걸 전쟁을 위해서, 승리를 위해서라며 압력을 넣을 줄만 알지. 농장을 시찰하러 와서는 욕설만 퍼붓고 가. 전화를 해도 욕설뿐이야. 보리소프도 욕, 렙킨도 욕. 주위원회라고 다를 거 같아? 그자들도 전화로 욕지거리 없이는 대화를 못하지. 이러니 이반, 내가 앞으로 어찌해야 될지 좀 말해주게. 왜 내가 이 집단농장만 벗어날 수 있다면 전쟁터든, 감옥이든, 악마의 아가리 속이든 어디로든 가겠다고 애걸하는지 이제 알겠나? 나는 더 이상 감당할 수 없으니 누구든 다른 사람이 맡아주었으면 좋겠어. 물론 이반, 진심을 말하자면 농장의 상황을 조금이라도 개선시켜서 단 한 사람이라도 나에 대한 좋은 기억을 가질 수 있도록 한 후 떠나고 싶지만, 보다시피 생각대로 되는 게 하나도 없다네."

회장은 절망스럽게 머리를 흔든 후 단숨에 밀주 반 컵을 들이켰다. 촌킨도 그를 따라 술을 들이켰다. 바야흐로 이제 대화는 촌킨에게 가장 유리한 순간으로 접어들었다. 기회를 놓치지 말아야 했다.

"자네한테 그런 골칫거리가 있다면," 촌킨은 무심한 듯 말했다. "내가 도와줄 수도 있어."

"자네가 날 어떻게 돕는다는 거야?"

"할 수 있어." 술잔을 채우면서 촌킨이 고집스레 말했다. "자, 어서 마시게. 원한다면 내일 아침에 내 포로들을 밭에 내보낼게. 그자들더러 집단농장 밭을 다 갈아놓으라고 하면 돼."

회장은 몸을 움찔하더니 잔을 촌킨 쪽으로 밀면서 몸을 뒤로 쑥 뺐다. 그러고는 머리를 세차게 한 번 흔든 후 눈도 깜박이지 않고 한참 동안 촌킨을 응시했다. 촌킨은 미소를 지었다.

"도대체 뭔가?" 골루베프가 겁에 질린 목소리로 물었다. "도대체 무슨 꿍꿍이야?"

"싫으면 관두게." 촌킨이 어깨를 으쓱했다. "난 자네를 생각해서 얘기한 건데 말이야. 우리 집에 와서 직접 낯짝들을 한번 보면 좋을 텐데. 제대로만 다그치면 그 작자들 산이라도 옮겨놓을 수 있을걸."

"됐네, 이반." 회장이 우울하게 말했다. "그런 일은 할 수 없어. 공산 주의자로서 말하는데, 난 그들이 무서워."

"하느님 맙소사, 그자들을 무서워할 이유가 뭐가 있어?" 촌킨은 팔을 내저었다. "자넨 나한테 한눈에 일하는 사람들이 모두 훤히 들어오고, 보초 서기가 쉬운 평평한 밭을 좀 할당해주면 돼. 자네가 싫다면 난 포로들을 데리고 다른 집단농장을 찾아가면 그만이야. 요즘 같은 시절에 어디서든 얼씨구나 하고 우리를 받아줄걸. 그렇다고 내가 자네에게 일당을 달라는 것도 아니잖아. 하루 세끼만 먹여주면 된다고."

처음 촌킨의 제안을 들었을 때의 충격이 가시자 골루베프는 생각에 잠겼다. 하긴 제안 자체는 구미가 당기는 것이었다. 하지만 회장은 여전히 마음을 정할 수가 없었다.

"마르크스 이론의 대가(大家)들 말에 따르면," 그는 주저하며 말을 시작했다. "노예노동에서는 큰 이익을 얻을 수 없어. 하지만 내 양심을 걸고 말하건대, 이반, 지금 농장 상황에서는 작은 이익이라도 무시할 수만은 없는 게 사실이야. 자, 이리 와서 한잔 더 하세."

얼마 후 촌킨은 거나하게 취해 약간 비틀거리며 회장의 방에서 걸어나왔다. 군복 왼쪽 주머니에는 술에 취해 비뚤비뚤한 글씨로 '작업반장 시칼로프 동지에게! 촌킨 동지의 작업조에 임시 일자리를 제공할 것! 조력자들로 등록할 것'이라고 쓰인 종이 쪼가리가 들어 있었다. 같은 주머니 안에는 촌킨 작업조에게 일주일 치 식량을 선지급하라는 종이도 들어 있었다.

다음 날 아침 지끈거리는 머리를 안고 잠에서 깬 이반 티모페예비치 골루베프는 몽롱한 가운데 어제저녁의 일들이 단편적으로 떠오르기 시작하자 믿을 수가 없었다. "이건 말도 안 돼." 그는 중얼거렸다. "내가 끝장난 인간인 건 맞지만 그런 짓을 했다니…… 이건 꿈이거나 아니면 술기운에 헛것이 보이는 걸 거야."

하지만 자초지종을 불문하고 그는 아프다는 핑계를 대고는 출근을 하지 않았고, 대신 아내를 보내 사무소에서 무슨 일이 벌어지고 있는지 알아보았다. 얼마 후 돌아온 아내는 모든 것이 그가 지시한 대로 진행 중이며, 그에 따라 촌킨조에게 작업 전선을 할당해주었다는 시칼로프의 말을 전했다. 회장은 마음속으로 끙 하고 신음 소리를 냈지만 아내가 전한 말에서는 어떤 이상 징후도 느껴지지 않았다(왜 아니겠는가?). 결국 그는 떨리는 가슴을 다소 진정시킨 후 옷을 챙겨 입고 아침을 먹었다. 그러고는 마구간으로 가서 말을 꺼낸 뒤 무슨 일이 벌어지고 있는지 직접 확인하기 위해 농장으로 출발했다. 촌킨 작업조(이 이름을 붙인 것은 다름 아닌 회장 자신이었다) 전원이 감자밭에 나와 일을 하고 있었다. 네 명은 감자를 캐고 두 명은 자루에 감자를 담았으며, 또 다른 두 명(밀랴가 대위와 필리포프 중위)은 감자 자루를 길가로 끌어다가 쏟아놓았다. 촌킨은 무릎 위에 소총을 올려놓은 채 길가에 버려진 낡은 파종기 위에 느긋하게 앉아서 이따금 졸음을 쫓으려고 작은 머리를 마구 흔들면서 게으르게 작업을 감독하고 있었다.

회장을 보자 촌킨이 반가운 마음에 손을 흔들었지만, 이반 티모페예비치는 못 본 척 옆을 지나쳤다.

노동은 인간을 좋은 쪽으로 개조한다. 물론 사람마다 결과는 다르다. 촌킨의 포로들은 자신의 새로운 운명을 각자 다르게 받아들였다. 일이라면 그것이 무엇이든 언제든지 할 준비가 돼 있는 자들은 무덤덤했다. 몇몇 사람은 기뻐하기까지 했다. 답답하고 벼룩이 득시글거리는 집 안에 갇혀 있는 것보다는 시원한 야외에서 시간을 보내는 것이 훨씬 유쾌하기 때문이었다. 필리포프 중위는 포로 생활을 의연하게 견뎌냈지만 촌킨이 전쟁 포로 처우에 대한 국제법을 위반하고 있다며 불평했다. (중위의 말에 따르면 장교급 포로에게는 육체노동을 시켜서는 안 된다는 것이었다.)

상황의 변화에 가장 예상 밖의 반응을 보인 것은 스빈초프였다. 아무런 예고도 없이 어린 시절부터 손에 익은 단순하기 짝이 없는 밭일에 투입된 후 그는 돌연 형용하기 힘든 환희에 사로잡혔다. 그는 다른 누구보다 열심히 그리고 녹초가 될 때까지 일했다. 감자를 캐서 자루에 담아 그 자루를 길가로 끌면서 스스로를 혹사시켰지만 그것으로도 부족했다. 저녁 식사 후 마룻바닥에 외투를 깔면 죽은 사람처럼 잠에 빠져들었지만, 아침이면 제일 먼저 자리를 박차고 일어나 앉아 싱글벙글하며 다시 밭에 나갈 시간을 목이 빠지게 기다렸다.

처음에 밀랴가 대위는 상황이 그렇게 돌아가는 것이 내심 흐뭇하기까지 했다. 이제 촌킨은 영락없이 사형을 면치 못할 것이다. 나중에 촌킨을 앞에 앉혀놓고 신나게 신문하는 상상을 할 때마다 대위의 가는 입술에는 묘한 미소가 나타나 입꼬리가 위로 올라가곤 했다. 하지만 지난 며칠 사이 대위는 돌연 극심한 불안감에 사로잡혔다. 그것은 전쟁이 선포된 첫날 촌킨이 느꼈던 감정, 그러니까 아무도 자신을 필요로 하지 않는다고 확신했을 때 느낀 감정과 비슷한 것이었다. 차이가 있다면 촌킨은 자신이 특별한 사람이라고 생각해본 적이 한 번도 없었지만, 밀랴가 대위의 경우는 그와 정반대라는 데 있었다. 그토록 오랫동안 그들을 구출하러 아무도 오지 않았다는 사실도 대위를 상당히 곤혹스럽게 했다. 도대체 무슨 일이 일어난 것일까? 혹시 돌고프시가 이미 독일군에 점령된 것은 아닐까? 아니면 기관 자체가 이미 오래전에 폐쇄된 것은 아닐까? 그도 아니면 혹시 기관을 노동 전선에 투입시키라는 과업이 상부에서 촌킨에게로 내려온 것일까? 밀랴가는 끊임없이 떠오르는 '혹시'에 대한 해답을 찾고 싶었지만 찾을 방도가 없었다. 그러던 어느 날 대위의 기민한 머릿속에 해결책이 떠올랐다. 도망치자! 어떤 일이 있더라도 도망쳐야 한다. 그 후 대위는 촌킨의 습관과 성격을 예의 주시하며 연구하기 시작했다. 자고로 지피지기면 백전백승이라지 않는가. 하지만 주변 지형을 둘러보니 사방이 뻥 뚫린 것이 도망치다가는 총알에 벌집이 되기 십상이었고, 대위는 그런 위험을 감수하면서까지 도망갈 생각이 아직 없었다. 그의 머릿속에는 다른, 한층 더 대담한 계획이 무르익어갔다.

30

노예노동은 효율적이지 않다고 과학은 주장하고 있지만, 집단농장 '붉은 이삭'에서 기관의 직원들을 노예로 부린 결과 실제로는 그 반대임이 드러났다. 농장의 감자 수확 결과 보고서가 군 단위로 올라갔을 때 군위원회의 보리소프 제2서기는 거기 적힌 숫자들을 보고 화들짝 놀라, 골루베프에게 전화를 걸어 거짓말도 어느 정도껏 해야 하지 않느냐고 말했다. 이에 골루베프는 자신은 조국을 속일 생각이 없으며, 문서들은 실재하는 사실을 반영하고 있을 뿐이라고 대답했다. 보리소프의 지시로 농장에 도착한 군위원회 검사관 치미할로프는 보고서에 기재된 자료들이 사실과 완벽하게 일치하며 보고서에 적힌 숫자에 상응하는 규모의 감자 더미를 자기 눈으로 직접 보았다고 증언했다. 농장 측이 검사관에게 보고한 바에 따르면, 그러한 생산성 증대는 인적 자원을 완벽하게 운용한 결과로 얻어졌다는 것이었다. 급기야 군(郡)에서도 이 사실을 인정하고 지역신문에 이 선도적인 농장의 경험에 대한 특집 기사를 작성하도록 지시했다. 집단농장 '붉은 이삭'은 타 농장에 모범 사례로 추대되었고, 「골루베프는 하는데 당신은 왜 못하는가?」라는 제목의 기사가 쓰여졌다. 골루베프 회장이 이끄는 집단농장에 대한 소문은 주(州)에서도 회자되기 시작했으며, 이미 모스크바의 누군가가 어떤 보고서에서 골루베프의 이름을 언급했다는 말까지 돌고 있었다.

얼마 지나지 않아 골루베프는 군 단위의 어떤 관리 하나가 스탈린 동지 앞으로 직접 '붉은 이삭'의 감자 수확 성과에 대한 보고서를 보내려고 한다는 사실을 알게 됐다. 자신의 운명이 끝났다고 생각한 골루베프는 촌킨을 사무실로 불러 순도 백 퍼센트의 1등급주 두 병을 꺼내놓았다.

"자, 이반." 그는 마치 기쁜 일이라도 있는 사람처럼 말했다. "이제 자네와 나는 끝장일세."

"무슨 일이야?" 촌킨이 이유를 물었다.

골루베프가 자초지종을 이야기했다. 촌킨은 뒤통수를 긁적인 후 그렇다면 이제 더 잃을 것도 없으니 새로운 작업 전선을 추가로 할당해달라고 했다. 회장은 알았다며 촌킨 작업조에게 사일로를 맡기기로 약속했다. 그 기념으로 한 잔씩 하다 보니 땅거미가 질 무렵 자리에서 일어난 두 사람은 간신히 두 다리로 설 수 있는 지경에 이르렀다. 회장이 사무소의 현관문을 잠그는 동안 촌킨은 옆에서 기다렸다.

"이반, 자넨 정말 똑똑한 사람이야." 어둠 속에서 걸쇠를 찾으려고 이리저리 더듬으며 회장이 꼬이는 혀로 말했다. "겉모습만 보면 바보 중에 상바보인데, 자세히 들여다보면 일하는 수완이 국가를 통치해도 될 정도거든. 자네는 사병으로 남긴 아까워. 중대, 아니 대대 지휘관 정도는 해야 할 것 같아."

"사단을 맡겨도 난 끄떡없어." 촌킨이 으스대며 동의했다. 그는 계단 위에 선 채 한 손으로 난간을 잡고 오줌을 갈기고 있었다.

"음, 아무리 그래도 자네가 사단장감은 아닌 것 같아." 회장은 자물쇠 찾기를 멈추고 촌킨과 나란히 서서 소변을 보기 시작했다.

"그럼 연대로 하지 뭐." 촌킨은 바지 단추를 잠그면서 인심을 썼다. 다음 순간, 계단을 보지 못하고 발을 내딛은 촌킨이 우당탕 소리를 내며 계단에서 굴러떨어졌다.

회장은 계단 위에 난간을 잡고 선 채 촌킨이 일어나기를 기다렸다. 하지만 촌킨은 일어나지 않았다.

"이반." 골루베프가 어둠을 향해 큰 소리로 말했다.

아무런 대답도 없었다.

자신도 나가떨어질까 두려워 회장은 엎드린 채 먼저 다리로 기어서 계단을 내려왔다. 그러고 나서는 네발로 기어 이슬이 내린 풀밭을 손으로 더듬어 나가다가 마침내 촌킨을 발견했다. 촌킨은 하늘을 보고 대자로 누워 아기처럼 새근새근 코를 골며 자고 있었다. 골루베프는 촌킨의 배 위로 올라가 가로로 누웠다.

"이반." 그가 불렀다.

"응?" 촌킨이 꿈틀댔다.

"살아 있어?" 회장이 물었다.

"모르겠어." 촌킨이 말했다. "내 위에 있는 건 뭐지?"

"아마 나일 거야." 잠깐 생각을 한 골루베프가 대답했다.

"자넨 누구야?"

"나?" 회장은 슬쩍 기분이 나빠지려고 하다가 곰곰이 기억을 더듬어보니 사실 그도 자신이 누구인지 잘 모른다는 생각이 들었다. 그는 힘들게 자신의 이름을 기억해냈다. "골루베프야. 이반 티모페예비치 골루베프."

"그럼 내 위에 있는 건 뭐야?"

"내가 누워 있는 거라니까." 골루베프는 이제 슬슬 화가 나려고 했다.

"내려가면 안 될까?" 촌킨이 물었다.

"내려가라고?" 골루베프는 네발로 일어나려다가 팔에 힘이 빠지면서 다시 촌킨 위로 엎어졌다.

"기다려봐." 회장이 말했다. "내가 이제 일어날 테니까 자네는 두 발로 나를 밀라고. 아니, 발을 얼굴에 디밀면 어떡해, 젠장. 가슴을 밀라고, 그렇지."

마침내 촌킨은 간신히 그를 떼어놓을 수 있었다. 이제 그들은 나란히 누워 있었다.

"이반." 잠시 말이 없다가 골루베프가 말했다.

"응?"

"에라 모르겠다. 이제 가볼까?"

"그래."

이반은 두 다리로 일어났지만 오래 버티지 못하고 다시 쓰러졌다.

"나처럼 해봐." 이반 티모페예비치는 아까와 마찬가지로 네발로 기는 자세를 취하고 나서 말했다. 촌킨도 똑같은 자세를 취했고 두 친구는 알 수 없는 방향으로 움직이기 시작했다.

"어때?" 잠시 후 회장이 물었다.

"좋아." 촌킨이 말했다.

"이게 훨씬 좋다니까." 회장이 확신에 차서 말했다. "넘어져도 다칠 염려가 없어. 장 자크 루소가 말했지. 인간은 네다리로 기어서 다시 자연으로 돌아가야 한다고."

"장 자크가 누구야?" 이상한 이름을 힘들게 발음하면서 촌킨이 물었다.

"누가 알겠어." 회장이 말했다. "웬 프랑스 놈이야."

그러면서 회장은 공기를 한껏 들이마시고서 노래를 시작했다.

> 시골 마을 집집마다
> 촘촘한 전신주들이 세워져 있다……

촌킨이 뒤를 이었다.

> 따르릉 따르릉 전선들이 노래를 한다.
> 진기한 풍경에 우린 그만 눈이 휘둥그레졌다……

"이반." 회장은 갑자기 뭔가 생각이 난 듯 말했다.

"응?"

"내가 사무실을 잠갔던가, 안 잠갔던가?"

"알 게 뭐야." 태평하게 이반이 말했다.

"다시 가볼까?"

"가보지 뭐."

이슬 때문에 점점 손이 시려왔고 무릎이 젖었지만, 그렇게 네발로 기어가는 것이 즐거웠다.

"이반!"

"응?"

"노래나 더 하자."

"그래" 하고 대답한 촌킨은 자신이 아는 단 하나의 노래를 선창하기 시작했다.

> 카자크 병사가 골짜기를,
> 캅카스 땅을 말을 타고 달린다……

회장이 뒤를 이었다.

> 카자크 병사가 골짜기를,
> 캅카스 땅을 말을 타고 달린다……

촌킨이 다음 소절을 시작했다.

> 푸른 초원을 질주한다……

하지만 이 대목에서 갑자기 그는 어떤 생각이 떠올라 멈췄다.

"저기." 촌킨이 회장에게 물었다. "근데 무섭지 않아?"

"누가?"

"내 포로들 말이야."

"내가 그자들을 무서워할 이유가 뭐가 있어?" 회장은 긴장이 완전히 풀어졌다. "어차피 나는 전선으로 떠날 건데. 그자들이야 씨ㅍ……"

말줄임표 뒤에 이반 티모페예비치가 내뱉은 단어는 우리 모국어의 속살까지 알지 못하는 외국인이 들었다면, 골루베프 회장이 기관 요원들과 내연의 관계를 맺고 있는 줄로 오해할 만한 것이었다.

촌킨은 외국인이 아니었기 때문에 골루베프의 말을 직설적으로 받아들이지는 않았다. 회장은 이어서 기관 요원들 외에도 비유적인 의미로 자신이 내연의 관계를 맺고 있는 정부, 당, 사회 기관들과 그 기관의 일부 지도급 동지들의 이름을 나열하면서 그 단어를 또 내뱉었다.

"이반!" 갑자기 뭔가가 생각났는지 회장이 말했다.

"응?"

"지금 우리 어디 가고 있는 거지?"

"사무소인 거 같은데." 이반도 정확히 기억이 나지 않았다.

"사무소가 어디 있지?"

"알 게 뭐야."

"잠깐 멈춰봐. 우리 길을 잃은 것 같아. 먼저 방향을 정하자고."

회장이 등을 땅에 대고 눕더니 밤하늘에서 북극성을 찾기 시작했다.

"그건 찾아서 뭐 해?" 촌킨이 물었다.

"방해하지 마." 이반 티모페예비치가 말했다. "먼저 북두칠성을 찾아야 돼. 그럼 거기서 10센티 떨어진 곳에 북극성이 있어. 북극성이 있는 곳이 북쪽이지."

"사무소가 북쪽에 있어?" 촌킨이 물었다.

"방해하지 말라니까." 회장은 하늘을 보고 누워 말했다.

별들은 부분적으로 먹구름에 가려 있었다. 나머지 별들이 두 개로 보였다가, 세 개로 보였다가, 네 개로 보였다가 했다. 어쨌거나 별들은 무수하게 많았고 그 별들을 가지고 찾다 보면 사방이 북쪽처럼 보였다. 그렇지만 별들을 보며 회장은 마음이 편해졌다. 이제는 어느 방향으로든 갈 수 있으니까 말이다.

회장이 일어나 다시 네발로 기기 시작했을 때 촌킨은 이미 상당히 앞으로 전진해 있었는데, 움직이다가 갑자기 뭔가 딱딱한 것에 머리를 부딪혔다. 그는 팔을 뻗어 앞을 더듬었다.

만져보니 그것은 자동차 바퀴였는데 아마도 그를 잡으러 온 자들이 타고 온 차였을 것이다. 이 말은 사무소가 근처에 있으리란 것을 의미했다. 자동차를 빙 돌아서 더 기어가던 촌킨은 잠시 후 어둠 속에서 어렴풋이 희뿌연 빛을 내는 건물 벽에 부딪혔다.

"티모페예비치, 사무소를 찾은 거 같아." 촌킨이 회장을 불렀다.

회장이 기어서 다가와서는 거칠거칠한 벽을 손바닥으로 만져보았다.

"자, 봤지." 그가 만족스럽게 말했다. "그런데도 자넨 북극성이 무슨 필요냐고 했지. 이제 찾아보게. 여기 어딘가에 걸쇠가 있을 거야."

두 사람은 때로는 서로 부딪치고 때로는 서로 멀어지고 하면서 벽을 더듬다가 갑자기 촌킨이 먼저 뭔가를 깨달았다.

"그런데, 티모페예비치, 자물쇠는 대개 문에 달려 있고, 문은 대개 현관 계단 위에 있는 거 아냐?"

회장은 잠시 생각하더니 촌킨의 추리에 동의했다. 술 취한 사람들을 놓고 웃자는 것이 아니라 진실을 숨겨서는 안 되겠기에 아래와 같은 사실은 밝히고 넘어가야 할 것 같다. 문을 찾은 후에도 촌킨과 회장은 오랫동안 문을 잡고 씨름을 했다. 걸쇠는 마치 살아 있는 생물처럼 손에서 빠져나갔고 그럴 때마다 다가와 회장의 무릎을 쳤는데, 만약에 맨정신이었다면 벌써 오래전에 다리 하나가 고장 났을 테지만 술에 취한 상태라 신의 가호를 받았는지 그리 아프지 않았다.

두 사람은 각자 따로따로 집으로 되돌아왔다. 촌킨이 어떻게 집으로 돌아오는 길을 찾았는지 지금까지 아무도 알지 못하며, 단지 그가 네발로 기는 동안 어느 정도 술이 깼다고 추측하는 수밖에 없다.

쪽문을 통해 마당으로 들어가다가 촌킨은 텃밭 터 저쪽 너머에서 들려오는 남자들의 낮은 대화 소리를 들었고 희미한 담뱃불도 보았다.

"어이, 거기 누구야?" 촌킨이 외쳤다.

불빛이 사라졌다. 촌킨은 눈을 크게 뜨고 귀를 쫑긋 세운 채 서 있었지만 이제 아무 소리도, 아무 불빛도 나타나지 않았다.

'술에 취해서 헛것이 보이는 모양이군.' 촌킨은 스스로를 안심시키고는 집 안으로 들어갔다.

31

12단 램프의 심지는 거의 끝까지 잠겨 있어서 작은 불꽃만이 방 안에 희미한 불빛을 내뿜고 있었다.

뉴라는 무릎 사이에 소총을 끼워놓고 문 옆 등받이 없는 의자에 앉아 있었다. 낮 동안 녹초가 된 포로들은 마루에 나란히 누워서 곤히 자고 있었다.

"어디 갔다 온 거야?" 뉴라는 화가 났지만 잠든 사람들을 깨우지 않기 위해 속삭이듯 말했다.

"어디 있었건 지금 돌아왔잖아." 촌킨은 대답한 후 넘어지지 않으려고 문틀을 움켜잡았다.

"이런, 술이 곤드레가 됐네?" 뉴라가 경악했다.

"곤드레가 됐지." 바보 같은 미소를 지으며 촌킨이 고개를 끄덕였다. "안 마실 수가 없었어. 내일이면 또 새로운 일거리를 받을 거거든."

"정말?" 뉴라가 말했다.

촌킨은 자유로운 손을 사용해 손가락 두 개로 윗도리 주머니에서 회장이 써준 추가 식료품 배급 허가서를 꺼내 뉴라에게 건네주었다. 뉴라는 종이 쪼가리를 램프에 가까이 대어 보고는 그 내용을 중얼거리며 생각에 잠겼다.

"누워서 좀 쉬어. 밤새 한잠도 못 잤을 텐데." 갑자기 상냥해진 목소리로 뉴라가 말했다.

촌킨은 대답 대신 뉴라의 등을 철썩 때렸다.

"괜찮아. 당신이나 좀 자둬. 새벽녘에 나랑 한 시간 정도 교대나 해줘."

그는 뉴라에게서 소총을 받아 등을 문틀에 기대고 의자에 앉았다. 뉴라는 옷을 입은 채 얼굴을 벽 쪽으로 향해 눕자마자 잠이 들었다. 고요했다. 중위만이 자면서 강아지처럼 끙끙대고 큰 소리로 쩝쩝대며 입맛을 다셨다. 회색 나방이 램프 위를 빙빙 돌면서 유리에 부딪혔다가 다시 멀어졌다가 했다. 방 안은 후덥지근했고 얼마 지나지 않아 창밖에서는 빗방울이 떨어지면서 나무 잎사귀와 지붕을 흔들기 시작했다.

쏟아지는 잠을 쫓기 위해 촌킨은 구석에 있는 양동이로 가 손바닥으로 물을 떠서 얼굴을 적셨다. 좀 정신이 나는 것 같았다. 하지만 자리로 돌아가 앉자마자 금세 다시 잠이 몰려왔다. 소총을 잡은 손과 무릎에 힘을 꽉 주었지만 손가락이 저절로 스르륵 풀어지고 의자에서 여러 번 떨어질 뻔했다. 잠이 들려는 찰나 몇 번이나 소스라치듯 놀라 깨어 정신을 차리려고 눈을 부릅떴지만, 창밖에서 들려오는 빗소리와 지붕 아래 어디선가 생쥐가 집요하게 나무를 갉아대는 소리 외에는 너무도 고요하고 적막했다.

마침내 촌킨은 자신과의 싸움을 이길 수 없어 식탁으로 문을 막아놓은 후 거기에 머리를 얹고 바로 정신을 잃었다. 그는 악몽을 꿨다. 꿈에서 그는 이웃 쿠지마 글라디셰프, 골루베프 회장, 큰곰자리 별자리, 그리고 두냐 할멈네서 엉덩이부터 먼저, 네발로 기어 나오는 술에 취한 장자크 루소를 보았다. 촌킨은 루소가 그의 포로이며 막 도망치려는 참이라는 사실을 간파했다.

"서라!" 촌킨이 명령했다. "어딜 가는 거야?"

"돌아가는 중이야." 쉰 목소리로 장 자크가 말했다. "자연으로 돌아가는 거야." 그러더니 수풀 속으로 계속 기어갔다.

"서라!" 촌킨이 루소의 미끈거리는 팔꿈치를 잡으며 소리쳤다. "안서면 쏜다!"

그 와중에 그는 자기 목소리가 들리지 않아 놀라고 두려워졌다. 하지만 장 자크도 촌킨을 두려워하는 것 같았다. 그는 갑자기 불쌍한 표정을 짓더니 끙끙대면서 아이처럼 투정 부리는 목소리로 말했다.

"밖에 내보내줘! 밖에 내보내줘! 밖에 내보내줘!"

촌킨은 눈을 떴다. 장 자크가 바닥에서 일어나 밀랴가 대위의 형상을 하고 눈앞에 서 있었다. 대위는 묶인 양손을 식탁 위로 뻗어 촌킨을 잡아당기며 끈질기게 요구하고 있었다.

"빌어먹을, 제발 좀 일어나. 밖에 내보내줘!"

촌킨은 화가 머리끝까지 나 있는 포로를 멍한 눈으로 쳐다보면서 자신이 지금 꿈을 꾸는 건지 생시인지 분간이 되지 않았다. 그러다가 정신이 돌아오자 머리를 세차게 흔든 후 마지못해 자리에서 일어나 식탁을 밀고 벽에 박힌 못에서 개목걸이를 내리면서 투덜댔다.

"시도 때도 없이 변소 타령이군. 낮에 좀 싸두면 안 되는 거야? 자, 목을 들이대."

대위는 몸을 수그렸다. 촌킨은 숨이 막히지 않도록 하면서도 충분히 단단해지도록 목걸이의 세번째 구멍에 고리를 걸고는 확인하기 위해 밧줄을 한번 당겨본 후 내보내주었다.

"얼른 다녀와."

밧줄 끝을 손에 감고 촌킨은 생각에 잠겼다. 그의 생각은 단순했다. 천장에 기어가는 파리를 보자 '흠, 파리가 있군', 램프를 쳐다보며 '램프가 타고 있군' 이렇게 생각하다가 드디어 촌킨은 꾸벅꾸벅 졸기 시작했다. 장 자크 루소가 다시 꿈에 나와 글라디셰프의 텃밭에서 밭을 갈았다. 촌킨은 글라디셰프에게 소리쳤다.

"어이, 저것 좀 봐. 자네 푹스를 모조리 뜯어 먹은 건 암소가 아니라 장 자크였어."

하지만 글라디셰프는 쓴웃음을 짓더니 모자를 살짝 들어 올리며 말했다.

"내 푹스 걱정은 말고 자네 걱정이나 해. 그놈이 줄을 풀고 이제 도망가려는걸."

촌킨은 깜짝 놀라 잠에서 깼다. 주변은 고요했다. 스빈초프는 코를 골고, 등불은 타오르며, 파리는 거꾸로 천장을 기어가고 있었다. 촌킨은 밧줄을 살짝 당겨보았다. 대위는 여전히 그곳에 있었다. '변비라도 있는 건가?' 눈을 감으며 촌킨은 생각했다.

장 자크는 어디론가 사라졌다. 젊은 여자가 빨래 바구니를 끌고 시냇가에서 올라오는 중이었다. 그녀가 걸으며 얼마나 환하게 웃던지 촌킨도 저절로 얼굴에 미소가 지어졌다. 그녀가 땅 위에 바구니를 내려놓고 솜털이라도 되는 듯 그의 양손을 가볍게 쥐고 흔들면서 나직이 노래를 부르기 시작했을 때도 그는 놀라지 않았다.

자장자장 우리 아가,
비둘기가 날아왔네.
비둘기가 날아왔네.
이반 침대 안으로 들어왔네……

"누구세요?" 촌킨이 물었다.

"이런, 나를 몰라보네." 여인이 미소를 지었다. "내가 니 에미다."

"엄마." 그녀의 목을 잡기 위해 촌킨이 양손을 뻗었다.

그 순간 수풀 속에서 회색 제복을 입은 자들이 튀어나왔다. 촌킨은 스빈초프와 필리포프 중위, 그리고 밀랴가 대위를 알아보았다. 대위는 촌킨에게 양손을 뻗었다.

"저기 있다! 저기 있어!" 소리 지르는 밀랴가의 얼굴이 무시무시한 미소로 일그러졌다.

품에 아들을 꼭 안으면서 어머니는 괴성을 질렀다. 촌킨도 소리를 지르고 싶었지만 목소리가 나오지 않았다. 그러다가 잠에서 깼다. 그는 명한 눈으로 주위를 둘러보았다.

주변은 고요하고 아무 일도 없었다. 심지를 줄여놓은 램프는 가늘게 타오르고 있었고, 포로들은 마룻바닥 위에서, 뉴라는 침대에서 벽 쪽으로 몸을 돌린 채 자고 있었다.

촌킨은 시계를 보았다. 시계는 멈춰 있었다. 얼마나 곯아떨어져 있었는지 알 수 없었지만 상당히 오래 잔 것 같았다. 하지만 손에 쥔 밧줄을 보건대 밀랴가 대위는 아직도 바깥에서 일을 보고 있었다.

"이제 됐어. 언제까지 거기서 그러고 앉아 있을 거야." 촌킨은 마치 자신에게 이야기하듯 이렇게 말하고는 이제 정말 됐다는 신호로 밧줄을 잡아당겼다. 그러고 나서 바지를 올리기에 충분하다 싶을 만큼 기다렸다가 다시 밧줄을 잡아당겼다. 반대쪽에서는 아무 반응이 없었다. 그러자 이상한 생각이 들기 시작한 촌킨은 줄을 더 세게 당겨보았다. 밧줄이 팽팽하기는 했지만 이제 좀 여유롭게 당겨졌다.

"자, 자, 고집 피우지 말고." 촌킨은 줄을 계속 잡아당기면서 중얼거렸다. 이제 복도에서 발걸음 소리가 들려왔다. 하지만 그 소리는 밀랴가 대위의 조용한 발소리하고는 거리가 멀었다. 발소리는 마치 누군가 딱딱한 구두를 신고 종종걸음으로 걸어오는 것 같았다.

무시무시한 예감이 촌킨의 뇌리를 스쳤다. 그는 온 힘을 다해 밧줄을 잡아당겼다. 문이 활짝 열리더니 머리에서 발끝까지 거름을 뒤집어쓴 채 잠이 덜 깬 눈으로 영문을 모르겠다는 표정을 하고 있는 수퇘지 보리카가 들어왔다.

32

자유의 몸이 된 밀랴가 대위는 너무 흥분한 나머지 온몸에서 갑자기 힘이 쑥 빠져나가는 느낌이었다. 심장이 쿵쾅쿵쾅했고 양손은 덜덜 떨렸으며 다리는 후들거렸다. 대위는 자신이 도주한 의미가 전혀 없음을 깨달았다. 집 안은 따뜻하고 어느 정도 안락했는데 지금은 내리는 비 때문에 춥고 사방은 칠흑같이 어두운 것이 도대체 어디로, 왜 도망가야 하는 건지 생각이 나지 않았다.

낮부터 보아둔 낫으로 손목을 묶은 밧줄을 자르고 반항하는 수퇘지에게 냉혹하게 개목걸이를 씌웠을 때 그는 전혀 동요하지 않았다. 외양간으로 난 문은 밖에서 잠겨 있었지만 대위는 지붕 바로 아래 난 구멍을 발견했고 힘들게 구멍을 통과하다가 옷의 어깨 부분이 찢어졌다. 그렇게 외양간 안으로 들어와보니 그는 도대체 무엇 때문에 그 고생을 했는지 알 수 없었다. 사방은 컴컴하고 비가 새어 들어왔다. 차가운 빗물이 지붕을 따라 흐르다가 그의 목깃 사이로 떨어지더니 천천히 등을 타고 흘렀다. 몸을 적시는 빗물에는 신경도 쓰지 않은 채 대위는 외양간 벽에 뒤통수를 기댄 채 울었다.

만약에 누구라도 다가와서 "아저씨, 왜 울어요?"라고 물었다면 그는 어떻게 대답해야 할지 몰랐을 것이다. 자유를 되찾은 기쁨 때문에? 하지만 그는 전혀 기쁘지 않았다. 악에 받쳐서? 복수하고자 하는 열망 때문에? 지금 그에게 그런 감정 따위는 없었다. 대신에 될 대로 되라는 자포자기와 무슨 짓을 하든 아무 의미도 없고 소용도 없을 거라는 자괴감이 그를 사로잡았다. 밀랴가 대위에게 그것은 생소한 느낌이었고 당장에라도 촌킨이 나타나 그의 목덜미를 움켜쥘까 봐 자리에서 꼼짝 않은 채 이유도 모르고 울었다. 어쩌면 단지 최근 그가 겪어야 했던 일들로 인해 히스테리가 발작한 것일지도 몰랐다.

그는 갑자기 몸을 부르르 떨었다. 마당 안에 그 말고 또 누가 있는 것 같았다. 어둠 속을 응시하는 그의 눈에 커다란 크기의 이상한 어떤 존재, 혹은 물건의 윤곽이 들어왔다. 이것이 모든 소동의 원인이 된 바로 그 비행기라는 사실을 그는 단번에 알아차리지는 못했다. 하지만 사실을 깨닫자 그는 다소 진정이 됐고 그제야 가슴을 다독여가며 상황을 분석하기 시작했다.

비행기는 꼬리를 뉴라의 집 쪽으로 향한 채 텃밭 끄트머리에 서 있었다. 다시 말해 비행기의 오른쪽 날개가 가리키는 방향에 얼추 돌고프시가 위치해 있을 것이었다. 그러니까 그쪽으로 뛰어야 한다. 하지만 그의 사무실에는 지금 비서 카피톨리나만 덜렁 남아 있을 텐데 돌고프시로 갈 이유가 있을까? 그렇다면 바로 기관의 주(州)지부로, 지부장 루진에게로 가야 한다. 가서 뭐라 한다? 1891/1930년형 소총을 든 사병 하나가 혼자서 군지국 요원 전원을 포로로 잡았다고? 그랬다가는 요즘 같은 시국에 군사법원과 총살형은 따놓은 당상이었다. 하긴 모든 정황을 냉철하게 분석해보면 상황을 모면할 방법이 없는 것도 아니었다. 게다가 밀랴가는 루진의 약점을 하나 알고 있었다. 특히 지부장의 출신에 대한 뭔가를 알고 있었다. 어쩌면 지부장 본인은 자기 아버지가 혁명 전에 이웃 현(縣)에서 경찰서장으로 복무했다는 사실을 잊었을 수도 있지만, 밀랴가는 이 사실을 잊지 않고 만약을 위해 머릿속에 각인시켜놓았던 것이다. 바로 그 때문에 밀랴가에게는 루진이 이번 일을 군사법원까지 끌고 가지는 않을 거라는 희망이 남아 있었다. 게다가 이번 소동은 따지고 보면 필리포프 중위 때문에 일어난 일이지 않은가. 젊은이가 불쌍하기는 하지만 필리포프는 이제 끝장이었다. 그리고 이 촌킨이라는 녀석, 이놈은 직접 손을 봐줘야겠다,라고 밀랴가는 생각했다.

생각이 촌킨에 이르자 대위는 복수의 순간을 상상하며 미소를 지었다. 그러고는 눈물을 닦았다. 그의 삶이 이제 의미를 얻은 것 같았다. 그리고 이 의미를 찾기 위해서였다면 비와 어둠 속을 뚫고 탈출한 것도 잘한 일이라는 생각이 들었다.

대위는 벽에서 몸을 떼어 앞으로 걸음을 옮겼다. 발은 좌우로 미끄러졌고 질퍽질퍽한 땅에서 떼어지지가 않았다. 하지만 그의 장화는 튼튼했고 그 정도쯤은 견뎌낼 수 있었다.

비행기를 거의 다 돌아갔을 때쯤 등 뒤에서 문이 삐거덕하고 열리는 소리가 들렸다. 누군가 현관 계단으로 나왔다. 대위는 생각할 틈도 없이 진창 속으로 얼굴을 박았다. 이제 다시 승리를 향한 의지로 불타고 있는 대위는 도망치기 위해서라면 그런 수모쯤은 얼마든지 참을 수 있었다.

"거기 뭐가 보여?" 저 멀리, 아마도 집 안에서 뉴라의 걱정스러운 목소리가 들려왔다.

"아무것도 안 보여." 바로 가까이서 촌킨의 목소리가 들렸다. "램프라도 켜면 좋겠는데."

"등유가 없어." 뉴라가 대답했다. "게다가 램프를 갖고 나오는 동안 이자들이 도망칠걸."

대위의 귀 바로 옆에서 흙탕물이 튀어 올랐다.

몇 발짝만 더 떼어 촌킨이 대위를 밟았다면 모든 것이 끝장났을 것이다. 만약에 다리를 잡아당기면 저 녀석이 넘어질까……?

"어때?" 뉴라가 다시 외쳤다.

"아무것도 없어." 촌킨이 대답했다. "신발이 얇아서 이걸 신고 이 진흙탕을 더 헤집고 다닐 필요는 없을 거 같아. 그자는 벌써 10리 밖에 있을 거고."

"당연하지. 그자가 당신이 나오기를 기다리고 있었겠어? 집으로 와. 괜히 진창에서 발 더럽히지 말고."

촌킨은 대위가 누워 있는 곳 바로 옆에서 한동안 더 서 있다가 한숨을 내쉬었다. 잠시 후 첨병대는 그의 발소리가 서서히 멀어지기 시작했다.

밀랴가 대위는 서두르지 않았다. 그는 촌킨이 현관 계단으로 올라가기를, 그리고 집 안으로 들어가 찰칵 소리를 내며 걸쇠를 걸 때까지 기다렸다. 그리고 나서야 그는 기어서 앞으로 움직였다. 이제 바로 코앞에 울타리가 보였다. 뒤를 돌아본 후 아무 이상 징후가 없는 것을 확인하자 대위는 벌떡 일어나 단숨에 울퉁불퉁한 싸릿대를 뛰어넘었다. 바로 그 순간 대위의 눈앞에 마치 땅에서라도 솟은 듯 판초우의를 입은 시커먼 형체 두 개가 나타났다. 대위는 소리를 지르려고 했지만 그러지 못했다. 형체 중에 하나가 개머리판을 휘둘렀고 밀랴가 대위는 정신을 잃었다.

33

연대 야전사령부는 텃밭들 너머 비어 있는 헛간들 중 하나에 마련되었다. 헛간은 두 개의 공간으로 나뉘어 있었고, 첫번째 방에는 위병들, 사령부 당직, 서기병 그리고 언제나 상관 옆에서 비비고 있기를 좋아하는 자들 몇 명이 자리를 잡았다.

방의 한구석에 통신병이 짚으로 만든 깔개 위에 앉아 수화기에 대고 작은 소리로 중얼거리고 있었다.

"제비, 제비 나와라. 빌어먹을! 여긴 독수리, 젠장 왜 대답이 없나?"

첫번째 방과 통나무 칸막이로 나뉜 다른 방에는 등유램프가 밝혀져 있었다. 연대장인 랍신 대령과 그의 전속부관인 부카셰프 소위가 그곳에 있었다.

대령이 작전회의 참석을 위해 사단장이 있는 곳으로 가려고 준비하던 차에 정찰병 시리흐와 필류코프가 장작처럼 보이는 뭔가 길고 지저분한 것을 어깨에 메고 와서는 구석의 썩은 짚 더미 위에 던져놓았다.

"그게 뭔가?" 궁금해진 대령이 물었다.

"적을 생포했습니다, 대령 동지." 시리흐 하사가 차렷 자세를 취하면서 말했다. 그의 얼굴 오른뺨에는 진흙이 말라붙어 있었다.

대령은 짚 위에 누워 있는 사람에게로 가까이 다가가더니 인상을 찌푸렸다.

"생포가 아니라," 그는 잠시 생각하더니 말했다. "시체를 갖고 온 것 같은데."

"필류코프 짓이에요, 대령 동지." 시리흐는 정찰병 특유의 자유분방함으로 말했다. "살살 하라고 그렇게 말했는데 자식이 개머리판을 신나게 휘두르지 뭡니까!"

"필류코프, 도대체 무슨 짓을 한 건가?" 대령은 다른 정찰병에게 시선을 돌렸다.

"전 할 일을 했을 뿐이에요, 대령 동지." 필류코프의 대답은 진심이었다. 그러고는 그 또한 모종의 자유분방함으로 말을 이었는데, 시리흐와는 좀 다른 성격의 것이었다. 그것은 아직 세상물정 모르는 시골뜨기만이 보일 수 있는 자유분방함이었다. 그는 군대도 다들 자기와 비슷한 사람들이 있는 곳이며 대령도 일종의 집단농장의 작업반장 같은 것이라고 생각하고 있었다. "그게 어떻게 된 일이냐면 말이죠, 대령 동지. 하사님과 함께 웬 울타리 앞으로 기어갔어요. 자작나무 싸리로 만든 나지막한 울타리였는데요. 거기 누워서 한 시간이고 두 시간이고 잠복하고 있었어요. 개미 한 마리 보이지 않고 날은 어둡고 비도 왔거든요." 필류코프는 더러운 손으로 머리를 움켜잡더니 끔찍하다는 듯이 흔들었다. "판초우의를 입었어도 머리에 빗물이 흘러들어왔어요. 그건 그래도 괜찮은데 아래로는 배가 다 젖었다고요. 자, 보세요." 그는 판초우의를 펼쳐서는 자신의 말대로 젖고 더러워진 배를 보여주었다.

"왜 나한테 그런 얘기를 늘어놓는 건가?" 대령은 놀랐다.

"어, 잠깐요. 나머지는 제가 피울게요." 그는 대답도 기다리지 않고 대령의 손에서 피우다 남은 꽁초를 거의 낚아챘다. 그리고 탐욕스럽게 몇 번 빤 후 바닥에 던져 장홧발로 짓이겼다. "그러니까 거기 누워서 제가 하사님께 이제 뜨자고 했어요. 그랬더니 기다리라고 하더라고요. 그때 문이 열리는 소리가 들렸어요. 그러더니 울타리 너머로 누군가 진창 속을 철퍽거리며 다니는 거예요. 그다음에 여자 목소리가 뭐라고 물으니까 남자 목소리가 '등유가 떨어졌어'라고 하더라고요. 그러고 나서 남자가 사라지고 아무도 나타나지 않았어요. 모두 가버렸다고 생각했죠. 제가 그 생각을 한 바로 그 순간에 이자가 갑자기 툭 하더니," 필류코프는 정말이지 끔찍했다는 표정을 지으며 두 눈을 휘둥그레 뜨고는 자리에 주저앉았다. "바로 우리 머리 위로 떨어지지 않았겠어요. 그래서 제가 소총을 집어서는……" 필류코프는 벌떡 일어나더니 어깨에서 소총을 내려 대령을 향해 휘둘렀다.

대령이 뒤로 황급히 물러섰다.

"자네 뭔가, 이게 무슨 짓이야?" 그는 필류코프를 의심스러운 눈으로 예의 주시하며 말했다.

"보여드리는 거잖아요." 어깨에 다시 소총을 메면서 필류코프가 말했다. "너무 걱정 마시라니까요. 저자가 살아 있다는 데 제 목을 걸겠어요. 제가 볼가강 출신이잖아요, 대령 동지. 우리 고장에 쎄고 쎈 게 독일 사람들이었거든요. 다른 건 모르겠지만 독일인들에 대해서는 제가 잘 알아요. 정말 명이 질긴 인간들이라니까요. 다른 사람을 그렇게 치면 죽어요. 고양이도 죽어요. 하지만 독일 사람은 안 죽는다고요. 왠지 아세요?" 필류코프는 그에 대한 대답 대신에 양팔을 옆으로 들고 자라목을 함으로써 세상에 어떻게 그런 일이 있을 수 있냐는 표정을 지었다.

"어쨌거나 이번에는 자네가 이자를 죽인 것 같은데." 대령이 엄격하게 말했다.

"무슨 말씀이세요." 필류코프는 자신의 힘이 절대로 그렇게 셀 리가 없다는 투로 말했다. "살아 있다니까요. 숨을 쉬잖아요." 그러면서 그는 바닥에 축 늘어져 있는 자에게 다가가 발로 배를 살짝 누르기 시작했다. 그러자 누워 있던 자의 가슴이 정말로 살짝 부풀어 올랐는데, 그것이 숨을 쉬고 있어서 그런 것인지 아니면 필류코프가 발로 눌러서 그런 것인지는 정확히 알 길이 없었다.

"겨우 숨이 붙어 있군." 대령이 지적했다. "그자를 놔두게, 필류코프. 둘 다 나가보게."

정찰병들이 밖으로 나갔다.

대령은 포로를 곁눈질로 보며 서 있었다.

"진창 속을 어떻게 끌고 왔는지 모르겠지만 군복도, 계급장도 도무지 알아볼 수가 없군." 그는 혼잣말을 하듯이 중얼거리고는 고개를 들었다. "소위!"

"넵!" 부카셰프가 대답했다.

"자네 학교에서 어떤 외국어를 배웠나?"

"독일어를 배웠습니다, 대령 동지."

"포로가 정신을 차리면 신문을 할 수 있겠나?"

부카셰프는 갈등했다. 물론 독일어를 배운 적은 있지만 잘한다고 할 수 없었다. 대부분의 독일어 수업 시간에 극장에서 땡땡이를 쳤던 것이다. 물론 '안나 운트 마르타 바덴'이나 '호이테 이스트 다스 바서 바름'* 같은 몇 마디는 아직도 기억했다. 거기에다 단어들도 좀 알았다.

"해보겠습니다, 대령 동지."

"수고하게. 통역관은 어차피 없으니까."

대령은 제모 위로 판초우의에 달린 모자를 당겨 쓰고는 밖으로 나갔다.

34

비록 촌킨 일당 소탕 작전 임무가 일개 연대에 맡겨지긴 했지만, 작전의 중요성을 고려하여 그 진두지휘는 사단장인 드리노프 장군이 직접 맡고 나섰다.

이 드리노프 장군은 단시간에 초고속 승진을 한 자였다. 불과 4년 전 그는 아직 긴 네모** 하나에 중대를 이끌고 있었으니 말이다. 그러던

---

* '안나와 마르타가 목욕을 한다'와 '오늘은 물이 따뜻하다'라는 뜻.
** 당시 소련 계급장 체계에서 긴 네모 표지 한 개는 대위, 두 개는 소령, 세 개는 중령, 네 개는 대령을 가리켰다.

어느 날 그에게 엄청난 행운이 굴러들어왔다. 대대장이 그와의 사적인 대화에서 사람들이 트로츠키에 대해 뭐라고 떠들든 본인은 상관 안 하지만, 어쨌거나 내전 중에 군 최고사령관은 트로츠키였다고 말했다. 어쩌면 이 기억력이 비상한 대대장은 그런 말을 하지 않았더라도 시간이 흐르면 자연히 숙청 명단에 올랐을 수도 있지만, 그랬다면 과연 우리 미래의 장군님의 운명은 어떻게 됐겠는가? 모든 것이 척척 들어맞아 드리노프는 '그곳'에 이 사실을 밀고했고, 그 결과 대대장 자리를 차지할 수 있었다.

그 이후 그는 일사천리로 진급의 길을 걸어 그로부터 불과 2년 후 벌써 직사각형 세 개를 달고 핀란드 전쟁*에 참여했던 것이다.

그곳에서 그는 지휘관으로서의 능력을 십분 발휘했다. 드리노프는 그것이 어떠한 상황이든 가장 복잡한 상황에서 능수능란하고도 재빨리 방향을 설정하는 특출한 능력이 있었다. 그런데 문제는 그런 식의 온갖 가능한 해결책 중에서 가장 멍청한 결정을 내린다는 데 있었다. 그의 이러한 능력은 위기의 순간을 모면하는 데 유효했고, 핀란드 전쟁이 끝났을 때 그는 이미 어깨에 직사각형 네 개, 그러니까 대령이 되어 모스크바에 도착했다. 그리고 그곳에서 다름 아닌 칼리닌** 할아버지 본인이 크렘린의 게오르기 홀에서 양손으로 드리노프의 단단한 손을 잡고 흔든 후 붉은 깃발 훈장을 수여하기까지 했다.

그가 장군이 된 것은 불과 얼마 전으로 군사기술 분야에서의 뛰어

---

* 1939년 11월 30일 소련의 침공으로 시작되어 3개월 만에 소련의 패배로 끝난 전쟁.
** 미하일 칼리닌(1875~1946). 10월 혁명을 주도한 핵심 인물 중 1930년대 피의 숙청에서 희생되지 않은 거의 유일한 인물이다. 1937년부터 죽기 전까지 소연방 최고회의 간부회 의장(법률상의 소련 국가수반)직을 맡았다. 트로츠키가 붙여준 '전 소연방의 최고 원로'라는 별명을 갖고 있다.

난 업적 덕분이었다. 최근 군사훈련에서 그는 최대한 전투 상황과 유사한 상황을 만들기 위해 자기 부대원들을 진짜 유산탄으로 사격하도록 명령했다. 드리노프는 그런 훈련에서 죽는 것은 참호를 제대로 파지 못하는 나쁜 병사들뿐이라고 주장했다. 참호를 파지 못하는 사람은 어디에도 쓸모가 없다는 것이 그의 입장이었다. 그 자신도 참호에 숨는 것을 좋아했다.

연대가 거점을 확보하는 동안 별개의 공병대대 병사들은 어느 집 사우나를 통나무로 해체해서 세 겹짜리 방공호를 세웠다. 랍신 대령이 향한 곳이 바로 이 방공호였다. 보초에게 신분증을 제시한 후 대령은 나무로 된 계단 네 개를 내려가 습기로 축축한 문을 당겼다. 방공호 안은 담배 연기가 자욱했다. 한가운데에는 사우나를 해체하면서 나왔을 아연 대야가 놓여 있었고, 천장에서는 굵직하고 더러운 물방울이 떨어지고 있었다.

판초우의를 입은 몇 사람이 대패질이 안 된 판자로 짜 맞춘 책상 둘레에 모여 앉아 있었고, 그 머리들 위로 드리노프의 털모자가 흔들리고 있었다.

"도착 보고 드립니다, 장군 동지." 대령은 자신과 계급이 비슷할 경우에만 스스로에게 허용하는 자유분방함으로 평온하고 무심하게 경례를 했다.

"아, 랍신, 자넨가?" 울렁거리는 연기 사이로 장군이 얼굴을 내밀었다. "어서 오게, 어서. 부하들은 다 모였는데 지휘관이 오지 않아 걱정하던 참이었네."

가까이 접근하자 랍신은 방공호의 주인장 외에 자신의 휘하 대대장 세 명 전원과 야전사령부 책임자, 포병대대장, 그리고 작은 키에 보잘것

없이 생긴 스메르시* 지휘관을 볼 수 있었다. 그들은 책상 위로 몸을 수그린 채 전투 임무를 논의하면서, 랍신에게는 초면인 사람이 낮은 목소리로 설명하는 작전 지도를 주시하고 있었다. 낯선 자는 판초우의의 모자를 뒤로 젖혀 쓰고 무릎까지 진흙이 덕지덕지 묻은 크롬가죽 장화를 신고 있었다. 이상의 복장으로 볼 때 그는 여기 모인 군 지휘관들과 별다를 게 없었지만, 머리에 쓴 구겨진 챙모자 때문에 그가 민간인임을 알 수 있었다.

"인사하게." 장군이 고갯짓으로 민간인을 가리켰다. "이곳 군위원회 서기 동지라네."

"렙킨입니다." 랍신에게 차가운 손을 내밀며 서기가 말했다.

"랍신입니다." 대령도 자기소개를 했다.

"어떤가, 랍신?" 장군이 말했다. "새로운 소식은 없나?"

"시리흐 하사와 필류코프 사병이 방금 전에 정찰에서 돌아왔습니다." 대령이 맥없이 보고했다.

"그래서?"

"적군을 한 명 생포했습니다."

"뭣 좀 얻어냈나?" 장군이 활기를 띠며 물었다.

"입을 열지 않습니다, 장군 동지."

"입을 안 열다니?" 장군이 화를 냈다. "안 열면 열게 해야지!"

"그러기가 좀 어렵습니다, 장군 동지." 랍신이 미소를 지었다. "지금 기절한 상태입니다. 체포 당시 정찰병들이 개머리판으로 너무 세게 때린 모양입니다."

---

* 독소전쟁 당시 활동하던 방첩 기관으로 스메르시CMEPШ는 '스파이에게 죽음을Cme-ртᴫ шпионам!'의 약자이다.

"이런 망할!" 장군이 책상을 주먹으로 내리쳤다. 그는 화를 내기 시작했다. "지금처럼 정보가 필요한 순간에 소중한 생포 적군을 개머리판으로 때려 골로 보내? 담당 정찰병이 누구였나?"

"시리흐와 필류코프입니다, 장군 동지."

"시리흐를 총살시키게!"

"하지만 머리를 친 건 필류코프입니다, 장군 동지."

"필류코프를 총살시키게."

"장군 동지." 대령은 부하 대원들을 보호해주려고 애를 썼다. "필류코프는 애가 둘입니다."

장군이 등을 꼿꼿이 폈다. 그의 두 눈은 분노로 이글거렸다.

"대령 동지, 내가 총살시키라고 한 건 필류코프지 그의 두 아이들이 아닐 텐데?"

스메르시 지휘관이 미소를 지었다. 그는 재치 있는 농담을 높이 평가했다. 대령 또한 그런 종류의 농지거리에 일가견이 있었다. 그는 경례를 붙이고 공손하게 말했다.

"알겠습니다, 장군 동지. 필류코프를 총살하도록 하겠습니다."

"이제야 말이 통하는군." 만족한 장군은 이번에도 농담조로 말했다. 그의 농담의 핵심은 대령이 장터의 아낙네마냥 장군과 말싸움을 하지 않고 군대식으로 곧바로 '네, 알겠습니다!' 하고 대답해야 한다는 것에 있었다.

"책상 가까이로 오게." 차분해진 목소리로 장군이 말했다.

지휘관들은 대령에게 자리를 내주려고 옆으로 비켜섰다.

대축척지도 위에 놓인 커다란 와트만지에는 연필로 크라스노예 마을과 인접 지역의 개략적인 평면도가 그려져 있었다. 집들은 사각형으로 표시돼 있었고 한가운데 사각형 두 개에는 십자가 표시가 돼 있었다.

"자 보게. 이 사람 말이," 장군은 렙킨을 가리켰다. "여기," 연필로 십자가 중 하나를 찍었다. "그리고 여기," 다른 십자가를 찍었다. "집단농장 사무소와 학교가 위치해 있다네. 추리해보건대, 가장 공간이 넓은 이 두 건물 안에 적의 주력군이 배치되었을 것 같네. 그러니까 1대대가 여기서 이리로 공격을 가해야 해." 장군은 커다랗게 휘어진 화살표를 그렸고 화살표의 뾰족한 끝이 집단농장 사무소를 표시한 십자가에 가서 꽂혔다. "2대대는 여기서 공격을 하는 거지." 두번째 화살표가 학교로 향했다. "3대대는……"

'좋아.' 화살표들을 지켜보면서 랍신 대령은 생각했다. '필류코프 건은 어떻게 무마될 것 같군. 중요한 건 제때에 '알겠습니다!'를 외치는 거지. 나중에야 안 하면 그만이고.'

35

정신을 차린 밀랴가 대위는 한참 동안 눈을 뜰 수가 없었다. 머리는 통증으로 빠개지는 것 같았고 아무리 노력을 해봐도 이곳이 어딘지, 누구와 그렇게 심하게 싸운 것인지 기억이 나지 않았다. 머리를 흔들고 눈을 뜬 그는 그만 뜻밖의 것을 보게 되자 다시 눈을 질끈 감고 말았다. 자신이 있는 곳은 광인지 헛간인지 모를 어떤 실내였다. 멀리 구석에 놓인 탄환 상자 위에 판초우의를 입은 스무 살 정도 돼 보이는 금발의 청년이 무릎 위에 지도 가방과 종이를 대고 뭔가를 쓰고 있었다. 다른 구석에는 반쯤 열린 문 옆에서 대위 쪽으로 등을 돌린 채 한 사람이 소총을 들고 앉아 있었다. 대위는 무슨 일이 일어난 건지 몰라서 사방을 연신 둘러봤다. 그러다 문득 자신이 어디론가 말을 타고 가는 중이었는데 끝까지 가지 못했다는 기억이 머릿속 어디선가 떠올랐다. 붉은 군대 사병 하나하고 여자가 관련됐는데…… 아 그렇다. 촌킨이었다. 그제야 대위는 모든 것을, 가장 마지막 순간만을 제외한 거의 모든 것을 기억해냈다. 변소에 가고 싶다고 한 후 밧줄을 끊고 나서 돼지에 묶은 기억이 났다. 그 후 텃밭을 기기 시작했는데 비가 와서 땅은 진흙 벌창이었다. 진흙 벌창이었는데…… 대위는 몸을 만져보았다. 과연 상의와 바지가 모두 진흙 범벅이었고 벌써 꾸둑꾸둑 말라가고 있었다. 그런데 그다음에 무슨 일이 있었지? 어쩌다가 이곳으로 오게 된 거지? 이 사람들은 누구지? 대위는 금발의 청년을 관찰하기 시작했다. 짐작건대 군인 같았다. 상황을 종합해볼 때 무슨 야전부대 같았다. 하지만 야전부대가 왜 여기 있는 건지. 전선은 머나먼 곳에 있었고 그의 옷에 붙은 흙이 아직 다 마르지 않은 것으로 볼 때 텃밭을 기어 다닌 것도 불과 얼마 전이라는 얘긴데 말이다. 비행기로 수송해 온 것일까? 대위는 눈을 게슴츠레 뜨고 속눈썹 사이로 금발 머리를 관찰하기 시작했다. 청년은 종이로부터 고개를 들더니 대위를 쳐다보았다. 두 사람의 시선이 마주쳤다. 금발 청년이 묘한 미소를 지었다.

"**구텐 모르겐**." 청년이 돌연 말을 내뱉었다.

대위는 속눈썹을 다시 내리고는 침착하게 머리를 굴리기 시작했다. 이 금발 머리가 뭐라고 한 거지? 러시아어가 아닌 이상한 단어로 말했는데. **구텐 모르겐**. 독일어처럼 들린다. 먼 과거의 기억이 되살아났다. 1918년, 우크라이나의 농가, 그들의 집에 세 들어 사는 빨강 머리에 안경을 쓴 한 독일인이 아침마다 내복만 입은 채 중간 방에서 나오면서 어머니에게 말했다.

"**구텐 모르겐, 프라우 밀레그.**" 그자는 밀랴가의 성을 독일식으로 발음했다.

그 빨강 머리는 독일 사람이었다. 그러니 그는 독일어를 했을 것이다. 이자도 독일어를 하고 있다. 독일어를 한다는 것은 그가 독일인이라는 말이다. (기관 근무를 하면서 밀랴가 대위는 논리적 사고가 몸에 배었다.) 다시 말해 그, 밀랴가 대위는 어떤 연유에서인지 모르지만 독일군에게 포로로 잡힌 것이다. 이것이 사실이 아니기를 바랐지만, 현실을 직시해야 한다. (이 생각을 하는 그의 눈은 감겨 있었다.) 신문을 통해 밀랴가 대위는 독일군이 기관 요원과 공산당원에게 가혹한 대우를 한다는 사실을 익히 알고 있었다. 밀랴가의 경우 둘 모두에 해당된다. 재수 없게도 주머니에는 당원증이 떡하니 들어 있었다. 물론 지난 4월부터 당비가 밀려 있지만 그런 세부 사항에 누가 신경을 써주겠는가?

대위는 다시 눈을 뜨고 금발의 청년에게 마치 유쾌한 대화 상대라도 되듯이 미소를 지었다.

"**구텐 모르겐, 헤르.**" 그는 단어 하나를 더 기억해냈는데, 발음 때문에 사용해도 될는지 살짝 걱정이 되긴 했다.* 한편 부카셰프 소위 또한 아는 독일어 단어들을 힘겹게 끄집어내서 아주 단순한 문장들을 만들었다.

"**코멘 지, 헤르.**"

'나보고 자기 쪽으로 오라는 소린가 보다.' 대위는 '헤르'란 단어를 금발의 젊은이도 사용한다면 편안히 사용해도 되는 단어겠군, 하고 생

---

* '구텐 모르겐, 헤어'는 독일어로 '좋은 아침입니다, 선생님'이란 뜻. 독일어 '헤어Herr'는 러시아어로 '헤르'라고 발음되며, 러시아어로 '헤르'는 '남자의 성기'를 지칭하는 비속어이다.

각하면서 이렇게 결론을 내렸다.

대위는 일어나 현기증을 가까스로 참아내며 금발의 청년에게 반갑게 미소 지으면서 책상 쪽으로 움직였다. 청년은 그의 미소에 답하지 않고 침울하게 제안했다.

"**지첸 지.**"

대위는 자신에게 앉으라고 하는 말임을 이해했지만 주위를 돌아보니 의자나 걸상 같은 것은 보이지 않았다. 그는 예의 바르게 머리를 끄덕여 감사를 표하고는 정상적인 사람이라면 심장이 있는 곳에 손바닥을 갖다 댔다. 대위는 "**나멘?**"이라는 다음 질문을 이해하지 못했지만, 머릿속으로 신문 과정에서 제일 먼저 던질 수 있는 질문이 무엇인지 생각해보니 어쩌면 피신문자의 이름을 물어보는 것이 아닐까 하고 생각에 잠겼다. 자신이 기관에서 근무하고 있으며, 당원이라는 사실을 숨긴다는 것은 불가능했다. 전자는 제복에서 알 수 있고, 후자는 초동수사에서 밝혀질 것이었다. 그러자 그는 자신이 산문을 시작할 때마다 매번 했던 말을 떠올렸다. '정직하게 자백하면 고통이 줄어들 것이다.' 물론 실제 경험상 정직한 자백 덕에 고통을 덜 받은 사람은 한 명도 없었음을 잘 알고 있었지만, 다른 희망이 없었고 이 방법 외에 별다른 수가 없었다. 독일인들은 문명개화한 민족이니 좀 다르지 않을까 하는 실오라기 같은 희망이 남아 있었다.

"**나멘?**" 소위는 자신의 발음이 올바른 것인지 확신하지 못한 채 재차 다그쳐 물었다. "**두 나멘? 지 나멘?**"

금발의 젊은이를 화나게 하지 않으려면 대답을 해야 했다.

"**이히 빈 밀랴가 대위.**" 그는 서둘러 대답했다. "**밀레그, 밀레그, 페르슈타인?**" 다행히 그도 독일어 몇 마디는 할 수 있었다.

'밀레그 대위.' 중위는 신문조서에 첫 정보를 적은 후 포로를 향해 눈을 들었다. 그는 포로가 근무하는 부대의 종류에 대해서 어떻게 물어야 할지 몰랐다.

하지만 포로는 물어보기도 전에 알아서 진술을 늘어놓기 시작했다.

"이히 빈 이스트 아르바이텐······ 아르바이텐, 페르슈타인······?" 대위는 양손으로 일하는 시늉을 했는데, 밭을 파는 것인지 아니면 톱질을 하는 것인지 분간을 할 수 없었다. "이히 빈 이스트 아르바이텐······" 그는 자신의 기관을 어떻게 표현해야 할지 생각에 잠겼다가 갑자기 생각지도 못한 대안을 발견했다. "이히 빈 아르바이텐 인 루시슈 게슈타포."

"게슈타포?" 한편 피신문자의 말을 자기 방식대로 해석한 금발의 젊은이는 인상을 찌푸렸다. "공산주의자엔 쒀죽이트, 빵 빵?"

"야, 야." 대위는 반갑게 수긍했다. "운트 공산주의자엔, 운트 비당원엔 모두를 쒀죽이트, 빵 빵." 총을 쏘는 시늉을 하면서 대위는 오른손을 휘둘렀다. 그는 신문자에게 자신은 공산주의자들과의 싸움에서 뼈가 굵었기 때문에 독일 기관에 상당한 이익을 가져다줄 수 있다고 전달하고 싶었지만, 그처럼 복잡한 생각을 어떻게 표현해야 할지 몰랐다.

정작 소위는 신문조서에 이렇게 적고 있었다.

'밀레그 대위는 게슈타포 근무 중 공산주의자들과 비당원들을 총살하기도 했다······'

그는 자신의 가슴속에 이 게슈타포 요원에 대한 증오심이 커져가는 것을 느낄 수 있었다. '당장 저자를 쒀버리겠어' 하는 생각에 한 손을 총집으로 뻗었지만 소위는 금세 자신이 신문을 마쳐야 하며 그러기 위해서는 자제력을 가져야 한다는 사실을 기억했다. 그는 인내심을 발휘해 다음 질문을 던졌다.

"보 이스트 당신의 **페르반트 주둔트?**"

대위는 금발의 청년을 바라보고는 하나도 알아들을 수 없는 말을 이해해보려고 애쓰며 미소를 지었다. 그는 질문이 어떤 일당에 대한 것이라는 점만 이해했다.

"**바스?**" 대위가 물었다.

소위는 질문을 반복했지만 제대로 문장을 만든 건지 자신이 없는지라 다시 조바심이 나기 시작했다.

대위는 이번에도 이해를 못했지만 금발의 젊은이가 화내는 것을 보고는 자신의 충성심을 보여줘야겠다고 생각했다.

"**에스 리베 게노세 히틀러!**" 그는 익히 알던 표현 속에 새로운 단어를 끼워 넣었다. "**하일 히틀러! 스탈린 카푸트!**"

소위는 한숨을 내쉬었다. 이 파시스트는 광신도임이 틀림없었다. 하지만 그의 용기는 인정해주어야 했다. 자기 목숨이 위태로운 상황에서 지도자를 칭송하고 있지 않은가. 부카셰프 소위는 자신이 포로로 잡힌다면 그도 그러리라고 생각했다. 손톱 밑을 바늘로 찌르고, 불로 지지고, 등에 칼로 오각별을 새기는 어떠한 고문에도 입을 꾹 다문 채 오로지 '스탈린 만세!'를 외치는 광경을 그는 수없이 상상해왔다.

하지만 그런 때가 닥치면 자신에게 충분한 용기가 있을지 혼란스러울 때가 있었으며, 자신도 같은 구호를 외치며 전장에서 전사할 수 있기를 고대해왔다.

소위는 독일군 포로의 무의미한 고함 소리를 무시하고 신문을 계속했다. 그는 반은 러시아어가 섞인 엉터리 독일어로 질문을 던졌다. 다행히도 포로 또한 약간의 러시아어를 할 줄 알았기에 결국은 모종의 정보를 포로에게서 얻어내는 데 성공했다.

대위는 금발의 청년이 '페르반트'란 말로 밀랴가 자신이 근무하는 기관을 지칭하는 것이 틀림없다고 생각했다.

"저기," 그는 손으로 알 수 없는 방향을 가리키며 말했다. "**이스트 하우스, 나흐 하우스 이스트 촌킨. 페르슈타인?**"

"**페르슈타인.**" 소위는 이렇게 대답하면서도 자신의 관심이 다름 아닌 촌킨이라는 사실을 내색하지 않았다.

머리 통증과 긴장감 때문에 잔뜩 인상을 쓴 포로는 힘겹게 외국어 단어를 끄집어내면서 질문에 답하기를 계속했다.

"**이스트 촌킨 운트 슈트리페**, 밧줄에 묶인 **아인, 츠바이, 드라이……일곱…… 지벤 루시슈 게슈타포…… 페르슈타인?**" 대위는 손짓으로 포박된 사람들을 묘사하려고 애를 썼다. "**운트 아인 플루크**, 비행기엔." 그러고는 날갯짓을 하듯이 양팔을 휘휘 저었다.

"제비, 제비 나와라!" 옆방에서 목소리가 들려왔다. "제기랄, 도대체 왜 응답을 안 하는 거야?"

밀랴가 대위는 깜짝 놀랐다. 그는 독일어가 러시아어와 그처럼 비슷한 줄은 몰랐다. 그게 아니라면……

하지만 그는 이 생각을 끝맺지 못했다. 머리가 깨질 듯이 아파왔고 속이 울렁거리기 시작했다. 대위는 침을 삼키고는 금발의 청년에게 말했다.

"**이히 빈** 아프다. **페르슈타인?** 머리가, **마인 코프 쿵쿵.**" 그는 자신의 뒤통수를 주먹으로 살짝 쳐 보인 후 빰을 손바닥에 갖다 댔다. "**이히 빈** 원한다 **바이바이.**" 그리고 허락도 받지 않은 채 온몸에 힘이 빠지는 걸 느끼며 비틀거리면서 깔개가 있는 곳으로 걸어가 털썩 눕고는 다시 정신을 잃었다.

36

한편 그사이 사단장 회의는 계속되었다. 대대장들이 휘하 부대들을 회의에서 정한 거점으로 이동시키기 위해 나가 있는 동안 짧은 휴식을 가졌을 뿐이다. 새롭게 지정된 거점에 참호를 파도록 지시를 내린 후 대대장들은 방공호로 돌아왔다.

지금 논의 중인 문제는 무기와 탄약이었다. 연대가 현재 보유한 것은 40밀리 구경 무기 단 하나, 그리고 포탄 세 개, 탄띠 없는 맥심 기관총 하나, 포탄 없는 대대 박격포 두 개, 1개 분대당 소총 두 정과 제한된 수의 탄환, 3인당 휘발유가 담긴 화염병 한 개가 전부인 것으로 밝혀졌다.

"알겠네." 장군이 말했다. "무기와 탄약이 충분하지 않군. 돌발 요인을 최대한 이용하도록. 탄환을 아끼도록 하게."

문이 열리고 젖은 외투를 입은 붉은 군대 병사 하나가 방공호로 들어왔다.

"장군 동지." 그는 경례를 붙이며 이렇게 외쳤다. "대령 동지에게 보고드려도 되겠습니까?"

"허락하네." 장군이 말했다.

병사는 대령 쪽으로 몸을 돌렸다. 그의 외투에서 김이 모락모락 피어났다.

"대령 동지, 보고드려도 되겠습니까?"

"그래, 무슨 일인가?" 대령이 물었다.

병사는 그에게 문서 봉투를 전달하고 허락을 얻은 후에 밖으로 나갔다.

대령은 봉투를 찢어 급송 공문을 읽고는 말없이 장군에게 내밀었다.

급송 공문에는 이렇게 쓰여 있었다.

연대장 랍신 대령 앞으로
부카셰프 소위가 보내는
급송 공문

저, 부카셰프 소위는 정찰병 시리호와 필류코프가 포로로 생포한
독일군 군인을 신문하였음을 보고합니다.

신문 과정에서 포로는 자신이 게슈타포 장교 밀레그라고 진술했습
니다. 그는 게슈타포로 활동하면서 잔인함과 무자비함으로 명성이 높
았고, 공산주의자들과 비당원인 소련 시민들의 집단 총살형에 직접 참
여했습니다.

이와 함께 그는 점령 전에는 우편배달부 벨랴쇼바의 소유였던 마
을 끄트머리 농가에 이른바 촌킨의 사령부가 위치하고 있으며, 서로
간에 매우 단단한 연대의 끈으로 묶인 게슈타포 특수부대가 그것을 호
위하고 있다고 진술했습니다. 바로 옆에는 비행기 착륙장과 비행기 한
대가 있으며 추측건대 히틀러군 정규부대와의 통신을 위한 것으로 보
입니다.

상기한 밀레그는 더 자세한 진술을 거부했습니다. 신문 과정에서
그는 도전적이며 광신도적인 태도를 보였습니다. 여러 차례에 걸쳐서
파시스트 구호를 외쳤으며(특히 '하일 히틀러') 우리나라의 사회 · 정치
체제에 대한 모욕적인 언사를 했습니다. I. V. 스탈린 동지 개인을 신
성모독하는 공격적인 발언도 몇 차례 서슴지 않았습니다.

부카셰프 소위

"허 참." 장군이 말했다. "매우 가치 있는 정보로군. 부카셰프 소위에게 포상을 내리도록 지시하게. 새로운 자료에 근거하여 거점을 변경하고 모든 공격력을 이른바 촌킨 사령부로 집중하도록." 그는 지도를 잡아당기더니 대대 배치 지역으로 나타나는 사각형들을 지워버리고 그것을 다른 장소로 이동시켰다. 앞서 표시한 화살표들을 지우고 새로운 화살표를 그었다. 이제 세 개의 화살표가 모두 뉴라 벨랴쇼바의 집에서 만나고 있었다.

37

포로를 신문한 후 부카셰프 소위는 급송 공문을 작성했고 쉬고 있는 보초 중 한 명을 시켜 대대장에게 보냈다. 이제 잠깐 눈을 붙일 수도 있었지만 잠이 오지 않았고, 그래서 그는 어머니에게 편지를 쓰기로 했다. 그는 앞에 수첩을 펼쳐놓고 등잔불을 가까이 당긴 후 아직 학생티를 못 벗어난 서툰 필체로 재빨리 써나가기 시작했다.

아름답고 사랑하는 나의 소중한 엄마에게!

엄마가 이 편지를 받을 때쯤 엄마의 아들은 어쩌면 벌써 세상에 없을지도 몰라. 오늘 새벽 로켓포가 녹색 신호탄을 날리면 나는 전투에 나갈 거야. 이게 내 인생에서 첫번째 전투가 되겠지. 만약에 이 전투가 나의 마지막 전투가 되더라도 제발 부탁이니 슬퍼하지 마. 엄마의 아들 부카셰프 소위가 자신의 생명을 조국과 당과 위대한 스탈린을 위해 바쳤다고 생각하면 위로가 될 거야.

엄마의 전 남편이자 나의 전 아버지가 우리에게 지워놓은 치욕스러운 오점을 내 죽음으로 어느 정도라도 씻을 수 있다면 나는 죽으면서도 행복할 거라는 점을 믿어줘……

'아버지'란 단어를 쓴 후 부카셰프는 생각에 잠겼다. 그러자 그날 밤이 마치 어제 일처럼 아주 생생하게 눈앞에 재현되기 시작했다. 그 사건은 그가 8학년 말일 때 일어났다.

그들이 와서 개머리판으로 문을 두드리기 시작하자 집 안에 있던 사람 모두가 겁에 질렸는데, 아버지만은 평온한 목소리로 어머니에게 말했다.

"됐어요. 내가 문을 열겠소. 나를 잡으러 온 거요."

아버지의 이 말은 아버지가 죄인이라는 가장 명백한 증거로, 이후 알렉세이의 가슴에 남았다. "나를 잡으러 온 거요"라고. 그가 자기를 잡으러 사람들이 올 거라고 생각했다는 것은 곧 자신이 죄인이라는 사실을 알고 있었다는 말이었다. 죄를 짓지 않았다면 그런 생각을 했을 리만무하다.

그들은 네 명이었다. 한 명은 권총을, 두 명은 소총을 들고 있었고, 나머지 한 명은 안경잡이였는데 증인 자격으로 끌려온 아래층 사람이었다. 안경잡이는 공포에 질려서 몸을 덜덜 떨고 있었고, 나중에 밝혀진 일이지만 그 또한 아버지 사건에 연루되어 체포되었다고 하니 괜히 몸이 떨린 것은 아니었을 것이다.

그들은 깃털 요와 베개를 모두 찢어놓고(그 후 사흘 동안 온 마당에 깃털이 날아다녔다) 가구를 망가뜨렸으며 식기를 부쉈다. 권총을 들고 있던 자는 꽃 화분들을 차례로 머리 위로 들어보고는 방 한가운데로 던져서 마루가 화분 조각과 흙으로 엉망이 되었다.

그러고는 아버지를 끌고 떠나버렸다.

처음 얼마간 알렉세이는 아직 어떤 희망을 버리지 않았다. 훈장을 탄 내전의 영웅으로 전(全) 러시아 중앙집행위원회로부터 자신의 이름이 새겨진 무기(황금손잡이가 달린 검)까지 하사받았으며 그 후 국내에서 제일 큰 야금공장 사장이었던 아버지가, 폴란드 정보부에 협조한 일개 스파이였다는 사실을 그는 인정할 수 없었다. 하지만 유감스럽게도 모든 것이 사실로 드러났다. 증거들이 나오자 아버지는 최신형 마르탱 용광로 하나를 고장 내려 했다고 어쩔 수 없이 진술했다. 이 말을 믿지 않을 수는 없었다. 하지만 알렉세이의 머리로는 이해가 되지 않는 것이 하나 있었다. 아버지가 그 용광로를 고장 낼 필요가 있었냐는 것이었다. 그는 정말로 그 용광로와 함께 소연방 전체가 무너질 것이라고 생각했던 걸까? 만약에 그가 그토록 오랫동안 능숙하게 자신의 정체를 당과 인민, 마침내는 자신의 가족에게까지 숨길 수 있었다면, 그는 그렇게 어리석은 사람이 아니었을 것이다. 그리고 반국가 행위를 하려고 했다면 그는 더 많은 가능성을 갖고 있었다. 알렉세이는 정말이지 아무것도 이해할 수가 없었고 바로 그 사실 때문에 더욱 괴로웠다.

부카셰프는 일어나 헛간 안을 서성거렸다. 조용했다. 포로는 눈을 감은 채 짚 더미에 누워 있었고 그의 얼굴은 창백했다. 짚단 냄새가 풍겨왔고 어디선가 귀뚜라미가 울었다. 그는 자리에 앉아 한숨을 쉬고는 볼펜에 침을 묻혔다.

……사랑하는 엄마. 어쩌면 엄마는 내가 지휘관 양성학교에 입학

할 때 아버지에 대한 진실을 숨긴 것을 못마땅하게 여길지도 몰라. 내가 비겁한 짓을 했다는 걸 나도 알아. 하지만 다른 방도가 없었어. 나는 인민과 함께 조국을 수호하고 싶었고, 내게 그런 기회가 주어지지 않을까 두려웠어……

소위는 볼펜을 놓고 생각에 잠겼다. 자신이 죽는 경우에 대비해 뭔가 당부할 것이 있지 않을까 생각해보았지만 무엇을 부탁해야 할지 생각이 나지 않았다. 옛날에 사람들은 유언장이란 것을 썼다. 그에게는 유언으로 남길 것이 없었다. 하지만 어쨌거나 계속 써나갔다.

　엄마, 만약에 레나 시넬니코바를 보게 되면 나와 한 약속을 지키지 않아도 된다고 전해줘(무슨 약속인지 그녀는 알 거야). 내 양복은 놔두지 말고 팔아버려. 양복을 팔아서 그 돈을 엄마를 위해 쓰도록 해.
　이만 편지를 줄일게. 공격 신호가 내려질 때까지 한 시간도 채 남지 않았어. 안녕히 지내요, 사랑하는 엄마! 엄마를 사랑하는 아들 알렉세이가.

그러고 나서 그는 날짜와 시간을 적었다. 4시 7분.
부카셰프 소위는 편지를 삼각형으로 접어 겉에 주소를 적고 다른 문서들이 들어 있는 왼쪽 주머니에 넣었다. 만약 살아남는다면 그는 편지를 없애버릴 것이고 만약 죽는다면 그 대신 다른 사람이 부쳐줄 것이었다.
새벽이 다가오고 있었고 서둘러야 했다. 소위는 수첩에서 종이를 한장 더 찢어 자대의 당 기구 앞으로 보내는 청원서를 썼다. 그는 자신이 왜 그런 청원을 하는지 이유는 적지 않았다. 대신 간단하고 겸손하게 이렇게 썼다. "제가 죽거든 저를 공산주의자로 여겨주십시오." 그런 다음 서명을 했다. 날짜도 적었다. 그리고 청원서가 마르도록 놓아둔 후 기지 개를 켜러 밖으로 나왔다. 아직 어두웠지만 저 멀리 이미 어떤 사물들의 윤곽이 눈에 들어오기 시작했고, 아래 어디선가 시내 위로 하얀 안개의 띠가 어른거렸다. 창고 입구의 초소에 서 있는 보초가 손으로 만 담배를 손바닥으로 가리고서 피우고 있었다. 소위는 주의를 주려다가 생각을 바꿨다.

'나보다 두 배는 더 나이 든 이 사람에게 과연 내가 훈계를 늘어놓을 도덕적인 권리가 있단 말인가?' 이렇게 생각하고는 헛간으로 돌아왔다.

돌아와서 청원서가 놓여 있던 자리를 보았다. 수첩은 있었지만 청원서는 보이지 않았다. '뭐지?' 소위는 이렇게 생각하고는 주머니를 뒤지기 시작했다. 장교 신분증을 찾았다. 어머니에게 보내는 편지도 있었다. 레나 시넬니코바의 사진도 찾았다. 하지만 당에 보내는 청원서는 없었다.

부카셰프는 포로를 의심스러운 눈초리로 쳐다보았지만 그는 여전히 구석에 잠들어 있었다. 전처럼 창백해 보이지는 않았다. 이자가 자신과는 아무런 상관도 없는 청원서를 훔쳤을 리 만무했다. 소위는 등잔불을 들어 올려 주변을 밝혀보기 시작했다. 구석구석을 둘러보고 무릎을 꿇고 기어 다니며 상자들을 엎어보았지만 청원서는 보이지 않았다.

소위가 청원서 찾기를 중단한 것은 밖에서 난 소음 때문이었다. 소리 나는 쪽으로 황급히 뛰어가자 헛간 문 앞에 서 있는 연대장을 볼 수 있었다. 그는 보초를 서고 있는 병사의 배에 권총을 들이밀고 처음부터 끝까지 욕 일색인 일장 연설을 늘어놓고 있었다. 장군 뒤편으로 새벽녘 어둠 속에서 랍신 대령과 스메르시 지휘관 그리고 시커먼 형체 몇 개가 더 보였다. 보초는 소총을 부둥켜 잡고 당황한 눈으로 장군을 쳐다보고

있었다. 소위는 차렷 자세로 그 자리에 얼어붙었다. 그의 등장으로 장군
은 보초로부터 눈을 돌려 그에게 소리 질렀다.

"자넨 또 누군가?"

"부카셰프 소위입니다." 깜짝 놀란 그가 관등 성명을 밝혔다.

"제 전속부관입니다." 랍신 대령이 설명했다.

"이런 빌어먹을, 소위, 자네 도대체 눈이 있는 건가 없는 건가? 이
멍청이가 보초를 서면서 담배를 피우고 있는데 말이야, 정신이 있는 건
가?"

"잘못했습니다, 상급대장 동지!" 마침내 정신을 차린 보초가 드리노
프의 계급을 제멋대로 세 계단이나 올려 불렀다.

이것은 대담하기 짝이 없는 아첨이었지만 드리노프 자신이 대담한
사람이었다. 그는 화가 좀 누그러졌는지 중얼거렸다.

"잘못했다고, 빌어먹을. 자네 목숨을 걸고 잘못을 시정해야 할 거야.
여기 군위원회 서기 렙킨 동지가 와 있는데," 그는 스메르시 지휘관 옆에
서 있는 누군가를 가리켰다. "이런 꼴을 봤으니 군기가 빠졌다고 생각하
지 않겠나. 저런 멍텅구리 하나 때문에 위장이 드러나서 사단 전체가 전
멸할 수도 있다 이 말일세. 그래, 소위, 무슨 이상 없나?"

"이상 없습니다, 장군 동지!"

"좋아. 안으로 들어가세."

38

밀랴가 대위는 정체를 알 수 없는 어떤 소음 때문에 잠에서 깨었다.

팔꿈치로 바닥을 기대고 몸을 약간 일으켰다. 헛간 안에는 아무도 없었다. 책상 앞에 앉아 있던 금발의 청년은 어디론가 사라지고 없었다. 어쩌면 그도 슬쩍 여기서 사라질 수 있지 않을까? 그는 주위를 살폈다. 천장 아래에 작은 창문이 보였다. 뉴라 벨랴쇼바의 외양간에도 천장 아래 작은 창이 있었다. 만약에 여기 있는 상자들을 차곡차곡 쌓으면……

그때 헛간 안으로 다섯 명이 들어왔다. 첫번째로 육중한 큰 키에 벽돌처럼 붉은색 얼굴을 한 남자가 들어왔고, 몇 발짝 뒤로 호리호리한 남자, 이어서 긴 장화를 신은 남자, 그 뒤로 작은 키에 볼품없이 생겼지만 대위의 눈에는 매우 호감이 가게 생긴 남자, 그리고 마지막으로 금발 머리가 들어왔다. 대위는 긴 장화를 신은 자에게 바로 주목했다. 왠지 매우 낯이 익은 얼굴이었다. 아, 맞다! 그는 물론 렙킨 서기였다. 아무래도 이 독일인들은 렙킨이 누구인지 모르는 모양이었다. 그렇지 않고서야 그를 저렇게 대하지 않았을 것이다. 그러자 대위는 살아서 나갈 방법이 생각났다. 지금 그가 독일군에게 좋은 정보를 제공한다면 그를 총살시키지 않을지도 몰랐다. 그는 자리에서 벌떡 일어나 렙킨 쪽으로 곧장 향했다. 어리둥절한 렙킨이 자리에 멈춰 섰다. 금발 머리가 총집에 손을 갖다 댔다.

"아파나시 페트로비치?" 마침내 렙킨이 자신 없는 투로 입을 열었다. "밀랴가 동지 아닌가?"

"동지는 무슨 얼어 죽을 동지!" 밀랴가는 미소를 짓고는 들어온 자들 중에 제일 높은 사람처럼 보이는 키 큰 자에게로 몸을 돌렸다. "제발 **비테** 제 증언을 들어주십시오. 이 **슈바인 이스트** 군위원회엔 서기 렙킨, 군(郡) **퓌러. 페르슈타인?**"

"아파나시 페트로비치!" 렙킨은 아까보다 더 놀라고 말았다. "도대체 왜 이러나, 자네! 정신 차리게."

"정신은 이제 네놈이 차려야 할 거야. 저들이 가만두지 않을걸." 밀랴가가 으름장을 놓았다.

렙킨이 당황한 얼굴로 장군을 쳐다보자 그는 어깨를 으쓱하며 고개를 저었다.

"빌어먹을, 이게 도대체 무슨 영문인가?" 장군도 놀라움을 감출 수 없었다.

귀에 익은 표현들이 다시 들려오자 밀랴가는 당황하고 말았다. 그는 군인들을 쳐다보며 이 사람에서 저 사람으로 시선을 옮겼지만 아무것도 이해할 수 없었다. 게다가 머릿속이 아직도 약간 흔들리고 있었다. 하지만 그때 실내로 자동소총을 든 몇 사람이 들어왔다. 그들의 철모 위에는 빗물에 젖은 커다란 별 휘장이 번쩍이고 있었다. 대위는 혼미한 의식으로 서서히 사태를 파악하기 시작했다.

"이자는 누군가?" 키 큰 자가 유창한 러시아어로 물었다.

"생포된 적군입니다, 장군 동지." 부카셰프가 앞으로 나서며 보고했다. "게슈타포 대위입니다."

"바로 그놈 말인가?" 장군은 급송 공문을 떠올렸다.

"게슈타포라니 무슨 말입니까?" 렙킨이 끼어들어서 대위의 정체에 대해 짧게 설명을 늘어놓았다.

"하지만 제가 직접 이자를 신문했습니다." 부카셰프도 혼란스러워졌다. "이자가 자기 입으로 공산주의자들과 비당원들을 총살시켰다고 했습니다."

"젠장맞을, 무슨 소리인지 하나도 못 알아먹겠군." 마침내 드리노프도 혼란스러워졌다. "이자가 직접 말하도록 하게. 자네 정체가 뭔가?" 그는 밀랴가에게 직접 질문을 했다.

밀랴가는 당황한 나머지 정신이 아련해지고 기가 죽어버렸다. 다른 사람도 다른 사람이지만, 이 상황이 가장 이해되지 않는 건 그 자신이었다. 이 사람들은 도대체 누구란 말인가? 그리고 자신은 누구란 말인가?

"이히 빈……"

"흠, 이것 보라고." 장군은 렙킨 쪽으로 몸을 돌렸다. "독일군이 맞지 않는가."

"나인, 나인!" 공포에 사로잡힌 밀랴가가 자신이 아는 세상의 모든 말을 혼동하면서 소리를 질렀다. "저는 독일군이 아니에요. 저는 닉스 독일인. 장군 동지, 저는 러시아인이라고요."

"이런 젠장, 러시아 말도 제대로 못하면서 어떻게 러시아인이라고 우기는 건가."

"할 수 있어요." 밀랴가는 한 손을 가슴에 얹고 열심히 설득하기 시작했다. "할 수 있다고요. 정말 잘할 수 있어요." 그러고는 장군을 설득시키기 위해서 외마디 소리를 내질렀다. "히틀러 동지 만세!"

물론 그가 내뱉으려던 이름은 다른 것이었다. 그것은 실수에 불과했다. 비극적인 실수…… 하지만 그의 흔들리는 머릿속은 포로로 잡힌 순간부터 처해졌던 고통스러운 상황 때문에 뒤죽박죽으로 섞여버렸다. 마지막 외마디 비명을 내지른 후 대위는 양손으로 머리를 붙잡고는 땅 위에 쓰러져 발버둥 치기 시작했다. 이제 무슨 일이 있어도 그는 용서받을 수 없을 것이었다. 그 스스로도 자신을 용서할 수 없었다.

"이자를 총살시키게!" 장군은 이렇게 말하고는 상응하는 손동작을 했다.

장군의 경호병 두 명이 대위의 겨드랑이를 잡아 문 쪽으로 끌고 갔다. 대위는 끌려가지 않으려고 버티면서 러시아어와 독일어가 뒤섞인 이상한 말을 고래고래 외쳤고(알고 보니 그의 외국어 실력은 상당히 유창했다), 그의 더러운 크롬가죽 장화 코끝이 왕겨와 뒤섞인 흙 위에 두 개의 고랑을 길게 파놓았다.

한편 대위를 바라보는 많은 이들의 가슴은 연민으로 조여왔다. 부카셰프 소위는 상황을 이렇게까지 만든 것이 대위의 잘못이란 것을 머리로는 이해했지만, 그 또한 가슴이 저며오는 것은 어쩔 수 없었다.

스메르시 지휘관은 마지막 길을 떠나는 동료를 시선으로 좇으며 생각했다. '멍청한 사람 같으니! 오 대위, 자넨 정말 멍청한 짓을 했어!'

사실 얼마 전까지만 해도 군 전체를 공포에 떨게 했던 밀랴가 대위가 어리석기 짝이 없는 파국을 맞은 것은 순전히 오해에서 비롯된 것이었다. 만약 그가 신문을 당했을 때 상황을 정확히 판단하여 앞에 있는 사람이 아군임을 깨달았다면, 과연 러시아 게슈타포 운운했을 것인가? 과연 그가 '하일 히틀러!' '스탈린 카푸트!' 등과 같은 반소비에트적 구호를 외쳤겠는가 말이다. 결코 그런 일은 없었을 것이고 여전히 스스로를 제일가는 애국자로 여기며 살았을 것이다. 그랬다면 지금쯤 장군으로 예편하여 넉넉한 연금을 받으며 살고 있었을지도 모른다. 공로에 대한 대가로 편안한 망중한을 보내며 다른 연금생활자 친구들과 함께 도미노 게임이나 하고 있었을 것이다. 그리고 주택사무소에 모인 젊은이들에게 애국심을 고취시키고 생활 예절을 가르치며, 타(他) 이데올로기의 모든 부대현상에 대한 혐오감을 심어주는 강의를 하고 있었을 텐데 말이다.

39

촌킨은 어떠한 위험이 자신을 기다리고 있는지 몰랐지만 밀랴가 대위의 탈출로 좋지 않은 일이 생기리라는 것은 예감하고 있었다.

그래서 동이 트려면 아직 먼 시각, 뉴라와 포로들이 아직 곤한 새벽잠을 자고 있는 사이에 군용 배낭을 열어 깨끗한 내복으로 갈아입은 후 소지품을 꺼내보기 시작했다. 만약의 경우를 대비해서 뉴라에게 무엇이든 추억이 될 만한 것을 남기고 싶었다.

소지품이라 할 만한 것은 별게 없었다. 내복 외에 여분의 동계용 플란넬 각반 한 짝, 실과 바늘, 몽당연필 그리고 신문지에 싼 상반신 사진 여섯 장이 전부였다. 다른 병사들은 가족과 애인을 기쁘게 해줄 요량으로 사진을 찍었지만, 촌킨은 기쁘게 해줄 사람이 아무도 없었다. 사진 여섯 장이 모두 고스란히 남아 있는 것도 그 때문이었다. 그는 봉투에서 맨 위에 있는 사진을 꺼내 램프에 가까이 가져갔다. 사진을 한참 들여다본 촌킨은 흡족한 미소를 지었다. 사진을 부업으로 삼고 있던 병참하사 트로피모비치는 촌킨의 사진 배경으로 아래쪽에는 탱크를, 위쪽에는 날아가는 비행기를 넣어주었다. 머리 위에는 후광처럼 반원형으로 '붉은 군대에서 보내는 인사'라고 쓰여 있었다.

촌킨은 식탁 끄트머리에 걸터앉아 연필 끝을 침으로 적신 후 무슨 말을 써야 할지 한참을 고민했다. 결국 일전에 트로피모비치가 일러준 구절이 떠오르자 집중하느라 혀를 쑥 내민 채 삐뚤삐뚤한 인쇄체로 써 내려가기 시작했다.

당신의 부드러운 눈동자가

내 사진에 와닿으면

어쩌면 당신의 머릿속에

나에 대한 기억이 되살아나겠지요.

잠시 생각에 잠겼다가 덧붙였다.

둘이 함께한 나날을 추억하며. 이반 Ch.이 뉴라 B.에게.

그러고는 주머니에 연필을 넣고 창턱에 사진을 올려놓았다.

창밖에는 동이 트기 시작했고 비는 멈춘 것 같았다. 뉴라를 깨울 시간이었다. 잠깐이라도 눈을 붙여야 했다. 얼마 후면 포로들을 데리고 밭에 나가 일을 해야 했고, 그들이 대장처럼 도망가지 않도록 단단히 감시해야 했으니 말이다.

뉴라를 깨우자니 불쌍했다. 모든 것에서 그녀에게 미안했다. 함께 사는 동안 그 때문에 그녀가 참아내야 했던 것, 동네 사람들의 수많은 입방아들에 대해서 그녀는 한 번도 불평을 한 적이 없었다. 하긴 언젠가 한번 지나가는 말로 혼인신고를 하는 것도 나쁘지는 않을 거라고 눈치를 준 적이 있었지만, 그는 붉은 군대 병사는 사령관의 허가 없이는 결혼을 할 수 없다며 발뺌을 했다. 사실도 물론 그러했지만, 솔직히 말하자면 문제는 군율에 있는 것이 아니라 그 자신이 이것저것 재보느라 결심을 하지 못한 데 있었다……

이반은 뉴라에게 다가가서 조용히 그녀의 어깨를 건드렸다.

"뉴라, 뉴라." 촌킨은 부드럽게 말했다.

"으응? 뭐야?" 뉴라는 움찔하고 깨더니 아직 잠에 취해 몽롱한 눈으로 그를 바라보았다.

"잠시만 교대를 해줘." 그가 부탁했다. "눈이 감겨서 더는 버틸 수가 없어!"

뉴라는 순순히 침대에서 내려와 장화에 발을 쑤셔 넣고는 소총을 들고 문가에 앉았다.

이반은 옷도 벗지 않고 그녀가 일어난 자리에 그대로 누웠다. 그녀가 베고 있던 베개는 따뜻했다. 눈을 감고 간신히 그의 의식이 잠과 현실의 경계 사이에서 오락가락하기 시작하려던 찰나 뭔가 꿀렁꿀렁하는 이상한 소리가 들려왔고, 어디선가 뭔가가 쿵쾅거리더니 창유리가 흔들리기 시작했다. 이반은 바로 정신을 차리고 침대에 일어나 앉았다. 스빈초프와 예드렌코프도 잠에서 깼다. 뉴라는 여전히 제자리에 앉아 있었지만 얼굴에는 불안한 기색이 감돌았다.

"뉴라." 이반이 작은 소리로 그녀를 불렀다.

"응?" 그녀도 작은 소리도 대답했다.

"밖에 무슨 일이 일어난 거야?"

"총을 쏘는 것 같은데."

그러더니 갑자기 다시 탕탕 소리가 들렸고, 이번에는 다른 쪽에서 들린 것 같았다. 촌킨은 몸을 움찔했다.

"하느님, 제발!" 뉴라가 숨을 내쉬며 속삭였다.

다른 포로들도 잠에서 깼다. 필리포프 중위만이 꿈속에서 입맛을 다시고 있었다. 스빈초프는 팔꿈치를 기대고 몸을 일으켜 세운 후에 뉴라와 촌킨을 번갈아 보았다.

"뉴라." 황급히 신발 끈을 묶으며 이반이 말했다. "소총은 나한테 주고 당신은 주머니에서 제일 큰 권총을 꺼내 들고 있어."

그러고는 각반도 두르지 않고 마당으로 나갔다. 마당은 조용하고 질 퍽했지만 비는 그친 상태였다. 아직 동이 완전히 트지는 않았지만 시계 (視界)는 좋은 편이었다. 비행기는 볼품없는 날개를 양쪽으로 펼친 채 제 자리에 서 있었다.

촌킨은 주위를 둘러보다가 이상한 광경에 놀라고 말았다.

동네 텃밭 건너 2백 미터 정도 떨어진 곳에 여기저기 하얀 눈 더미 들이 쌓여 있었다.

"이게 무슨 조화람?" 촌킨은 놀랐다. "이런 따뜻한 날씨에 눈이 어 디서 났지?"

그는 이 눈 더미들이 움직이면서 그가 있는 쪽으로 이동하고 있는 것을 깨달았다. 더 놀라고 만 촌킨은 주의 깊게 지켜보았다. 그제야 그는 움직이는 것이 눈 더미가 아니라 무리를 지은 사람들이라는 것을 깨달았 다. 그는 이것이 사전 포격에 이어 적에게 화염병을 던지기 위해 접근하 고 있는 돌격소대라는 사실을 알지 못했다. 소대가 군복을 지급받을 당 시 창고에는 외투가 모자랐고 그래서 궂은 날씨 때문에 병사들에게는 동 계용 위장복이 지급되었다. '독일군이다!' 촌킨은 생각했다. 동시에 소총 이 발사되는 소리가 들리더니 총알이 이반의 귓등 바로 위를 스치고 지 나갔다. 자리에서 넘어진 촌킨은 비행기 동체 오른쪽 기둥 쪽으로 기어 가 기둥과 바퀴 사이에 소총을 얹었다.

"어이 거기, 항복해!" 저쪽에서 흰색 위장복을 입은 자들 중에 누군 가가 소리 질렀다.

이에 촌킨은 '러시아인은 항복을 모른다!'라고 외치고 싶었지만 부끄 러운 나머지 그만두었다. 대신에 촌킨은 개머리판을 잡아당겨 조준 없이 총을 한 방 쏘았다. 그것이 신호가 되어 적군 쪽에서 무차별적인 총격이 시작되었고 촌킨의 머리 위로 총알이 핑핑 소리를 내며 날아왔다. 대부분이 빗나갔지만 몇 발은 비행기에 맞으면서 피복을 발기발기 찢어놓았고, 큰 소리를 내며 엔진의 강철 부속에 가서 박혔다. 촌킨은 얼굴을 땅속에 처박고서 탄환을 아끼느라 간간이 조준도 하지 않은 채 총질을 했다. 첫 탄창을 다 소모하자 두번째 탄창을 끼웠다. 총알은 여전히 쉭쉭 소리를 내며 날아왔고 그중 몇 발은 낮게 옆을 스치고 지나갔다. '특무상사가 철모를 좀 챙겨줬더라면.' 촌킨은 우울한 생각이 들었지만 더 생각하고 있을 새가 없었다. 뭔가 부드러운 것이 그의 바로 옆에서 풀썩하고 넘어졌다. 촌킨은 몸을 움찔하며 살짝 고개를 옆으로 돌려 한쪽 눈을 떴다. 그의 옆에는 뉴라가 그와 마찬가지로 땅에 납작 엎드린 채 허공에 대고 동시에 권총 두 개를 쏴대고 있었다. 나머지 권총들이 담긴 자루가 옆에 비상용으로 놓여 있었다.

"뉴라." 촌킨이 연인을 살짝 밀었다.

"으응?"

"포로들은 어쩌고 온 거야?"

"걱정하지 마." 동시에 방아쇠 두 개를 당기면서 뉴라가 말했다. "지하 광에다가 가두고 못질을 해놓았거든. 아이, 조심해!"

고개를 살짝 들어보니 흰옷을 입은 자들이 이제 종종걸음으로 그들을 향해 달려오고 있었다.

"흠, 뉴라, 우리 둘이서 상대하기는 무리야." 촌킨이 말했다.

"기관총 쏘는 법 알아?" 뉴라가 물었다.

"기관총을 어디서 구하게?"

"비행기 안에 있잖아."

"아, 그걸 까맣게 잊고 있었군!" 촌킨은 벌떡 일어나다가 날개에 머리를 부딪혔다. 동체 뒤로 숨으면서 방수 덮개의 매듭을 뜯고는 날개 위로 기어 올라가 흰옷을 입은 자들이 미처 손을 쓰기 전에 보조석으로 들어갔다. 그곳에는 정말로 탄약통이 가득 채워진 기관총이 회전 총가 (銃架)에 달려 있었다. 촌킨은 손잡이를 잡았다. 하지만 기관총은 꼼짝도 하지 않았다. 오랫동안 사용하지 않은 채 놔둔 데다가 비에 젖어서 회전 총가에 녹이 슨 것이었다.

그는 어깨로 기관총을 흔들어보았지만 기관총은 꿈쩍도 하지 않았다.

그때 총성도 없이 뭔가 묵직한 것이 윗날개 위로 떨어졌다. 그리고 또 하나, 이어서 또 하나가 떨어졌다. 그러더니 주위와 비행기 날개 위에서 뭔가 두들기는 소리가 났고, 유리 깨지는 소리가 들리더니 등유 냄새 같은 것이 확 풍겨 왔다. 밖으로 고개를 내민 촌킨은 노란 액체가 담긴 병들이 수없이 그를 향해 울타리 너머에서 날아오고 있는 것을 보았다. 대부분의 병들이 진창에 가서 박혔지만 일부는 비행기에 맞았고 날개를 따라 구르다가 엔진에 부딪혀 깨졌다. (나중에 밝혀진 사실이지만, 화염병을 던지기 전에 불을 붙여야 된다는 사실을 돌격소대에게 미리 말해주지 않았기 때문에 그들이 불도 붙이지 않은 병을 던져댄 것이었다.)

옆에서 날개 위로 뉴라가 나타났다.

"뉴라, 몸을 내밀지 마." 이반이 소리를 질렀다. "총에 맞아!"

"저놈들이 도대체 왜 병을 던지는 거야?" 한 손으로 허공에 총질을 하면서 뉴라가 그의 귀에 대고 소리쳤다.

"무서워하지 마, 뉴라. 나중에 빈 병을 팔아먹지 뭐!" 촌킨은 기운을 내어 우스갯소리를 한 후 뉴라에게 말했다.

"들어봐, 뉴라. 비행기 꼬리를 잡고서 좌우로 흔들어봐! 알겠지?"

"알았어!" 비행기 위를 배로 미끄러져 내려오면서 뉴라가 소리쳤다.

40

그 시각 드리노프 장군은 삼중 보호막이 쳐진 방공호 안에 들어앉아 잠망경을 통해 밖의 상황을 관찰하고 있었다. 물론 그것은 그가 겁쟁이라서가 아니라(그는 이미 여러 차례 자신의 용맹함을 드러낸 바 있었다) 단지 장군 계급을 가진 자라면 방공호에 들어앉아 있어야 하며, 이동 시에는 반드시 장갑차를 이용해야 한다는 것이 그의 생각이었기 때문이다. 그는 잠망경으로 자신의 부대가 처음에는 기어서, 나중에는 종종 뜀박질로 마을 끄트머리에 위치한 농가 쪽으로 이동하는 것을 지켜보았다. 반대편에서도 사격을 해왔지만 산발적이었다. 장군은 통신병에게 공격대대 지휘관을 연결하도록 지시한 후 공격 개시를 지시했다.

"알겠습니다. 제1사령관 동지!" 수화기 너머에서 대대장이 대답했다.

곧 공격 전열에서 활발한 움직임이 관측되기 시작했다. 흰색 위장복을 입은 돌격소대 병사들은 포복 전진하여 이미 울타리에 도착한 상태였다. 장군은 그들이 차례로 몸을 살짝 일으키며 팔을 휘두르는 것을 보았다. '화염병을 던지고 있군.' 장군은 생각했다.

'그런데 왜 불꽃이 보이지 않지?'

장군은 다시 대대장과 연락을 취했다.

"화염병에 왜 불이 안 붙었나?"

"저도 모르겠습니다, 제1사령관 동지."

"성냥으로 불을 붙이지 않은 건가?" 장군이 언성을 높였다.

대대장의 가빠진 숨소리가 수화기를 통해서 들려왔다.

"다시 한번 묻겠네." 대답이 없자 드리노프는 다시 물었다. "병에 불을 붙였나 안 붙였나?"

"안 붙였습니다, 사령관 동지."

"이유가 뭔가?"

"몰랐습니다, 제1사령관 동지." 잠시 머뭇거리다가 대대장이 이실직고했다.

"군사재판에 가면 알게 될 걸세." 장군이 으름장을 놓았다. "자네 옆에 장교 중 누가 있나?"

"부카셰프 소위가 있습니다."

"소위에게 지휘권을 넘기고 자네는 스스로 포박을 하게."

"알겠습니다, 제1사령관 동지." 풀 죽은 목소리가 수화기 저편에서 들려왔다.

그 순간 두두두두두 하는 기관총 소리가 들렸다. 장군은 깜짝 놀라 수화기를 내려놓고 잠망경으로 다가갔다.

공격 전열이 몸을 숨긴 가운데 땅에 코를 박은 돌격소대원들이 기어서 후퇴하고 있는 것이 보였다. 그들이 입은 위장복은 이제 처음처럼 흰색이 아니었다. 더 정확히 말하자면 이제 흰색과는 거리가 멀었고 지금은 더 위장복답게 보였다.

잠망경을 왼쪽으로 살짝 움직이자 기관총 불을 뿜어대는 비행기가 장군의 눈에 들어왔다. 비행기는 알 수 없는 힘에 의해 제자리에서 회전하고 있었다.

'빌어먹을, 도대체 무슨 일이 일어나고 있는 거야?' 장군의 놀라움은 잠망경의 초점을 맞추자 배가 됐다. 꽃무늬 원피스에 누비재킷을 걸친 분명히 여자로 보이는 누군가가 머릿수건은 어깨까지 흘러내린 채 비행기 꼬리를 붙잡고 좌우로 흔들고 있었다. 비행기가 옆으로 돌아가자 비행기 꼬리에서 장군은 별 휘장을 분명하게 볼 수 있었다. '아니, 아군 비행기란 말인가?' 하는 생각이 장군의 뇌리를 스쳤다. '아니, 그럴 리가 없어. 적군이 예의 잔꾀를 부린 거겠지. 우리를 속이려고 저 여자가 비행기를 돌리고 있는 거야.' 장군은 다시 수화기를 집어 들고 연대장을 호출했다.

"날세, 제2사령관." 그가 연대장에게 말했다. "나 제1사령관이네! 우리 대포에 포탄이 몇 발 남았나?"

"한 발 남았습니다, 제1사령관 동지."

"아주 잘됐네." 제1사령관이 말했다. "거기 외국말로 뭐라고 쓰여 있는 화장실 옆으로 대포를 끌어다 놓도록 지시하게. 그리고 거기서 직격포를 날리도록 하게."

"저기, 기관총이 있지 않습니까, 제1사령관 동지."

"기관총이 어쨌다는 말인가?"

"접근이 불가능합니다. 기관총을 쏴대는 통에 사상자가 나올 수도 있습니다."

"사상자라고!" 장군이 성을 냈다. "어디서 인도주의자 행세를 하려고 그러나. 전쟁이니 사람이 죽는 게 당연하지. 대포를 갖다 대도록! 명령일세!"

"알겠습니다, 사령관 동지."

그 시각 기관총 소리가 멎었다.

공격을 물리친 후 촌킨은 방아쇠에서 손가락을 뗐다. 그러자 바로 귓속의 이명이 들릴 정도로 정적이 찾아왔다. 적 편에서도 사격을 멈췄다.

"뉴라!" 이반이 뒤로 몸을 돌렸다.

"응?" 뉴라는 비행기 꼬리에 몸을 기대고 서서 거칠게 숨을 쉬었고, 얼굴은 방금 목욕탕에서 나온 것처럼 상기된 채 땀으로 촉촉했다.

"살아 있지?" 촌킨이 그녀에게 미소를 지었다. "좀 쉬도록 해."

날은 이미 훤하게 동이 터서 촌킨의 눈에는 화염병을 휘둘렀던 더러워진 위장복을 입은 자들과, 그들보다 훨씬 더 많은 수의 회색 외투를 입은 자들이 잘 보였다. 하지만 그들 모두가 생존의 징후를 보이지 않은 채 누워 있었고, 심지어 위험의 예감마저 마치 사라진 것처럼 느껴졌다. 어디선가 큰 소리로 수탉이 울었다. 그 뒤를 이어 다른 수탉이, 또 다른 수탉이 따라 울기 시작했다……

'목청 한번 크군.' 촌킨이 이렇게 생각하고 있는 사이 위장한 포병대원들이 40구경 대포를 끌면서 Water closet이라고 적힌 글라디셰프의 화장실로 접근하고 있었다.

"뉴라." 이반이 상냥하게 말했다. "좀 쉬었어?"

"으응, 왜?" 뉴라가 목수건 귀퉁이로 얼굴을 닦으며 대답했다.

"물을 좀 가져다줘. 목이 말라서. 빨리 다녀와야 해. 또 총을 쏴댈지 모르니까."

뉴라는 몸을 수그리고서 집 쪽으로 내달렸다.

그녀 뒤로 총알이 날아왔지만 뉴라는 이미 집 뒤로 사라진 후였다.

집 안으로 뛰어들어간 뉴라가 처음 시선을 돌린 곳은 지하 광 뚜껑이었다. 하지만 아래쪽은 아무 이상이 없었다. 포로들은 아래에 숨을 죽이고 앉아 있었다.

뉴라가 양동이에서 물을 뜬 순간, 땅이 뒤집히는 것처럼 귀청을 찢는 듯한 폭발 소리가 났고, 뉴라는 고꾸라지면서 깨진 창유리가 날아가는 소리를 들었다.

41

사격은 성공적이었다. 한 발밖에 남지 않은 대포알은 곧장 날아가 목표물에 정확히 명중했다. 병사들은 땅에 납작 엎드린 채 적의 맞공격을 기다렸다. 그러나 아무 반응도 없었다.

그러자 임시로 1대대장 직무 대행을 맡게 된 부카셰프 소위가 네발로 엉거주춤 일어났다.

"조국을 위하여!" 흥분 때문에 갈라지는 목소리로 그가 외쳤다. "스탈린 동지를 위하여! 만―세―!"

소위는 벌떡 일어나 권총 잡은 손을 허공에 휘두르면서 축축하게 젖은 풀 위를 달리기 시작했다.

어느 찰나 그는 뛰고 있는 것이 자기뿐이며 등 뒤에 아무도 없을지도 모른다는 생각에 간담이 써늘해졌다. 하지만 바로 다음 순간 그는 등 뒤에서 우렁찬 만세 소리와 함께 수많은 발 구르는 소리를 들을 수 있었다. 그와 동시에 한길을 따라 펼침 대형으로, 마찬가지로 2대대가 만세를 외치며 달려오고 있었고, 강변을 따라 마을을 돌아온 3대대가 아래쪽에서 접근하는 중이었다.

부카셰프 소위는 자신의 용맹한 부하들과 함께 선발대로 울타리를 넘어 텃밭으로 돌진했다. 하지만 눈앞에 펼쳐진 광경에 그는 어안이 벙벙해지지 않을 수 없었다. 산처럼 쌓인 적군의 시체나 공황 상태로 투항하는 적군의 병사들은 그곳에 없었다. 대신 그곳에는 포탄 파편에 절단이 난 오른쪽 윗날개가 가는 전선에 매달려 덜렁거리고, 꼬리는 아예 떨어져 나가 옆에서 뒹굴고 있는 부서진 비행기만이 덩그러니 놓여 있었다.

비행기 근처 쑥대밭이 된 흙더미 위에는 하늘색 견장을 단 사병 하나가 널브러져 있었고 헝클어진 머리의 여자 하나가 방한복 상의 내피의 앞 단추를 풀어 헤친 채 사병의 몸 위에 엎드려 대성통곡을 하고 있었다.

부카셰프는 멈춰 섰다. 그의 뒤를 따라 달려온 병사들도 멈춰 섰다. 뒤쪽에 있던 병사들은 앞에서 무슨 일이 일어나고 있는지 보기 위해 뒤꿈치를 들고 섰다. 소위는 당황한 듯 잠시 제자리에서 서성거리다가 머리에서 군모를 벗었다. 병사들도 그를 따라서 모자를 벗었다.

랍신 대령도 다가왔다. 그 또한 군모를 벗었다.

"이 사병의 이름이 뭐지?" 대령이 여자에게 물었다.

"촌킨이에요. 제 남편, 우리 이반이라고요." 눈물을 펑펑 쏟으며 뉴라가 대답했다.

이때 우렁찬 소음을 내며 장갑차가 도착했다. 장갑차 안에서 자동소총병들이 튀어나와 사병들을 밀쳐내고는 육중한 몸을 힘겹게 장갑차에서 내려놓는 장군을 위하여 길을 만들어놓았다. 그리고 사단장이 다리를 들어 올리는 수고를 하지 않도록 울타리 한편을 부숴놓았다. 장군은 뒷짐을 지고 느린 걸음으로 비행기를 향해 걸어갔다. 땅에 누워 있는 촌킨을 보자 장군은 머리에 쓴 모피 모자를 천천히 벗었다.

랍신 대령이 달려왔다.

"장군 동지." 그가 보고했다. "촌킨 일당 소탕 작전이 완료됐습니다."

"이자가 바로 그 촌킨인가?" 드리노프가 물었다.

"맞습니다, 장군 동지. 이자가 촌킨입니다."

"그런데 일당은 어디 있나?"

대령은 당황한 듯 좌우를 돌아봤다. 이때 오두막 문이 열리더니 무장한 사병 몇이 포박당한 회색 제복을 입은 자들을 데리고 나왔다.

"저기 일당이 있습니다." 뒤편에서 병사들 중 하나가 말했다.

"일당이라니요?" 어디선가 렙킨이 나타났다. "저자들은 우리 동지들 아닙니까."

"누가 이들보고 일당이라고 했나?" 장군이 이렇게 묻고는 서로 밀거나 당기고 있는 사병들을 뚫어져라 쳐다보았다. 대열에서는 당황한 웅성거림이 시작됐다. 겁에 질린 사병들이 서로의 등 뒤에 숨으려고 했기 때문이다.

"저들을 풀어주게!" 장군이 랍신 대령에게 지시했다.

"풀어주게!" 대령이 부카셰프 소위에게 지시했다.

"저자들을 풀어줘!" 소위가 사병들에게 지시했다.

"그렇다면 일당은 도대체 어디 있는 건가?" 뒤에 서 있는 렙킨 쪽으로 몸을 완전히 돌리면서 장군이 물었다.

"그건 저자에게 물어봐야 합니다." 렙킨은 이렇게 말하고는 마침 이륜마차를 타고 도착한 골루베프 회장을 가리켰다. "이반 티모페예비치! 일당은 어디 있는 건가?"

골루베프는 울타리에 말을 묶고 나서 다가왔다.

"일당이라뇨?" 간밤의 술친구를 측은한 눈으로 힐끗 쳐다보며 골루베프가 물었다.

"그게 무슨 말인가?" 렙킨이 긴장했다. "내가 전화를 해서 바로 여기 동지들에 대해서 물은 적이 있잖은가. 누가 그들을 인질로 잡았는지. 그때 자네가 '촌킨과 그의 일당'이라고 했잖은가?"

"난 '일당'이라고 한 적 없어요." 골루베프가 인상을 썼다. "'여자'라고 그랬죠. 여기 이 뉴라와 말입니다."

자기 이름이 들리자 뉴라는 더 큰 소리로 울어대기 시작했다. 쓴 눈물방울이 촌킨의 얼굴 위로 떨어졌다. 그러자 촌킨이 몸을 부르르 떨더니 눈을 번쩍 떴다. 그는 죽은 것이 아니라 잠시 정신을 잃은 것뿐이었다.

"살았어! 살아 있어!" 사병들 사이에서 술렁거리는 소리가 전해졌다.

"이반!" 뉴라가 외쳤다. "살아 있었어!"

그러고는 얼굴에 입을 맞추기 시작했다. 촌킨은 관자놀이를 비볐다.

"무지 오래 잔 기분인걸." 주저하며 이렇게 말한 그는 문득 호기심에 찬 수많은 눈들이 자신을 내려다보고 있음을 깨달았다. 촌킨은 인상을 찌푸리고는 자신을 내려다보며 서 있는 사람들 중 한 손에 모피 모자를 들고 있는 사람에게 시선을 멈췄다.

"저 사람은 누구야?" 그가 뉴라에게 물었다.

"알 게 뭐야." 뉴라가 말했다. "무슨 지휘관이겠지. 내가 저 사람들 계급을 어떻게 알겠어."

"어라, 뉴라, 저건 장군이잖아." 잠시 생각을 한 이반이 말했다.

"맞네. 내가 장군일세." 모피 모자를 손에 든 사람이 상냥한 목소리로 말했다. 촌킨은 의심스러운 눈초리로 그를 쳐다보았다.

"뉴라." 그가 흥분해서 물었다. "혹시 내가 지금 꿈을 꾸고 있는 거야?"

"아니, 이반. 꿈이 아니야."

촌킨은 그녀의 말을 다 믿은 것은 아니었지만 장군은 어찌 됐건 장군이니 혹시 꿈일지라도 장군에게는 합당한 예를 갖춰야 한다는 데 생각이 미쳤다. 그는 손으로 땅을 더듬어 옆에 떨어져 있던 조종사 모자를 발견하고는 귀에 걸쳐 썼다. 그러고는 후들거리는 다리로 일어나 현기증으로 머리가 핑 돌고 속이 매슥거렸음에도 힘없는 손가락을 관자놀이에 갖다 대며 경례를 붙였다.

"장군 동지." 촌킨은 침을 꿀꺽 삼키며 보고를 시작했다. "동지가 안

계신 동안 어떠한……"

무슨 말을 계속해야 할지 몰라 말을 멈춘 촌킨이 속눈썹을 껌벅이면서 장군을 뚫어져라 쳐다보았다.

"자네, 어디 말해보게나." 장군이 모피 모자를 다시 쓰면서 말했다. "정말 자네 혼자서 연대 전체와 싸운 건가?"

"혼자가 아니었습니다, 장군 동지!" 촌킨이 가슴을 내밀고 배를 집어넣으면서 대답했다.

"그럼 그렇지, 결국 혼자가 아니었다는 말이지?" 장군은 기뻤다. "누구와 함께 싸운 건가?"

"뉴라와 같이 싸웠습니다, 장군 동지!" 제정신을 차린 촌킨이 목청껏 대답했다.

사병 대열에서 웃음소리가 터져 나왔다.

"누가 웃었나?" 화가 난 장군이 사병들을 무섭게 노려보자 웃음소리는 순식간에 가라앉았다. "이게 우스운 일이라고 생각하나, 빌어먹을!" 장군은 자신이 알고 있는 온갖 욕지거리를 줄줄이 뱉어내기 시작했다. "아무짝에도 쓸모없는 바보 멍텅구리 같은 녀석들…… 연대 하나가 머저리 같은 사병 하나를 상대 못하다니. 그리고 내가 솔직히 말하는데, 촌킨 자네는 영웅일세. 겉보기에는 평범하기 짝이 없는 촌놈이지만 말이야. 지휘부의 이름으로, 이런 빌어먹을 일이 있나, 자네에게 감사를 표하며 훈장을 수여하겠네."

장군은 판초우의 안으로 손을 넣어 자기 훈장을 떼어내 촌킨의 군복 상의에 달아주었다. 차렷 자세로 곧게 몸을 편 촌킨은 곁눈질로 슬쩍 훈장을 내려다보고는 뉴라를 쳐다보았다. '사진이라도 찍어두면 좋을걸. 장군이 직접 자기 손으로 이 훈장을 달아주었다고 말하면 나중에 누가 믿어주겠어' 하고 촌킨은 생각했다. 그는 사무시킨과 특무상사 페스코프, 병참하사 트로피모비치를 떠올렸다. 지금 그들이 내 모습을 본다면······!

"장군 동지, 보고드릴 것이 있습니다!" 필리포프 중위가 씩씩하게 한 손을 관자놀이에 갖다 댔다.

움찔하고 놀란 장군이 탐탁지 않은 표정으로 중위를 쏘아보았다. '방금 전까지 인질로 잡혀 있던 인간이 무슨 염치로 들이대는 건지' 하고 장군은 생각했다.

"말해보게." 장군이 내키지 않는 목소리로 말했다.

"이 문서를 한번 보셨으면 합니다!" 중위는 오른쪽 아래 구석에 구멍이 뻥 뚫린 종이 한 장을 펼쳐 보였다. 장군은 종이를 받아 천천히 읽기 시작했다. 읽어 내려가는 그의 표정이 점점 찡그려졌다. 그것은 체포 영장이었다. 반역자 이반 바실리예비치 촌킨을 체포하라는.

"도장은 어디 있나?" 장군은 이 영장이 법적으로 효력이 없기를 기대하면서 이렇게 물었다.

"도장이 찍힌 부분이 전투 중에 손실됐습니다." 중위는 자랑스럽게 보고하더니 눈을 내리깔았다.

"뭐, 그렇다면야." 장군은 당황한 듯 말했다. "그렇다면야······ 만약 그렇다면 물론······ 자네를 믿지 않을 이유는 없으니까. 영장에 따라서 집행하게." 그는 중위에게 길을 터주며 뒤로 물러섰다. 중위는 촌킨 쪽으로 걸음을 옮기더니 손가락 두 개를 장도리처럼 만들어 방금 수여된 훈장을 잡았다. 촌킨은 본능적으로 뒤로 물러섰지만 한발 늦고 말았다. 중위는 손으로 훈장을 잡아떼면서 훈장과 함께 훈장이 달려 있던 상의의 일부를 함께 뜯어냈다.

"스빈초프! 하비불린!" 명령이 뒤따랐다. "이자를 체포하도록!"

병사들이 양쪽에서 촌킨의 팔꿈치를 잡았다. 붉은 군대 대열이 술렁이기 시작했다. 상황이 어떻게 돌아가는 건지 이해하는 사람은 아무도 없었다.

훈육자로서의 지휘관의 역할을 상기한 드리노프 장군은 병사들 쪽으로 몸을 돌려 말했다.

"동지들, 사병 촌킨에 대한 포상 명령은 취소됐네. 사병 촌킨은 국가 반역자였다는 사실이 드러났네. 영웅인 척해서 신임을 얻은 것뿐이야. 알겠나?"

"알겠습니다!" 병사들의 목소리는 그다지 확신하는 것 같지 않았다.

랍신 대령이 한길로 뛰어나가 마을 쪽으로 등을 돌린 채 차렷 자세를 취했다.

"연대—!" 찢어지는 듯한 고음으로 그가 외쳤다. "대대별로 4열 종대로 정렬!"

연대가 한길에 정렬하고 있는 사이, 장군은 렙킨과 함께 장갑차에 올라타고는 떠나버렸다. 골루베프 또한 찜찜한 마음으로 자리를 떴다.

마침내 연대가 정렬을 마치고 길 양편의 울타리까지 완전히 도로를 장악했다.

"연대, 정렬!" 대령이 지휘를 했다. "차려—엇! 제자리에서 노래를 부르며……" 잠시 멈췄다가 대령은 외쳤다. "앞으로 갓!"

젖은 도로에 군화 부딪히는 소리가 우렁차게 울려 퍼졌다. 대열의 한가운데에서 선창자의 고음이 하늘 높이 울려 퍼졌다.

카자크 병사가 골짜기를,

캅카스 땅을 말을 타고 달린다……

그러자 수백 명의 목소리가 뒤를 이어 노래를 했다.

카자크 병사가 골짜기를,
캅카스 땅을 말을 타고 달린다!

마을 전체에서 뛰어나온 어린 사내아이들이 대열과 나란히 뛰면서 보조를 맞추려고 애를 썼다. 여자들은 머릿수건을 흔들며 눈시울을 닦았다.

연대 뒤편에서 절름발이 늙은 말이 45밀리 대전차포를 끌고 있었고, 부됴놉카를 쓴 내전 상이군인 일리야 지킨이 바퀴 달린 판을 타고 대포 뒤를 쫓고 있었다. 마을 중간까지 갔을 때 그는 따라가는 것을 포기하고 뒤로 돌아섰다. 연대가 떠난 직후 크라스노예 마을 주민들은 촌킨네 마당을 떠나는 트럭을 볼 수 있었다.

중위는 운전병과 나란히 조수석에 앉았다. 트럭 뒤 칸에 탄 나머지 네 명은 서 있는 촌킨의 양팔을 잡고 있었지만, 정작 촌킨은 도망갈 생각을 하지 않았다.

엉엉 울다가 넘어지다가 하면서 뉴라가 차 꽁무니를 쫓아오고 있었다. 머릿수건이 벗겨져 어깨에 늘어지면서 머리카락이 헝클어졌다.

"이반!" 울음에 목멘 소리로 뉴라가 소리쳤다. "이반!" 그러고는 달리는 트럭을 향해 한 팔을 뻗었다.

이 촌극을 끝내기 위해서 중위는 운전병에게 더 빨리 달리라고 지시했다. 운전병은 속도를 높였다. 뉴라는 결국 트럭과의 경주를 이겨내지 못하고 넘어졌다. 하지만 엎어져서도 급하게 멀어져가는 트럭을 향해서 여전히 한 팔을 치켜들고 있었다…… 뉴라에 대한 연민으로 촌킨은 가슴이 미어지는 것 같았다. 자리에서 벌떡 일어나려고 했지만 거친 팔들이 그를 잡고 있는지라 그러지 못했다.

"뉴라!" 필사적으로 고개를 흔들면서 그가 외쳤다. "울지 마, 뉴라! 다시 돌아올게!"

42

같은 날 해 질 녘에 창고지기 글라디셰프는 얼마 전 전투가 벌어진 곳을 살펴볼 요량으로 집 밖으로 나왔다. 그러다가 풀베기가 끝난 들판을 지나 언덕 너머, 마을에서 1.5킬로미터 정도 떨어진 곳에서 유탄(流彈)에 맞아 죽은 말의 시체를 발견했다. 처음에는 남의 말이려니 생각했으나 가까이 다가가보니 죽은 말은 다름 아닌 오소아비아힘이었다. 즉사했는지 한쪽 귀 옆 시커멓게 찢긴 상처에서 흐른 피가 입가로 흘러 말라붙어 있었다. 죽은 말을 내려다보다가 글라디셰프는 쓴웃음을 짓고 말았다. 이제야 하는 말이지만 그는 자신이 꾼 희한한 꿈을 내심 믿어왔던 것이다. 전적으로 믿었다고 하기는 그렇고, 조금은 마음을 두고 있었던 것이 사실이었다. 모든 것이 아귀가 척척 맞아떨어지는 통에 평소 미스터리적 현상과는 담을 쌓았던 그의 신념이 흔들렸던 것이다. 남들이 안다면 창피하고 남사스러운 일이 아닐 수 없었다.

문득 글라디셰프는 말의 앞발굽에 편자가 보이지 않는다는 사실을 발견했다.

"갈수록 태산이로군." 중얼거리며 몸을 숙이다가 그는 두번째 발견을 했다. 흙 속에 처박힌 발굽 아래에 종잇조각이 눌려 있었다. 뭔가 수상한 낌새를 차린 글라디셰프는 종이를 집어 들어 눈에 가까이 댔다가 그만 대경실색하고 말았다.

짙어가는 황혼 녘에 그다지 좋지 않은 시력으로 이 독학 육종학자는 마른 흙과 피로 얼룩진 종이에 크고 서툰 글씨로 이렇게 쓰여 있는 것을 보았다. "제가 죽거든 저를 공산주의자로 여겨주십시오."

"하느님 맙소사!" 글라디셰프는 외마디 소리를 내지르며 몇 년 만에 처음으로 성호를 그었다.

사랑하기에 부조리한 조국에 던지는 독설
—블라디미르 보이노비치와 바보 영웅 이반 촌킨

삶이 담긴 소설, 인생을 건 풍자,
블라디미르 보이노비치의 생애

러시아 작가 블라디미르 니콜라예비치 보이노비치Владимир Николае вич Войнович(1932~2018)는 한국 독자들에게 낯선 이름이다. 시간을 거슬러 올라가보면 동서 이념 대립이 첨예하던 냉전 시절 소련 반체제 인사들의 동향을 알리는 국내 신문 기사에서 간간이 그의 이름이 발견되고, 그가 페레스트로이카 시절 망명 중에 서방에서 출간한 소련 사회 비평서 『혁명 70년의 소련사회』가 번역·출간되기도 했다. 스탈린 공포정치하 소련의 부조리를 코믹하게 풍자한 대표작 『병사 이반 촌킨의 삶과 이상한 모험Жизнь и необычайные приключения солдата Ивана Чонкина』(이하 『촌킨』)은 동명의 영화를 통해서 한국에 먼저 알려졌다.

보이노비치는 스탈린 사후 흐루쇼프가 주도한 짧은 해빙기에 소련 문단의 유망주로 데뷔해 승승장구하다가 문학·예술·과학계의 자유주의에 대한 탄압이 시작되면서 반체제 인사로 분류되어 국외로 강제 추방되었다. 그 후 페레스트로이카 말기에 10년간의 망명 생활을 마치고 고국 러시아로 돌아왔다. 2000년에는 갓 취임한 푸틴 대통령으로부터 러시아 국가공로상을 수상했고 최근까지도 새로운 작품을 발표하고 방송과 언론에 등장해 러시아 정치에 대한 의견을 활발히 피력해왔다. 2018년 7월 28일 모스크바에서 86세를 일기로 눈을 감았다.

'인민의 적'의 아들, 독소전쟁, 피난, 불우한 어린 시절

블라디미르 보이노비치는 1932년 중앙아시아의 스탈리나바드(현 타지키스탄 수도 두샨베)에서 태어났다. 타지키스탄공화국 신문 책임서기인 세르비아계 아버지와 신문사 편집부 직원인 유대인 모친 사이에서 태어났다. 그가 네 살이 되던 해, 사석에서 스탈린의 '일국사회주의론(一國社會主義論)'을 비판했다는 이유로 아버지가 반소비에트 선전선동죄로 5년형을 받고 극동으로 유배당한다. 형을 마치고 오자마자 독소전쟁이 발발해 아버지는 바로 전장으로 징병되고, 전쟁 동안 보이노비치의 가족은 피란 다니며 곤궁한 시기를 견뎠다. 그의 회고록을 보면 그 시절 그는 지나치게 엄격하고 아들에게 소홀했던 어머니보다 고모에게 더 애착을 느꼈다고 한다. 그의 부모는 역마살이 끼었다고 할 만큼 거주지를 자주 옮겼는데, 그것은 '인민의 적'으로 형을 산 기억, 유대인인 어머니의 신변에 대한 두려움이 함께 작용한 것이었다.

아버지가 신문사 편집장, 책임서기였고 어머니는 수학 교사가 되었지만 정작 보이노비치는 정규교육을 제대로 받지 못하고 집단농장에서 목동 일을 하며 돈을 벌기도 했다. 전쟁과 피난, 가난 때문에 10년 정규교육 과정에서 제대로 학교를 다닌 것은 5년에 불과했고 그중 2년은 직업

학교에서 목수 일을 배웠다. 전쟁 통에 겪은 끔찍한 기아 때문에 성년이
돼서도 키가 작은 편이었고, 오히려 군대에 가서 규칙적인 식사를 하면
서 키가 더 컸을 정도였다.

전투기 조종사에서 시인, 시인에서 작가로

전쟁이 끝나고 직업학교 졸업 후 공장에 취직했다가 우연히 항공클
럽에서 활공기 조종과 낙하산을 배우면서 전투기 조종사의 꿈을 꿨으나
정규학교 졸업장이 없어 꿈을 이루지 못하고 19세에 군대에 입대해 폴란
드 주둔 항공대에서 4년을 복무했다. 군에서 시(詩)에 눈을 뜨면서 시인
이 되겠다는 꿈을 품고 매일 시를 쓰고 군대신문에 실리기도 했으며, 제
대 후 모스크바 고리키문학대학에 입학 원서를 넣지만 탈락한다.

24세 때 작가가 되기 위해 모스크바로 무작정 상경하여 철로 보수,
건설 현장 등에서 일을 하며 1년 후 고리키문학대학에 다시 원서를 넣지
만 떨어진다. 두번째 낙방과 관련 그는 자신이 유대인인 것이 걸림돌이
되었을 것으로 추측한다.*

모스크바주립사범대학 역사학부에 입학했으나 강의는 거의 출석하
지 않았고, 학보에 시를 발표하기 시작했다. 2학년 재학 중 콤소몰(공산
당청년동맹)이 주관하는 반강제적 농촌자원봉사 활동을 위해 카자흐스
탄에서 보낸 몇 개월 동안 그의 관심은 시에서 산문으로 넘어갔다.

'우주비행사의 노래'와 잡지 '신세계'

카자흐스탄에서 돌아왔을 무렵, 결혼해서 딸까지 있었던 보이노비

---

* 소련 사회에는 암암리에 유대인에 대한 입학, 채용, 승진의 제약이 존재했다. 이른바 '제
5항목(여권의 '민족'을 쓰는 난)에 따른 по пятому пункту' 차별이었다.

치는 가족의 생계를 위해 학교를 그만두고 신문사에 취직했고 첫 중편 「여기 우리가 살고 있다Мы здесь живем」를 완성했다. 1960년 전연방라디오 풍자유머국에 수습 편집인으로 취직하면서 생활에 다소 여유가 생겼다. 1957년 인류 최초로 인공위성을 발사하는 쾌거를 거둔 소련은 당시 선구적 우주 개발로 자긍심이 치솟은 상태였다. 라디오 편집국에서는 '우주비행사의 노래'를 만들기로 하고 저명한 시인들에게 가사를 청탁했으나 기한이 촉박해 모두 거절당하고, 보이노비치가 하루 만에 완성한 「출발 14분 전」 가사가 채택되어 즉시 곡을 붙여 전국에 방송했다. 이 듬해 세계 최초의 우주비행사 유리 가가린이 우주에서 이 노래를 불렀다고 알려지고, 우주비행사들을 만난 자리에서 흐루쇼프 서기장이 이 노래를 부르면서 보이노비치는 하루아침에 유명 인사가 된다. 동시에 집단농장 경험을 소재로 쓴 첫 중편 「여기 우리가 살고 있다」가 소련작가동맹 기관 문예지 『신세계Новый мир』에 실리고 그는 평단의 호평을 받으며 문단에 데뷔했다. 이듬해인 1962년 서른 살이 되던 해 소련작가동맹 회원으로 받아들여진다.

반체제 운동, 『촌킨』, KGB……

1956년 흐루쇼프의 스탈린 개인숭배 비판으로 시작된 소련 사회의 해빙의 바람은 1964년 흐루쇼프가 실각하고 브레즈네프가 서기장이 되면서 다시 얼어붙기 시작했다. 그 첫 신호탄이 된 것이 1965~66년 진행된 '시냡스키-다니엘 재판'이다.*

---

* 작가 율리 다니엘과 안드레이 시냡스키는 소련 체제를 비방하는 작품을 쓰고 국외로 반출한 죄로 각각 5년형과 7년형을 선고받았다. 죄명은 '반소비에트 선전선동죄'였다. 이들의 재판 과정은 소련 정부 기관지인 『이즈베스티야』와 작가동맹 기관지인 『리테라투

두 작가에게 중형이 선고되자 작가 62인이 석방 탄원서를 썼고 보이노비치도 이에 서명하는 등 사회적 문제에 목소리를 냈는데, 1968년 소련공산당에서 문화예술계의 사상검증이 논의되면서 '시냡스키-다니엘 석방탄원서'에 서명한 이들을 중심으로 반체제 인사 명단이 만들어진다.

보이노비치도 매 작품의 출판이나 영화화에 앞서 작품의 사상성을 검증받는 것에 염증을 느끼기 시작했다. 데뷔작으로 평단의 호평을 받긴 했지만 현실을 풍자적으로 투영한 것에 대해 경고를 듣기도 했으며 『촌킨』의 경우 1963년 집필에 들어가 1965년에 모스필름과 영화화 계약을 맺었지만 1967년 『신세계』에서 출판을 거절당하고 결과적으로 영화화도 무산된다. 그 후 『촌킨』은 작가의 의지와 무관하게 사미즈다트(지하출판)로 퍼지기 시작했고 1969년에 급기야 독일 소재 망명출판사가 작가의 허락 없이 1권의 1부를 출판했다. 1973년 솔제니친의 『수용소 군도 Архипелаг ГУЛАГ』가 파리에서 출판되고 솔제니친에 대한 당국의 탄압이 본격화되자 이듬해 1월 보이노비치는 동료들과 함께 솔제니친을 옹호하는 성명서를 발표했다. 5년 전 솔제니친의 작가동맹 제명에 항의하는 탄원서에도 서명한 바 있는 보이노비치는 그 자신마저 작가동맹에서 제명된다. 작가동맹 제명은 국내 출판이 더 이상 불가능해짐과 동시에 작가로서는 생계수단이 끊겼음을 의미하는 것이었다.

1975년 파리에서 『촌킨』 초판이 출판됐다. 『촌킨』을 출판한 YMCA-Press는 1920년대 공산 혁명을 피해 서방으로 망명한 러시아 1세대 망명자들이 만든 출판사로 뉴욕에서 설립됐다가 베를린을 거쳐 파리에 자리를 잡은 출판사이며, 솔제니친의 『수용소 군도』 초판도 이곳에서 출판

르나야 가제타』를 통해 대중에게 상세하게 전해졌다.

되었다. 소련 현실을 풍자한 『촌킨』이 사미즈다트에 이어 서방에서 출판
되고 반체제 인사 탄압에 대한 항의 운동에 보이노비치가 적극 참여하
자 소련 당국은 그를 블랙리스트에 올리고 그는 감시와 협박에 시달리게
된다. 심지어 KGB의 독살 시도가 뒤따르기도 했다.*

국외 추방과 망명 생활

1979년 『촌킨』 2권이 파리에서 출판되었다. 1980년 12월 보이노비
치는 가족과 함께 서독으로 추방됐고 이듬해 소련 시민권도 박탈당했
다. 당시 서독 뮌헨에는 미국 의회가 지원하는 자유유럽방송RFE/RL이 러
시아어 방송을 하고 있었고 소련의 많은 추방 작가들이 생계를 위한 수
단이자 소련 사회의 현실을 알리고 조국에서는 출판이 금지된 자신들
의 작품을 소개하는 장(場)으로 방송에 참여했다. 보이노비치도 이 방송
에 꾸준히 출연했고 대본 작가로도 활동했다. 망명 중 『촌킨』과 함께 그
의 대표작 중 하나로 꼽히는 반(反)유토피아 소설 『모스크바 2042Москва
2042』를 발표하는가 하면 소련 사회에 대한 다수의 비평 에세이를 썼다.
1982~83년에는 프린스턴대학, 1989~90년에는 워싱턴대학에서 러시아
문학을 강의했다.

페레스트로이카와 귀국

고르바초프의 페레스트로이카 정책이 시작되면서 소련 문예지 『청

---

* 작가 자신의 말에 따르면, KGB 요원 두 명이 그에게 국내 출판의 기회를 주겠다고 접근
해 메트로폴 호텔로 유인한 후 향정신성 약물이 묻은 담배를 건넸다. 이 에피소드는 「메
트로폴에서 생긴 일」에 상세히 기술돼 있다. 약물 중독의 후유증으로 『촌킨』 2권의 집필
당시 건강이 매우 안 좋았다고 한다.

년 *Юность*』에 『촌킨』이 소개됐고 모스필름이 다시 『촌킨』의 영화화를 위해 보이노비치를 찾지만 합의를 보지 못하고 영화화가 결렬됐다. 1990년 소련 시민권 회복과 함께 조국으로 돌아왔다. 풍자소설 『촌킨』에 대한 일반 독자들의 반응은 호의적이었지만, 소련군 장성들 사이에선 붉은 군대의 명예를 실추시키고 조롱했다며 작가에 대한 분노의 소리가 높았다. 2000년에는 『촌킨』의 후속작으로 평가받는 『기념비적 선동*Монументал ьная пропаганда*』으로 푸틴 대통령으로부터 러시아국가공로상을 받았다. 푸틴 대통령 취임 후 새로운 러시아 국가(國歌) 공모전이 열리자 다시 풍자의 펜을 들었다.

2007년 『촌킨』 3부작의 마지막 권 『실향민*Перемещенное лицо*』이 출판되고, 2010년에는 여러 회고록에서 부분적으로 다뤘던 작가의 인생과 작가 생활 전반을 정리한 자서전 『자화상*Автопортрет*』이 출간됐다. 2014년 우크라이나 사태 때 반전 성명에 이름을 올리는 등 2018년 삶을 다할 때까지 사회문제에 대한 작가의 책무를 외치며 활발한 사회 활동을 했다. 2016년에는 장편 『진홍색 펠리컨*Малиновый пеликан*』을 출간했다.

러시아 국내의 보이노비치에 대한 평가

작가 보이노비치에 대한 러시아 국내의 평가는 엇갈린다. 풍자 작가로서 그의 재능을 고골, 살티코프-셰드린과 같은 러시아 클래식에 비교하거나 『병사 슈베이크』의 저자 하셰크와 비교하는 시각이 있는가 하면 스탈린과 소비에트 체제에 대한 그의 풍자에 분노하는 부류도 있다.

촌킨의 탄생

『촌킨』3부작 중 가장 유명하며 꾸준히 스테디셀러의 자리를 지키고 있는 것은 이 책의 원본인 1권이다(나중에 '건드릴 수 없는 자Лицо неприкосновенное'라는 부제가 붙었다). 본격적으로 집필을 시작한 것은 등단 후인 1963년이었지만 1958년 「대령의 미망인Вдова полковника」이라는 작은 단편을 쓰면서 동시에 장편을 구상해나갔다. 1권은 1970년 집필을 마쳤지만 소련 체제에 대한 공공연한 도전을 담고 있었기에 공식 출판은 불가능했고, 사미즈다트(지하출판)로 읽혀지다가 1975년 파리에서 『촌킨』 초판이 출판됐다. 이어 1979년에 2권인 『왕위요구자, 또는 병사 이반 촌킨의 이어지는 모험Претендент на престол, или Дальнейшие приключения солдата Ивана Чонкина』이 출판됐다. 소련에서 처음으로 촌킨이 정식 출판된 것은 페레스트로이카가 시작되고서였다. 2007년에는 3권 『실향민Перемещённое лицо』이 출간됐다. 작가의 말에 따르면, 1, 2권에서 '모험'을 주로 다뤘다면 3권에서는 '삶'이 다뤄진다.

줄거리

1941년 독일이 소련을 침공하기 직전 크라스노예라는 작은 시골 마을에 군비행기 U-2가 불시착하면서 이야기는 시작된다. 군사령부는 비행기를 견인해 올 수가 없자 병영에서 다른 병사들의 놀림거리가 되는 여분(?)의 사병 이반 촌킨을 보초로 세운다.

이상적인 전사의 모습과는 거리가 있는 볼품없고 어리숙한 병사 촌킨은 마을로 파견되고 얼마 지나지 않아 불시착한 비행기를 우편배달부인 뉴라의 오두막 옆으로 끌어다 놓고 뉴라와 살림을 차린다. 전쟁이 시작되자 군에서는 촌킨과 비행기에 대해 까맣게 잊어버린다. 불행한 사건이 터지지 않았다면 영영 잊어버렸을 노릇이다. 뉴라의 암소가 리센코의 열성적인 추종자이자 아마추어 육종학자인 이웃 글라디셰프의 토마토-감자 잡종식물 표본을 깡그리 먹어치우자 복수심에 불타는 이웃은 엔카베데NKVD(내무인민위원회) 지부에 촌킨을 음해하는 투서를 보낸다. 엔카베데 지부에서는 대중의 경각심에 곧장 응답해 행동을 개시하지만 탈영병을 체포하기가 생각보다 녹록지 않다. 촌킨과 뉴라의 저항이 거셌기 때문이다. 그 결과 '촌킨 일당'을 체포하는 데 소련군 1개 연대가 동원되기에 이른다.

'일화소설'

『촌킨』에는 "일화소설Роман-анекдот"이라는 부제가 붙어 있다. 소련 군대와 독소전쟁을 배경으로 작가 자신이 직접 경험했거나 주위들은 여러 가지 흥미로운 일화들에 살을 붙이고 엮어서 쓴 소설이기 때문이다. 주인공인 촌킨은 작가가 폴란드에서 군복무를 할 때 만났던 동명의 실존 인물에 러시아 민화에 등장하는 바보 이반의 이미지를 결합해 탄생한 인물이다. 촌킨의 연인이자 집단농장의 집배원인 뉴라 또한 전쟁으로 헤어진 연인을 기다리는 한 여인의 이야기를 모티프로 탄생했다. 양심적이지만 알코올중독자이며 선택장애를 갖고 있는 집단농장 회장이라든가 외팔이 회계원은 실제로 집단농장 회장이었던 친척 아저씨와 전쟁에서 팔을 잃고 돌아와 잠시 집단농장에서 회계일을 했던 작가의 아버지를 연상시킨다. 작중 몇 차례 등장하는 유대인 에피소드들은 소련 사회에 비공식적으로 만연했던 유대인에 대한 고정관념을 소재로 삼은 것이다. 개인적 원한 때문에 촌킨을 비밀경찰에 밀고하는 이웃의 이야기에서는 이른바 '스투카치(밀고자)' 문화를 꼬집었다.

경직된 소련 사회의 패러디

보이노비치는 『촌킨』에서 부조리 극장 같은 소련 사회를 작정하고 풍자한다. 보이노비치는 "나는 촌킨을 바보로 구상하고 쓰지 않았다. 단지 그는 정상인이라도 충분히 바보가 되고야 마는 바보 같은 상황에 처한 것뿐이다. 그리고 그것은 우리 소련의 일상적인 풍경이다"라고 말한다. KGB의 전신인 엔카베데의 지부장 밀랴가의 웃픈 에피소드는 스탈린 공포정치의 상징이었던 비밀경찰에 대한 본격적인 풍자다. 그런가 하면 토마토와 감자가 한 그루에서 열리는 완벽한 품종의 개발에 몰두한 아마추어 식물 육종학자 글라디셰프는 새로운 품종에 '사회주의로 가는 길'이라는 거창한 이름을 붙이지만 실제로 그가 만들어낸 것은 토마토 뿌리에 감자 줄기를 가진 아무짝에도 쓸모없는 돌연변이다. 게다가 그의 집안은 온갖 재료로 만든 거름으로 참을 수 없는 냄새가 진동한다. 집단 농장에선 상부로 보낼 보고서의 실적을 뜯어고치고 지역 당지도부는 독일의 침공으로 전쟁이 발발하자 마을회관 앞에 모인 사람들을 '자발적 집회를 조직'한다는 명목하에 해산시켰다 다시 모은다. 그런가 하면 소련 군대가 투척한 화염병은 '불을 붙인 후 던지라'는 명령이 없었기에 맞는 사람을 어리둥절하게 만든다.

보이노비치의 작품 세계

보이노비치는 군 시절부터 시를 쓰다가 작가가 되고자 모스크바로 상경한 이후 산문으로 방향을 바꾸면서 써두었던 시들을 모두 버려 그의 초기 시는 알려진 것이 없다. 그의 저작은 크게 1) 잡지 『신세계』를 통해 발표한 초기 중단편, 2) 대표작 『촌킨』과 반유토피아 소설 『모스크바 2042』 등 풍자소설, 3) 에세이, 비평, 회고록 등 논픽션 저술로 나눌 수 있다.

잡지 『신세계』를 통해 발표된 보이노비치의 초기 중단편에는 어려서부터 생계를 위해 돈벌이에 나서야 했던 그의 집단농장, 공장, 건설 현장에서의 경험이 녹아 있으며 진지한 사회주의 리얼리즘적 주제의식이 살아 있다. 대표작으로 「여기 우리가 살고 있다」(1961), 「반 킬로 거리」(1963), 개인의 이익과 「정직하고 싶다」(1963), 「두 친구」(1967)가 있다.

『촌킨』 3부작과 『모스크바 2042』로 보이노비치는 러시아 문학사에서 고골, 살티코프-셰드린을 잇는 대표적 풍자작가이자 자먀틴을 잇는 반유토피아 작가로 평가된다. 두 작품 외에도 중편 「털모자」, 장편 『기념비적 선동』 『진홍색 펠리컨』이 유명하다. 『모스크바 2042』(1986)에서는 1982년 독일 뮌헨에 사는 소련 망명 작가가 타임머신을 타고 2042년 모스크바로 가 바라본 모습에 소련의 역사를 담아 풍자한다. 2042년 모스크바는 위대한 8월 혁명이 일어나 전직 KGB 요원이 지배하는 일시사회주의(一市社會主義)*가 실현되었으나 시내 곳곳에서 그로테스크하고 가난에 찌든 모습이 보이고, 도시는 높은 가시철사 울타리로 에워싸여 있다. 그러던 어느 날 냉동인간 상태로 잠을 자던 저명한 망명 작가 카르나발로프가 백마를 타고 모스크바로 입성해 권력을 찬탈하고 자신이 이상화한 고대 루시 공동체의 모습으로 도시를 탈바꿈시키려 한다. 소설 속 주

---

* 스탈린이 주창한 '일국사회주의론'을 패러디한 것.

인공들과 실존 인물들(푸틴, 솔제니친) 간의 유사성 때문에 단순한 디스토피아 소설이 아니라 예언적 소설로 평가받는다. 「털모자」(1988), 『기념비적 선동』(2000) 등에서도 부조리한 체제와 그 체제가 낳은 개인들의 위선에 끊임없이 성내고 대들며 소련 사회와 온갖 군상을 기록했다.

그는 『촌킨』의 서방 출판과 자신의 인권 보호 활동으로 서방으로 추방되기 전에 KGB에 의해 독살당할 뻔한 이야기 등 직접 겪은 자전적 에세이, 비평 등 논픽션 작품도 상당수 썼다. 「이반키아다, 또는 작가 보이노비치의 새 아파트 입주기」(1976)는 작가 자신의 아파트 투쟁기다. 방 두 개짜리 아파트를 구하기 위해 작가주택조합에 가입한 작가가 아파트 하나를 놓고 작가동맹의 고위관리 이반코와 경쟁을 하는 이야기로, 골리앗과 싸우는 다윗의 고군분투를 그렸다. 『반소비에트적 소비에트 연방』(1985)은 망명 중 여러 매체에 기고한 칼럼 모음집으로 소련의 정치, 문학과 관련한 에피소드와 단상들, 그리고 작가 자신에 대한 이야기가 담겨 있다. 『사건번호 34840』(1993)에는 『촌킨』의 국외 출판 이후 소련 당국에 의해 본격적으로 반체제 인사라는 딱지를 달게 되는 자전적 이야기다. 『신화 배경의 초상화』(2002)는 대작가 솔제니친에 대한 자신의 비판의 근거를 설명한 책이다. 『자화상. 내 인생의 이야기』(2010)는 출생부터 두번째 아내와의 사별 후까지의 일을 놀라운 작가적 기억력으로 정리한 그의 자서전이다. 기존에 다양한 제목으로 부분적으로 출판됐던 자전적 이야기들을 하나로 모았다.

맺는말

　소련 당국의 반체제 인사들에 대한 탄압은 출판 금지, 노동교화형, 정신병동 수감, 사고를 위장한 살해와 같은 다양한 방법으로 행해졌고, 비극적인 운명을 맞이한 이들에 비하면 출판 금지와 국외 추방에 그친 보이노비치는 어떤 의미에서 행운아였다고 할 수 있다. 흐루쇼프 시절 등단해 브레즈네프 시절 추방되었다가 고르바초프 시절 조국으로 돌아온 그가 먼저 한 일은 스탈린 시절 '인민의 적'으로 체포되어 유배형을 산 아버지(스탈린 사후 복권됨)의 NKVD 사건 기록을 찾아내는 것이었다. 또한 『촌킨』이 서방에서 출판된 후 KGB가 자신을 독살하려 했다는 주장과 관련 KGB의 시인을 받아내기도 했다. 그는 부친의 사건 기록에서 알게 된 밀고자의 이름을 자신의 작품에서 실명으로 공개하기도 했다.

　보이노비치의 이런 고집과 집요함 때문에 타협주의적인 사람들은 그를 비난하기도 한다. 그의 이런 성격에 대해 러시아의 유명 작가 빅토리야 토카레바(1933~　)는 회고록 『나의 남자들Мои мужчины』(2015)에서 "보이노비치의 그림은 그의 산문과 닮았다. 그는 자신이 그리는 대상을 미화하지 않는다. 그는 모든 것에서 철저하게 정직하다. 그에게 타협이란 없다. 그게 그의 천성이기 때문"이라고 지적하고 있다. 또한 "한밤 숲속에 밝혀진 등불처럼 어둠을 몰아내고 우리에게 나아갈 길을 보여주는 도덕적 본보기"로 드미트리 리하초프, 므스티슬라프 로스트로포비치, 안드레이 사하로프와 함께 보이노비치를 꼽았다.

　2018년 여름 심장마비로 생을 마감한 그는 마지막 순간까지 고령의 나이에도 불구하고 푸틴 대통령의 장기 집권으로 정치, 경제, 사회, 문화적으로 경직되어가는 러시아 사회에 대한 의견을 여러 방송을 통해 피력

해왔다. 우크라이나와의 관계가 악화 일로를 치닫던 2014년에는 '전쟁, 러시아의 자기고립정책, 전체주의의 부활'에 반대하는 러시아 지식인들의 성명서에 이름을 올렸다. 그는 "작금의 정치는 자멸적이다. 현 정권은 파국을 맞을 것이다. 그리고 그것이 누구의 잘못인지 나는 말하겠다……일례로, 나는 소련 붕괴에 누구보다 큰 책임이 있는 것은 상황을 개선시키려 애쓴 고르바초프가 아니라 브레즈네프, 안드로포프, 체르넨코 같은 자들이라고 생각한다. 마찬가지로 새로운 러시아 체제가 붕괴하면 그것은 P자 성을 가진 지도자가 이끄는 현 권력층의 책임이라고 생각한다"고 밝혔다. 최근 가진 인터뷰에서는 2018년 다시 대선에 출마하는 푸틴 대통령에 대해 그가 만약 두번째 임기를 끝으로 권좌에서 물러났다면 엘친 시대의 혼돈과 서방에 대한 굴종에서 러시아를 강대국으로 다시 세운 위대한 지도자로 칭송받았을 것이라고 말했다. 사랑하는 조국 러시아에 위선과 부조리가 난무하는 한 끝없이 이어질 것 같았던 그의 독설도 『촌킨』의 여정처럼 아쉽게도 이제 막을 내렸다.

작가 연보

1932	9월 26일 스탈리나바드(현 타지키스탄 수도 두샨베)에서 지역신문 책임 서기인 아버지와 신문사 편집부 직원인 어머니 사이에서 출생.
1936	아버지가 '반소비에트 선전 선동' 죄로 체포됨.
1941	아버지가 형기를 마치고 돌아옴. 직후 전쟁 발발로 징병.
1945	자포로지예에서 아버지는 신문사에 취직했고 어머니는 야간학교에서 수학 교사로 일함.
1948	직업학교 졸업, 목수 자격증을 땀. 공장을 다니며 야간학교 입학.
1950	항공클럽에서 낙하산과 활공기 조종을 배움. 건설 현장 목수로 일하기 시작. 전투기 조종사의 꿈을 가짐.
1951	군활공학교 입학을 위해 신체검사를 받았으나 불합격. 일반병으로 징집. 폴란드로 배치. 항공기정비학교 배치. 군에서 시(詩)에 눈을 떠 매일 시를 씀. 군 신문에 시가 게재됨.
1953	스탈린 사망.
1955	군 제대. 양친이 있는 크림 동부 케르치로 감. 정규 과정 10학년 등록.
1956	정규 과정 졸업 후 연해군집행위원회 감사관으로 일함. 모스크바

고리키문학대학에 입학원서를 내지만 낙방. 모스크바로 감. 철로 보수 일을 하면서 대학 입학 준비. 청년시인 모임 '마기스트랄'에 나가기 시작. 모스크바 건설 붐이 시작되면서 건설 현장에서 일함.

1957 첫 부인 발렌티나(1929~1988)와 결혼. 고리키대학 또 낙방. 모스크바사범대학교 역사학부 입학.

1958 대학벽보 편집, 대학신문 및 여러 신문에 시 발표. 콤소몰의 미개척지 개간을 위한 대학생 지원단으로 카자흐스탄으로 감. 두번째 부인이 될 이리나를 처음 만남. 산문을 쓰기 위한 재료를 수집함. 모스크바로 돌아옴. 딸 마리나(1958~2006) 출생.

1959 KGB와 첫 조우. 『모스크바수도공』 신문 편집부 취직. 학교 그만둠. 첫 소설 「여기 우리가 살고 있다」 완성.

1960 전연방라디오 풍자유머국에 수습 편집인으로 취직. 우연한 기회로 쓴 우주인에 대한 노랫말 「발사까지 14분Четырнадцать минут до старта」이 유명세를 타면서 하루아침에 유명 인사가 됨. 이후 40여 곡의 노랫말을 작사.

1961 소비에트작가동맹 기관 문예지 『신세계Новый мир』에 첫 중편 「여기 우리가 살고 있다Мы здесь живем」 발표(신세계 1961년 제1호), 평단의 호평을 받으며 문단에 데뷔.

1962 소비에트작가동맹 가입. 아들 파벨 출생.

1963 단편 「반 킬로 거리Расстояние в полкилометра」, 중편 「정직하고 싶다 Хочу быть честным」 발표(『신세계』 1963년 제2호). 『병사 이반 촌킨의 삶과 이상한 모험』 집필 착수.

1964 흐루쇼프 실각. 브레즈네프 서기장 취임.

1965 모스필름과 『촌킨』 시나리오 계약. 국외 출판 혐의로 작가 시냡스키와 다니엘 체포.

1966 시냡스키-다니엘 석방탄원서에 서명. '바비야르' 추모집회(키예프)

에 참석.

1967 중편 「두 친구Два товарища」 발표(『신세계』 1967년 제1호). 『신세계』
      에서 『촌킨』 출판 거절. 양친이 크림에서 바시키리야로 이사.

1968 「두 친구」 연극 상연. 체코 '프라하의 봄'으로 개혁파 집권. 소련공
      산당 중앙위 간부회에서 문학예술계의 사상 검증 문제가 논의됨.
      반체제 인사 구명탄원서에 서명한 이들에 대한 탄압이 시작됨.

1969 중편 「여군주Владычица」 발표. 독일 프랑크푸르트 소재 소련 망명
      출판사 '그라니Грани'에서 작가의 허락 없이 『촌킨』 일부를 출판.

1970 알렉산드르 솔제니친 노벨문학상 수상. 두번째 아내 이리나와 결
      혼.

1972 중편 「신뢰의 정도: 베라 피그네르에 대한 이야기Степень доверия: По
      весть о Вере Фигнере」 발표.

1973 중편 「정직하고 싶다」가 「1년이 가기 전에Не пройдет и года......」라는
      제목으로 영화화됨. 중편 「펜팔연애Путем взаимной пере-писки」 발표
      (프랑크푸르트). 둘째 부인과의 사이에서 딸 올가 출생. 전연방저
      작권협회 설립에 반대하는 성명 발표.

1974 소연방작가동맹에서 제명됨.

1975 『촌킨』 출판(파리, YMCA-Press 출판사). KGB 요원과 만남에서 미
      확인 독극물에 중독됨. 이후 오랜 기간 건강이 악화됨. 이 사건 후
      안드로포프 KGB 의장에 공개서한을 보내고 서방 언론에 성명서를
      발표. 「메트로폴에서 생긴 일Про-исшествие в Метрополе」 발표(『콘티넨
      트』 1975 제5호, 파리).

1976 「이반키아다, 또는 작가 보이노비치의 새 아파트 입주기Иванькиада,
      или Рассказ о вселение писателя Войновича в новую квар-тиру」 발표(앤아버).
      독일 베른하임예술아카데미 회원이 됨.

1978 어머니 사망.

1979	'촌킨 3부작'의 제2권 『왕위요구자Претендент на престол』 출판(파리, YMCA-Press).
1980	12월 가족과 함께 서독으로 추방됨.
1981	소련 시민권 박탈. 12년 동안 서독, 프랑스, 미국에서 거주. 자유유럽방송Radio Liberty에서 방송 진행.
1982~83	미국 프린스턴 대학교에서 러시아 문학 강의.
1983	「소련 사회의 작가」 발표(『포세프』, 1983년 제9호, 프랑크프루트), 「위장 결혼Фиктивный брак」 발표(『시대와 우리』, 1983년 제72호, 뉴욕).
1985	평론집 『반소비에트적 소비에트 연방Антисоветский Советский Союз』 출판(앤아버), 희곡 『법정Трибунал』 발표(런던).
1986	『모스크바 2042Москва 2042』 출판(앤아버).
1987	아버지 니콜라이 보이노비치 사망.
1988	중편 「털모자」 발표(런던).
1988~89	소련에서 『촌킨』 첫 소개(『청년Юность』, 1988 12호, 1989 1-2호).
1989	『촌킨』 영화화 논의를 위해 모스필름의 초청으로 모스크바 방문.
1989~90	워싱턴 캐넌연구소에서 러시아문학 강의.
1990	소련 시민권 회복. 새로운 러시아 국가 가사 콘테스트에 참가. 중편 「털모자Шапка」 영화화, 평론집 제로 옵션 출판.
1992	러시아 귀국.
1993~95	『작품소전집』(5권) 출판.
1993	중편 「사건번호 34840」 발표(즈나먀 1993 제12호), 독일 바이에른 아카데미 예술상 수상.
1994	『촌킨』 영화화(감독 이리 멘젤, 체코-러시아-영국-프랑스-이탈리아 공동 제작).
1995	『구상Замысел』 발표.

1996	트리움프상 수상. 모스크바에서 첫 그림 개인 전시회 개최.
1997	단편집 『초콜릿 향기』 출판.
1999	회고록 『구상Замысел』 출판.
2000	중편 「기념비적 선동Монументальная пропаганда」 발표(『즈나먀』 제 2~3호), 동 소설로 러시아연방 국가공로상 수상. 「두 친구」 영화화.
2001	야권 성향의 NTV방송국 지지 성명에 서명.
2002	알렉산드르 솔제니친을 둘러싼 신화에 대한 책 『신화 배경의 초상화Портрет на фоне мифа』 출판. 사하로프상 수상.
2004	두번째 아내 이리나 사망.
2006	회고록 『작가 보이노비치의 삶과 이상한 모험』 출판.
2007	'촌킨 3부작'의 제3권 『실향민Перемещенное лицо』 출판. 「촌킨」 8부작 TV 드라마로 방영.
2008	『자유의 따나까 나무』 출판(『신뢰의 정도: 베라 피그네르에 대한 이야기』를 제목을 바꾸어 재출판).
2009	「초콜릿 향기」가 「지금은 안 돼」란 제목으로 영화화.
2010	자서전 『자화상Автопортрет』 출판, 『병 속 2+1』 출판.
2015	러시아 대통령에게 우크라이나 공군 조종사 나데즈다 삽첸코 석방을 촉구하는 공개서한을 씀.
2016	레프 코펠레프상 수상. 풍자소설 『진홍색 펠리컨』 출판.
2017	러시아작가동맹, 러시아펜클럽, 독일 베른하임예술아카데미 회원.
2018	7월 28일 86세를 일기로 모스크바에서 영면함.

'대산세계문학총서'를 펴내며

2010년 12월 대산세계문학총서는 100권의 발간 권수를 기록하게 되었습니다. 대산세계문학총서의 발간은 앞으로도 계속될 것이고, 따라서 100이라는 숫자는 완결이 아니라 연결의 의미를 지니는 것이지만, 그 상징성을 깊이 음미하면서 발전적 전환을 모색해야 하는 계기가 된 것은 분명합니다.

대산세계문학총서를 처음 시작할 때의 기본적인 정신과 목표는 종래의 세계문학전집의 낡은 틀을 깨고 우리의 주체적인 관점과 능력을 바탕으로 세계문학의 외연을 넓힌다는 것, 이를 통해 세계문학을 바라보는 우리의 시각을 전환하고 이해를 깊이 해나갈 수 있도록 한다는 것이었다고 간추려 말할 수 있습니다. 그리고 궁극적으로는 우리의 인문학을 지속적으로 발전시켜나갈 수 있는 동력이 될 수 있기를 희망하는 것이었습니다. 이러한 기본 정신은 앞으로도 조금도 흐트러지지 않고 지켜나갈 것입니다.

이 같은 정신을 토대로 대산세계문학총서는 새로운 변화의 물결 또한 외면하지 않고 적극 대응하고자 합니다. 세계화라는 바깥으로부터의 충격과 대한민국의 성장에 힘입은 주체적 위상 강화는 문화나 문학의 분야에서도 많은 성찰과 이를 바탕으로 한 발상의 전환을 요구하고 있습니다. 이제 세계문학이란 더 이상 일방적인 학습과 수용의 대상이 아니라 동등한 대화와 교류의 상대입니다. 이런 점에서 대산세계문학총서가 새롭게 표방하고자 하는 개방성과 대화성은 수동적 수용이 아니라 보다 높은 수준의 문화적 주체성 수립을 지향하는 것이며, 이것이 궁극적으로 한국문학과 문화의 세계화에 이바지하게 되리라고 믿습니다.

또한 안팎에서 밀려오는 변화의 물결에 감춰진 위험에 대해서도 우리는 주의를 게을리하지 말아야 할 것입니다. 표면적인 풍요와 번영의 이면에는 여전히, 아니 이제까지보다 더 위협적인 인간 정신의 황폐화라는 그늘이 짙게 드리워져 있는 것이 사실입니다. 대산세계문학총서는 이에 대항하는 정신의 마르지 않는 샘이 되고자 합니다.

'대산세계문학총서' 기획위원회

대 산 세 계 문 학 총 서